소설 마천시장

하바드반찬가게에 오신 걸 환영합니다

소설

하바드반찬가게에 오신 걸 환영합니다

마천시장

한남동 지음

이야기 순서

마천시장

아침 여덟시.

폐지를 담은 손수레가 마천시장에 들어섰다. 보통은 새벽 네시에 나오는데 오늘은 많이 늦었다. 그래도 시장 문 여는 시간 아홉시까지는 여유가 있었다. 마천시장 옆 골목에서 두 번째 빌라, 반지하 월세방에 살고 있는 김정신은 올해 일흔셋이다. 항상 이렇진 않았다. 김정신은 오늘따라 발걸음도 무겁고 축축 처지는 몸이 낯설었다. 오늘 아침엔 급하게 나오느라 운동화도 구겨 신은 상태였다. 상인들이 출근하기 전에 가게 앞에 놓인 폐지들을 치워내야 했다. 김정신은 마음이 급했다.

'정말 나이 탓일까?'

김정신은 새벽잠이 없어지는 대신 초저녁잠이 많아지는 것을 느꼈다. 하지만 어제는 너무했다. 일찍 저녁을 먹고 잠깐 텔레비전을 보며 누워 있다는 게 초저녁잠이 들어서 오늘 아침까지 자다니. 김정신은 서둘러 손수레를 밀며 시장통 가게마다 내놓은 종이 박스를 주워 담았다. 다행이었다. 마천시장 가게들은 문 연 곳이 아직 없었다.

"여기야?"

스무살이나 갓 넘겼을까? 이른 아침부터 말쑥한 정장 차림을 갖춘 청년이 시장 안에서 가게들을 기웃거리더니 어느 허름한 가게 앞에 섰다. 청년의 키는 168센티미터 정도로 보였다. 상고머리 헤어스타일에 쥐색 슈트 차림의 남자는 한눈에 봐도 앳된 얼굴이었다. 그리고 청년의 바로 옆에는 회색 후드 티셔츠를 입은 비슷한 나이 또래의 여자가 함께 섰다. 여자는 청년보다 키가 작았다. 155센티미터 정도로 보였다.

"응. 여기."

"확실해?"

"응. 내가 다 물어봤어. 이 집 맞아."

청년은 여자에게 거듭 물어보며 확인하려고 했다. 청년과 여자는 작고 허름한 가게 앞에 서서 누군가를 기다리고 있었다. 청년이 그토록 그리워했던 사람을 만나러 온 것처럼 보였다. 김정신이 손수레를 밀며 남녀가 선 곳으로 다가왔다.

'하바드반찬가게'

그 가게는 마천시장에서 유명한 하바드반찬가게였다. 작고 허름한 모습과 달리 전국적으로 소문나다 못해 세계적으로 소문난 맛집. 전국 택배는 물론이고 국제소포로 반찬을 판매하는 집. 그러다 보니 이른 아침부터 반찬을 사려는 손님들이 줄을 서곤 했다. 하바드반찬가게란 이름을 언제부터 사용했는지는 모른다. 현재 가게 주인은 삼십대 초반의 남자인데 반찬 가게는 그보다 훨씬 전 남자의 어머니가 시작한 곳이라고 알려졌을 뿐이었다. 남자의 어머니는 지금은 마천시장의 상인회 회장이기도 했다. 가게 문을 열기도 전에 반찬을 사러 온 손님들이 줄을 서는 곳. 하지만 오늘은 두 남녀가 가장 먼저 도착했다. 다른 손님들은 아무도 없었다.

김정신은 족발 가게에서 문 앞에 내놓은 종이 박스까지 주워 리어카에 싣고서야 허리를 폈다. 종이 박스를 줍느라 허리를 하도 많이 써서 이렇게라도 허리를 펴주지 않으면 허리가 너무 아팠다. 폐지를 주워서 하루에 버는 돈은 이천 원 정도다. 하루 교통비로도 턱없이 부족한 돈이었지만 의지할 곳 없이 홀로 살아가는 김정신으로서는 포기할 수 없는 돈이었다. 김정신이 폐지를 주우러 다니는 데는 이따금 가게 사장들이 명절 잘 쇠라며 돈 봉투를 건네주는 덕에 수입이 짭짤하다는 다른 이유도 있었다.

"그 가게는 오늘 휴무인데요!"

허리를 펴고 시장 안을 둘러보던 김정신이 청년을 발견했다.

"……."

청년은 김정신의 이야기를 듣지 못한 것 같았다. 여자도 마찬가지였다. 청년과 여자는 가게 앞을 서성이며 가게 문이 열리기를 기다리는 것 같았다.

김정신이 다시 청년을 불렀다.

"거기요! 총각! 그 가게는 오늘 쉰다니까."

청년은 아무 대답이 없었다. 옆에 선 후드 티 여자도 잠자코 서서 가게를 바라보기만 했다.

"아휴, 젊은 양반들이 귀가 먹었나."

김정신은 청년에게 다가갔다. 그리고 팔을 뻗어 청년의 어깨를 툭툭 치며 말했다.

"아니, 이 가게는 오늘 휴무…… 에구머니!"

김정신이 청년의 어깨에 팔을 뻗었지만 김정신의 팔은 청년의 몸을 그대로 가로질러 허공을 스쳤을 뿐이었다. 김정신은 자기 팔을 들어 자기 눈앞에 가까이 대고 쳐다봤다. 그리고 다시 팔을 뻗어 청년의 몸을 건드려보려고 했다. 하지만 마찬가지였다. 김정신의 팔은 청년의 몸을 지나 그대로 통과해버렸다. 놀라 기겁한 김정신이 기절하며 폐지를 담은 리어카 쪽으로 쓰러지면서 우당탕하고 소리가 났다. 시장 골목 안에 폐지가 흩어졌다. 청년과 여자는 가게 앞에 그대로 서 있었다. 전날 비가 많이 내린 탓으로 시장 길바닥엔 물기가 남아 있었다. 김정신이 쓰러진 곳에 고였던 물이 폐지에 스며들었다.

"사람이 쓰러졌다!"

김정신 주위로 시장 상인들이 몰려들면서 마천시장에 새 아침이 시작되었다.

잠시 후, 아침 여덟시 삼십분. 하바드반찬가게 앞 골목 사거리에 상인들이 모였다. 반찬 가게 앞 정육점 고기동 사장은 오늘 쉬는 날이었는데 곱창 가게 김군학 사장 연락을 받고 부랴부랴 나왔다. 시장에 들어서자마자 정육점 진열대를 살펴본 고기동 사장은 하바드반찬가게 앞에 서서 어슬렁거리기만 했다.

"빨리 나왔구먼."

김군학이 고기동을 불렀다. 김군학은 상인들이 웅성거리는 모습을 눈짓으로 가리키며 고기동에게 진열대를 턱으로 가리켰다. 좁아터진 골목에 사람들이 많이 모였으니 행여나 고기가 없어지지 않게 조심하라는 신호였다. 고기동이 김군학을 알아보고 고개를 끄덕였다.

"고맙구먼요. 근데 이게 뭔 난리래요? 아침부터. 우린 어제 장사 마치고 마장동 가서 물건 떼오느라 새벽녘에야 집에 갔는데……. 그래두 우리 고기는 이상 없네유. 신경 써줘서 고마워유."

"아유, 별말을 다 혀. 같은 업자끼리 서로 도와야지 안카써? 고기하는 사람끼리 서로 사정 봐줘야지, 누가 봐줘? 안 그랴?"

김군학이 고기동 얼굴을 살피며 말했다. 고기동은 아침에 연락받고 급하게 나온 모양이었다. 그의 머리카락은 잠자다 일어나자마자 나온 상태처럼 붕 뜬 채였다. 김군학이 고기동을 바라보며 딱하다는 듯 혀를 차며 말했다.

"어이구, 잠도 한숨 못 잤겠구먼. 그러게. 이게 뭔 소동이래."

고기동이 하바드반찬가게 앞에 몰려든 사람들을 보며 김군학에게 말했다.

"하바드 강 회장님은? 아직 안 나오신 거에유?"

"글씨, 오늘 여기 쉬는 날이잖여? 누가 연락했겠지만서두."

그때였다.

"어머! 김 사장님! 육 사장님! 권 사장님! 오늘 좋은 아침! 어머, 어머, 이게 누구야? 선녀 언니도 아침부터 얼굴 보고. 호호호. 이런 날도 있네."

세미 정장에 헤어스타일을 포니테일로 산뜻하게 말아 올린 중년 여성이 하바드반찬가게 앞에 나섰다. 하바드반찬가게 강말숙 사장이었다. 강말숙은 반찬 가게 앞에 사람들이 모여 웅성거리는 모습을 보곤 웃는 얼굴로 상인들에게 인사를 건네기 시작했다. 김정신 여사는 119가 데려간 후였다. 상인들은 시장 통로에 모여 CCTV를 봐야 한다거나 도대체 누가 무슨 일을 벌인 거냐고 실랑이 중이었다. 조금 더 있으면 아침 아홉시, 손님들이 마천시장에 몰릴 시간이다. 누구라도 빨리 상황을 정리하고 상인들을 각자 가게로 돌려보내야 했다. 강말숙이 할 일이었다.

오늘은 하바드반찬가게 휴무였다. 강말숙은 반찬 가게 앞 어묵집 사장에게서 연락받자마자 곧장 달려온 터였다. 강말숙의 집은 마천시장 건너 아파트 단지에 있는데 아파트 동에서부터 느린 걸음으로 걸어서 오더라도 십오 분이면 충분했다. 강말숙의 헤어스타일은 평소 강말숙의 스타일처럼 단정했다. 반찬 가게는 휴일이었지만 마천시장 일은 챙겨야 하는 사람. 강말숙은 오늘도 일찌감치 일어나서 외출 준비를 마친 상태였다.

아이스크림 가게 옆에서 떡볶이 가게를 운영하는 고춘화 사장이 강말숙에게 다가왔다.

"어이, 강 회장님. 이게 뭔 일이래? 김정신 언니, 여서 쓰러져서 중환자실 실려 갔어. 그 팔팔하던 양반이. 간밤에 뭘 잘못 드셨나? 어따? 병원 연락해봤어? 뭐래?"

강말숙이 말했다.

"아까…… 묵집 연락받고 일루 바로 왔지. 얘기 들어보니까 응급실에서 아직 깨어나진 않은 거 같구. 내가 가보려구. 어휴, 친언니 같은 분인데…… 딱해서 어떡해?"

고춘화 사장이 고개를 끄덕였다.

"그랴그랴. 없이 사는 사람들끼리 도와야지. 내두 맘이 월매나 아픈디. 이따 가거든 내 이야기도 좀 해줘. 나도 오늘 장사만 아니라믄 당장 달려갈 텐디."

강말숙이 고춘화의 어깨를 오른팔로 감싸 안으며 얼굴을 가까이 대고 말했다.

"어휴, 내가 그 맘 알지. 김정신 언니도 괜찮을 거야. 같은 시장 상인들끼리 가족인데…… 서로 챙겨줘야지 않겠어?"

고춘화가 강말숙에게만 들릴 정도로 목소리를 낮춰가며 말했다.

"근데…… 그 이야기 들었어? 도깨비 아니냐 하던데? CCTV에 찍힌 게 하나두 없댜. 행여나 갸들이 도깨비라믄 마천시장에 길조여? 아녀? 아니믄…… 먼젓번에 마천시장 재개발조합 선거한답시고 떼로 몰려왔던…… 그 블랙콜 놈들이 수작질하는 거 아니겠지? 갸들은 사람들 끌어다가 막 푹…… 팍…… 그러고도 남을 놈덜 같은디……. 우리 이러다 싸그리 다 죽능 거 아녀? 허기사…… 여 위에 천막 저거 쓸 데 없능 겨? 다 죽는다 혀도 떡볶이는 팔아야겠지? 강 회장도…… 알잖여?"

"하, 고 사장님. 그 얘긴 입…… 뚝! 말 안 하기로 해놓고. 손님 들으면 어쩌려구요."

강말숙은 고춘화의 이야기를 듣고 어깨를 다독여줬다. 그리고 고개를 돌려 반찬 가게 앞에 서성대는 사람들을 향해 큰 소리로 말했다.

"자자! 마천시장 문 열렸어요! 손님들 어서 오시고…… 오늘 일은 강말숙이에게 맡겨주시고요. 자! 애브리바디! 오늘 장사 스따뜨!"

그 말과 동시에 미심쩍은 표정으로 반찬 가게 앞에서 서성이던 삼십대 초반으로 보이는 흰색 롱패딩 차림의 남자가 오른팔을 들며 강말숙 앞으로 걸어 나오며 말했다.

"저기요…… 멀리서 왔는데 혹시 포장…… 될까요? 계좌 이체해드릴게요. 네?"

블랙콜대리운전

마천시장 재개발 공사업체 후보들 가운데 호평을 받으며 경쟁사들과 경합을 벌이는 상상건축 임직원이 모인 마천시장 무한갈비집. 상상건축 나도한 회장이 먼저 자리를 비워준다며 회식 자리에서 일어섰다. 식당 앞에는 나도한 회장의 은색 세단이 대기하고 있었다. 나도한 회장이 세단 앞에 서자 식당 출입문 옆에 섰던 남자가 다가서며 말했다. 정장 차림의 이십대 남자였다.

"대리 부르셨죠?"

나도한 회장을 따라 나와 옆에 섰던 상상건축 김강건 전무가 남자를 보며 말했다.

"대리기사님이에요? 요즘엔 대리기사님들도 정장 입고 다니시나 보네요? 빨리 오셨네요? 지금 막 대리 부르는 전화 끊었는데."

남자가 무한갈비 식당 간판을 쳐다봤다가 다시 김강건 전무를 보며 웃으며 말했다.

"요즘엔 뭐든지 빨라야죠. 그래야 먹고 삽니다."

나도한 회장이 김강건 전무를 보며 웃었다.

"그러게. 아주 성실한 청년인가 봅니다. 맞는 말이죠. 그럼 직원들과 더 있다 오세요. 저는 이만 귀가하겠습니다."

"네네, 회장님. 오늘 고생 많으셨습니다. 내일 회사에서 뵙겠습니다. 기사님, 잘 부탁드려요."

"네네, 잘 모셔다드리겠습니다."

나도한 회장은 김강건 전무가 열어준 문 안쪽으로 몸을 밀어 넣어 승용차 뒷좌석에 앉았다. 그리고 김강건 전무에게 인사를 한 대리기사가 건네준 숙취해소제를 받아 마셨다.

잠시 후. 나도한 회장은 어느새 잠에 골아떨어졌다. 그러고는 깨어나지 않았다. 나도한 회장을 태운 자동차는 서울 도심을 벗어나 한적한 숲길 사이를 달려가고 있었다. 자동차가 달리는 길 앞쪽으로는 저 멀리 허름한 폐공장이 어렴풋이 모습을 드러냈다.

그 시각. 나도한 회장의 집에선 나도한 회장의 아내 강말희 여사가 전화 통화를 하고 있었다.

"여보세요? 경찰이죠? 저희 남편이 귀가하지 않아서요."

다음 날.

거여역에서 마천소방서 쪽으로 내려온 검정 세단이 속도를 천천히 줄이더니 윤약국 옆 골목으로 진입했다.

마천동 주차타워 관리사무실.

블랙콜대리운전.

"회장님 오셨습니다."

말쑥한 검정 정장 차림의 남자가 마이바흐 벤츠 조수석 문을 열고 내리더니 천천히 걸어서 관리사무실로 와서는 출입문을 열고 안쪽에 있는 사람들에게 말했다. 남자는 아르마니 정장 차림으로 아무리 나이 들어 보이게 꾸민다 해도 앳된 십대 후반으로 보였다. 조수석 의자를 앞으로 바짝 당겨놓고 앉았던 모양이었다. 남자는 다리가 저린지 걷는 모습이 느릿느릿하고 이따금 발 앞꿈치를 땅에 툭툭 쳐보기도 했다.

"안녕하십니까! 회장님."

사무실 안에 모여 두 줄로 배치된 소파에 열 명씩 나란히 앉아 있던 남자들 스무 명이 일어섰다. 그리고 관리사무실 안으로 들어오는 남자를 보며 허리를 90도로 굽혀 인사했다. 마지막으로 머리카락이 희끗희끗한 오십대 중년 남자가 상체를 약간 숙였다.

"오셨습니까, 회장님."

남자들의 인사를 받으며 들어온 남자는 관리사무실 안에 들어오더니 양옆으로 늘어선 남자들을 둘러봤다. 누군가를 찾는 듯했다. 남자가 오십대 남자에게 말했다. 남자는 선글라스를 낀 상태여서 정확한 나이는 모르지만 목소리를 들으면 이십대 청년으로 느껴졌다.

"김학철 전무?"

상체를 숙이고 섰던 오십대 남자가 회장이라 불리는 남자를 향해 허리를 더 숙이며 또박또박하게 나지막한 목소리로 말했다.

"네, 회장님. 어제 야간조 근무였습니다."

"음…… 수고했어. 마천시장 재개발조합 선거 준비는 이상 없고?"

"네. 그래서 어제 김학철 전무에게…… 잘 처리하라 했습니다."

"알았어. 블랙콜대리운전. 주간조 출근시키고…… 2교대 야간조 퇴근하면 본부장은 나 좀 봅시다."

"네. 알겠습니다. 회장님."

회장이라 불리는 남자가 관리사무실을 나간 후에도 남자들은 누구 한 명 몸을 일으켜 세우거나 하지 않고 그대로 멈춘 상태로 있었다. 잠시 후, 오십대 남자가 상체를 일으켜 세우자 그제야 다른 남자들도 허리를 펴고 섰다.

푸드 딜리버리 엔지니어

같은 날.

"쟤들? 젊어서 그래. 나이가 어리니까 저렇게 먹을 수 있는 거야. 나이 들면 이빨이고 잇몸이고 뭐고 다 망가진다니깐. 영원히 청춘인 줄 알지? 조금만 지나봐라. 고기 먹으면 삼키는 거보다 이빨 사이에 끼는 게 더 많고 잇몸 시려서 물 한 잔, 찬 거 제대로 못 마시기 시작하면…… 거기서부터 청춘은 내리막인 거야."

'띵똥!'

스마트폰 화면 위에 주문 콜 표시가 나타났다.

배달 주문이다.

한정식 식당. 도로변 식당 옆 이면 도로 골목 안에서 대기하던 택배기사 최 군은 스마트폰을 보는 중이었다. 최 군은 택배기사, 아니 정확히 말하자면 음식 배달 라이더였다. 굳이 라이더라는 영어 단어를 써야 하는 이유가 뭔지 모르겠지만 최 군은 그런대로 만족했다. 다른 라이더들 중에는 '푸드 Food 딜리버리 Delivery 서비스 Service 엔지니어 Engineer'라고 명함 파서 다니는 사람들도 있었지만 말이다.

'이젠 배달도 레드오션이야.'

코로나 사태로 인해 음식 배달하는 사람들만 돈 버는 시대. 하지만 최 군은 일찌감치 배달을 시작한 경우였다. 배달이 돈 된다는 애기가 돌면서 어중이떠중이만 많아졌다고 푸념하는 것도 다 이유가 있었다. 점심 무렵이나 저녁때 퇴근하고 마땅히 할 일도 없을 때 음식 배달을 시작했다. 생각 이상으로 짭짤한 소일거리였다.

최 군은 차 문을 열고 운전석에 탔다. 벤츠 500S. 최 군이 음식 배달 알바를 할 때 이용하는 차다. 최 군은 오너드라이버. 그 이전에 그는 사실 번듯한 회사에 다니는 직장인이다. 아니, '이었다'가 맞다. 그렇다고 해서 코인 투자나 주식 실패로 자금이 필요한 것도 아니었다. 적금도 붓고 여윳돈도 충분하고 서울 시내에 삼십 평형대 아파트도 두어 채 갖고 있다. 중산층이라고 부를만한 최 군인 셈이다. 근데 왜 음식 배달 알바를 하느냐고 사람들이 묻곤 한다.

"심심해서."

최 군은 그때마다 이렇게 대답하고는 했다. 살 만큼 사는데 집안이 가난한 것도 아닌데 음식 배달이라니, 사람들은 최 군의 삶이 꽤나 궁금했던 모양이다. 그들은 최 군이 왜 음식 배달을 하는지보다는 최 군에게 어떤 숨겨진 사연이 없는지가 더 궁금한 듯했다. 최 군에겐 분명히 무슨 어려운 사정이 있을 것이라고, 그들보다 뭔가 부족하거나 최소한 그들만큼 어려운 삶이라서 음식 배달을 하는 거라고 그렇게 생각하는 듯했다. 사람들은 남의 일에 관심이 있는 게 아니라 그들 스스로 마음의 평안을 찾고자 할 뿐이었다. 그래서 최 군의 대답도 항상 같았다.

"정말로 심심해서요."

그러면 사람들은 최 군을 안쓰럽게 바라보며 고개를 끄덕인다. 그들이 이미 최 군이 무척 어려운 사람, 투자 실패로 수억 원대 빚을 진 사람, 분명히 병간호해야 할 사람이 있는 사람쯤으로 생각하기 시작한 순간이다. 이때 최 군은 그들의 시선을 보며 그런 생각을 한다.

'편한 대로 생각하세요…… 킥킥!'

부르릉. 벤츠 시동 소리가 경쾌하다. 최 군은 한정식 주방에서 내준 봉지를 받아 들고 주소지를 내비게이션에 찍었다.

'강남 압구정? 아니, 청담. 흠, 기업은행사거리 쪽으로 오케이.'

최 군이 탄 벤츠가 주택가 이면 도로의 맛집으로 잘 알려진 한정식 가게 앞을 떠나 강북강변도로로 접어들었다. 여기는 합정동. 강변도로를 타고 가다가 한남동 고가도로 방면으로 진입할 생각이었다. 한남동이라고 쓰인 도로표지판을 보던 최 군이 중얼거렸다.

'저 형은 참 신기해. 이름이 한정식. 집안 대대로 식당 운영하면서 아들 이름까지 한정식이라고 짓다니. 대단한 집안이야.'

강북강변도로에 진입하던 최 군은 방금 받아 든 음식 포장을 다시 봤다.

"아…… 이런 씨."

최 군은 벤츠를 타고 달리며 액셀을 힘차게 밟았다.

입사한 첫날, 퇴사를 꿈꾸다

최 군은 강북강변도로를 내달리며 그런 생각을 했다.

'만약 회사를 그만두지 않았다면?'

사실 그 회사에 입사한 것도 생각해보면 최 군의 선택이었다. 부모님의 추천도 아니었다. 사람들이 괜찮은 회사라고 부러워할 만한 회사이긴 하지만 입사한 그 순간부터 퇴사를 꿈꾸던 최 군이었다. 동기들이나 친구들은 모두 만류하거나 다시 생각해보라는 조언도 하지도 않았다. 그저 그러려니. 그들은 그들 나름의 삶에만 더 관심이 있었다.

최 군이 입사 환영식이 있던 그날, 회사 임원들과의 오찬에서 퇴사가 꿈이라고 말한 이유도 그것이었다. 지긋지긋하게 개인적인 인간들······. 최 군이 제일 싫어하는 부류의 사람들이었다.

'이 모든 건 다 어른들 때문이야······. 맞아, 안 맞아?'

고등학교 시절. 자율주도학습 이런 거 만들어서 죄다 학생들 머리에 스스로 크라고 달콤한 유혹만 심어줬지, 학생들은 오히려 더 의존적으로 된 게 아닌가 하는 게 최 군의 생각이었다. 남과 경쟁해서 이기는 법, 자본주의, 어떻게 하든 다른 사람 의견에 토를 달아야만 하는 이상한 논리 학습.

'아니, 그것도 그래. 신학을 전공했다고 해. 성경을 공부해온 사람이 성경에서 연구할 부분이 없다고 하니까 그 학과 교수가 그랬다잖아. 아무거라

도 주제를 잡아서 비판하고 연구해야 학위를 준다고?'

자율주도학습이란 것도 학생 스스로 다 주도적으로 공부해서 자기 삶을 개척해나가는 게 방향성이긴 하겠지만…… 다른 한편으론 학생들을 점점 독립적으로만 키우려고 하고, 상호 협력하고 의논하고 가족과 교류하는 걸 막아둔 게 아닌가 싶은 게 최 군 생각이었다.

"자율학습이란 게 너무 자유만 강조하다 보니까…… 이건 뭐 너도나도 다 자유를 달래. 그래도 세상 돌아가는 이치가 있는 건데 자기들 멋대로 자율만 부르짖으니까……."

그래서 결국 최 군은 입사한 날, '말 나온 김에 입사 환영식 오찬에서 자율적으로 퇴사'를 결심했다. 사직서를 이메일로 보냈더니 다음 날부터 출근할 필요도 없었다. 퇴사는 일사천리로 이뤄졌다. 입사할 때는 면접만 세 번 이상을 거쳤는데 퇴사할 때는 이메일 한 통이면 됐다.

최 군은 강변도로를 달리며 생각했다. 중소기업에선 일손 구하기 어렵다고 난리고 공사장에선 기술자 없다고 난리라고 하지만, 직장이란 게 돈벌이 대안이 없는 상태에서 다니는 것이라고 보면 요즘엔 대안이 너무 많았다. 최 군의 친구들도 그들이 원하는 회사에 취업이 안 되면 유튜버나 하겠다고 말했다. 굳이 직장 상사 눈치 봐가며 직장에 다닐 필요가 없는 사람들이었다.

'에이…….'

최 군은 액셀을 더 밟았다.

'그래, 나도 차라리 이게 더 좋아. 보수도 더 많고, 사람 만나기 좋아하는 내가 사람들도 많이 만날 수 있고. 내가 좋아하는 운전도 실컷 해보고. 인생? 자기주도적으로 살아볼게. 그게 이거야.'

최 군은 액셀레이터를 밟으며 콧노래를 불렀다.

'내 인생, 내가 악셀 밟고, 내가 브레키 밟고, 그러는 거야. 쉬고 싶으면 쉬고. 그게 진정한 자기주도인생 아니겠어?'

최 군이 탄 벤츠는 강북강변도로를 달리더니 어느덧 반포대교를 지나

한남동으로 빠져들고 있었다. 최 군이 음식을 배달할 곳은 저어기…… 한남동 언덕길 유엔빌리지 인근에 보이는 집이었다. 오늘만 하더라도 두 번째. 음식을 주문한 여자는 무조건 최 군에게 배달해달라고 했다. 다른 사람이 배달하면 안 된다고.

'뭔 일이래?'

최 군은 내심 기분 좋은 일이었다. 배달수당도 올라가는 거니까. 한편으론 그 여자가 주문한 음식을 보면서 궁금증이 생기기도 했다. 유엔빌리지 인근 외딴 저택에 사는 여자가 왜 이 음식만 주문하고, 왜 최 군에게만 배달해달라고 하는 걸까? 최 군은 벤츠 운전대를 돌려 한남동 고가도로 아래로 들어가서 유엔빌리지 쪽으로 향했다. 운전석 옆 조수석에는 안전벨트까지 채워 둔 그 음식이 있었다. 그 음식은 녹두전이었다.

유엔빌리지 3-1번지. 한남동 고가도로 밑으로 유엔빌리지 도로를 타고 올라오면 정문 경비초소가 나온다. 그 앞에서 우측으로 진입하면 유엔빌리지 주택가가 나오는데 오늘 최 군의 목적지는 그 안쪽 주택 301호, 줄여서 3-1호라고 불리는 집이었다.

"여러분! 안녕. 오늘 방송 시작할게요!"

집안에서는 여자 목소리가 들렸다. 서너 평이나 될까? 작은 방 안에 카메라를 설치해두고 컴퓨터 모니터 앞에 선 여자는 모니터와 카메라를 번갈아 쳐다보며 말을 이어가고 있었다. 여자는 인터넷방송 BJ였다.

"안녕! 모두 모두 들어와요. 오늘 생신입 여캠 방송 7일차. 귀인찾기. 오늘 미션은 배달 음식 들어오면 시작할게요"

여자는 카메라를 연신 쳐다보며 윙크를 하거나 몸을 가볍게 흔들며 춤동작을 하는 듯 보였다. 여자가 스마트폰을 옆에 두고 홀깃거리며 쳐다본다. 모니터에는 채팅창에 글들이 올라오는데 그 가운데 '한남사는녹두'라는 닉네임을 가진 시청자가 글을 올렸다.

- 녹두야!
- 네. 녹두오빠.
- 먼저 도배 올려봐. 거기 오늘 후원금 금액 올려두고, 화면에 후원금 배너들 올리는 걸 도배라고 부르는 거 알지? 응. 그래그래.

녹두는 BJ 여자, 녹두오빠는 BJ를 후원하는 시청자 닉네임이었다.

- 네, 녹두오빠, 그리고요?
- 우리 후원페이 충전 광고 이미지는 화면 상단 좌측에 띄워 두고. 그래. 그리고 방송하다 도배 가끔 보여주고 응. 내가 이 아이디랑 다른 아이디로도 왔다 갔다 하며 채팅 여러 개 올릴 테니까 방송하더라도 채팅창 잘 봐야 해.
- 네네, 오빠.

이런 식이었다. 녹두오빠는 녹두의 후원자이자 동시에 사업 파트너다. 채팅창에서 방송하는 동안 후원금을 쏘고, 다른 시청자들로부터 후원금을 유도한다. 이른바 후원 바람잡이다. 그러면 BJ는 바람잡이가 후원할 때마다 리액션을 보여주며 다른 시청자들로부터 후원을 유도한다.

이런 후원자 정체는 사실은 금액 충전업체 직원이다. 시청자들이 돈이 없을 때는 핸드폰 충전으로도 가능하다며 채팅을 띄우고 화면에 걸어둔 충전 사이트에 접속하게 해서 돈을 충전하게 하는 게 사업 방식이었다.

BJ로서는 고액을 후원받는 것으로 보여 등급을 올릴 수 있고, 후원자로 변장한 그는 충전대행업으로 돈을 버는 방식이었다. 그런데 초보 BJ들 상대로 벌어지는 이런 거래는 후원금 충전대행업체라곤 하지만 알고 보면 불법 사금융 조직이 낀 금융깡에 지나지 않는 경우가 많았다. 합법을 가장한 거래 방식으로 범죄수익을 돈세탁하는 데 BJ를 이용하고 있었다.

예를 들어, 사행성 도박으로 현금을 챙긴 사람이 있다고 하자. 이 돈을 풀자니 금융권에 입금해도 문제고 세무서에서 돈 출처를 따지기 시작하면 골치 아파진다. 그래서 이 사람은 주로 신입 BJ들에게 거래를 제안한다. 그들이 현금 후원을 해줄 테니 다시 후원해달라는 식이다. 말하자면 BJ가 플랫폼이랑 4:6 비율로 분배한다고 하자. 10,000원어치 후원을 받으면 플랫폼이 4,000원을 갖고 BJ에겐 6,000원이 들어온다. 이 비율은 BJ의 등급에 따라 줄어들면서 3:7 비율, 2:8 비율로 바뀐다. BJ로선 후원금 액수를 높여서 일정 금액 이상 되면 BJ 등급이 바뀌면서 자기가 돈을 더 많이 가져갈 수 있다고 생각한다.

물론 거래업체로선 불법적으로 얻은 현금을 BJ에게 후원하면서 합법적인 현금으로 바꾸게 되지만, BJ에게 수수료를 떼 주게 돼 원금보다는 일정 액수가 줄어든 금액을 돌려받는다. 업체로서는 그래도 다행이라고 여긴다. 전액 사용할 수 없는 현금인데 거래를 통해 일부라도 건질 수 있어서다.

대부분의 신입 BJ는 후원금 대행업체의 제안을 받아들이는데 문제는 나중에 세금을 낼 때 터진다. 종합소득세를 내야 할 때 BJ는 세금폭탄을 안게 된다. 후원을 받은 돈이 BJ 수입으로 구분되어서다. 수억 원을 후원금으로 벌던 BJ가 나중에 알고 보니 수억 원의 세금을 미납하고 있더라는 뉴스를 보게 되는 것도 이런 경우일 때가 있다. 이처럼 BJ로선 등급을 빠르게 올릴 수 있다고 좋아하지만 나중엔 땅을 치며 후회하게 되는 일이다. 아무튼 이러한 사실을 모르는 순진한 시청자들은 BJ의 방송을 보며 이 BJ에게 사람들이 후원을 많이 하는구나 하고 착각하면서 자기도 후원에 참여하게 된다.

최 군이 탄 벤츠가 BJ 녹두의 집 앞에 거의 도착했을 무렵이었다. BJ 녹두가 집 밖에서 들리는 차 소리를 들었다.

- 녹두오빠, 음식 왔나 봐요. 잠시만요.

최 군이 차에서 내려 녹두전을 들고 BJ 녹두 집 앞에 섰다. 오늘은 현장 결제. 녹두에게서 돈을 받아 가야 한다. 문이 열리는 그 순간. 최 군은 BJ 녹두의 얼굴을 보고 그 자리에 멈춰서서 꼼짝할 수가 없었다.

'아…… 아니…… 너는?'

최군은 녹두의 얼굴을 보고 깜짝 놀랐다. 지금까지 매번 최 군에게 녹두를 배달시키던 그녀의 정체가 드러난 순간이었다. 최 군은 녹두전 포장을 오른손에 들고 왼손으론 문 앞에 벨을 누르던 자세 그대로, 녹두는 문안에서 최 군을 마주 보고 서서 방긋 웃는 표정으로 서로 마주한 상태였다.

"오랜만이네!"

녹두가 최 군을 보고 미소를 지었다. 최 군은 녹두를 보곤 아무 말도 하지 못했다. 녹두가 최 군에게 녹두전을 받아 들고는 안으로 따라 들어오라는 시늉을 했다. 최 군은 아무 말도 못 하고 뭣에 홀린 듯 녹두 뒤를 따라 집 안으로 들어갔다.

한남동 유엔빌리지 경비사무실을 마주 보고 우회전해서 들어와서 골목 안쪽 세 번째 집.

'녹두가 이곳에 있을 줄이야.'

녹두와 최 군은 거실 테이블을 사이에 두고 마주 앉았다. 방금까지 녹두가 있던 방은 거리 쪽으로 나 있는 화장실 옆 방이다. 그 방에는 카메라와 모니터, 인터넷방송 세팅이 된 상태였다.

"오랜만이지?"

녹두가 최 군을 보고 웃는다.

"아니, 국정원 요원은 요즘 이렇게 음식 배달시킨답니까?"

최 군은 일 년 전, 그러니까 이태원 핼러윈 때 아르바이트하던 날을 떠올렸다. 맨해튼 호텔 앞 도로에서 무굴식당 쪽 골목으로 들어가면 제일 우측 골목에 자리 잡은 타투 가게. 녹두는 그 앞에서 마약상을 체포하던 국정원 요원이었다. 최 군은 마침 그날 배달을 가던 중 우연히 그곳을 지나며 녹두를 만난 기억이 있다. 녹두가 마약상을 때려눕히고 바닥에 엎드리게 한 후에 포박할 끈을 찾다가 최 군을 보고는 "애! 거기 들고 있는 끈 같은 거 좀 줘봐."라고 했는데 그때 최 군이 건넨 건 이어폰 줄이었다. 녹두가 그때 최 군을 쳐다보며 해준 말이 아직도 최 군 귓가에 생생하다.

"애! 너는 블루투스 안 쓰니? 시대가 언젠데 아직 이어폰 줄이니?"

'아……'

남이 이어폰 줄을 쓰든 말든, 블루투스를 쓰든 말든. 최 군은 이어폰 줄을 건네고 지나가려 했다. 녹두가 옆으로 지나가던 최 군 손을 쥐고 슬쩍 건넨 게 자기 전화번호.

"나 오늘 퇴근 삼십 분 뒤야. 너 내 맘에 든다. 이따가 연락해."

녹두는 황당하게 쳐다보는 최 군을 보며 찡긋 윙크를 보냈다.

"레트로하네. 올드하고. 근데 너 이름 뭐니? 얼굴은 반반하네. 내 스타일이야. 우리 오늘부터 1일 하자."

녹두는 이어폰 줄로 손목을 묶은 마약상을 승용차에 태우고 운전석에 앉더니 조수석 창문을 열고 최 군에게 말했다.

"이따 보자."

마약상을 본부에 데려다 놓고 최 군과 다시 만난 녹두. 정확히 삼십 분 뒤였다. 그날 이후, 최 군은 녹두를 만난 기억이 없다.

"아니, 국정원 요원이…… 이게 뭐예요?"

녹두가 거실에 앉아 최 군을 보며 다리를 꼬고 앉는다. 녹두가 앉은 소파가 부드럽게 가라앉으며 녹두의 몸을 감쌌다. 녹두가 최 군을 보며 말했다.

"여전히 촌스럽게…… 내 스타일이다. 애. 오늘도."

최 군이 녹두에게 물었다.

"아니, 녹두전은 또 뭐고. 오늘 여기서 인터넷방송하는 건 또 뭐냐고요? 국정원에서 일한다면서요?"

녹두가 최 군을 보며 웃었다.

"나 사실…… 국정원 요원 아냐. 나 직업은……"

최 군은 녹두의 이야기를 듣고 깜짝 놀랐다.

녹두의 직업은

녹두가 최 군을 바라보고 있었다.

"내 직업은 재래시장…… 상인회 회장이야……"

"응? 네네??"

최 군은 녹두 얼굴을 다시 쳐다봤다. 최 군은 머릿속이 복잡했다. 음식 배달 알바를 하면서 처음 겪는 황당한 상황. 이 무슨 일인가? 이태원에서 처음 만날 때는 국정원 요원, 지금은 아마존TV에서 방송하는 BJ. 그런데 녹두는 최 군에게 자기 직업은 재래시장 상인회 회장이란다. 최 군은 녹두를 보며 싱긋 미소를 지으며 말했다.

"거…… 짓말!"

녹두는 웃지 않았다. 녹두가 거실에 앉은 그 자리에서 식탁 위에 놓인 스위스제 은빛 커피잔을 들었다. 고급스러운 은빛 티스푼이 담긴 그 상태로. 녹두는 커피잔을 바라봤다. 최 군은 그런 녹두의 얼굴을 보며 이건 뭔가 대단히 혼란스러운 상황이라고 여겼다. 소설에서나 나올 상황이다. 우연히 만난 그녀의 직업이 세 번이나 바뀐다. 사실 최 군에겐 녹두 직업이 무엇이든 크게 상관없었다. 음식 배달은 그저 돈 받고 배달만 해주면 될 일이었다. 하지만 최 군은 어느새 녹두를 바라보며 이건 뭔가 상황이 단단히 꼬여가는 거라고 느낄 수 있었다. 일어날 수 있는데 일어나지 못하는, 아니, 일어나지 않는 남자 최 군은 '뭔가에 홀렸다.'라고 믿고 싶었다. 녹두가 최 군을 보며 이야기를 이었다.

"사실 나는 재래시장 상인회 회장을 하려고 시장 근처로 이사했어. 너를 이태원에서 처음 만났을 때는 국정원 요원이라고 했지? 그 말도 맞아. 나는 국정원 요원이면서 재래시장에서 일하는, 지금은 재래시장을 홍보하는 BJ로도 활동하니까."

최 군은 녹두의 입술을 보고 있었다. 녹두가 어떤 이야기를 하든 최 군 귀에는 들리지 않았다. 최 군은 자기도 모르는 사이 녹두의 먹잇감이 되었고 녹두의 계략에 너무나 쉽게 빠져버렸다. 이 역시 나중에야 알게 된 사실이지만 말이다.

녹두가 최 군을 보며 살짝 아랫입술을 지그시 깨무는 모습을 보였다. 녹두의 버릇이었다. 자기 계획대로 되어간다는 표시다. 그런데 최 군은 녹두의 이런 모습을 보면서 녹두가 여자로서 뭔가 감당하기 힘든 순간을 겪고 있다고 생각하고 있었다. 최 군은 녹두를 보호해주고 싶다는 본능이 꿈틀거려옴을 느꼈다. 테이블 하나를 사이에 두고 남자와 여자가 서로 다른 생각을 하고 있었다.

최 군이 자리에서 일어서려고 했다. 최 군의 스마트폰 앱에선 다음 주문 알람이 계속 울렸다. 녹두가 일어서려는 최 군의 손을 잡으며 말했다.

"오늘 같이 있어 줄래?"

"네? …… 네. 잠깐만이라면."

최 군은 녹두 얼굴을 쳐다봤지만 그 손을 뿌리칠 수 없었다. 녹두는 최 군의 손을 잡아 일으켜 집 안쪽 방으로 데리고 들어갔다. 방 안에 들어서는 순간 최 군은 그만 입을 벌리고 소리를 지를 뻔했다. 최 군의 귓가에 녹두의 목소리가 아련히 멀어지는 느낌이었다.

'아, 이러면 안 되는데…… '

방에 들어선 녹두는 머뭇거리는 최 군의 등을 살짝 밀었다. 최 군의 눈에 번쩍이는 섬광이 스쳤다. 녹두는 방송 세팅이 갖춰진 방 안으로 최 군을 밀어넣었다. 최 군은 갑자기 눈앞이 환해지면서 눈이 부셔 눈을 뜰 수가 없었다. 녹두는 방 안에 들어오자마자 겉옷으로 입고 있던 상의를 벗었다. 최 군은 녹두를 보고 마른침이 꼴깍 넘어갔다. 녹두가 최 군을 보고 싱긋 웃더니 이내 카메라를 보고 말하기 시작했다. 녹두 앞에 놓인 모니터 화면으로는 시청자들의 채팅이 쉴 새 없이 올라가고 있었다. 녹두가 최 군의 어깨를 붙잡고 모니터 앞으로 고개를 숙이며 글을 읽어주라는 속삭임을 하기 전까지는 말이다.

최 군이 방 안으로 들어오는 것과 동시에 풍선도 팡팡 터졌다. 최 군은 아무 생각을 할 수 없었다. 녹두는 민소매 탱크탑 상의를 입고 있었다. 모니터에 비친 녹두의 모습은 국정원 요원도 아니고 재래시장 상인회 회장도 아닌, 인터넷 세상에서 흔히 보던 스트리머 그 모습이었다. 최 군은 모니터 앞에 얼굴을 대고 채팅을 읽으려고 버벅거리다가 그것도 그만두었다. 입안이 말라버려서 아무 말도 할 수 없는 상태. 최 군은 도대체 지금 무슨 일이 벌어지는지 도무지 알 수가 없었다. 방 안에 들어오면서 최 군을 카메라 앞으로 가까이 서게 하고 자기는 최 군 뒤에 서 있었던 녹두가 최 군의 어깨를 감싸 안으며 이어폰과 연결된 마이크에 입술을 대고 속삭였다.

– 여러분! 오늘 스트리머, 일인 방송 1일차, 최배달이예요!!

"네?"

최 군이 되물었다. 녹두가 최 군을 보고 윙크하듯 눈가를 껌벅인다.

"아니, 너 오늘부터 BJ라고. 야, 배달해서 언제 돈 벌래? 너 밖에 차 할부도 갚아야지? 일인 방송 오늘부터 1일. 근데 너 닉네임을 배달이니까…… 최뺄알이라고 하자.'

최 군은 방금 들은 녹두의 말을 잘못 들은 건 아닌지 귀를 의심했다.

그날부터 최 군은 음식 배달 라이더가 아니라 스트리머가 되었다. 녹두방송으로 정식(?) 데뷔한 스트리머, 1인 방송하는 최뺀알이었다.

녹두는 다시 모니터 화면을 보며 시청자들에게 이야기하기 시작했다.

– 녹두사랑 오빠, 오늘 신입 남캠 왔는데 그냥 보고만 있을 거예요?

'녹두사랑 오빠? 아하, 시청자 닉네임이구나.'

최 군은 아니, 최뺀알은 인터넷방송에 빠르게 적응하는 중이었다. 그 순간 녹두방송채널에선 울트라챗이 들어오고 풍선도 올라왔다. 딱 일 분이나 지났을까? 녹두는 풍선과 울트라챗으로 삼만 개나 받았다. 최뺀알은 녹두를 보고 놀랐던 심장이 다시 쿵쾅거렸다.

'······'

'이런 씨 ······ 하루 배달 십만 원도 못 버는데 여긴 일 분만에 삼백만 원? 어휴······'

녹두가 최뺀알을 보면서 불렀다.

"최뺀알! 근데 너 리액션 안 해?"

최뺀알은 녹두를 보고 몸이 굳어버렸다.

'리액션이라니······?'

최뺀알, 오늘자 현재 이 시각부로 남캠이 된 최 군의 닉네임이다.

'일인 방송이라니!'

회사도 퇴사한 마당에 배달하면서 자기 인생 성찰의 시간을 가지려 했는데 모든 게 일순간에 바뀌었다. 최 군은 아니, 최뺀알은 모니터에서 시선을 떼지 못하고 서 있었다. 얼마나 지났을까? 녹두가 최뺀알 옆으로 슬쩍 다가오더니 최뺀알의 어깨에 팔을 걸었다. 최뺀알은 순간 어깨를 움찔거렸지만 몸을 빼거나 하진 않았다. 자신도 모르는 사이, 뭔가 재밌을 거 같다는 기분이 들기 시작한 것도 그 순간이었다. 최뺀알은 자기 속에서 뭔지 모를 흥겨움이 솟구치는 걸 알고 있었다.

‘리액션, 리액션. 춤을 출까? 몸을 흔들어? 아…… 이럴 줄 알았으면 아까 낮에 봐둔 먹방러 진행자들 리액션 좀 봐둘걸.’

최뺀알은 몸을 살짝 뒤로 옮겨서 허리를 굽히고 상체를 수그렸다.

녹두는 ‘이게 뭐?’이란 표정으로 최뺀알을 지켜본다. 최뺀알은 상체를 수그린 자세로 허리를 굽히고 양손에 핸들을 꽉 쥐고는 자동차 운전하는 모습을 보였다. 어찌 보면 사이클 타고 전력 질주하는 선수들 모습 같아 보이기도 했다. 최뺀알은 이때만 하더라도 일인 방송? 남캠? 그저 그날 하루의 재미라고만 여겼다. 오래 할 생각은 눈곱만큼도 없었다고 하는 게 맞는 표현이다. 어서 방에서 나가서 음식 배달할 거나 챙기려던 순간이었다.

그런데 이게 뭐……. 최뺀알이 사이클 선수처럼 전력 질주하는 자세를 취하자 그 뒤로 녹두가 다가서더니 사이클을 탄 여자 선수처럼 최뺀알의 허리에 올라탔다. 그리고 내뱉었다.

“오빠, 달려!!”

최뺀알은 그 순간 모든 게 달라졌다는 느낌이 들었다. 시청자 수는 어느새 일만 명대로 올랐다.

– ㅋㅋㅋㅋㅋㅋㅋㅋㅋㅋㅋ’
– 우와아ㅏㅏㅏㅏㅏ’

채팅창에는 자음과 모음이 번갈아 보였다.

– 이렇게 또 한 명의 배달의 기수가 사라졌습니다.
– 오늘 또 우리 배달의 기수 보낸 거야?
– 녹두 누나 나빠.
– 아아…. 그럼 이제 우린 밥은 누가 갖다주는 건데??

채팅창이 쉴 새 없이 스크롤되면서 시청자 수가 급속도로 늘어났다. 후원 풍선도 터졌다. 유튜브에선 후원 챗도 터졌다. 최뻴알은 그렇게 남캠이 되었다.

"악!"

녹두가 최뻴알의 허리를 탄 자세에서 쓰러진 건 그때였다. 최뻴알은 깜짝 놀라서 몸을 일으켰다. 그리고 쓰러진 녹두에게 다가서서 소리쳤다.

"녹두! 왜 그래? 뭔데? 연기 아니지? 119 불러? 야! 눈 좀 떠 봐!!"

잠시 후. 아무도 없는 줄 알았던 집. 방문 밖에서 누군가 걸어오는 소리가 들렸다. 저벅저벅. 거실을 지나 최뻴알이 있는 방 안으로 들어오려는 것 같았다. 이윽고 방문 문고리가 끼이익 열렸다. 최뻴알은 어찌할 바를 몰라서 혼란스러웠다. 방송하는 방에는 녹두가 쓰러져 있고 문밖에선 인기척이 났다. 이 집에 처음 온 날, 밤늦은 시간. 누가 보더라도 이건 최뻴알 일생일대에 처음 맞는 누명 쓰기 딱 좋은 시간이다.

'독독독……'

문 두드리는 소리가 둔탁한 망치 소리처럼 들렸다. 최뻴알은 귀가 먹먹해지는 느낌이었다.

'문 안 열면 더 의심할 텐데……'

그나마 다행으로 인터넷방송은 잠시 중단해둔 상황이었다. 녹두가 어지럽다고 하며 쓰러지기 전이었다. 방송 화면을 비추던 카메라를 돌리고 모니터에는 녹두 사진을 띄워 둔 상태였다. 채팅창에는 녹두를 걱정하는 시청자들의 멘트가 쉴 새 없이 스크롤 되고 있었다. 방문 두드리는 소리가 다시 들렸다. 이번엔 조금 더 큰 소리였다.

'둑둑둑……'

최뻴알은 문 앞으로 다가가 잠시 망설이다가 문을 열었다.

'끼이익……'

문 열리는 소리가 들렸다. 최뻴알은 순간 고개를 위로 들어야 했다. 문밖에는 최뺀알이 고개를 들고 올려다봐야 할 정도로 키가 엄청나게 큰 남자가, 떡대가 널찍한, 최뺀알 얼굴이 그 남자 가슴팍에 닿는, 처음 보는 그런 남자가 서 있었다. 남자가 숨 쉬는 콧김이 최뺀알 얼굴에 내리쬔다.

'아…… 콧김 불쾌해.'

'기분 엿 같다고 느낄 법한 상황인데, 평소대로라면 나 최뺀알은 그랬을 텐데, 지금 상황은 그게 아니다……'

남자가 잠시 말을 멈추고 방 안 풍경을 들여다보는 것 같았다. 최뺀알은 뒷골이 서늘했다. 얼굴엔 여전히 그 남자의 콧김이 내리쬐고 있었다. 남자가 말했다.

"녹두 누나 벌써 술 먹었어요? 술 먹방 준비하라고 해서 사 왔는데……"

"네??"

그 남자는'녹두네집시츄'였다. 녹두방송에서는 닉네임을 사용하는 이를테면 녹두의 매니저였다. 오늘 녹두가 게스트 불러서 술 먹방한다고 심부름시켜 안주거리를 사 오는 길이라고 했다.

'아…….'

녹두네집시츄가 최뺀알을 밀 듯이 하며 방 안으로 들어왔다.

"녹두 누나! 여기서 또 이래요? 술 먹방 어디 차려요? 누나?"

최뺀알은 무슨 말이라도 해야 했다.

"아니, 정신 잃은 거 같아요. 아까 방송하다가 내 등에 타더니 그냥 푹……; 아니, 나도 모르는데 그냥…… 저렇던데……"

시츄가 최뺀알을 쳐다봤다. 정확히 표현하자면 시츄는 최뺀알을 내려다봤다.

"누나요? 어제 밤새서 이럴 거예요."

오늘 술먹방 재료를 사 온 매니저는 아무렇지도 않은 듯 다시 방을 나갔다. 거실 쪽인가? 안주거리랑 술을 준비하는 소리가 들린다. 최뺀알은 뭐가 뭔지 몰랐다. 혼란스러웠다. 술 먹방은 또 뭐고, 녹두는 왜 이런 건지, 매니저의 놀라지도 않는 저 태도는 무엇인지, 종잡을 수 없는 상황이었다.

잠시 후. 정신을 차린 녹두는 최뺄알과 함께 술을 차려둔 식탁 앞에 앉아 있었다. 카메라를 다시 켜고 조명을 켰다. 다시 방송이 시작되었다. 그 순간, 채팅창에는 다시 후원 풍선이 터지기 시작했다. 매니저가 주방에서 긴 꼬챙이 하나를 들고 다가왔다. 녹두가 매니저에게 말했다.

"야! 그거 말고 안대 가져와!"

매니저가 아차 하며 고개를 끄덕이더니 다시 들어갔다. 최뺄알은 녹두와 매니저의 눈빛을 알아차리진 못했다. 최뺄알은 오늘 자신에게 생긴 일들로 인해 여전히 혼란스러운 상태였다. 시츄가 안대를 갖고 나왔다. 녹두가 최뺄알을 불렀다.

"최뺄알! 이거 써! 내가 끝내주는 경험하게 해줄게. 오늘 남캠 1일차 기념으로. 기대해. 남자들이 좋아하는 거…… 그거야."

'뭐, 뭐라구?'

녹두네집시츄가 가져온 안대를 녹두가 받아서 최뺄알의 얼굴에 둘렀다.

'뭐야? 안대가 이건 너무 크잖아…… 눈만 가리는 게 아니었어. 얼굴 전체를 왜 가려?'

녹두는 최뺄알 얼굴 전체를 가리다시피 안대를 둘렀다. 방 안에서 나온 매니저가 그 모습을 보고 킥킥거리며 웃는 소리가 들렸다. 녹두가 매니저에게 웃지 말라고 주의를 주는 건가? 매니저 웃음소리가 다시 사라졌다. 잠시 후, 최뺄알 앞 식탁 위에는 이름 모를 음식이 준비되는 것 같았다. 접시 놓는 소리, 물 따라서 컵에 담아 놓는 소리, 나무젓가락 놓는 소리.

'아니, 일회용 나무젓가락은 배달도 안 해준다구!'

최뺄알은 갑자기 심술이 났다. 그도 그럴 것이 배달할 때마다 나무젓가락을 찾는 고객들과 언쟁을 하곤 했던 기억이 있기 때문이다. 그때였다. 이벤트 준비를 마친 녹두가 최뺄알을 불렀다.

"자! 안대 둘렀으니 이제 최뺄알 님 앞에 놓인 음식을 맛보세요. 그리고 맞춰보세요. 무슨 음식인지."

최뺀알은 조심스럽게 젓가락을 찾아서 음식을 집었다. 그리고 코 앞에 갖다 대고 냄새를 맡으려 했는데 갑자기 매니저가 빵 터지며 웃는다. 최뺀알은 얼굴에 쏟아내리던 그 남자의 콧김이 생각나서 기분이 안 좋았다. 녹두도 킥킥거린다. 모니터 옆 스피커에선 후원 풍선 터지는 음향이 연속으로 들린다.

'이런 제길! 바보 같군. 안대를 둘렀는데 냄새라니……. 이 모습을 시청자들이 다 봤다는 거 아냐?'

그런데 문제는 또 있었다. 음식을 맛보려면 안대를 조금이라도 올려서 입이라도 보여야 했다. 녹두가 도와준다. 안대를 걷어 올리고 음식을 입 안에 넣을 수 있게 했다. 최뺀알은 음식을 조금 베어 물었다. 그리고 씹는 걸 망설이다가 조금씩 씹어본다.

물컹!

'아아! 이런…… 씨!'

"크크크크크……."

녹두랑 매니저가 빵빵 터진다...

'도대체 이게 뭔데?'

사실 최뺀알은 언제든 안대를 걷어치우고 당장이라도 방을 나가면 될 일이었다. 그런데 어쩐지 최뺀알도 그 자리에서 계속 방송을 하는 중이다. 도무지 이해할 수 없는 상황. 어찌하다가 일이 이렇게 된 건지. 어느 것 하나 생각할 겨를도 없었다. 최뺀알은 모든 신경이 입안에서 물컹거리는 음식에 쏠려 있었다.

"녹두, 이게 뭔데? 이거 먹어도 되는 거야?"

녹두가 대답한다.

"그게 뭔지는 최뺀알이 맞춰야지……. 말해달라고 하면 반칙이지. 시청자가 몇 명인데……"

최뺄알은 가만히 앉은 상태였다.

'아, 시청자.'

최뺄알은 다시 머릿속이 하애졌다.

'아까 분명히 시청자가 세 자릿수였는데…… 그럼, 대충 따져도 수천 명이야? 미치겠군.'

녹두가 최뺄알 옆으로 바싹 다가앉는 게 느껴졌다. 최뺄알은 음식을 썹을수록 입안을 통해 코끝으로 비릿한 냄새가 올라오는 걸 억지로 참고 있었다. 그와 동시에 집 밖에서는 최뺄알이 타고 온 벤츠가 비상경고음을 울리기 시작했다.

'뭐지? 누가 차를 건드렸나?'

주위가 갑자기 조용해졌다. 녹두도, 매니저도 사라진 건가? 아무 소리가 들리지 않았다.

'나…… 안대 좀 벗어도 될까?'

최뺄알은 녹두에게 물었지만 아무 소리도 듣지 못했다. 그때였다. 방문이 덜컥 열리는 소리가 들리더니 낯선 남자들이 방 안으로 들이닥쳤다.

하바드대학교 졸업하고 마천시장에 도넛 가게를 열다

"여기요!"

"네."

"크림도넛 오천 원어치요."

"네. 잠시만요."

블로그 이름 '책 읽는 여자의 소설 블로그', 블로거 닉네임은 무비걸, 작가 지망생 '은지'는 노트북을 덮었다.

"맛있게 드세요!"

하바드대학교를 졸업하고 마천시장에 자리 잡은 지 근 한 달.

'이렇게 장사가 잘되면 돈 많이 벌겠네?'

은지는 손님이 없는 시간대엔 노트북 펴놓고 소설을 쓴다. 블로그에 쓰는데 조회 수는 열 명을 넘기기 어렵다. 조회 수가 아예 전혀 없는 날도 많다. 도넛 가게 매출처럼 말이다. 은지가 소설을 쓰기 시작한 건 순전히 그 길 건너, 그러니까 골목 맞은편 칼국수 가게 사장 때문이다. 칼국수 한 그릇에 3,500원. 착한 가격. 은지가 귀국 후 얼마 지나지 않아 재래시장 조사차 들른 마천시장에서 식사하러 들른 가게가 거기.

"칼국수 한 그릇에 삼천오백 원 받고 장사가 돼요?"

은지가 놀란 이유는 단지 가격 때문은 아니었다. 칼국수 가게의 사장이 벌써 세 번째 바뀌었다고 했다. 앞 사람들이 장사 잘하고 이어 들어온 사람이 이어 장사하는 식이다. 그런데 더 놀라운 것은 맛이 일정하다는 점.

은지는 마천시장에 마케팅 조사하러 왔다가 칼국수 맛에 빠져, 좀 더 정확히 말하자면 재래시장의 경영에 뜻을 두고 자리 잡은 경우다. 그런데 왜 소설을 쓰냐고? 그건 은지의 마케팅전략이다. 재래시장에 대해 소설을 써서 웹소설로 업로드하고, 인터넷에서 홍보할 생각이었다. 그래서 남자 주인공은 은지네 가게에 자주 오는 음식 배달 알바생으로 삼았고, 녹두라는 묘령의 신비주의 여자는 근래 들어 도넛 사러 이따금 오는 여자 손님으로 정했다. 그렇게 첫 소설을 써 내려갈 무렵, 은지네 가게에 손님들이 오면서 글쓰기를 잠시 멈춰야 했다.

'최뺀알과 녹두가 방송하는 그 집에 들이닥친 남자들은 누구였을까?'

은지가 조금 더 상상력을 발휘할 무렵이다. 도넛을 산 손님이 돌아가고 다시 가게는 조용해졌다. 은지는 다시 노트북을 켰다.

사실 그러고 보면 요즘 재래시장이 예전 재래시장이 아니다. 노점상 할머니들도 시간이 한가할 때는 스마트폰 켜고 카카오톡하고 유튜브 보고 할 거 다 한다. 마천시장 진입로에서 황금잉어빵이랑 닭꼬치 파는 아줌마 김복희 사장도 그렇다. 재래시장이지만 첨단으로 운영되는 곳이었다.

'어디가 좋으려나.'

은지는 가게 자리를 알아보는데, 마음에 드는 곳이 마침 있었다. 황금잉어빵 아줌마 김복희 사장네와 그 옆에서 순대랑 오뎅을 파는, 항상 푸들 강아지를 데리고 나오는 아줌마 김끝순 사장네. 그 사이로 들어오면 마천시장의 전경이 펼쳐지는데 은지의 도넛 가게는 마천시장 초입에서 멀지 않은 곳에 자리 잡은 작은 가게다. 간판도 작고 도넛도 작고. 처음엔 어쩐 일인지 도넛 장사가 잘되는가 싶었는데 얼마 후에 오리구이 팔던 곳에서 국화빵을 팔기 시작하면서부터 은지네 가게 매출이 줄었다. 도넛과 국화빵이 경쟁하는 마천시장. 은지가 도넛을 팔면서 소설을 쓰는 것도 이상하지는 않았다. 사실 은지에게 소설이란 자신의 마음을 다스리는 방법이기도 했다.

'아니, 누가 이걸 갖고 신고했대요?'

재래시장 인심? 요즘엔 시장도 호락호락한 곳이 아니었다. 은지가 도넛 가게를 시작했을 때는 가게 앞 도로에 진열대를 놓고 지나가는 손님들에게 팔았는데 며칠 후 구청에서 단속이 나오더니 진열대를 치우라고 했다. 분명히 가게 임대할 때는 괜찮다고 가게 주인에게도 알아보고 시작한 건데 아무래도 근처 누군가 민원을 넣었는가 싶었다. 이런 게 시장 텃세인가 모르지만.

그렇게 여느 날처럼 은지의 도넛 가게의 하루가 시작되던 어느 날이다.

"도나쓰 맛있어요?"

가게 문이 열리더니 말쑥한 정장 스타일의 옷차림을 한 여자가 들어왔다. 분홍 원피스, 흰색 페도라 모자, 무릎까지 덮은 롱부츠. 은지가 여자를 보고 일어섰다. 아무래도 손님인 것 같았다. 나중에 안 일이지만 이 여자는 나이가 오십대였다. 은지의 첫인상으로는 이제 삼십대가 되었을까 한 앳된 얼굴이었지만 말이다.

"네? 도넛 드릴까요?"

"아니, 장사 잘되냐고 물은 건데."

"아…… 네. 이제 막 시작해서요."

마침 진열대 안엔 은지가 아침에 만들어둔 도넛이 그대로 놓여 있었다. 아침 열시에 문을 열었지만 손님은 없었다. 점심 식사가 되어서야 올까? 은지는 매일 도넛을 만들고 매일 그대로 집으로 가져간다. 이게 다 장사 초기라서 그럴 거라고 위안으로 삼는다. 오늘은 도넛을 조금 넉넉하게 만들었다. 지난번에 가져온 밀가루가 많이 남아서 유통기한 지나기 전에 어떻게 하든 처분해야 했던 이유도 있었다. 그런데 하필이면 오늘 같은 날 여자가 와서 도넛 잘 되냐고 물어보다니. 게다가 도넛이라고도 안 하고 도너츠도 아닌 도나쓰. 은지는 자존심이 살짝 상하는 기분이었다.

"도나쓰가 많네. 아침 장사는 공쳤구만. 맞지?"

"…… 그래도 많이들 와서 구경은 해요! 이제 홍보만 좀 하면 된다구요"

가게 안에 들어온 여자가 은지를 지그시 쳐다봤다. 은지는 아무 말도 대답하지 않으려다가 참지 못하고 대꾸했다.

"그럼 뭐해, 팔려야지. 그래야 장사지."

"……."

여자가 은지의 자존심을 긁는다. 반박할 순 없었다. 맞는 얘기다. 은지도 내심 걱정하던 부분이었으니까. 맞는 소리엔 반박할 수 없는 게 은지의 약점이었다.

"어, 그래! 맞네. 네가 은지구나? 맞지? 자존심 세서 살짝 긁으면 참지 못하고 대꾸하는 거 예나 지금이나 똑같네. 싸가지 없어 보이는 거도 여전하고."

은지가 여자를 보며 뭔가 낯선 느낌을 받았을 때다. 여자가 은지 이름을 부르며 아는 체를 한다. 여자는 은지에 대해 제대로 알고 있었다. 누굴까? 은지는 여자가 살짝 무서워졌다.

"누구세요?"

그놈은 반찬 가게 사장님

은지는 도넛 가게 안에 들어서자마자 자기 이름을 부르는 여자를 쳐다봤다. 어디선가 낯익은 모습. 은지는 그 여자가 누군지 잘 기억나지 않았다. 여자는 은지를 아는 듯했다.

"오랜만이네. 나 모르겠어?"

"네…… 누구신지? 마천시장에 가게 연 지 얼마 안 되어서요."

"나 몰라? 훗! 재밌네."

'나는 하나도 안 재밌는데요.'

"나, 동구 엄마."

"동구요?"

"응. 내 아들. 동구. 너랑 썸타던 애."

"네? 네?"

은지는 그제야 기억났다. 강동구. 대학 시절 '썸타던' 수영동아리 활동하던 그 남학생. 동구는 은지랑 만나면서 자기 엄마에 대해 이야기하곤 했는데 어느 시장에서 반찬 가게 하고 있다는 애긴 들었다. 은지는 갑자기 소름이 돋았다.

'서, 설마! 여기 마천시장에서?'

"그래그래. 이제 기억났나 보네. 동구가 네 얘기 많이 하더라. 하바드 갔다고 하던데. 대학 졸업하고 군대 다녀온 후 연락이 끊겼었나 보네?"

"아, 네네."

"우리 동구도 하바드 나왔어. 그리고 한국에 와선 대기업 다녔지. 내 아들이지만 그래도 너 얘기 많이 하니까. 내 아들이면서도 내가 다 질투 날 지경이었다니깐."

"아. 네. 동구는 잘 지내죠? 어머니."

동구 엄마, 그러니까 강말숙 여사는 마천시장 상인회 회장이다. 시장 초입에서 노점을 하면서 돈을 모아서 마천시장 내에 가게를 얻고 상인회 회장까지 오른 입지전적인 인물. 사교술과 교제술의 달인. 맨손에서 가게를 차렸고 돈을 얼마나 많이 모았던지 마천역 1번 출구 인근에 신축 건물 여러 개를 사들였다는 소문도 있었다. 그러나 아무도 강말숙 여사의 장사 수완을 제대로 아는 사람은 없었다. 강말숙 여사는 그렇게 억척스럽게 또는 시장에서 맨손으로 부를 이룬 엄마였다.

'동구.'

은지는 동구 얘기를 들으며 옛 기억이 떠올랐다. 풋풋한 대학생 시절, 하바드 유학 시절, 한국 유학생 모임에서 우연히 만난 남학생. 처음엔 듬직한 체구에 끌려 썸을 타던 남자. 그 남자의 엄마를 재래시장에서 가게를 처음 열고 얼마 지나지 않아 만나다니. 강말숙 여사가 은지를 찬찬히 보고 있었다. 입가엔 미소를 머금은 채. 은지는 강말숙 여사가 자신의 모든 것을 파악하고 있다는 것을 느꼈다. 얼굴 표정은 사람 좋아 보이는 미소를 짓지만 눈빛은 이따금 서늘할 정도로 차가운, 상대의 심리를 들여다보는 장사꾼의 그것이라고 할까?

은지가 강말숙에게 물었다.

"어머니, 동구는 잘 지내죠? 유학 다녀오고 대기업 직원? 우아! 성공했네요."

"응. 그 녀석? 이제 사장 수업받고 있지."

사장 수업이라니? 은지는 더 궁금해졌다. 그때였다. 동구 엄마, 강말숙 여사가 싱긋 웃더니 은지네 도넛 가게 문 밖을 보며 어디를 쳐다본다.

"저깄어. 하바드반찬가게."

"네?"

은지는 순간 심장이 쿵쾅대는 소리를 들킬까 봐 조심해야 했다. 하바드대학에서 썸타던 남자가 한국에 와서 여기 마천시장에서 반찬 가게를 한다고? 은지는 두 눈을 질끈 감았다가 떴다.

'아, 이런⋯⋯.'

사실 은지에겐 아무에게도 말하고 싶지 않은 비밀이 있었기 때문이었다. 은지가 강말숙 여사를 쳐다보며 말했다.

"저⋯⋯ 어머니. 제가 드릴 말씀이 있어요."

은지는 강말숙 여사를 쳐다봤다. 강말숙 여사는 뒤로 돌아 도넛 가게 문을 나서려다가 잠시 멈칫했다. 은지의 이야기를 들은 듯했다. 강말숙 여사는 은지를 지그시 쳐다보며 나지막한 목소리로 말했다.

"왜? 썸타다가 헤어졌다고? 그건 니들 일이고⋯⋯. 나는 너랑 동구랑 지지고 볶든 뭘 하든 관심 없어. 오늘은 상인회 회장으로서 너를 만난 거고 갈 데가 있어, 오늘 나랑 같이."

은지는 한숨을 쉬었다.

'그게 아닌데.'

강말숙 여사는 은지를 보며 한마디 툭 던지듯 말하고 가게를 나갔다.

"이따가 데리러 올게."

그때, 포니테일 헤어스타일을 한 이십대로 보이는 여자가 은지네 가게 앞에 나타났다. 여자는 로즈골드톤 스웨터와 플레어스커트 차림이었다.

"여기요, 도너츠 주세요."

근처 회사에라도 다니는 걸까? 단정한 유니폼을 갖춰 입은 여성이 가게 앞에 섰다. 도넛을 사러 온 모양이다. 강말숙 여사가 다소 큰 소리로 말했다.

"사장님. 여기 도나쓰 맛있네. 하바드 출신이라서 그런가? 도나쓰에 깊이

가 있어. 한국에선 처음 먹어보는 맛이네! 사장님! 오늘 팔고 남은 거 내가 다 살 테니까 이따가 포장해줘요! 하두 순식간에 다 팔려서 남으려나 모르지만."

강말숙 여사가 돌아가고 은지가 가게 안에서 진열대를 마주하고 섰다. 시장 통로에서 도넛 가게 앞에 선 여자는 잠자코 도넛을 고르더니 지갑에서 카드를 내민다.

"이거 다 주세요."

"네? 아, 네."

은지는 진열대 위에 두었던 도넛을 종류별로 한 개씩 담아서 여자 손님에게 건넸다. 여자는 은지가 건넨 도넛을 담은 비닐봉지 두 개를 양손에 들고 돌아갔다. 은지는 강말숙 여사가 주고 간 명함을 꺼냈다. 전화를 걸었다.

"어머니! 도. 나. 쓰. 어쩌죠? 아까 그 여자 손님이 도넛 다 사 가서 포장해드릴 게 없어요."

스마트폰을 통해 강말숙 여사의 목소리가 들렸다. 누가 여장부 아니랄까 봐 껄껄껄 웃음소리와 함께 한참 웃기만 하던 강말숙은 가까스로 숨을 고르며 말했다.

"아니, 나 소화하기 힘들어서 밀가루 빵 못 먹어. 아까는 그냥 해본 소리야. 어쨌든 빵 다 팔았다고? 잘됐네. 오늘 가게 문 일찍 닫고 와. 보여줄 게 있어."

"네? 어디로요?"

"하바드반찬가게."

이상한 상인회

그날 늦은 오후. 도넛 가게 문을 닫은 은지는 강말숙 여사를 만나러 하바드반찬가게로 향했다. 사실 은지는 강말숙 여사가 반찬 가게로 오라고 했을 때 당황했던 것도 사실이었다.

'동구를 다시 만나는 건 아닐까? 다시 만나면 뭐라고 인사하지?'

순간적으로 머릿속에 여러 생각이 스치며 걱정이 들었다. 은지가 머뭇거리자 강말숙 여사는 그럴 줄 알았다는 듯 다시 말을 붙였다.

"괜찮아. 동구 녀석은 오늘 모임 있다고 안 와. 오늘 뭐 어떤 여자 만난다던데. 암튼 은지 사장. 이따가 봐."

은지는 내일 사용할 밀가루 반죽까지 냉장고 안에 넣은 후에야 앞치마를 풀고 옷을 갈아입었다. 핸드백을 챙기고 나서 도넛 가게 문을 닫으면서도 은지는 강말숙 여사에 대해 생각하고 있었다. 사람 속을 훤히 들여다보는 것 같은 사람. 눈 한 번 잘못 쳐다보면 자기 속내를 들켜버릴 것 같은 사람. 여자인지 남자인지 이따금 목소리가 기차 화통처럼 우렁찬 사람. 그러면서도 옷 하나는 깔끔하게 고급스러운 옷차림을 고수하는 사람. 은지는 강말숙 여사에 대한 이미지를 정리했다.

'녹두의 엄마 역할이면 강말숙 여사가 제격일 거 같아.'

은지는 마침내 녹두 엄마를 찾아냈다는 기쁨으로 입가에 미소를 지을 수 있었다.

"안녕하세요! 어머니, 저 왔어요."

은지가 하바드반찬가게 안을 보며 강말숙 여사를 찾았다. 가게 안에는 인기척이 없었다. 은지는 가게 앞에서 잠시 기다리기로 했다. 주변 가게들은 손님들과 흥정하느라 바빠서 은지를 보고 말 걸어 보는 사람도 없었다. 은지는 하바드반찬가게 앞에 서서 가게를 바라봤다.

'자리 좋다.'

반찬 가게는 마천시장 중앙 통로에서도 한가운데였다. 허름한 외관 모습과 다르게 금색 테두리가 돋보이는 간판엔 진지함의 끝판왕 궁서체로 '하바드 반찬가게에 오신 걸 환영합니다!'라고 쓰인 한글 문구가 선명하게 보였다. 누가 서예처럼 직접 쓴 것 같진 않았다.

'마천간판, 여기도 그 사장님이 다셨나?'

마천시장 가게는 모두 그 집에서 간판을 달아준다는 그 간판집에서 했을 텐데 간판에 네온 기능은 안 해둔 것 같았다. 야간에 반짝거릴 필요는 없는 모양이다.

'하긴, 마천시장은 저녁 아홉시 전엔 모두 문 닫는데, 반찬 가게는 저녁 찬거리 손님들 돌아가고 여섯시만 돼도 뜸하니까…… 어두워질 때까지 문 열 필요도 없긴 하겠네.'

은지가 하바드반찬가게에 앞에서 간판을 보며 가게 안쪽으로 들어서던 바로 그때였다.

"아니! 말숙씨가 상인회 맡으면서 그 법이 사라졌다니깐."

반찬 가게 안에 다른 상인들이 모여 있었던 모양이었다. 가게 안쪽 냉장고 옆에 문이 열리고 강말숙 여사와 시장 상인으로 보이는 여성 두 명이 나왔다. 여성 두 명은 서로 입씨름하는 듯 삿대질까지 해 보이며 목청을 높이곤 했다. 은지도 아는 사람들이었다. 한 명은 위례 방향 마천시장 진입로 안쪽에서 반찬 가게를 운영하는 김추자 여사고 다른 한 명은 마천농협 하나로마트 방향 모퉁이 길옆에서 반찬 가게를 운영하는 하남댁이라고 불리는 여성이었다. 김추자 여사네 반찬 가게 이름은 '엄마손반찬'이고 하남댁 반찬 가게 이름은 사장 호칭을 붙여서 '하남댁반찬'이었다. 김추자 여사가 하남댁에게 시비를 붙은 듯했다. 하남댁이 김추자 여사의 요구가 불합리하다며 따지다가 강말숙 여사에게 함께 온 상황이라고 했다.

"아니, 강 회장님, 김추자 사장님 요구가 언제 적 이야기예요? 이젠 그런 거 없잖아요? 글로벌 시대에! 아니, 시장에서 선후배가 어딨어요? 장사하는 사람끼리 선의의 경쟁을 하는 것이지."

하남댁이 강말숙 여사에게 이야기한다. 그러자 김추자 여사가 뒤질세라 말을 받는다.

"아이고, 이 양반이 아직 세상을 모르는 갑네. 여기 마천시장에 오면 선배네 반찬 가게에서 하라는 대로 하는 것이랑께. 뭔 말인지 알아들었어? 내가 딴 반찬은 하지 말라 하면, 하면 안 되는 것이여. 아니, 왜 내가 안 파는 반찬을 자꾸 하겠다고 하는 거여? 그건 나중에! 응? 나중에 하남댁이 마천시장 선배 되면 그때 가서 하라니께."

"아니, 그러니까, 그게 무슨 말이요 방구요? 엄마손반찬에 없는 반찬은 우리가 만들지 말고 팔지도 말란 거잖아요? 왜 그래야 하는데요? 옛날엔 그랬다 쳐도 이젠 세상이 바뀌었는데."

이야기를 정리하면 이랬다. 마천시장 반찬 가게엔 선후배가 정한 규칙이 있다. 오래전부터 장사하던 사람, 나중에 들어온 사람, 이런 식으로 선후배를 구분하고 나중에 들어온 사람은 먼저 와서 장사하는 사람네 가게에서 안 파는 반찬은 팔지 말라는 거였다. 다만, 예외인 경우로, 손님이 주문 제작하는 반찬은 만들어서 팔아도 그 손님에게만 팔고 매대에 올려두지 말라는 거였다. 그래야만 선배네 가게가 단골도 제일 많으므로 장사도 제일 잘 돼야 한다는 무언의 약속 같은 거였다. 이 규칙은 마천시장이 6.25 전쟁 이후 처음 생겼을 때부터 이른바 '손님 나눠 갖기'를 하자는 취지에서 만들어졌다. 시장 상인들끼리 누구 하나 특별히 튀지 말고 골고루 잘살자는 취지에서 이런 룰을 정했다고 하는데 시간이 흐르면서 이 룰이 묘하게 바뀐 것이 문제였다. 나중에 들어온 상인은 아무리 반찬 솜씨가 좋아도 선배네 반찬 가게에서 팔지 않는 반찬은 따로 만들 수가 없는 노릇이었다. 이 사실을 모르던 하남댁이 솜씨를 발휘해서 새로운 반찬들을 내놓기 시작하자 이를 본 김추자 여사가 하남댁을 불러 그러지 말라고 요구한 상황이었다.

강말숙 여사가 상인회 회장이 된 이후로는 없앤 룰이었는데 김추자 여사로서는 그간 세월이 억울한 터였다. 김추자 여사는 그렇게 안 했는데 아무리 그래도 이제 막 들어온 가게가 처음부터 자기 맘대로 장사를 해선 안 된다는 말이었다. 일종의 시장 텃세이거나 기 싸움이었다.

강말숙 여사가 두 여자 사이에서 한마디 거들었다.

"아이고, 두 사장님들, 그래도 돈 벌자고 하는 건데 내가 어느 한쪽이 맞다 그르다 할 순 없고……. 우리 다음부턴 이렇게 합시다. 하남댁 사장님네 가게에서 판매하고 싶은 반찬을 이야기하면 김추자 여사님이 판매할 수 있는 반찬을 골라주는 걸로요? 응? 그 대신에 하남댁 반찬을 김추자 여사님네 가게에서도 같이 팔면 되죠? 아이고, 마천시장 좁은 동네에서 얼굴 붉히면 뭐 하겠소? 같이 잘 먹고 잘삽시다. 어때요? 응? 그러면 두 분 다 동의한 걸로 하고 오늘은 여기까지. 자, 기분 좋게 갑시다! 파이팅!"

두 여성이 돌아가는 걸 지켜보던 강말숙 여사가 은지를 쳐다본 것은 김추자 여사랑 하남댁이 각자 가게로 들어간 뒤였다. 강말숙 여사는 그 두 사람의 뒷모습까지 계속 지켜보며 만에 하나라도 그들이 다시 돌아올 경우를 대비하는 모습을 보였다. 강말숙 여사가 그 사람 좋은 미소를 지어 보이며 은지를 불렀다.

"은지 사장 왔네? 어여 와! 오늘 내가 실은 긴히 할 말이 있는데."

"네네."

은지는 강말숙 여사와 눈이 마주치면서 자신도 모르게 침을 꿀꺽 삼켰다.

"혹시…… 도깨비 만나본 적 있어?"

"네?"

은지는 강말숙 여사를 쳐다봤다. 강말숙 여사는 은지를 보며 한 치의 틈도 보이지 않는 자세로 허리를 꼿꼿하게 펴고 앉은 상태였다. 은지는 입술이 마른 듯했다. 강말숙 여사를 보며 입술에 힘을 주어 꽉 다물어보는데 입술 겉 피부가 거칠게 느껴졌다.

마천시장 도깨비

하바드반찬가게에는 강말숙과 은지, 두 여자만 있었다. 찬거리를 준비하러 쉴 새 없이 들어오던 손님들도 발걸음을 멈춘 듯 가게 안에는 숨 막힐 듯 고요한 정적만이 흐르고 있었다.

그때였다. 하바드반찬가게 앞에 사람들 웅성거리는 소리가 들렸다.

"안녕들 하시죠?"

강호식이었다. 어디서 구했는지 흰색 정장에 흰색 구두까지 차려입은 강호식이 앞장서서 걷고 그 뒤를 은색 정장 차림의 남자들 네댓 명이 걸어 지나가고 있었다. 강호식은 마천시장 중앙 통로를 천천히 걸어가며 가게마다 사장을 불러내서 눈을 맞추고 인사를 건넸다. 가게 사장이 자리를 비웠다면 그 자리에 서서 가게 사장이 돌아올 때까지 기다리기까지 했다.

"잘 부탁드립니다. 마천시장, 강호식이 일꾼 아니겠습니까? 사장님들 잘 모시는 게 제 최대 행복입니다."

강호식은 마천시장 상인들 모두 잘 아는 인물이긴 했다. 마천시장 내에 정육점 서너 곳을 포함해서 거의 모든 식당이 최부자 가게를 통해서 고기를 공급받고 있었기 때문이다. 다만, 한 곳 '여러분정육점'은 예외였지만 말이다. 그렇게 시장을 가로지르며 인사를 건네던 강호식이 여러분정육점 앞에 섰다. 여러분정육점 사장은 마장동에서 고기를 도매하다가 마천시장에 육권화 사장의 소개로 들어왔다고 했다. 그래서 굳이 최부자 가게를 통해 고기를 공급받을 이유는 없었다.

"사장님, 고기 잘 모르시네. 제가 보여드릴게. 이게 뼈랑 고기랑 붙은 게 결대로 잘라줘야 제대로거든요."

강호식은 여러분정육점 사장이 고기 써는 모습을 보더니 칼을 받아 들고 직접 발골해서 고기를 썰어냈다.

"어때요? 사장님. 이 정도면? 도깨비일지라도 강호식한테는 대들지 못하겠죠? 그쵸? 여기가 사람으로 치면 허벅지, 이 부위는 사람으로 치면 아랫배, 여기저기를 이렇게 촥촥촥! 여기를 촥촥촥! 그런데 도깨비보다 더 무식한 인간이 강호식이한테 감히 대드는 건 없어야 하는데……."

그러자 강호식이 모습이 하도 괴이했던지 마천시장 상인들은 그 모습을 보더니 등을 돌려 각자 가게 안으로 돌아갔다.

"회장님, 전화 왔습니다."

아르마니 남자가 강호식에게 스마트폰 화면을 보여줬다. 강호식은 스마트폰 화면에서 전화를 걸어온 사람의 이름을 확인한 다음에야 발골하던 칼을 정육점 사장에게 건네주고 스마트폰을 받아 쥐었다.

"어이쿠야, 우리 사장님 일하시는데 제가 방해가 되었네요. 강호식이 오늘은 여기까지. 물러가겠습니다. 싸장님. 네네. 여기 칼, 받으시고, 아이쿠야, 또또 내가 버릇대로 이런다. 하마트먼 칼 거꾸로 드릴 뻔했네."

강호식은 여러분정육점 사장에게 칼을 건네며 칼날을 앞세웠다가 다시 칼을 돌려 잡고 칼자루 쪽을 건넸다. 여러분정육점 사장이 강호식으로부터 칼을 받아 손질대 위에 내려놓았다. 강호식은 중앙 통로를 빠져나가며 하바드 반찬가게를 기웃거렸다. 상인회 회장이 운영하는 가게, 강말숙에게 눈인사라도 나누고 가려는 생각이었다.

"하이구, 이게 누구셔요? 손님 계셨네요!"

강말숙이 강호식을 보며 웃으며 인사를 받았다.

"어머, 우리 미남 총각 강호식 회장님! 항상 감사해요!"

"하이구, 우리 회장님. 언제나 칭찬만 해주시고, 제가 몸 둘 바를 모르겠습니다. 그리고……?"

강호식이 은지를 보며 고개를 끄덕이고 미간을 오므렸다. 누군지 통성명하자는 의미였다. 은지는 아무 말을 하지 않은 채 고개만 숙였다가 다시 들었다. 강호식이 은지를 보며 마음에 들어 하는 눈치였다.

"아, 과묵하시구나. 역시 미인분들은 뭐가 달라도 다르시다니까. 저, 여기 앞에 주차타워 운영하는 강호식이라고 해요. 앞으로 잘 부탁합니다! 자주 봬요!"

강호식은 은지를 보며 인사를 건네더니 다시 주위 가게들을 돌아보며 말했다.

"여러분, 여러분의 머슴! 이 강호식이 물러갑니다. 오늘도 돈 많이 버세요!"

강호식이 빠져나간 후 마천시장엔 다시 손님들과 상인들이 바빠졌다.

'삐이잉!'

커피포트가 요란한 소리를 내며 은지와 강말숙 여사 사이의 정적을 깼다. 강말숙 여사가 믹스커피를 종이컵에 넣더니 뜨거운 물을 종이컵에 반 정도 되는 위치까지 따랐다. 그리고 믹스커피 봉지를 종이컵 안에 넣고 휘휘 젓던 강말숙 여사는 커피가 다 녹은 걸 확인하고 은지에게 종이컵을 건넸다.

"어머님, 정수기 온수 있는데 커피포트로 물 끓이시네요?"

"……. 사람 사는 게 인간미가 있어야제. 안 그랴?"

강말숙 여사는 자신의 종이컵에도 믹스커피를 넣고 뜨거운 물을 따르더니 믹스커피 봉지로 휘휘 저었다. 그리고 커피 물을 젓던 믹스커피 봉지를 꺼내 입안에 넣고 쪽 빨더니 가게 안 기둥에 걸어둔 검정 비닐봉지 안에 버렸다. 간이 휴지통이었다.

"아이고, 징해라."

강말숙 여사는 믹스커피 봉지를 입안에 넣고 빼는 모습을 은지가 쳐다보자 투덜거리듯 말했다.

"이 버릇 안 없어진다니깐. 커피 아까워서 커피 젓고 봉지에 묻은 거 빨아먹다 보니까 습관이 돼버렸어. 믹스커피 먹을 때 이 봉지 그냥 버리는 사람 보면 왜 저렇게 낭비하는가 싶었는데……. 이젠 구질구질하게 보여도 그냥 그러려니 해. 이해하지?"

"네? 네네. 괜찮아요, 어머니. 저 신경 쓰지 않으셔도 돼요."

"역시 배운 사람이라 다르구만. 아껴야 잘 산다니까."

강말숙 여사는 종이컵을 들고 입술 끝에 조금 대고 커피를 호호 불며 입술에 조금 묻혀 뜨겁기를 재는 모양이었다. 강말숙 여사의 종이컵 주위에 둔탁한 느낌의 립스틱이 묻었다.

'둔탁하다?'

은지는 강말숙 여사가 내려놓는 종이컵을 보며 둔탁한 색깔이라고 생각했다. 립스틱 색깔이 너무 무거워 보였다. 그래서 종이컵을 내려놓는 것일지도 모른다.

강말숙 여사가 말했다. 강말숙 여사의 입술에 닿았던 종이컵이 강말숙 여사의 입술에서 립스틱을 덜어 가져갔다. 강말숙 여사는 립스틱이 둔탁하게 벗겨진 입술로 다시 말했다.

"도깨비 알아?"

"네?"

"시장 상인들이 뒤숭숭해. 대명천지에 반백 년이나 지나도록 아무 문제 없던 마천시장인데 갑자기 도깨비가 나타나다니 말이야."

하바드반찬가게 앞으로 아는 얼굴이 지나가는 모양이다. 강말숙 여사는 은지랑 이야기하면서도 이따금 은지 어깨 넘어 누군가와 눈인사를 나눴다. 은지가 물어볼 차례였다.

"도깨비라니요?"

“응. 시장에 박스 줍는 할머니가……. 아휴, 입에 담기도 남사스럽네. 아무튼 아닌 밤중에 홍두깨도 유분수지. 서울 한복판에, 아니. 한복판은 아니지만. 그래도 서울 바닥에서 아침에 도깨비가 나타났다는 거야. 이 시장에. 나로선 황당하면서도 누군가가 나를 상인회 회장에서 끌어내리려고 지어낸 소문인가 싶기도 하고, 그게 아니라면 이 동네 땅값 떨어뜨리려고 그러는 건가 싶기도 하고. 어떻게 생각해?”

은지는 그제야 강말숙 여사가 자기를 불러 도깨비 이야기를 꺼내는 이유를 눈치챌 수 있었다. 강말숙은 은지도 의심 선상에 올려둔 상태였다. 오랜 시간 시장에서 장사해온 사람들은 그럴 리 없으니 새로 연 가게들을 의심하는 게 어찌 보면 당연했다.

“요즘 세상에 도깨비란 게 있나요?”

“그렇지, 그렇지. 아니 무슨 드라마도 아니고.”

“제 생각엔.”

“응, 그래그래. 말해 봐. 은지 사장.”

강말숙 여사가 은지를 쳐다봤다.

은지는 강말숙 여사의 눈초리가 예사롭지 않다고 느꼈다. 부드러우면서도 딱딱한, 신뢰한다는 눈빛이면서도 의심을 거두지 않는, 은지의 말이면 다 믿는다는 표정이면서도 낱낱이 따져보겠다는 마음이 담긴 눈빛이었다.

“그건 도깨비가 분명해요.”

은지는 강말숙 여사를 쳐다보며 또렷하게 말했다.

“뭐? 뭐라구?”

강말숙 여사는 커피를 마시지 못했다. 한 손에 종이컵을 든 채 은지를 쳐다봤다.

“강 사장님, 계셔유? 아따, 여기 손님 받으슈!”

그 사이, 강호식이 지나간 하바드반찬가게 앞에 손님이 왔다. 근처 건물에서 포장마차를 운영하는 김달포 사장이었다. 그날 장사할 찬거리를 준비하러 들른 김달포 사장은 강말숙 여사랑 은지를 번갈아 쳐다보며 멀뚱히 서 있었다.

마천시장 포장마차

 "아이구, 이게 누구세요. 김 사장님. 어서 와요. 이쪽은 요 앞에 도나쓰 가게 은지 사장이라고. 내 아들내미 대학 동창이에요."

 강말숙 여사가 사람 좋은 웃음을 건네며 김달포 사장에게 은지를 소개했 다. 김달포 사장이 가게 안으로 들어섰다. 강말숙 여사는 종이컵을 집어 믹스커피 한 잔을 탔다. 김달포 사장이 강말숙에게 종이컵을 받아 입술에 대고 홀짝였다.

 "으흐, 뜨거버라. 역시 커피는 뜨거워야 제맛이지라잉."

 "아이구, 우리 김 사장님. 커피 뜨거워요? 입술 데인 거 아니에요?"

 "아이구야, 강 여사님. 커피 한 잔에 입술 데일 정도는 아니지어라잉. 내가 한때는 떠건한 커피도 무조건 원샷으로 때려버렸는데잉. 이젠 내 몸 연식이 오래되었지만서두 아직 근육도 짱짱하고 아래 동생들도 잘 따르니께 아직 죽지 않았구만이어라잉."

 김달포는 강말숙이 내준 자리에 앉으며 은지를 보며 말했다. 좁아터진 가게 안에 한 사람이 더 늘었다. 가뜩이나 좁은 공간에 끼워 맞추듯 앉은 세 사람의 무릎이 거의 닿을락 말락 마주하고 있었다.

 김달포 사장은 마천시장에서 나고 자란 토박이는 아니었다. 젊은 시절 이름 값한다고 어깨에 힘주고 다닌 동네 건달 출신이었다. 시장 사람들 이야기로는 그렇다고 했다. 하지만 폭력 전과도 없고 경찰 관리 대상에 오른 조직에 속한 자도 아니었다. 그래서 마천시장 사람들은 김달포 사장을 그냥 건달 출신으로만 알고 있었다. 더 이상 알려고 하는 사람도 없었다. 구태여 알아봤자 별 도움도 되지 않는다고 여기는 것 같았다. 시장 상인들의 특성이라고 할까? 손님이 그렇다면 그렇다고 받아주는 정도. 김달포 사장은 자기 말에 토 달지 않는 마천시장 사람들 사이에서 나름 건달 출신으로 거들먹거리며 다니고 있었다. 강말숙 여사가 김달포 사장을 맞이하면서 은지에게 눈짓을 보낸 것도 같은 이유에서일 것이다. 김달포가 하는 말은 맞장구나 쳐주고 그냥 그러려니 받아주고 말라는 의미였다. 은지는 그렇게 생각했다.

"아니, 근데 마천시장이 너무 고학력자들만 모이는 거 아니여라? 강 여사님 아들도 하바드인가 그러잖네? 근디 여 예쁜 은지 사장도 하바드여라? 흐미…… 내가 그래도 가방끈은 제일 길었는디잉."

"아니, 우리 김달포 사장님은 어디 나오셨길래? 박사예요? 박사?"

강말숙 여사가 김달포 사장을 보며 말했다.

김달포가 종이컵에 담긴 커피를 홀짝이려다가 자기도 모르게 많이 마셨나 보다. 사레가 들려 갑자기 기침을 크게 했다.

"하이구, 죽을 뻔했네잉. 아니, 우리 강 여사님 말씀에 빨랑 대답은 해야쓰 겠는디 커피도 마셔야 하겠고 동시에 쓰까 버렸지라잉. 말하면서 커피를 마싱게…… 하이구, 입천장 다 데버렸지라. 흐미. 목구녕 따가버려."

"어머, 어머. 김 사장님. 괜찮으셔요? 제가 괜히 물어봐 가지구. 김 사장님 말씀이 너무 재밌고 궁금하니까. 하이구, 내가 너무 서둘렀네. 죄송해서 이거 어쩐대요?"

김달포가 은지를 보며 말했다. 강말숙 여사와 대화하는데 김달포는 은지를 보며 시선을 떼지 않는 상황이었다.

"아니지여라잉. 나가 그런다고 또 강 여사님께서 주신 커피를 남길 수 있겠소?"

김달포가 강말숙과 재밌게 논다. 은지는 김달포의 이야기에 웃음을 지어주며 허리를 세우고 자세를 고쳐 앉았다. 은지는 강말숙 여사를 보며 말했다.

"아, 김 사장님은 그럼 마천시장 요 앞에 건물 이층에서 포장마차 하신다는 그? 인생차포인가? 거기 느낌 있어 보이고 분위기 좋던데요?"

김달포가 종이컵을 내려놓으며 은지의 말을 이었다. 강말숙은 김달포가 내려놓은 종이컵을 집어 옆으로 치웠다. 종이컵 안에 반쯤 남은 커피가 흔들렸다. 김달포가 은지를 보며 말했다.

"그라제그라제. 아따 강 여사가 나에 대해 벌써 이야기해줘 버렸소잉? 반갑구만이어라잉. 우리 은지 사장님은 그럼 사는 데가?"

강말숙이 끼어들었다.

"은지 사장은 집이 한남동이랬지?"

"네? 네. 근데 그걸 어떻게?"

"응? 아니, 우리…… 동구가 말해주던데."

"아."

은지는 강말숙이 자신의 모든 것을 알고 있다는 느낌을 지울 수 없었다. 은지에 대해 이미 사전 조사를 마치고 도넛 가게에 온 게 분명했다. 사업자등록증에서 주소를 확인한 것일까? 은지와 강말숙을 보던 김달포가 서둘러 사이에 끼어들었다. 이야기가 묘하게 흘러간다고 느낀 모양이다. 김달포가 은지 사장에게 말했다.

"여거도 그라고 은지 사장도 그라고. 하바드가 최고의 대학 아니여라잉? 근디 나 김달포도 가방끈이 허벌나게 길어 뿐게 사실 내가 가방공장 출신잉게 잉. 대한민국에서 나보다 가방끈 길어뿐 자 있으면 나오라고 해도 두 놈 나올랑가? 그 가방공장 사장이랑 그 사장 마누라랑. 잉? 그다음이 김달포지라잉."

"호호호. 하이구, 우리 김 사장님 말씀도 재밌게 하신다. 이래서 마천시장 여자들이 다 김 사장님 좋아한다니깐."

"잉? 하이구. 우리 강 여사님 또 나를 방방 띄워주신다잉. 그라케 말씀하시믄 여기 은지 사장님 또 뭐라 생각하시겠소. 나는 아닌데? 뭐 그라실 거 아니여라? 잉?"

은지가 김달포를 보며 말했다.

"아니요. 너무 재밌으세요. 김 사장님 제 스타일이세요."

"잉? 하이구. 이래서 내가 마천시장 바닥을 떠나질 못 한다니께. 우리 마누라가 여기 있어야 했는디. 지 남편이 바깥에서 얼매나 인기인지 그 여자만 모른다니께. 남편 간수 좀 잘하라고 전해주쇼잉? 강 여사님. 잉?"

"아이구, 또 우리 김 사장님 사랑꾼 놀이하신다. 사모님이 김 사장님만 바라보고 사신다는데 와 그라용."

"하이구, 소문나뿐제. 소문나뻤져. 실은 내가 우리 아버지 탓이여, 이게다."

강말숙 여사가 김달포를 보며 말았다.

"하이고, 우리 김 사장님, 아버님은 또 얼마나 정정하실까요?"

김달포가 강말숙을 흘깃 쳐다보며 은지에게 말한다. 아무래도 오늘 김달포 사장은 은지 사장에게 관심을 두고 있다.

"아니 긍게. 우리 할아부지가 전라남도 울산 방어진에서 왜놈들 막던 의병이셨거지라잉. 월남 스키부대 나오셨어. 내가 줄리어드 음대 국어국문과 낙방했지만 말여. 근디 아버지가 머리가 좋아갔고라…… 항상 보튼 나이 어린 여자는 거들떠 안 보고 항상 연상, 아버지보다 나이 많은 여자하고만 사랑을……겁나 씨게 사랑을 했다이거여."

강말숙 여사가 종이컵을 들고 안에 담긴 믹스커피를 홀짝거렸다. 은지는 김달포를 보며 이야기를 들어주는 척하고 있었다. 김달포는 이따금 가게 밖에 지나다니는 사람들을 보면서도 이야기할 때는 은지랑 눈을 마주치곤 했다.

"아니 그래서, 얼마 전에 고향에 턱하고 갔더니만 아버지가 안방 방문을 열어놓고 앞마당을 하염없이 바라보는디 곰방대 담배를 한 모금 피우면 하늘도 한번 보더라 이거여. 그래서 내가 그랬자. 아버지, 어디 맘씨 고운 애인 소개시켜드려요?"

강말숙 여사가 끼어들었다.

"그라요? 어쩌스까. 아버지가 연세가 어찌 되셨능가요?"

"잉? 긍게 우리 아부지가 저기 올해 아흔둘이니께 구순이 넘었지라잉."

강말숙 여사가 은지를 보며 입술을 앞으로 쭉 내밀며 입술 꼬리를 아래쪽으로 당기는 표정으로 눈을 찡긋했다. 김달포는 은지를 바라보고 있어서 강말숙 여사의 표정을 보지 못했다.

"그런데 아버지가 또 그 말 듣자마자 떠카니 나를 보고서리……, 아들아, 내가 연상이 이상형이잖냐? 근데 이제 내가 사는 이 동네엔 연상이 더 이상 없다……. 지난주에는 마지막 남았던 한 명까지 이제 세상 다 떴다. 그러시는 거여. 에휴, 내가 그 말 듣고 짠혀? 안 짠혀?"

김달포 사장은 반찬 가게에서 그날 장사할 안주거리를 주문하고 돌아갔다.

"김 사장님, 그럼 또 와요!"

강말숙 여사는 김달포의 뒤통수에 큰 목소리로 인사를 했다. 그리고 김달포가 마시고 남긴 커피가 담긴 종이컵을 집어 휴지통에 그대로 버리며 은지에게 들으란 듯이 말했다.

"재밌는 양반이지?"

"네? 네……. 사투리도 그렇고. 사투리가 사투리가 아니네요."

강말숙 여사가 은지를 쳐다봤다.

"저 양반. 경상도 태생이야. 부모는 뭐라더라? 일본에서 태어났다던데."

"아……, 그러면?"

"몰라? 먹고 살려고 저래. 시장바닥에서는 뭐가 됐든 쎄보여야 하거든. 시장 인심 좋은 거 같애? 십 원짜리 한 개도 허투루 쓰지 않는 데야. 저 앞에 빵집 보이지? 그 남자는 현금만 받아. 시장 빵집이 저렇게 오래 버티는 거 다 이유가 있는 거야. 여기 그렇게 식당 많아도 시장 상인들 식당 가서 밥 먹는 거 봤어? 다들 도시락 싸 갖고 다녀. 시장 중앙 통로에 노점 아지매들 있지? 점심 때 봐바. 끼리끼리 모여서 도시락 까먹던가, 혼자 종이 박스 치고 시장바닥에서 플라스틱 통에 도시락 식은 거 꾸역꾸역 먹는다니까. 국물도 없어."

"돈 벌려고……. 지금은 가난하니까…… 돈 모으려고 그러는 거 아니예요?"

"가난…… 하니까? 은지 사장이 도나쓰…… 낭만으로 해? 시장 상인들끼리 웃고 떠드니까 다들 사이좋은 거 같지? 천만의 말씀 만만의 콩떡이야. 절대 안 그래. 다 같이 장사하는 사람들인데 누가 십 원이라도 더 벌면 그걸 그렇게 시기한다니깐. 그냥 겉으론 허허실실 대는 거 같아도 이 사람들 속? 살벌해. 여기 사람들 땅이고 건물이고 다들 부자야. 저기, 떡볶이 전문점 있지? 떡볶이 일인분에 삼천오백 원어치 팔아서 뭐 남겠어? 다들 그러는데. 거기 사장이 위례 신도시하고 하남시에 아파트만 해도 세 개 있어. 아들내미 까지 데려다가 떡볶이 가게 경영 수업시킨다니깐. 돈 안 남으면 그렇게 하겠어?"

"네?"

"재래시장에 오는 손님들이 직장인들이고 소시민이고 하니까 시장 상인들도 손님 스타일에 맞추는 거야. 저 사람들 퇴근할 때 볼래? 다들 벤츠에 비엔떠블유에, 벤틀리 타고 다녀. 아참, 동구 녀석도 지난주에 차 새로 샀잖아. 뭐라더라? 포로세? 포르시?"

"포르셰요?"

"응, 그래 그거. 못난 놈. 돈 아낄 줄 모르고 차 산다길래 뭐라고 할까 했다가 여자 꼬실려면 차 있어야 한다길래……. 아니, 내가 실수하네. 은지 사장 있는데. 호호호."

은지는 강말숙 여사의 이야기를 들으면서도 신경은 온통 다른 데 가 있었다. 하바드반찬가게 안쪽. 강말숙 여사의 어깨 너머. 아까 하남댁이랑 김추자 여사랑 모여 있던 그곳이 어디일까?

"자, 오늘 갈 데가 있다고 했지? 슬슬 준비하자구."

은지가 반찬 가게를 나온 것은 저녁 장사가 끝났을 무렵이었다. 일손을 돕는 여자가 퇴근하고 저녁 여섯시가 조금 넘을 무렵, 정말 신기하리만치 시장엔 손님들 왕래가 줄어들었다. 일찌감치 물건이 떨어진 가게는 문 닫고 퇴근한 지 오래였다. 강말숙은 가게 안쪽에 들어가서 옷을 갈아입고 나왔다. 그리고 안쪽으로 통하는 문을 자물쇠로 잠갔다. 디지털 도어록이 아닌, 열쇠로 잠그는 자물쇠였는데 크기가 어른 주먹만 해 보였다. 강말숙은 문을 잠그고 돌아서며 은지 얼굴을 보더니 웃었다.

"이거? 독일제. 직수입했어. 국산 자물쇠는 믿을 수가 없어서."

은지가 물어봤다.

"중요한 물건은 안에 둬야죠."

"물건이라니?"

"아니, 귀중품은……."

"응?"

강말숙은 은지 얼굴을 보면서도 말을 하진 않았다. 은지는 강말숙의 표정을 보며 침을 꼴깍 삼켰다. 강말숙은 잠시 아무 말 없이 서 있다가 마지못해 이야기를 꺼내는 듯했다. 하지만 강말숙 여사의 얼굴은 은지가 봐오던 그 어느 때보다도 무서운 표정을 짓고 있었다.

"흐음. 내 아들내미 동창이니까 딸 같아서 말해주는데. 저 가게 안쪽에 뭐가 있는지 어떤 곳인진 신경 끄도록 해……. 알려고 하지 말고, 생각하지도 마."

마천시장 상인회

강말숙은 하바드반찬가게에서 나와 은지를 데리고 시장 안쪽 좁은 골목으로 들어갔다. 은지는 강말숙의 뒤를 따라가면서 주위를 둘러봤다. 마천시장에 가게를 열고 며칠 지났지만 은지도 처음 와보는 곳이었다. 좁은 골목이곳저곳에는 누군가가 살고 있는 집들이 많았다. 군데군데 보이는 몇몇 집은 시장 가게들의 창고로 사용되는 듯 셔터가 내려진 상태였고 오래된 여닫이 섀시 문이 자물쇠로 채워져 있었다.

"이쪽이야."

강말숙은 은지를 불렀다. 그리고 자기가 먼저 대문이 독특한 집 안으로 들어갔다. 시장 중앙 통로에서 여러 골목을 지나야만 들어올 수 있는 곳이었다. 시장 상인들이 모이기라도 한 듯, 강말숙이 들어간 집 안에서는 사람들 소리가 뒤섞여 들렸다. 은지는 강말숙을 따라 골목 안으로 들어섰다. 골목 입구에는 무당집이 보였다. 무당집 옥상에는 무당나무가지가 뉘어 있었다. 그 옆엔 부침개 식당이 있었다. 그리고 절인 배추를 파는 곳을 지나 두 번째 대문 옆에는 쪽갈비 식당이 보였다. 얼마 전까지 양자강이라는 중국집 식당이었는데 같은 건물 이층에 살고 있는 건물주 무당이 중국집 식당을 내보내고 새로 들인 식당이라고 했다.

'재래시장이라서 그런가, 무당집들이 많네.'

은지는 골목으로 들어가서 강말숙이 들어간 집 안으로 들어서며 중얼거렸다. 어찌 보면 도깨비가 나와도 벌써 나왔을 곳이라고 해도 전혀 이상할 리 없는 모습이었다. 시장 중앙 통로 양옆으로는 무당집들이 자리 잡고 있고 그 주위로 곳곳에 작은 가게들이 영업을 이어가고 있었다. 그리고 옷 수선집은 왜 그렇게 많은지 두어 걸음 걸을 때마다 보이는 게 옷 수선집이라고 해도 과언이 아니었다.

"응, 여기. 은지 사장. 어서 들어와. 여기 사장님들 소개해줄게."

강말숙이 은지를 보며 말했다. 집은 대략 스무 평 남짓 될까? 열댓 명 정도 되어 보이는 사람들이 미리 와서 좁은 방 안과 거실 곳곳에 나눠 앉아 있었다. 은지는 강말숙이 상인회 회장으로서 오늘 자리를 마련했다는 것을 옆에 다가온 김달포 사장을 통해 들어 알았다.

"에, 오늘 마천시장 상인회가 모인 이유는 여러분도 아시다시피, 요 며칠 그 사고 때문인데요. 우선 시작하기 전에 새로 온 은지 사장부터 소개하고 이야기를 시작하겠습니다."

강말숙은 은지를 보며 자기 옆으로 오라고 눈짓을 보냈다. 은지가 강말숙 오른쪽에 섰다. 강말숙은 거실에 서서 방 안에 앉거나 거실에 앉은 사람들을 보며 말했다.

"은지 사장은…… 에……, 나이는 어리지만, 하바드 출신이고요. 요 앞전에 그 화장품집 하다가 나간 자리에 도나쓰 가게 시작한 사장님이에요."

"사장님, 도나쓰 아니고 도넛……."

은지를 쳐다보며 의심쩍어하던 표정의 사람들은 강말숙 여사가 하바드 이야기를 꺼내자마자 표정들이 누그러졌다. 최소한 자기들에게 손해가 될 사람은 아니라는 뜻이었다. 사실 시장 상인들은 은지네 가게를 이미 알고 있었다. 시장바닥에 가게가 새로 들어온다고 할 때부터 수군거리던 상인들이었다. 상인회에도 뻔질나게 드나들며 무슨 가게인지, 사장이 뭐 하는 사람인지, 누구 소개로 들어온 것인지, 가게 임대 조건은 어떻게 되는지 꼬치꼬치 물어보고 다닌 터였다. 상인들은 은지 사장과 직접 인사를 나눈 적은 없지만 마천시장 바닥에 도넛 가게가 들어온다는 사실은 오래전에 알고 있었다. 강말숙 여사가 말을 이었다.

"그라지예. 내가 잘 아는 사람이지. 나는 진즉에 인사했당께. 내가 딱 보니께 벌써부터 귀티가 좔좔 흐르더라 이거여. 암만. 우리 마천시장에도 하바드 출신이 둘이나 왔다는 거 아녀? 이젠 마천시장도 글로벌 시대라 이거여."

김달포 사장이 시장 사람들 사이에 앉았다가 고개를 끄덕이며 은지를 보며 왼팔을 뻗어 왼손 엄지손가락을 치켜세웠다. 강말숙 여사가 은지에게 시장 상인들을 소개했다.

"은지 사장, 여기 사장님들 알지? 내 오른쪽부터 시계 방향으로 마천시장 앞에 싱싱푸줏간 정육점 알지? 거기 오 사장님. 건축 전공하신 분인데 뜻하신 바 있어서 정육점 연 분이야. 고기도 싸고 맛있고 암튼 대박이야. 그 옆엔 정확당 금은방 박빛나 사장님. 정확한 거 좋아하시고…… 물리학자 출신이여. 박사라든가? 맞죠? 사장님? 응. 그리고 고 바로 옆에 치킨집 조구희 사장님. 화학 분야 박사님인데 대기업 연구원이셨다가 명퇴당하고 택시 운전해보다가 치킨집 하거든. 알지? 우리나라 치킨 맛있는 이유? 고학력자가 튀겨서 그래."

"강 여사님, 또, 또, 그러신다."

치킨집 사장으로 소개받은 화학 전공 김태우 박사가 겸연쩍게 웃는다. 반면에 강 여사 이야기를 들은 김달포 사장은 고개를 끄덕였다. 강말숙 여사의 소개가 이어졌다.

"그 옆엔 마천시장 처음 생겼을 때랑 거의 비슷한 시기에 생긴 교회 알지? 거기 박순희 담임 목사님이시고, 고 옆엔 물장사, 물장사 그러는데 마천시장에서 제일 예쁜 우리 이뿐이화장품 가게 어엽분 사장님. 저분 이대 나온 분이야. 심리학 박산데 유학 다녀왔고. 이뿐이 사장님, 거기 어느 나라라고 하셨지? 스탠다드? 스탠퍼드? 아, 아, 그래? 응. 아무튼 그렇고."

이뿐이화장품 어엽분 사장이 은지를 보며 고개를 살짝 숙였다. 은지도 허리를 굽혀 인사했다. 김달포 사장은 어엽분 사장과 은지를 연달아 보며 갑자기 양팔을 위로 쑥 올리더니 박수를 쳐댔다.

"그 옆엔, 보자, 보자. 응. 그래, 김구이집 알지? 저 사장님 항상 서서 김 굽는 분인데 저분이 또 군대 의장대 나온 분이야. 군대에서도 서 있기만 했는데. 아무튼 그렇고. 그 옆에 돼지불고기 사장님? 불고기에 인생 거신 여자 사장님. 저분은 약대 출신이라고 하셨는데? 아무튼 그래. 맞죠? 그리고 채소 가게 림재복 사장님. 저분은 우리나라 최고의 대학 농대 나오시고 산림학 박사이셔. 애처가야, 애처가. 가족사랑 아내 사랑은 저분만큼만 하라고 해. 세계 평화가 올 테니까. 그리고 저기, 벽에 등 대고 두 다리 가부좌 틀고 앉아 계신 여자분. 저분이 공대 컴퓨터공학과 출신인데, 모르는 컴퓨터 프로그램이 없어. 애플하고 구글에서도 근무했고. 왜 있잖아? 공대 아름인가 뭔가 공대에 여학생 있으면 대단한 거 있지? 저분이야. 지금은 저분이 마천시장에서 제일 오래 자리 잡고 계신 무당집 선녀 무당이고 쥔장이고. 저분 통해서 제자 무당들이 프랜차이즈 열고 자리 잡았지, 아마? 선녀 사장님, 그렇지요? 요즘 무당집 잘돼요?"

"언제 한 번 와. 내가 잘 봐줄게. 지난번 가게 열 때 다녀가고 한참 지났잖아?"

무당집 여자가 강말숙 여사의 이야기에 고개를 끄덕이며 말했다.

"나 이번 주엔 추수감사절 예배드리러 교회 가야 해요. 나중에, 나중에 날짜 봐서 함 갈게요. 응? 목사님, 아멘!"

박순희 목사가 강말숙 여사를 보며 웃으며 고개를 살짝 굽혔다. 박순희 목사를 보며 입가에 미소를 지어 보인 강말숙 여사가 말했다.

"……"

의외였다. 김달포 사장이 무당집 여자를 바라보며 아무 말도 하지 않았다. 김달포 사장은 뭔가 궁금한 듯했다. 박순희 목사와 무당집 여자를 번갈아 보더니 무당집 여자를 보며 물었다.

"에, 그라니께. 무당도 있고 교회도 있는데. 나가 그라니께 그거시 항상 궁금했다니께. 허니께…… 무당이 쎄요? 목사가 쎄요?"

강말숙 여사의 소개를 들으면서도 조곤조곤 귓속말을 나누던 시장 상인들이 쉬가 쥐 죽은 듯 조용해졌다. 김달포의 이야기를 꺼낸 것과 거의 동시였다.

"아니, 그라니께……도깨비 잡으러 모인거니께…… 무당이 잡을랑가 목사가 잡을랑가 고거시 궁금혀요. 그렇고말고. 에헴. 에헴."

멋쩍은 표정의 김달포가 주위를 두리번거리며 헛기침을 했다. 상인들은 무당집 여자를 보다가 다시 목사를 쳐다봤다. 강말숙 여사가 김달포를 보며 눈가를 찡긋하고 주름지어 보였다. 괜한 소리 해서 분위기를 가라앉히냐는 표시였다.

"아이구, 사장님들 또 이상한 소리 하신다. 아니 내 소개가 다 끝나고 나서 이야기해도 늦지 않아요, 여기 은지 사장 무안하기시리. 우리 마천시장 인심 이거밖에 안 돼요? 응? 또 그러신다들."

강말숙 여사의 소개가 이어지더니 거의 막바지에 이르렀다.

"마천시장에 사장님들 보면 일세대 상인들이 못 먹고 못 배운 게 한이라서 그런지 자식들은 다들 유학 보내고 대학 공부시켜서 박사 만들고 했거든. 몇 명 남았지? 그래, 맞다. 순대집 남 사장님! 저분이 S대 다닐 때 사법고시 패스하고 해병대 수색대 나오셨고, 생선집 하는 김 사장님! 저분 가게 이름이 '환타스틱생선장사'인데 원양어선 선장 하시다가 오셨지. 각 나라에 인맥 관리를 얼마나 잘하셨는지 배 타고 가는 데면 그 나라 대통령이나 왕이 마중 나온다니깐. 그리고 또 누가 있을까? 응, 그래그래. 마천시장 중앙에 슈퍼마켓 있는 거 알지? 거기 박 사장님인데. 저분이 육사 나와서 군대 사단장 출신이셔. 거기 이름 알아?"

강말숙 여사가 은지를 쳐다봤다. 은지가 말했다.

"히어로?"

강말숙 여사가 양팔을 들고 손바닥을 맞부딪치며 말했다.

"그렇지. 아는구나! 수퍼히어로. 슈퍼마켓인데 아무튼 이름이 멋져부러. 그리고 보자. 우리 상인회 총무 맡으신 깐마늘 사장님! 어디 계셔? 응, 그래. 거기 그렇게 쏙 가려져 있으면 내가 안 보이죠. 호호. 은지 사장. 저기 우리 깐마늘 사장님 알지? 마천시장 진입로 입구에 황금잉어빵 파는 김복희 사장님 옆에, 응? 새마을금고 건물 벽에 기대서 두 다리 펴고 마늘 까는 아줌마, 생마늘 여사. 응, 저분이 세계은행에서 근무하시다가 사무총장 직에서 정년퇴직하시고 오셨어. 두 다리 펴는 건 세계은행 다니시면서 책상 일을 너무 오래 해서 무릎 근육이 약해져서인데 저 사장님도 대단한 게 마늘 비닐 한 봉지에 오천 원씩, 조금 큰 건 만 원에 팔거든? 마천시장 알부자셔. 아니, 깐마늘부자신가? 상인회 총무이시고."

은지는 강말숙 여사의 소개를 들으며 시장 상인들과 눈을 마주치며 허리를 연신 굽히느라 바빴다. 김달포 사장은 이번에도 양팔을 들고 손뼉을 쳐댔다.

"응. 시장 상인분들마다 스펙이 쟁쟁하시네요."

은지가 혼잣말처럼 중얼거렸다. 그러자 강말숙 여사가 은지의 이야기를 들었는지 은지에게만 들릴 정도의 톤으로 말해줬다.

"뭐? 상인들 프로필? 다 뻥이야. 그냥 그러려니 하는 거지. 시장에서 장사꾼들 이야기는 한 귀로 듣고 한 귀로 흘려. 은지 대표는……? 하바드 진짜지?"

은지는 강말숙 여사를 쳐다보며 아무 말도 하지 않았다.

그때였다.

"아아아악!"

상인회가 열리는 집 마당에서 갑자기 날카로운 여자 비명 소리가 들렸다. 그와 동시에 순대집 남 사장과 슈퍼마켓 박 사장이 뛰어나갔다.

성내천 도깨비 벽화

저녁. 올림픽대로.

서울에 어둠이 내려와 도시 전체를 감싸기 시작할 무렵이었다. 도심을 오가는 자동차들의 행렬이 서울의 공기를 주황빛 네온사인으로 수를 놓고 있었다. 하루 일을 마친 사람들이 주차장으로 변해버린 고단한 퇴근길 도로 위에 멈춘 차 안에서 지친 몸을 이끌고 서둘러 집으로 돌아가려고 길이 뚫리기를 재촉할 무렵이었다.

'부아앙!'

올해 신형 모델로 출시된 포르셰가 올림픽대교를 가르며 달렸다. 대교를 넘어온 차는 올림픽선수촌 아파트 단지 내 주차장 안으로 들어섰다. 205동 앞으로 이동한 차는 장애인 주차 구역 바로 옆에 멈췄다. 포르셰 안에는 동구가 타고 있었다. 동구는 운전석에 앉은 상태로 스마트폰을 들고 화면을 켰다. 시계 표시가 나타났다.

'19:05'

동구는 차 문을 열고 밖으로 나와 섰다. 아르마니 정장, 구두, 왼쪽 손목엔 시계, 짧고 단정한 상고머리 헤어스타일로 말끔하게 가르마 만들고 정돈된 상태, 갤럭시 리미티드 에디션 스마트폰, 에르메스 남성용 한정판 장지갑, 스마트카드 키, 하바드반찬가게 사장 강동구가 올림픽선수촌 아파트 단지 주차장에서 모습을 드러냈다.

"안 늦었을라나?"

동구는 서둘러 걸음을 옮겼다.

"어, 왔어?"

동구가 성내천 산책로로 들어서자 먼저 와 있던 김 양이 동구에게 인사했다. 동구는 김 양을 보며 왼쪽 눈을 찡긋거리며 휘파람을 불었다. 김 양이 무표정한 얼굴로 고개를 돌려 다시 벽 쪽을 쳐다봤다.

"밤에 휘파람 불지 말랬지! 밤에 휘파람 불면 뱀 나온다고. 몇 번이나 말했어! 근데 또 그러네? 짜증 나게."

"또, 또 그러신다. 우리 김 양. 어때? 오늘 콘텐츠 조회 수 좀 나왔어?"

김 양은 미스터리 콘텐츠를 만드는 유튜버다. 서울의 모 대학을 졸업하고 독일로 유학을 다녀온 김 양의 대학 전공은 신학. 석사과정을 다니다가 학위를 미루고 유튜버로 활동하고 있다. 전국 팔도를 다니며 미스터리한 이야기를 동영상으로 소개하는 채널을 운영한다. 이번에 새로 기획한 콘텐츠는 서울 성내천에 그려진 미스터리 벽화라고 했다.

"에혀, 오빠 보면 오셨어요! 해야지. 또, 또, 바가지 긁는다."

"그놈의 바가지 타령은. 이젠 그 바가지 밑구녕이 헤졌을 때도 되지 않았냐? 처음이나 지금이나 끈질기다, 아주."

동구가 김 양을 처음 만난 곳은 홍대 클럽 MB 앞 떡볶이집에서였다. 동구의 기억엔 대략 새벽 두 시쯤이었다. 하바드대학을 졸업하고 귀국한 동구는 군대를 마치고 제대 기념으로 클럽에서 실컷 놀다가 밖으로 나온 김에 출출해서 떡볶이를 먹으러 갔는데, 그 가게에서 아르바이트하던 김 양이랑 인사를 나눈 게 시작이었다.

그 당시, 동구는 군대에서도 박사 학위 소지자로 연구원 특례 근무를 했고, 제대하자마자 우주산업을 육성하는 정부 기관에 취업이 확정된 상태였다. 동구는 아버지에 대해 특수부대에서 임무를 맡아온 뛰어난 군인이었는데 군대에서 사고를 당했다고만 들었다. 아버지가 돌아가시자 엄마랑 둘만 남은 상태에서 동구 엄마는 어찌 된 일인지 학교생활에 힘들어하는 동구를 유학 보내기로 결심했다고 한다. 그러고는 자신은 재래시장에서 노점부터 시작 장사를 하면서 동구 뒷바라지를 맡아왔다. 그리고 자세한 이유는 밝혀지지 않았지만, 마천시장 상인들이 들은 바에 의하면 동구 엄마 강말숙 여사가 아들에게 하바드반찬가게를 운영해보라고 한 것은 단순히 취업이 어려워서가 아니라는 것만은 짐작할 수 있었다고 했다.

김 양이 동구를 보며 옛날 기억이 나는 듯 헛웃음을 지었다.

"그때…… 떡볶이 국물이 눈에 튀었다고 하……, 진짜……, 얼마나 나를 들들 볶아대던지. 병원에 갈 거니까 손해배상 청구하게 연락처 달라한 게 다 이유가 있었지. 난 또 그게 밤새서 게임하느라 눈 실핏줄 터진 건진 꿈에도 모르고 멀쩡한 놈 남자구실 못하게 만든 게 아닌가 싶어서……. 이놈을 책임지고 데꼬 살아야 하나 말아야 하나, 애는 몇 명 낳나, 온갖 걱정을 하고 허둥지둥하고."

동구가 김 양 옆에 서서 벽화를 바라보고 섰다.

"오늘은 그래서 또 뭔데? 이거야?"

김 양이 동구 얼굴을 보며 못 말리겠다는 듯 다시 헛웃음을 지었다. 그리고 벽화를 보며 동구 옆에 서서 말했다.

"응. 성내천 미스터리 벽화. 이 벽화가 언제 그려졌는지조차 몰라. 이번 콘텐츠 준비하면서 이 지역 송파구청에 물어봤는데 모르겠대. 그래서 시설관리공단에 물어보기도 했는데 거기에서도 아는 바가 없대."

"진짜 미스터리하네. 야! 뭔 우리 일상에 미스터리가 이렇게 많냐? 이게 다 주입식 교육이 문제야. 이렇게 떡하니 벽화가 있는데 이게 언제 그려졌는지 아는 사람이 없다? 그럼, 뭐야? 귀신이 그린 거야?"

"어떻게 알았어?"

동구가 놀란 얼굴로 김 양을 쳐다봤다.

"뭐? 뭐?"

"귀신이 그랬어."

동구가 놀란 표정을 짓자 김 양은 동구 얼굴을 쳐다봤다. 그리고 고개를 돌려 다시 벽화를 보며 말했다.

"얼마 전에 여기 이상한 일 생긴 거 알지?"

"뭐? 마천시장에서 폐지 할머니 쓰러진 거? 그거 우리 여사님이 마천시장에 귀신 나온다고 하면 누가 오겠냐고 마천시장에 전혀 도움 안 된다고 기자들 다 막고 그랬는데. 어디 기사 안 났을걸? 조용히 지났을 텐데?"

"맞아. 그거 어디에도 기사 안 났어. 나도 우연히 봤는데. 시장 사람들은 조용히 넘어가나 싶었겠지. 그런데 내가 운영하는 유튜브 채널 댓글에 올라온 글을 봤는데 그 여성분의 조카라는 사람이 나 보라고 올린 거였어. 그 사람 말은, 사실…… 마천시장에 귀신이 나타난 건 훨씬 오래전부터였대."

강동구가 고개를 저으며 웃었다.

"난 그거 다 뻥 같던데. 요즘 세상에 무슨 귀신이 있어? 안 그래? 하바드에서 귀신 얘기하면 손가락질받아. 인공지능 우주선 타고 화성 여행가는 시대에 귀신은 무슨. 너는 괜히 유튜브각이라고 해서 수익 좀 올려보려고 하는 거 아냐? 야야! 그거 팩트 체크하면 네 채널 나락 가는 거 순간이야."

동구가 김 양 옆에 서서 벽화를 보며 말했다. 김 양에게 들으라고 말하는 소리였다.

"나도 알지. 그런데……."

"그런데?"

동구가 눈을 동그랗게 뜨며 김 양을 쳐다봤다.

"여기 벽화에 보면 원숭이, 그 뒤에 폭발 화염, 힙합 하는 청년, 그리고 빨간 옷 입은 힘 쎈 남자까지. 이거 어디서 본 거 같아서 그래. 데자뷔인가?"

"무슨 소리야? 자세히 말해봐."

김 양이 동구를 쳐다보며 말했다. 김 양은 동구를 바라보며 몸을 돌려 동구를 마주 바라보는 자세로 섰다.

"이 멍충아, 이 벽화 속에 그려진 것들이 다 마천시장에 실제로 나타났다구! 모르겠냐? 이 빨간 옷 남자! 여기 무당 여자! 그리고 저 폭발 화염은 얼마 전 데뷔한 걸 그룹 뮤비에서 나온 상황이랑 똑같구. 이게 실제로 일어나고 있다구!"

"뭐?"

동구는 눈을 동그랗게 뜨고 입까지 벌린 상태로 김 양을 쳐다봤다. 성내천 주위엔 무거운 밤기운이 내려와 땅바닥에 닿아 있었다. 두 사람은 성내천 벽화 앞에서 밤기운 사이에 갇혀 움직이지 못하는 것 같았다.

그때였다. 동구의 스마트폰이 울렸다.

"어, 잠깐만. 교수님! 예, 접니다. 네네. 알겠습니다. 김 양! 나, 어쩌지? 나 예전에 지도교수님께서 부탁한다는 업무가 있는데."

"응? 교수님? 너 반찬 가게 한다며?"

"아니, 그거 말고. 나 지도교수님 일 받아서 하거든. 지금 전화는 알바. 어떡하지?"

"아냐, 잘됐어. 나도 가서 알아볼 게 있어. 오늘 일은 내가 메일 보내둘게. 네가 좀 알아봐 줄 게 있어. 괜찮지?"

"오케이."

동구는 전화를 받더니 서둘러 차 세워둔 곳으로 이동했다. 김 양도 약속이 있다며 이동하기로 했다. 올림픽공원역으로 온 김 양이 먼저 지하철 역사 안으로 내려갔다. 동구는 김 양의 뒷모습을 지켜본 후 서둘러 아파트 단지 주차장 안으로 갔다.

잠시 후, 동구는 마천시장 앞에 다시 나타났다. 포르셰는 근처 집 주차장에 세워두고 걸어오고 있었다.

"미리 와 있다고 했는데."

밤 아홉 시가 가까운 시간. 마천시장 가게들은 대부분 문을 닫은 상태였다. 시장 중앙 통로엔 오가는 행인을 겨우 비춰줄 정도의 조도 낮은 가로등만 서너 개 보일 뿐이었다. 낮엔 시장 통로 가운데에서 영업하던 노점 리어카들이 퍼런 천막을 뒤집어쓴 채 통로 벽 쪽으로 밀려 붙여진 상태로 놓여 있었다. 동구가 스마트폰을 꺼냈다. 저장된 번호였다. 오늘 교수님을 통해 알게 된 사람의 전화번호였다.

"여보세요?"

낯선 남자의 전화

그 시각, 마천시장 상인회.

"뭐여?"

남 사장과 박 사장이 대문 쪽을 바라보며 소리쳤다.

"아이고, 죽갔네. 위메 심장 떨려."

비명 소리의 주인공은 고춘화 사장이었다.

"아니……, 아니…… 저게 뭐란데요?"

고춘화는 아직도 덜덜 떨리는 손가락을 들어 출입문에서 마당으로 향하는 곳 한 편에 웅크리고 엎드린 자세의 시커먼 물체를 가리켰다. 그리고 그 물체의 주위를 골목길 가로등 불빛이 비치는데 한눈에 보기에도 검붉은 핏자국처럼 보이는 게 있었다. 박 사장이 물체에 다가섰다. 그리고 허리를 숙여 팔을 뻗어 물체에 대고 툭툭 건드려보던 박 사장이 고개를 돌려 남 사장을 향해 다급히 외쳤다.

"빨리 119 좀 불러요!"

심상치 않은 상황임을 느꼈던 것일까? 방 안에 있던 상인들이 모두 마당으로 나왔다. 박 사장이 CPR을 하는 사이, 119차량이 좁은 골목길을 뚫고 마당 안으로 들어섰다. 응급구조에 나선 구급대원 세 명이 구급차 뒷문을 열고 스트레쳐를 꺼내 들고 물체에 다가섰다.

"보호자 분 계세요?"

강말숙이 나섰다.

"글쎄요. 이분이 누군지 모르는데요……. 아무나 가도 되나요? 그러면 제가 갈게요."

119 대원은 강말숙을 보며 말했다.

"이분…… 아까 의식이 돌아왔을 때 자기 이름 말씀하시던데요……? 나도한…… 이랬나?"

강말숙이 119 대원을 바라보며 물어봤다.

"네? 나도한 회장님이라고요?"

잠시 후. 119구급차가 강북 종합병원으로 간 후, 상인들이 다시 방 안으로 모여 앉았다. 김달포 사장이 팔짱을 낀 채 인상을 찌푸리고 말했다.

"그 평판 좋은 나도한 회장을 저 모양으로 만든 거면…… 이건 경쟁업체 짓거리여! 분명하당께. 여그 사장님들은 모르겠지만, 우리 세계에선 있을 수 있는 일이여라. 더 다치기 전에 나서지 말라 이것이여. 마천시장 재개발 건에서 빠지라 이것이여! 안 그라요, 강 회장님?"

고춘화 사장이 김달포를 쳐다보다가 강말숙을 바라보며 말했다.

"그럼…… 이건 누가 그랬는지 나온 거예요? 응? 강 회장님. 내 말이 맞지? 김정신 여사 도깨비 사건도…… 그 깡패 새끼들이 그런 거…… 수작질 맞지?"

김달포가 고춘화를 보며 말했다.

"그려그려. 내가 의심 가는 깡패놈이 하나 있긴 한데."

그때였다. 방 한구석에서 다른 사람들의 이야기를 가만히 듣고 있던 덩치 큰 남자가 나지막한 목소리로 말했다. 마천시장 중앙 통로 마트 출입구 통로에서 삼 대째 정육점을 운영하는 삼십 대 초반의 육권화 사장이었다.

"우리…… 할무이가 그랬지라. 갸들은 내 암만 봐도 도깨비가 분명하지라 잉."

"아이구, 우리 육 사장 외조모께서 도깨비 봤능겨?"

무당집 여자가 말했다. 육권화 사장이 무당집 여자의 말엔 반응하지 않았다. 육권화 사장은 방바닥을 바라보는 자세 그대로 혼잣말하듯 나지막한 톤의 목소리로 말을 이었다.

"우리 할무이가 분명히 그랬지라. 여거 시장 바닥에 도깨비가 돌아댕긴다구. 근데 그 도깨비들은 사람 형태를 하고 있어서 평범한 사람 눈엔 그냥 사람으로 보인다구. 그런데 그 도깨비한테 잘하지 않으면 해코지한다고 그랬지라. 그러니께 도깨비가 가게에 오면 그 가게가 돈 번다구. 돈 벌어다 주는 도깨비도 있다구. 그러니께 모든 손님들에게 잘해라구. 친절하게 하라구. 그래서 우리 정육점이 돈 버는 거라구."

"그럼. 그럼."

육권화 사장 이야기를 듣던 김달포가 고개를 끄덕였다. 김달포는 육권화 사장네 정육점에서 고기를 구입하는 사이다. 김달포는 방금까지 의심 가는 사람이 있다고 말했던 것을 잊어버린 듯했다. 고춘화가 김달포를 쳐다봤지만 김달포는 고춘화의 시선을 모른 체 했다. 강말숙이 말했다.

"그러면 우리……."

강말숙 여사는 오른쪽에 앉아 있는 남자를 쳐다봤다. 마천시장 교회에서 오십 년이 넘도록 목회 활동을 해오는 박순희 목사였다. 방 안에 모였던 상인회 사람들의 시선이 모두 박순희 목사로 향했다.

"그라요. 한 말씀 들어봅시다."

사람들이 박순희 목사만 쳐다보자 무당집 여자가 당황한 듯 박순희 목사를 보는 방향으로 자세를 고쳐 앉으며 말했다. 상인회 사람 중에는 무당집에서 정기적으로 굿을 하는 사람들도 있었다.

"도깨비가 다 뭐랑께? 내가 도깨비 만나믄 그 주둥아리를 꼬매불랑께."

마천시장 마트 골목 옆에서 삼십 년째 옷 수선집 하는 여춘화 사장이 무당집 여자를 힐끔거리며 말했다. 어느새 상인들은 무당집에 다닌 사람들과 교회에 다니는 성도로 양분된 형국이었다. 방금까지 김정신 여사의 안부를 걱정하던 상인들은 이번엔 그 남녀가 도깨비냐, 아니냐로 서로 입씨름을 벌이기 시작했다.

'지이잉!'

"여보세요? 가게 앞이라고요? 네. 지금 갈게요."

은지의 전화벨이 울렸다. 은지는 강말숙 여사에게 인사를 하려다가 포기하고 상인회 회의장을 빠져나왔다.

다시 돌아온 도넛 가게. 어두운 시장 통로. 문 닫은 도넛 가게 앞에서 낯선 남자가 서성였다.

"회사 지시받고 왔습니다. 안전가옥으로 가시죠."

은지가 남자에게 물었다.

"소속이……?"

"국정원…… 특수3팀입니다."

남자는 그런 걸 왜 묻느냐는 눈빛으로 은지를 보며 말했다. 그 목소리는 낮은 중저음이었기 때문일까? 마치 아무 일도 없다는 듯 여느 날과 다름없는 하루를 지내며 듣는 목소리는 아니었다. 은지는 입술을 꽉 다물었다. 긴장한 건 아니었다. 남자의 표정 때문이었다.

"이쪽으로."

남자가 은지보다 앞서 걸었다. 어느새 어둠이 젖어 든 마천시장. 무당집 간판만 불을 켜둔 시장 중앙 통로를 거쳐 정육점 사이 골목으로 들어갔다. 쪽갈비 식당을 지나 실내포장마차 가게를 지나면 실비집 식당 바로 옆에 좁은 골목이 있었다. 이 골목은 시장에서 오래 장사해오는 상인들도 잘 모르는 곳이었다. 건물 곁에는 허름한 간판 하나가 출입구에 매달려 있었다. 간판에는 다섯 글자가 씌어 있던 것 같은데 지금은 앞 세 글자는 낡아 떼어지고 마지막 두 글자만 남은 상태였다.

'ㅇㅇㅇ교회'

'마천시장 안에 이런 곳이 있었나?'

은지는 남자를 따라 건물 안으로 들어갔다.

"어둡습니다. 발 조심하십시오."

남자가 은지 앞서 걷다가 뒤로 고개를 돌려 말했다. 스산한 기운이 감도는 마천시장에 선 남자의 눈동자 안에는 건물 밖에서 안으로 스며들어온 희끄무레한 가로등 불빛에 비친 은지의 얼굴이 보였다. 남자가 건물 이층 문 앞에 서서 은지를 보며 또다시 나지막한 목소리로 말했다.

"국정원에서는 화장실 휴지 개수도 비밀입니다. 아시죠? 그래서 이곳 존재 자체도 비밀입니다. 연구역 특채라고 하시던데……. 비밀은 비밀이라서요. 들어오시죠."

여기가 하바드반찬가게?

며칠 후. 아침 여덟시 삼십분.

낯선 여자가 가게 앞에서 두리번거리고 있다. 동구는 가게 문을 열다 말고 뒤를 돌아봤다. 흰색 블라우스에 무릎길이 A스커트를 입고 웨이브 컬을 준 헤어스타일에 키는 162센티미터 정도 돼 보였다. 동구는 여자 모습이 어딘지 안 어울린다고 생각했다. 얼굴이랑 옷 스타일이 안 맞는다는 느낌. 동구는 여자를 보며 말했다.

"어떻게 오셨나요?"

"저, 여기가 하바드반찬가게?"

"네네. 아, 전화하셨던…… 그분이시구나? 지난번에 교수님께 연락받았어요. 그 교수님이시죠? 백신연구소 연구원……. 네네. 제 학부 때 지도교수님이셨거든요. 잠시만요. 가게를 이제 막 여는 중이라서요. 생각보다 일찍 오셨네요? 전화상으로 듣기론 좀 늦을 수도 있다고 하시던데."

"네……."

여자가 나지막한 소리로 대답하자 동구는 어깨를 움찔 들어 보이며 입술을 양옆으로 힘주어 다물어 보이고 서둘러 가게 문을 열고 안으로 들어갔다. 여자는 가게 앞에서 그 자리에 선 상태였다. 여자는 양손을 가지런히 앞으로 모으고 동구를 쳐다봤다.

마천시장 정식 오픈 시각은 아침 아홉시부터였다. 평소와 같았으면 하바드반찬가게 앞엔 손님들이 줄지어 서 있어야 했다. 하바드반찬가게는 일주일에 이틀 쉬는데 하루는 토요일, 하루는 화요일이다. 이날은 화요일이었다. 그래서인지 이날은 이 여자 손님뿐 있었다. 동구는 요 며칠 전부터 쉬는 날에도 가게를 연다. 여자가 동구 뒤에 서서 말했다.

"네……, 감사합니다."

"아이구, 아닙니다. 감사하긴요. 제가 감사드려야죠. 오늘 사실은 저희 가게 쉬는 날이거든요. 토요일이랑 화요일 쉬는데. 근데 오늘처럼 가끔 여는데요 그건 택배가 밀렸다거나 뭐 그래서예요."

동구는 가게 문을 열고 입고 있던 웃옷을 벗어 옷걸이에 걸어두고는 장사할 때 입는 겉옷을 걸쳤다. 여자는 하바드반찬가게 앞에 계속 서 있었다. 동구는 가게 앞으로 나와 여자를 불렀다.

"안쪽으로 오세요."

"네, 감사합니다."

동구는 사람 좋은 얼굴을 하고 입가에 미소를 지으며 여자를 바라봤다. 여자는 동구 옆을 지나며 고개를 살짝 숙였다. 고마움의 표시였다. 여자는 동구 옆을 지나 벽 쪽에 있는 문 앞에 섰다. 강말숙 여사가 은지 사장에게 이 문안에 무엇이 있는지 생각하지도 말라고 다짐받은 그곳이었다. 여자는 문 앞에 서서 심호흡을 하듯 숨을 깊이 들이쉬었다가 입을 다문 채 코끝으로 소리 안 나게 내쉬었다. 동구는 여자를 따라 문 앞에 서서 왼손으로 문을 열어줬다.

"들어가시죠."

문이 열리자 여자는 고개를 들고 문안 쪽을 잠시 바라보는 듯했다. 그리고 오른발을 먼저 내디디며 문안으로 들어섰다. 동구는 순간 뒤를 돌아보며 주위에 사람들이 없는지 확인했다.

"흠……."

마천시장 중앙 통로엔 다니는 사람들이 없었다. 군인들의 판초 우의로 보이는 비닐천을 덮은 허름한 하바드반찬가게 지붕 아래엔 '천연반찬백화점'이라는 글씨가 쓰인 둥그런 간판이 있었다. 하바드반찬가게 안쪽으로 들어와서 달력을 걸어둔 냉장고 옆 작은 문안으로 들어서자 또 하나의 공간이 나타났다. 여자는 처음 온 것 같았지만 어색해한다거나 불안해 보이진 않았다. 마치 당연히 와야 할 곳을 온 것처럼 보였다. 문안 쪽 풍경이 드러났다. 아파트 거실 같다고 할까? 소파와 테이블. 중앙 홀 위에는 천장을 가득 메울 정도로 큰 모니터가 자리 잡고 있었다. 홀 바닥은 대리석으로 보였다. 홀 안을 걸어 다니는 사람들의 모습이 바닥에 비쳤다. 금방이라도 미끄러질 것만 같은데 모두 또각또각 구두를 신고 걸어 다녔다. 문안에는 대략 수십여 명 되는 사람들이 있었다.

그때였다. 문안으로 들어선 채 멈칫거리고 있는 여자를 향해 남자와 여자가 다가왔다. 김정신 여사가 쓰러진 그날, 하바드반찬가게에 앞을 찾아왔던 말쑥한 정장 차림의 남자와 회색 후드 티셔츠를 입고 있던 여자였다.

"처음 오셨나 보죠? 반가워요. 저희는 이쪽 여성체는 안드레아, 그리고 저는 남성체 에리그렉이라고 합니다."

여자는 안드레아, 에리그렉을 보고 고개를 끄덕이며 말했다.

"처음 뵙겠습니다. 저는 640광년 떨어진 외계행성 WASP-76b에서 온 여성체 요시코라고 합니다. 2020년 소행성 표본을 가지고 돌아온 일본 하야부사2호에 탑승해서 지구에 왔습니다."

국정원 안전가옥

같은 날. 오후.

은지는 도넛 가게에 있었다. 도넛 가게는 오늘도 장사하긴 그른 모양이다. 은지에겐 익숙한 일이었다. 도넛 가게였지만 제빵 기구 좌우로 자리 잡은 책장과 그 책장에 빽빽이 꽂혀 있는 여러 책을 보면 도넛 가게라고 말하기보다는 도넛 카페라고 부르는 게, 북카페라고 부르는 게 적절할 것 같았다. 은지 생각이었다.

"문제가 생겼습니다."

며칠 전, 안전가옥으로 은지를 안내한 남자의 말이 머릿속에서 떠나지 않았다. 은지는 그 남자의 얼굴을 기억하려고 애썼지만 이상하리만치 기억이 잘 나지 않았다.

'혹시 이거 나한테 약물을 먹인 거 아닐까?'

은지는 손바닥을 입 앞에 가까이 대고 입김을 분 후에 손바닥을 코 앞에 가까이 대서 냄새를 맡아봤다. 아무 냄새도 나지 않았다. 왠지 그런 거, 비밀 요원들이 정보 요원들이나 필요한 대상자들을 찾아내 기밀을 기억하지 못하게 하려고 이상한 약물을 먹이거나 수상한 전자장치를 작동시켜서 기억을 잊게 만드는 게 아닐까? 은지는 상상을 이어갔다. 하지만 거기까지였다. 은지는 점심을 먹은 뒤 가게 안 벽 쪽에 붙인 책상 겸 테이블 앞에 앉아 노트북컴퓨터를 켰다. 소설을 쓸 시간이었다. 지난번에 집필한 내용까지 저장되어 있었다.

'나…… 안대 좀 벗어도 될까……?'

최뺀알이 녹두에게 물었지만 아무 소리도 듣지 못했다. 그때였다. 방문이 덜컥 열리는 소리가 들리더니 낯선 남자들이 방 안으로 들이닥쳤다.

"누, 누구……셔요?"

최뺀알은 안대를 풀지 못했다. 아니, 남자들이 그냥 안대를 벗겨주기를 바랐다. 그게 유리할 것 같았기 때문이다. 최 군 아니 최뺀알은 여기에 끌려온 것이라고, 녹두가 시켜서 앉아 있었던 거라고 이야기하면 괜찮을 것 같았다. 그러면 남자들이 이해해주겠지. 최뺀알은 어느새 최 군으로 돌아와 있었다.

'이거 뭔데……? 왜, 안대를 벗겨주지 않는 거야?'

최 군은 입안이 바짝 마를 지경이었다. 최 군은 안대를 두른 상태로 될 수 있으면 침착한 마음을 유지하려고 애썼다. 그리고 지금까지의 상황을 하나씩 정리해보기 시작했다. 분명 이곳은 녹두의 한남동 집. 녹두네시츄랑 녹두랑 인터넷방송을 하는 곳. 최 군은 여기에 녹두전 배달하러 왔을 뿐. 그 어떠한 의도도 없고 목적도 없는 상황. 남자들이 험상궂게 생겼으면 살짝 쫄리긴 할 테지만……. 그래도 최대한 선한 표정 지으며 안녕히 계세요 말하고 돌아나가면 되지 않을까? 생각이 정리될수록 무릎이 사시나무 떨듯 떨리기 시작했다. 안대를 치워버리고 싶은데 도저히 엄두가 나지 않았다.

"자…… 그럼, 여기까지! 저 최 군은 음식 배달 마치고 식사 다하실 때까지 안대 쓰고 있었으니까…… 이제 빈 그릇 갖고 돌아가야 할 시간이라서요. 안대 벗겠습니다. 아셨죠? 자, 하나, 두울, 셋!"

'딩동!'

은지가 소설을 여기까지 쓰고 업로드하자마자 그 사이 까꿍이 작가 블로그에 방문자 한 명이 늘었다. 이로써 이때까지 블로그를 방문한 사람은 여섯 명이 되었다. 은지의 블로그 하루 평균 방문자 수는 다섯 명. 이제 한 명이 더 늘었다. 어쩌면 지금 '방문자1'이 이따금 업로드되는 은지의 소설을 읽는 방문자인지도 모른다. 은지의 블로그에 하루 방문자가 0명인 적은 없었다. 은지는 누군가 자기 소설을 읽는다고 생각하기로 했다. 그게 사람이든 아니면 기계이든 중요하진 않았다. 설령, 은지 자신이 '방문자1'이었는지 모르지만 말이다.

"그래, 그게 좋겠당."

은지가 최뺀알과 녹두의 모습을 떠올리며 두 사람의 애정 상황 전개를 상상할 무렵이었다. 최 군이 안대를 풀고 벤츠를 다시 타는 상황을 묘사할 단계였다.

"어이쿠, 어이쿠, 안대가 저절로 벗겨지네요……."

최 군은 안대를 벗었다. 마치 실수인 것처럼 두 팔을 들어 올리다가 안대가 벗겨진 것처럼 최대한 자연스럽게 안대를 치우려고 했다. 나름 성공적이었다고 생각했다. 그런데 이게 어찌 된 일일까? 녹두네 집에는 아무도 없었다. 조금 전까지 식탁 위에 놓였던 게임 소품들도 모두 치워져 있었다. 순식간에 벌어진 일치고는 너무 완벽하게 정리된 상태였다. 녹두도 사라졌고 녹두네시츄도 사라졌다. 방 안으로 요란하게 쳐들어온 것 같던 남자들 소리도 안 들렸다.

'뭐야? 다들 어디 간 거지? 어쨌든 내 알 바 아니고. 빨리 여기서 째자. 아무리 생각해도 녹두 그 여자랑 엮이는 게 아니었어. 나도 병신이지. 에휴!'

최 군은 서둘러 녹두네 집 밖으로 나왔다. 주차장에 세워둔 벤츠는 다시 조용해진 상태였다. 최 군은 벤츠 문을 열고 운전석에 탔다. 그리고 시동을 걸었을 때였다. 자동차 안 후미 거울에 낯선 그림자가 나타났다. 누군가 최 군의 차에 미리 타고 있었다. 그리고 차가 출발하자 뒷좌석에서 몸을 일으켰다.

"누…… 누구야?"

'지이잉!'
은지의 전화가 울렸다.
"박사님. 접니다."
국정원 요원이었다.
"아, 김 사장님? 네네. 잠시만요. 주문하신 도너츠는 준비하면 되죠?"
은지는 노트북컴퓨터를 닫았다. 그리고 전화 통화를 하면서 가게 문 앞으로 가서는 '준비중' 팻말을 문밖에서 보이도록 걸었다. 준비중 팻말은 가게에서 판매하는 도넛 세 개를 이용해서 초코 크림으로 글씨를 써서 만든 것이었다. 도넛이 팔리지 않으면 재고 도넛을 어떻게든 사용해야만 해서 생각해낸 아이디어였다. 은지는 뒤꿈치를 들고 문 위쪽에 자물쇠 장치를 걸어 문을 잠갔다. 그리고 테이블로 돌아와서 앉았다.
"네, 말씀하세요."
은지는 스마트폰을 오른쪽 귀에 대고 얼굴 아래턱과 어깨 사이에 끼운 채 테이블 위에 놓아둔 수첩을 펼쳤다.
"아. 볼펜!"
볼펜을 찾았는데 안 보인다. 테이블 위에 분명히 놓아두었을 텐데 없다. 카운터 옆에 두었는지 다시 가서 찾아봤지만 없다. 은지는 노트북컴퓨터를 다시 열었다. 전원을 켜고 화면에 메모장 화면을 띄웠다. 스마트폰으로 전화를 걸어온 남자가 말했다.
"오늘 밤 열시. 팀 모임입니다. 그럼, 이만."
은지는 전화 통화를 마치고 스마트폰 화면을 봤다. 발신자 번호 표시가 없다. 입술에 힘주어 꽉 다물었다가 입술을 앞으로 삐쭉 내밀던 은지는 스마트폰 화면을 껐다. 그리고 가게 문을 열고 준비중이란 도넛 세 개는 안 보이는 곳으로 치웠다. 마천시장 중앙 통로에는 오가는 사람들이 끊이질 않았다.

　밤 열시가 되기 십일 분 전. 은지는 안전가옥 앞 계단에 도착했다. 대낮에도 을씨년스러운 분위기에 어두컴컴한 곳이었던 계단이었다. 대체 이런 곳에 누가 들락거릴까 싶을 만큼 쳐다보기도 께름칙했던 공간 앞에 은지가 다시 섰다. 마천시장 상인들은 모두 퇴근한 상태였다. 중앙 통로에 다니는 사람은 없었다. 은지는 간밤에 요원의 뒤를 따라 들어갔던 건물을 찾아왔다.

　"그런데 왜…… 도깨비라도 나올 것 같은…… 이런 데서 일하는 거야."

　스마트폰을 켜고 화면 불빛을 이용해서 계단을 올라온 은지는 건물 계단을 올라가서 문을 열고 안으로 들어섰다. 처음 왔을 때는 요원이 앞에서 열어서 은지가 몰랐지만, 그 문은 팔을 안으로 밀어 넣어 안에서 손잡이를 돌려서 열어야 하는 특이한 형태였다. 밖에서 보면 문 여는 손잡이가 없는 곳, 벽으로 보이는 문이었다. 은지가 문을 열고 들어서자 눈앞이 환해지며 요원이 은지를 맞이했다.

　"두 분…… 아시는 사이죠?"

　요원이 말했다. 은지는 방금 들어온 문 쪽으로 고개를 돌려 바라봤다. 낯익은 남자가 들어오며 은지와 눈이 마주쳤다.

　"누구?"

　은지가 입을 열었다.

　"나야, 동구."

　"응?"

　하바드반찬가게 사장, 동구 그놈이 은지의 눈앞에 서 있었다. 이게 몇 년 만인가? 은지는 갑자기 화가 치밀어 올랐다. 하지만 아무런 티를 내지 않았다. 동구는 은지의 생각과 다른 모양이었다. 예전과 똑같다. 동구 이 녀석은 웃는 얼굴이 귀여웠다. 은지를 보며 싱글거리며 웃는 동구 얼굴을 본 은지는 치솟았던 화가 갑자기 눈 녹듯 사라지는 것을 느꼈다. 요원은 은지와 동구의 사이를 알고 있는 듯했지만 아무 말도 하지 않았다. 자기가 알 바 아니라는, 빨리 업무에 집중하라는 독촉이었을까? 동구가 다가와서 은지가 앉은 의자 옆에 의자를 끌어와서 앉았다. 건물 안 공간은 사방이 흰색 벽이었고 가구나 집기는 의자 두 개랑 파란색 빨랫줄이 전부였다. 빨랫줄은 양손에 끝을 잡고 늘리면 양팔을 펼친 상태가 될 정도의 길이였다.

두 명 앞에 서 있던 요원이 말했다.

"은지 박사는 하바드 고분자물리학 전공이시고 같은 대학원에서 파노라마 시각에서의 분광 처리를 통한 가시 현상 연구 논문으로 학위를 받으셨죠. 강동구 박사는 하바드 우주입자공학 전공이시고 전하량을 갖지 않는 중성미자로 구성된 형상 연구 논문으로 박사 학위를 받으셨고요. 다음 설명, 안 드려도…… 두 분은 아시겠죠? 두 분이 왜 이 작전에 합류하셨는지."

은지는 요원의 이야기를 들으며 동구를 쳐다봤다.

'우주입자공학이라면 암흑물질 연구 분야인데, 중성미자로 구성된 형상이라면?'

동구는 자신을 바라보는 은지의 시선을 향해 오른쪽 눈으로 윙크를 하며 휘파람을 살짝 불며 소리를 냈다. 동구가 말했다.

"나는 중성미자 형상 연구를 했고 여기 은지 박사는 파노라마 분광 연구를 하셨으니…… 그거네! 사람 눈에 보이지 않는, 그동안 숨겨졌던 존재……에 대한 것이겠죠? 그래서 국정원에서는 일찌감치 우리 두 사람을 팀으로 꾸민 것이고요."

요원이 뒤로 돌아서며 말을 이었다.

"네. 그런데 얼마 전에 사건이 생겼습니다."

세 사람이 모인 공간은 여섯 평 정도 되어 보였다. 사방이 흰색 벽으로 칠해진 곳. 요원은 청바지에 후드 티 차림이었고 은지는 블라우스를 입은 짙은 회색 톤의 세미 정장, 동구는 베이지 톤의 스웨터에 갈색 면바지 차림이었다. 공교롭게도 세 사람은 모두 고무신을 신고 있었다. 아니다. 세 사람은 이 공간에 들어오기 전에 각자 신고 온 신발을 벗고 고무신으로 갈아신은 상태였다. 요원은 마천시장에서 구매한 이름 없는 흰 운동화, 은지는 마천시장 옆 수제화 가게에서 맞춘 여성 하이힐, 동구가 신고 있던 것은 마천시장 근처 마트에서 구매한 켤레당 일만 오천 원짜리 회색 톤 등산화였다.

"김정신이라는 여성이 하바드반찬가게 앞에서 여성체, 남성체를 만난 일인데요. 문제는 그 시각에 사건을 짜낸 셰이드(작가 주: 미지의 외계 그림자)가 의심된다는 점입니다."

은지가 요원에게 물었다.

"셰이드라고요?"

동구가 은지에게 말했다.

"우리 실험을 드러내려는 사람들? 아니, 어쩌면 외계 생명체의 침투 세력 같은 것이겠지? 일종의 우리 적들이거나 반대파 같은……."

은지가 요원을 쳐다봤다. 요원이 은지를 보며 잠시 말을 멈췄다가 동구와 은지를 번갈아 보며 말했다.

"분명히 말씀드릴 수 있는 건…… 예상치 않은 일이라는 것입니다. 이제부터 국정원은 여러분과 함께 외계 생명체들과 전쟁을 시작합니다."

가짜 도깨비가 나타났다!

"자자, 행운을 들여가는 황금송아지 사세요! 복을 불러오는 인형 사세요! 이거 하나만 갖고 다니면 행운이 들고 재수가 붙고 돈이 쫙쫙 생깁니다. 자자, 이거 사서 부자 되세요!"

마천시장 옆 한의원 건물 일층, 그동안 비어 있던 점포에서는 며칠 전부터 한 남자의 목소리가 우렁차게 들리기 시작했다. 아침 열한시부터 오후 네시까지 쉼 없이 반복되는 남자의 목소리였다. 남자가 미리 녹음해둔 목소리는 가게 앞 마이크를 통해 마천시장 곳곳에 울려 퍼졌다. 시장 상인들 대다수는 조각상 가게 남자의 목소리가 시끄러운 눈치였지만 누구 한 사람 드러내고 거부감을 표시하진 않았다.

사실 조각상 가게 남자는 가게를 열기 한 달 전부터 마천시장에 들러 각각 가게마다 물건을 사주고 얼굴을 터 둔 상태였다. 마천시장 상인들로선 가게 손님에게 대놓고 반감을 제기할 순 없었다. 게다가 예수를 따르는 개신교회에 다니는 일부 상인들만 빼고는 마천시장 가게들은 조각상 가게 남자에게 황금송아지이건 행운고양이 인형이건 한두 개씩은 사다 둔 터였다.

"상인회 회장이 나서서 뭐라 해봐! 우리가 뭐 힘 있간디?"

박순희 목사와 친하게 지내는 강말숙에게 시장 상인들의 민원이 들어오곤 했다. 예수를 믿는 사람들에게 난데없이 조각상 따위라니? 우상이라서 더 싫다는 사람도 나왔다. 하지만 교회에 다닌다는 시장 상인들도 서로 눈치만

볼 뿐이었다.

"아니, 시장 상인들이 힘들고 어려운디 이럴 때 짱이 나서야 하는 거 아녀? 그 잘난 짱 어디 갔어, 잉?"

그러던 어느 날, 힘들고 어렵고 귀찮은 일은 마천시장 건달이 맡아야 한다는 사람도 나섰다. 김달포 사장네 가게랑 경쟁 관계에 있는 '인생 마지막 포장마차'를 줄인 인생막차 가게 양아지 사장이었다. 양아지 사장은 인생차포의 김달포 사장보다는 마천시장에 들어온 시기가 조금 늦었다. 양아지 사장의 주장으로는 딱 일주일 뒤에 가게를 열었다고 했다. 그것도 가게는 이미 계약하고 인테리어도 끝낸 상태에서 손 없는 날이라고 오픈 시기만 늦춰 잡았던 것뿐이라고 했다. 그런데 김달포 사장의 이야기는 달랐다. 김달포 사장의 이야기에 의하면 양아지 사장은 생긴 것부터 마음에 안 드는데 거짓말까지 한다면서 양아지 사장 이야기만 나오면 주위 모두 다 들으라는 듯 고래고래 소리 지르고 난리였다. 인생차포와 인생막차의 대결이었다.

"아니, 가게 이름만 봐도 딱 알잖녀? 응? 어느 가게가 더 건달스러워? 소녀감성 인생차포? 응? 차 포 띠고 장기 두자는 겨? 아니면 인생막장 살고 싶은 대로 살아온 티 팍팍 나는 우리 가게 인생막차 가게가 건달스러워? 잉? 인생차포 주인이 무슨 마천시장 짱인겨? 왜 이래, 이거? 우리 인생막차 가게 주인이 쌩쌩하게 두 눈 시퍼렇게 뜨고 있는디!"

양아지 사장은 걸핏하면 인생차포 사장에게 시비를 걸고 난리를 부렸다. 김달포 사장은 김달포 사장대로 그때마다 참지 않고 양아지 사장이랑 맞섰다. 나잇살 오십을 넘어 환갑을 바라보는 두 남자가 옷소매 걷어붙이고 두둑한 뱃살 드러내며 마천시장 공터 장수만세약국 앞에서 쌈박질이라고 벌이는 날이 잦았다.

"이봐! 거기 국화야! 심판 좀 봐! 어휴, 열 받으니께 신발 벗겨질라네."

"아휴, 또 그러신다. 김 사장님. 국화 아니라니깐. 멀쩡한 내 이름 놔두고 왜 그래요, 자꾸."

김달포 사장은 양아지 사장과 입씨름을 할 때는 공터에서 국화빵 노점을 운영하는 안정숙에게 심판을 보라고 했다. 장수만세약국 앞, 한의원 사이 공터에서 벌써 십 년 넘게 국화빵 노점을 운영해오는 안정숙 사장이었다. 양아지 사장이 김달포 사장의 이야기를 잘못 듣고 분노했다.

"뭐여? 아이 씨발? 나한테 욕한 겨 지금? 어따 대고 욕지거리여? 뭘 봐 보기는!"

김달포가 헛웃음 지으며 양아지를 보며 말했다.

"너 보자는 거 아니니께 신경 꺼두라고잉."

"뭐시여? 불 끄고 보자능겨? 뭐 할라꼬? 뭐 할라꼬! 너거 사내 맞능겨? 어디서 추잡질이여!"

그런데 두 남자의 싸움은 항상 귀가 잘 안 들리는 양아지 사장의 승리였다. 김달포 사장이 국화빵 사장에게 심판 보라는 소리를 욕지기로 잘못 듣는 양아지 사장 덕분에 인근 가게 상인들이 웃음을 터뜨리고 두 남자의 일촉즉발 위기가 수그러들곤 했다.

잠시 후.

"자자, 오늘 고생들 하셨어요. 어서 쭉 한잔들 하세요!"

김달포 사장과 양아지 사장이 티격태격 주먹다짐까지 갈 위기가 잦아들고 나면 언제나 그렇듯 두 남자는 강말숙 여사랑 어울려 서로 화해하곤 했다. 인생차포와 인생막차 사장들이라서 어느 한쪽 가게로 갈 순 없었고 강말숙은 이날도 마찬가지지만 매번 싱싱푸줏간 옆 김밥파라다있어 가게로 장소를 옮겼다.

"오늘도 두 사장님들 고생하셨어요."

강말숙이 양아지와 김달포를 보며 웃었다. 김달포가 먼저 강말숙 여사의 말을 받았다.

"아니, 궁께. 이게 반복되다 보니께 연기력이 늘더라니께. 안 그라요,

양 사장? 응? 양 동생!"

양아지 사장이 뒤통수를 긁적였다.

"그라지요잉. 김 형님께서 리드해주시고 지는 그냥 쳐받는 역할인디……. 이게 다 형님 덕분 아니겄소."

강말숙 여사가 조용한 목소리로 말했다.

"아무튼 조금만 더 하면 조각상네 가게는 문 닫고 마천시장 떠날 것 같으니까요. 수고해주신 김에 조금 더 노력해주세요. 김 사장님, 양 사장님."

"에헴."

김달포 사장이 김밥파라다이서 창문 너머로 보이는 길거리를 보고 있었다. 양아지 사장이 강말숙 여사가 건네는 소주를 담은 종이컵을 받았다. 옆에서 김달포 사장도 강말숙 여사가 건네는 종이컵을 받았다. 마침 김밥파라다이서 사장은 장사를 쉬고 외출한 상태였다. 영업 준비 시간이었다. 가게 안에는 세 사람만 있었다.

김달포가 종이컵을 입에 대고 반쯤 들이켠 후에 종이컵을 테이블 위에 내려놓고서야 입을 열었다.

"아니, 근디, 어이, 양 사장. 아까 봤어? 조각상 가게네 남자가 안 보이던데?"

"그라게요. 김 사장님하고 붙으면서 조각상 네 남자 쪽을 유심히 봤는디…… 목소리 틀어놓은 건지 뭔지 냅다 소리만 시끄럽고서리 남자 놈은 안 보이던데요?"

강말숙 여사가 양아지 사장에게 물었다.

"조각상네 남자가 안 보였다고요?"

양 사장이 강말숙을 쳐다봤다.

"그러니까요. 아까 김 사장님이랑 시작할 때부터 흘깃거렸는데 우리가 시끄러워지니까 그때 바로 나간 건지 아니믄 사람들 웅성거릴 때 나간 건지 모르니께. 아무튼 강 여사님 오실 때까지도 가게 안에는 아무도 없었지라잉."

강말숙이 주위를 둘러봤다. 김밥파라다있어 가게 창밖으로 마주 보이는 곳에 조각상 가게가 보였다. 도로 밖까지 기괴한 형상의 조각상들이 길바닥을 차지하고 가게 안에서는 시끄러운 남자 목소리가 계속 흘러나왔다.

"음…… 어디 갔을까요? 그건 제가 마천파출소장에게 얘기해서 CCTV 돌려볼게요. 지가 뭐 자리 피해 봤자 마천시장 바닥 아니겠어요? 호호호."

김달포 사장이 웃으며 말했다.

"그라게요잉. 지가 무슨 도깨비라도 되믄 모를까. 순간 싹 사라지고 다시 싹 나타나고 그 지랄할까? 아무튼 저거저거 조각상들 저거 땜시롱 우리 가게에도 시끄러잡소잉. 꿈자리 나와도 기분 나쁜디 여그 시장 상인들은 다들 받아먹은 게 있으니 누구 하나 찌끄러 쌓지도 못하고잉. 그놈 짓거리가 도깨비라고 해두잉 짝퉁이지 지가 뭐 진퉁이었어? 저거저거 다 도깨비 소리여? 저거, 길바닥까지 난장판으로 조각상들 던져두고 시끄럽게 굿하는 거여, 뭐여? 가짜 도깨비놈의 새끼가. 안 그라? 양 사장!"

그러자 양아지 사장이 한숨을 쉬며 말했다.

"그러지요. 그러지요. 내 마 여그 마천시장 바닥에서 이십 년째 장사하는 디 저런 흉측한 놈이 어째 들어왔능가 싶소잉. 퍼뜩 쪼까내버려야하는디, 잉?"

강말숙 여사와 김달포, 양아지 사장은 김밥파라다있어 가게 창문 너머 조각상들이 길거리를 점유한 모습을 보며 혀를 차고 있었다.

김달포 사장이 말했다.

"아니, 그라니께. 우리 아부지가 말쓰믈 허시기를…… 사람 자고 먹는데 가까이에 무당집 같은 게 있으면 안 좋다 하셨거든. 이거 혹시 그 무당집 여자가 만든 분란 아녀? 도깨비고 뭐고 무당집이랑 어울리자녀?"

강말숙이 김달포 사장의 말을 듣고 되받았다.

"아이고…… 그런 말씀 마셔요. 무당집 언니 들으면 서운할라."

그때였다. 강말숙 여사의 전화가 울렸다.

"여보세요? 아이고, 우리 선녀님? 네네. 그쪽으로 오라고요? 근데 이를 어쩌나. 저 지금 김달포 사장님하고 양아지 사장님이랑 술 한잔하고 있어용. 호호호. 선녀 언니도 오시면 좋을 텐데요. 네네. 오신다고요? 그래요, 그래요. 그럼 김밥파라다이스 여긴 오후 장사 해야되니까…… 거기 우리 가게 옆에 곱창집으로 오셔요. 거기서 오늘 날씨도 그런데 한잔 꺾자구요, 언니. 네네."

강말숙 여사가 전화 통화를 하며 김달포와 양아지에게 눈짓을 했다. 함께 가서 술 한잔하자는 의미였다. 김달포는 입가에 미소를 지었다.

"거 보랑께. 본디 뭐가 있는 게 분명하당께. 내가 무당집 이야기하자마자 전화가 득달같이 오는 거 보소. 이거이거 무당집 소행이랑께. 아따, 집에다 전화 좀 해야 되겠쏘잉. 여보셔? 응? 마누랑가? 응, 나 오늘 좀 늦어. 이유는 묻지 말고. 여러 번 얘기하믄 배고파지니께. 두말하면 잔소리고 세 말 하면 헛소리여. 응, 응, 그래, 억수로 사랑혀. 나도. 쪽"

김달포는 아내에게 전화를 걸더니 스마트폰의 말하는 곳에 입을 가까이 대고 키스 소리를 내며 전화 통화를 끊었다.

양아지가 김달포를 쳐다보며 퉁명스럽게 말했다.

"하이구…… 여기가 마굿간인갑네. 마굿간이여. 왠 말이 저리 많을고."

김달포 옆에서 강말숙 여사의 이야기를 들은 양아지는 서둘러 스마트폰을 꺼내 오른손에 쥐더니 아내에게 전화를 걸었다.

"응, 여보? 응. 나 오늘 가게 문 닫기 전까지, 응…… 조금 늦게 갈게. 여기 김달포 형님이랑 아까 낮에 다툰 것 때문에 서로 풀기로 해서 한잔하려고. 응, 그래요. 사랑해요, 여보."

양아지가 전화를 마치고 강말숙을 보며 사뭇 비장한 표정을 지으며 고개를 끄덕였다. 강말숙은 김달포와 양아지 사장을 보며 고개를 끄덕였다.

"그래요, 어차피 이렇게 된 거. 더 이상 미루지 말고 무당집이랑 끝장을 보자구요. 어디 그 도깨비 짓거리 언제까지 할 건지."

제 남편이 도깨비 같아요!

"목사님! 목사님! 큰일났시유! 우리 집에 와서 그 무서운 인형 쪼가리 좀 냅다 버려줘유!"

주일 예배를 마친 다음 날. 마천제일교회 담임 목사실로 아침 일찍부터 전화가 걸려 왔다. 월요일 새벽 예배를 마치고 아침 식사를 한 이후였으니까 여덟 시가 좀 안 된 시각, 대략 아침 일곱 시 오십 분 정도 되었을 무렵이었다. 전화를 걸어온 사람은 마천제일교회에 등록 교인으로 부부가 예배를 드리러 출석하는 박한솔 장로였다. 박한솔 장로의 목소리는 전화 음성을 통해 느껴지기에도 무언가에 상당히 두려워하는 상태인 것을 알 수 있었다.

"네, 장로님. 접니다. 담임 목사입니다. 오늘 오후에 심방 가겠습니다."

박순희 목사는 전화를 마치고 다시 책상 앞에 앉아 성경을 펼쳤다. 일전에 교회 성도가 박한솔 장로 부부에 대해 해준 말이 기억났다. 박한솔 장로의 남편은 대단한 골동품 수집가였는데 국내는 물론이고 세계 각지로 다니면서 여러 가지 불상이나 동물 모양의 인형을 수집하는 게 취미라고 했다. 그 때문에 박한솔 장로 집에는 온갖 동물 인형들이 수두룩하게 쌓인 상황이었다. 교회 지인이 전하기로는 한번은 박한솔 장로 집에 놀러 갔더니 발 디딜 틈도 없이 온갖 불상이랑 동물 인형들이 수북하게 쌓였더라고 했다. 박 목사는 박한솔 장로 집에 간 적은 없었지만, 교회 성도들을 통해 들어보면 어느 정도인지 가히 짐작할 수 있었다. 오늘 박한솔 장로가 집에 쌓인 인형상들을 치워달라고 전화로 도움을 요청해온 것 같았다.

그날 오후.

"안녕하세요, 장로님. 박 목사입니다."

박한솔 장로 집에 마천제일교회에서 심방을 왔다. 김주은, 이하은 부목사 두 명이랑 교회 총무 일을 보는 천은혜 장로가 동행했다. 박 목사가 심방 예배를 인도하면서 찬송하고 축도까지 마치고 거실 테이블에 앉았다. 박한솔 장로는 심방 온 교회 사람들을 위해 과일이랑 간식거리를 내왔다. 심방 헌금은 하얀 봉투에 넣어서 천은혜 장로에게 건넸다. 박 목사가 박한솔 장로에게 물어봤다.

"남편분은 출타 중이세요?"

"어휴, 목사님. 말씀도 마세요. 오늘 교회에서 심방 온다고 같이 예배드리자고 했더니 약속 있다고 나가버렸어요. 오늘은 가게도 일부러 쉬고 왔는데……."

"그러시군요."

박 목사는 박한솔 장로와 얘기를 나누면서 집안을 둘러봤다. 아닌 게 아니라 정말 조각상들이 집안 곳곳에 가득 자리 잡고 있었다. 골동품 가게에서나 볼 수 있는 불상들을 비롯해 여러 동물 모양의 인형들까지 집안을 가득 채우고 집안에 빈 곳이 안 보일 지경이었다. 박 목사 일행이 앉은 거실 테이블 아래 칸에도 조각상들이 가득 쌓여 있었다.

박 목사가 박한솔 장로에게 말했다.

"집안에 정말 조각상들이 많긴 많군요. 그런데 저 조각상들을 치우려면 남편분의 동의를 받아야 할 텐데요. 남편분이 있으면 좋겠습니다."

박한솔 장로가 부목사 두 명과 천은혜 총무를 보다가 박 목사를 바라보며 말했다. 남 보기에 부끄러운 마음을 표현하려는 것 같았다. 박한솔 장로가 한숨을 쉬었다.

"그러게요, 목사님. 저는 저것들이 일 초도 보기 싫은데……. 남편이란 사람은 저딴 걸 어디서 구해오는지……. 집에다가 쌓아두기만 하니 미치겠어요. 이게 다 돈이고 복이라고도 해요. 저는 모르는데…… 저 없을 땐 저 조각상들한테 말도 걸고 그러는 거 같더라고요."

박한솔이 사람들을 보며 걱정스러운 눈빛으로 말을 이었다.

"우리 남편……, 곱게 미친 건가요?"

"네?"

박 목사는 너털웃음이 나왔다.

"곱게 미치다뇨?"

박 목사는 부목사들을 바라보고 박한솔 장로를 다시 쳐다보며 입가에 미소를 지으며 말했다.

"이런 말씀을 드리겠습니다. 성경에 보면 우상을 섬기지 말라 하셨습니다. 그 의미는 하나님께서 우주를 창조하시고 모든 생명체를 창조하신 것인데 인간들이 하나님의 창조물을 흉내 내어 생명 없는 것들을 만들면 하나님을 모욕하는 것이니까 우상을 만들지 말라는 의미가 있고요, 두 번째로는 형체 없는 귀신들의 시험에 속아서 귀신들의 형체를 만들어 놓고 그 앞에 절하거나 섬기지 말라는 의미가 있는 것이죠."

"네에."

박한솔 장로는 박 목사의 이야기에 고개를 끄덕이며 열심히 듣고 있었다. 박 목사 일행은 소파에 앉고 박한솔 장로는 테이블을 사이에 두고 식탁 의자에 앉아 있는 상태였다. 박 목사가 말을 이었다.

"남편분은 조각상을 만든 것은 아니시니까 그렇고, 조각상들에게 기도를 하거나 절을 하신 것도 아니시니까요."

박한솔 장로의 표정이 다소 밝아졌다. 박 목사가 여전히 인자한 표정으로 부드럽게 말을 이어 나갔다.

"다만, 집은 가족들이 함께 살아가는 곳인데…… 남편분만 자기 취미생활 한다고 하시면 가족분들이……. 우선은 박한솔 장로님이 불편하실 수 있죠 그 점에서 남편분에게 잘 말씀드리셔서 저 조각상들은 따로 치워두시거나 우선은 집안을 사람 사는 공간으로 유지하시는 게 좋으실 것 같습니다. 그리고 한 가지 더 말씀드린다면."

박한솔 장로가 박 목사의 입을 쳐다봤다. 다음 이야기도 진지하게 듣겠다는 표시였다. 박 목사는 집안을 둘러보고 박한솔 장로를 보며 말했다.

"장로님, 목회자의 심방이라는 것은 성도를 믿음 안에서 보호하러 온다는 의미가 있습니다. 두 분께서 시간을 같이 보내도록 노력해보시는 건 어떨까요? 다른 취미활동을 가져보시는 거죠. 박한솔 장로님이 좋아하시는 산책이나 영화감상도 좋고요, 남편분께 골프를 권해보시거나 운동을 권해보시고 함께 시간을 보내시는 걸로요."

박한솔 장로가 고개를 끄덕였다.

심방을 마친 박 목사 일행은 박한솔 장로의 집을 나서 교회로 향했다. 천은혜 장로가 운전하는 차 안에서 박 목사는 부목사들을 보며 말했다.

"많은 목회자들 가운데도 때로 실수를 하는 경우가 있습니다. 우상 숭배하지 말라 해서 조각상들이나 불상을 가진 사람들을 보면 분노하고 빨리 갖다버리라고 하며 사람들을 무조건 정죄하려 드는 경우가 없지 않은데요. 사람들이 몰라서 그랬다는 상황은 생각지 않는 것이죠."

"아, 네."

부목사들이 고개를 끄덕였다. 박 목사가 다시 말을 이었다.

"사람들이…… 지금까지 모르고 저지른 행동은 바른 사실을 알려주고 다시 반복하지 않게 하는 게 우선이어야 합니다. 다짜고짜 당신은 잘못한 거야, 벌 받을 거야! 그러면 그 사람은 자기가 잘못한 걸 알더라도 자기를 혼내는 사람 앞에선 화가 먼저 나거든요. 자존심 문제가 돼서 그렇습니다. 그러면 서로 대화가 되질 않습니다."

박 목사는 달리는 차 안에서 차창 박을 보며 말했다.

"목회자나 성도들이 가장 먼저 할 일은 강권하거나 강요하는 자세가 아니라…… 그 사람이 어떤 상태인지…… 어떤 아픈 마음인지, 모르고 저지른 행동인지를 살펴보고 그 사람을 위해 인내를 갖고 배려해주며 바른길을 인도해주려는 마음이 중요합니다. 하나님께서는 사랑과 온유, 자비의 하나님이시니까요."

박 목사 일행이 탄 자동차가 횡단보도 신호등에 따라 잠시 멈췄다. 천은혜 장로가 차 안 거울을 통해 박 목사를 바라보며 말했다.

"목사님, 오늘 목사님의 말씀이 제게도 큰 은혜가 됩니다. 명심하겠습니다."

박 목사는 거울로 천은혜 장로와 눈을 맞추며 부드러운 목소리로 말했다.

"모든 게 하나님의 말씀이시고요, 제 말씀을 드리는 것은 없습니다. 목사들도 설교단에서 내려오면 그저 한낱 사람일 뿐이거든요. 목사들도 마귀들의 시험에 넘어지기 쉽고 유혹에 빠질 수 있는 사람들입니다. 그래서 목회자들 사이에선 설교단에서 내려온 후에는 성도들과 가깝게 지내지 말라는 조언도 하죠. 목사는 설교단에서 하나님의 말씀을 전하는 사람일 뿐이고, 설교단에서 내려오면 여러분과 똑같은 사람에 지나지 않습니다."

어느 무당의 한숨

'지글지글.'

하바드반찬가게를 마주 보는 자리에서 바라보면 우측에 왕십니곱창집 식당이 있다. 마천시장에서 오래된 곱창집은 중앙 통로를 기준으로 빵을 파는 가게 사거리에서 대각선 방향으로 바라보는 자리에 있다. 시장 상인들은 주로 이곳으로 간다. 얼마 전에 새로 생긴 곱창집은 중앙 통로 하바드반찬가게 옆 골목 하나를 사이에 두고 자리 잡고 있다. 가게 이름이 왕십리가 아니고 왕십니인 게 특색이었다. 나중에 안 사실이지만 원래는 왕십리라고 써달라 했는데 간판업자가 'ㄹ'을 'ㄴ'으로 써놓고 가버렸다고 했다.

무당집 선녀가 곱창집 식당 앞에 섰다. 불판 위에서는 신선한 곱창이 익어가는 중이다. 곱창을 굽고 있는 남자가 무당집 여자를 알아보고 이야기를 나눈다.

"어서 오세요. 뭐 드릴까요?"

"곱창집에서 곱창 말고 또 뭐가 있을랑가?"

"하하. 그러지요. 그러네요."

"곱창, 잘돼요?"

"아직은요……. 저녁 손님들 오기 전이니까요. 그냥저냥 입에 풀칠이나 하면 좋죠."

"그래도…… 우리보다는 낫겠지."

"무당네가 왜요? 잘 안 돼요?"

"요즘 사람들이 다들 스마트폰으로 인터넷에서 운세 보는 통에⋯⋯. 나한테 오려고 하겠슈? 게다가 그 누구야? 공무원 마누라가 대학 다니면서 사주관상 맞추는 컴퓨터 프로그램 논문 쓰고 그랬다며? 대머리하고 주걱턱하고 어울린다며? 세상이 그런데 나한테는 나이 든 할멈들이나 와서 신세 한탄이나 하는 게 단데."

"아이구, 그래도 복채인가? 굿하고 돈 받으면 대박이잖유?"

"그것도 다 옛날 얘기여. 이젠 나이 들어서 나 굿도 못해. 그리고 나 사실은 모태신앙이여. 굿 같은 건 알바 불러서 하면 하더라도. 게다가 나 무릎 골병들었지, 허리 아프지. 뭐 굿거리 그거 작두도 안 타면서 타는 척 사기 치는 애들도 많고, 작두 타다가 발 베고 피나서 아프다고 안 하겠다는 애들도 있고⋯⋯. 이 바닥 애들도 상도의가 없어 상도의가. 자기만 먹고살면 된다 이거지. 같이 먹고 살아야지, 안 그래요?"

"그래도⋯⋯ 저한테도 좋은 자리 딱 잡아주셨는데유. 아무도 모르는 제 사정도 속속들이 다 아셨구유."

장사는 몫이다. 새로 생긴 곱창집은 오래된 곱창집보다 인지도가 덜하지만 사람 많은 중앙 통로에 자리 잡은 덕분에 저녁 식사를 준비하러 나온 손님들이 자주 들러 곱창을 포장해서 돌아간다.

무당집 선녀는 아직 작업 폼 차림이다. 퇴근 전이란 의미다. 통이 넓은 하얀 바지에 치렁치렁 늘어지는 하얀 옷. 머리는 가르마를 타서 댕기 머리 스타일로 땋아 위로 올려 비녀를 꽂았고 포마드 기름을 바른 것처럼 머리카락에 윤이 나게 헤어 오일을 발랐다. 마천시장에 오가는 사람들이 무당집 선녀를 흘깃거리며 지나간다. 행색이 이상해서다. 누가 봐도 이상한 옷차림이다. 강말숙 회장의 말에 따르면 선녀 무당도 가끔은 무심코 거울 보다가 자기 모습 보고 무서워서 깜짝깜짝 놀란다고 했다. 아무리 밥 먹고 살자고 하는 일이라지만 진짜 적성에 안 맞는다고 푸념하는 날이 많다고 했다.

선녀 무당은 곱창집 사장에게 고백했듯이 모태신앙이고 요즘도 남모르게 주일마다 교회에 다니고 있다. 목사도 가짜 목사가 있듯이 선녀 무당도 가짜 무당인 셈이다.

"어째 다 익었을라나, 맛보시게 하나 드릴까유?"

무당집 선녀와 대화하던 남자는 마천시장에 새로 들어온 김군학 사장. 얼마 전까지 왕십리에서 곱창 식당을 운영했는데 그 지역 건물주들이 임대료를 올리는 통에 곱창값도 올려 받았다가 손님들 발길이 단박에 끊겼다고 했다. 그래서 다시 자리 잡은 곳이 마천시장이라고 했다.

곱창집 사장의 인생 이야기는 사실 강말숙 여사가 일전에 무당집 선녀에게 해준 이야기였다. 마천시장에 가게 자리를 알아보러 온 곱창집 남자랑 이야기하던 중 강말숙 여사가 들은 곱창집 남자의 인생 이야기였다. 그 후로도 며칠, 곱창집 남자로부터 연락이 없었는데, 강말숙이 선녀에게 마천시장에 작은 가게 터가 생겼는데 들어오려는 상인이 없다는 정보를 털어놨다. 곱창집 남자 이야기는 강말숙 여사가 무당집 선녀랑 나누던 고민 이야기 가운데 일부였다.

다시 여러 날이 지난 후. 곱창집 남자가 마천시장 무당집에 찾아온 어느 날이었다. 선녀는 곱창집 남자를 보자마자 한눈에 그가 곱창집 남자라는 걸 알았다.

"마천시장 오기 전에도 곱창집 했구먼? 장사 안됐지? 집안이 힘들었어. 아니, 아니. 말하지 않아도 다 알아. 내가 자리 하나 봐줄게. 그래그래. 여기가 딱 좋네. 장소는 하바드반찬가게 그 옆에 작은 거 하나 날 거야. 거기다 차려! 거기가 대박이야."

이처럼 시장 내에서는 무당집 선녀가 모든 정보의 집합지 노릇을 한다고 말해도 과언이 아니었다. 그래서 어느 가게가 돈을 버는지 못 버는지 손금 보듯 파악하고 있었다. 이렇게 얻은 정보를 바탕으로 짜고 치듯 무당집을 운영해오던 무당집 선녀에게도 내심 고민이 없는 건 아니었다.

"……."

무당집 선녀는 곱창을 먹고 싶은 얼굴이었는데 한 개만 먹어보자고 말하고 싶어도 차마 체면이 있어 입이 떼어지지 않았다. 곱창집 남자가 먹어보라고 주면 모를까…… 했는데 맛보기로 주겠다니 기쁠 따름이었다.

"내가 맛을 뭐 아나. 그래도 어디."

무당집 선녀가 곱창집 남자 앞에서 입을 우물거릴 즈음, 강말숙 여사가 남자 두 명과 함께 마천시장 중앙 통로로 들어섰다. 곱창집 식당 앞으로 다가가는 길이다. 강말숙 여사 옆에는 김달포 사장과 양아지 사장이 동행하고 있었다.

"자꾸 걱정돼서 그러는데요."

강말숙이 김달포에게 주의를 주었다. 강말숙은 무당집 선녀가 일하는 방식을 알기 때문이었다.

"오늘 김달포 사장님은 아무 말씀 하시면 안 돼요. 아셨죠? 도깨비 사건이 무당네가 일으킨 거 아니냐는 둥, 그런 말씀 절대 금지."

김달포가 강말숙을 보고 미간을 찌푸리며 고개를 뒤로 젖혔다. 그 정도는 자기도 안다는 의미였다. 김달포가 양아지 사장에게 말했다.

"아따, 우리 강 여사님 걱정도 팔자시구만잉. 내가 그 정도도 모를까 봐서리, 안 그랴 양 동생? 그나저나 생각해보쇼잉. 남의 운명 봐주고 돈 벌게 해준다는 양반이 왜 무당집은 그렇게 허름하고 좁은 데 있느냐 이 말이여. 자기 팔자는 모르는 겨? 자기 팔자는 무당집 귀신들이 안 도와주는 겨? 그저 맘 약하고 어려운 사람들 돈 빨아먹는 게 무당집 같은 데라는 겨, 내 말이. 안 그려? 양아지 동생?"

"아따, 성님은 사투리를 쓸라믄 어디 하나만 쓰쇼. 전라도 갔다가 경상도 왔다가……, 충청도 꼈다가. 사투리라도 쫌 제대로 쓰당가! 하이구……

귀에서 피날 것 같소. 어휴, 내 달팽이관 세반고리관 온전한가 모르겠네. 어지러 죽갔소."

양아지 사장이 김달포에게 퉁명스럽게 쏘아붙였다. 조금 전 아내와 통화하면서 은연중에 자기도 모르게 김달포를 형님이라고 불러서 여태껏 기분이 편치 않은 데다 김달포가 계속 양 동생이라고 부르는 게 심사에 거슬렸던 탓이다. 김달포가 양아지의 이야기를 받았다.

"어허? 양아지 동생, 가방끈 긴갑네? 그 관이 귀꾸녕에 있는 거 아녀? 사람이 구녕 소리 하나에 확 달라보이네, 잉?"

강말숙 여사가 김달포 사장을 쳐다봤다. 하바드반찬가게가 가까이 다가올수록 걱정이 커지는 게 강말숙 얼굴에서 드러났다. 김달포 사장에 대해서는 이따금 강말숙 여사의 부탁을 들어줘서 고마운 사람으로 생각하긴 하는데 이따금 그 정도가 지나쳐서 탈이었다. 적당한 선에서 멈춰야 할 일을 계속 부풀려서 떠벌리곤 한다는 점이다. 양 사장은 김달포 옆에서 고개를 끄덕이며 따라 걷고 있었다. 무당집 선녀가 강말숙을 보고 웃는 표정으로 손을 흔들었다.

"지금 오는가? 나 여기! 강 여사! 아이고, 못 알아듣네. 강 회장! 나 여기! 응!"

"어머! 선녀 언니!"

강말숙은 곱창 가게 앞에서 손을 흔드는 무당집 선녀를 발견하고 오른손을 들어 흔들었다.

잠시 후. 무당집 선녀와 세 사람은 곱창집 옆 골목 전주집으로 자리를 옮겼다. 동태전, 파전, 감자전이 유명한 전주집은 마천시장 하나로마트 앞에서 장사를 한다. 강말숙은 곱창을 먹고 싶어 하는 선녀 얼굴을 보고 옛날 곱창 식당으로 갈까 했지만, 곱창집 남자 가게 앞에서 모였다가 옛날 곱창 식당으로 간다는 건 아닌 것 같았다. 곱창네 사장이 불만을 가질 게 분명했다.

"언니, 여기 선녀님하고 김 사장님, 양 사장님. 오늘 전주집 매상 좀 팔아주려고 왔지. 우리 사이에…… 메뉴판은 됐고, 재고 많이 남은 거랑 막걸리 좀 내줘 봐."

"응, 어서 와요. 강 여사."

강말숙은 전주집 여사장 김숙희를 보며 인사했다. 김숙희는 흑산도 출신의 오십대 여성이다. 해병대에서 군 복무를 하던 현재의 남편을 만나 서울로 이사 온 지 삼십 년. 흑산도 섬 소녀 김숙희는 마천시장에 전주집 가게를 열고 장사해온 지 삼십 년째다. 다시 말해서 마천시장에서의 삶이 서울 생활의 시작이었다.

강말숙은 마천시장 상인회 회장 아니랄까, 하바드반찬가게에 머무는 시간 보다 시장 상인들 가게마다 번갈아 들르며 매상 올려주는 시간이 더 많았다. 강말숙이 시장 상인들에게 인심을 잃지 않는 방법이자 딴소리 안 나오게 하는 전략이기도 했다.

"오늘은 또 어떤 좋은 일로 오셨나……들?"

김숙희 사장이 막걸리와 전 안주를 내왔다. 강말숙 여사와 무당집 선녀가 마주 보고 앉고 김달포 사장이 강말숙 옆에, 양아지 사장이 선녀 옆에 앉았다. 선녀와 양아지 사장이 벽 쪽에 붙여놓은 좌석에 앉았고 강말숙과 김달포가 벽을 바라보는 맞은 편 자리에 앉았다. 테이블 주위에 앉는 자리 배치는 네 사람이 가게 안에 들어와서 서로 벽 쪽 자리에 앉으라고 권유하다가 강말숙은 나이 많은 선녀 언니를 배려한다고, 김달포는 나이 어린 양 동생을 배려한다고 결정짓고 앉게 되었다. 무당집 선녀가 말했다.

"아따, 그래도 우리나라가 예절이 뚜렷해서 거절하지 못하겠단 말이야. 상석에 앉으라는데 그게 사회 예절이라고 하면 거절하는 게 또 상대방 무시하는 거 같이 비쳐서. 안 그래요? 젊은 양반? 성함이?"

"아, 저요? 양아지라고 합니다. 요 앞에 인생막차 술집해요."

"어이구, 어이구, 인생막차 타셨구만. 왜 가게 이름을 그렇게?"

"어허, 양아지 내 이름은 뭐 나은 감요? 그게 그거지. 어허허."

양아지 사장이 겸연쩍게 웃었다. 무당집 선녀가 양아지를 보며 눈썹을 위로 올리며 난감한 심정을 드러냈다. 이날도 무당집 영업은 틀린 모양이었다. 선녀가 강말숙을 보며 말했다.

"그건 그렇고. 마천시장 바닥에 도깨비라니, 그게 뭔 소리여잉? 우리 할아버지들이 그런 건 아무 이야기도 안 해주시던데."

김달포 사장이 무당집 선녀의 이야기를 듣고 고개를 끄덕였다. 강말숙은 테이블 아래에서 김달포 사장의 허벅지를 손으로 툭툭 쳤다. 아무 말도 하지 말라는 의미였다. 김달포가 앞에 놓인 막걸리 잔을 들어 단숨에 다 마셨다. 양아지 사장이 김달포의 막걸리 잔에 막걸리를 다시 따랐다.

"선녀 언니, 그게."

도깨비 헌터 '김 양'

'띵동!'

알람이 떴다. 일인 크리에이터 김 양 채널이다. 동구는 스마트폰 알람을 확인하더니 화면을 닫았다. 늦은 오후. 동구는 오늘 집에 있다. 반찬 가게엔 강말숙 여사가 출근했다. 일주일에 삼 일은 동구 혼자 가게에서 손님을 받고 화요일과 토요일 이틀은 휴무, 나머지 이틀은 동구와 강말숙 여사가 모두 가게에서 일한다. 손님들이 몰리는 명절이나 연휴 기간엔 제외된다. 이른바 마천시장 시즌 동안엔 동구와 강말숙 여사 모두 출근한다.

'지이잉!'

귀에 익숙한 전자음과 함께 스마트폰에서 김 양의 채널 화면이 열렸다. 동구는 침대에 누운 채 둥글게 만 침대보 위에 오른손을 얹고 스마트폰을 쥔 상태였다. 침대보 위로 동구의 맨살이 드러났다. 운동으로 다져진 다부진 체격이다. 하바드대학에 다닐 때도 수영동아리 활동을 게을리하지 않은 덕분이었다.

"안녕하세요! 김 양입니다. 오늘 방송을 시작합니다!"

5인치 디스플레이 화면. 동구는 화면을 톡톡 쳤다. 스마트폰 화면이 8인치로 늘어났다. 김 양의 모습도 가깝게 보였다. 동구는 김 양의 입술을 보며 눈을 껌뻑였다.

"지난 방송에 예고해드린 바대로 오늘은 성내천 벽화의 미스터리를 이야기하려고 하는데요, 당시에 이메일로 제보를 받은 터라 사실 긴가민가 믿어지진 않았습니다. 과연 요즘 같은 시대에, 네? 스마트폰으로 방송하는 시대에 도깨비란 게 있느냐 하는 것인데요."

동구는 김 양의 이야기를 들으며 상체를 일으키고 침대 등받이에 등을 기댔다. 하얀 구스다운 베게 세 개를 덧대고 침대보를 끌어당겨 베개를 고정했더니 등을 기댄 자세가 안정된다.

"먼저 여러분 제 우측으로 화면 보이시죠? 제가 직접 성내천 벽화에 가서 촬영해온 영상인데요, 여기 보시면 도깨비……. 네, 도깨비 그림이 있긴 있습니다. 무당으로 보이는 여자가 한복 입고 앉은 모습, 원숭이가 귀신 들린 눈동자를 하고 쳐다보는 모습, 그 주위로 도깨비 귀신들이 날아다니는 모습들을 그린 그림이 그것인데요."

동구는 김 양의 이야기를 들으며 침대에서 몸을 일으켜 침대에 걸터앉은 자세가 되었다. 침대 옆 테이블 위엔 동구의 안경이 놓여 있었다. 동구는 안경을 들고 비스듬히 보며 렌즈를 봤다. 손가락 지문 때가 묻은 게 보였다. 동구는 안경 닦는 헝겊을 집어 렌즈를 닦았다. 안경을 다시 쓴 동구가 스마트폰을 들었다. 김 양의 얼굴이 스마트폰 화면에 클로즈업되었다.

"여러분……, 이 그림 속 도깨비들이…… 진짜 여러분 곁에 존재한다고 생각하십니까?"

동구는 스마트폰을 보며 아무 말을 하지 않았다. 김 양이 화면에 비친 채팅들을 보며 시청자들에게 다시 물었다.

"여기 그림 속 도깨비들은…… 여러분과 제 주위에…… 존재합니다."

동구는 입술을 꽉 다문 채 눈썹을 치켜뜨며 눈을 아래로 내려다봤다. 짐짓 놀라는 체하는 표정이었다. 동구는 김 양의 시선을 마주 보고 있었다.

"도깨비……, 여러분 눈엔 안 보이죠? 제 눈에는 보입니다. 이건 영안이라고 하는 건데요. 사람의 눈은 크게 세 가지로 구별됩니다. 하나는 그냥 눈, 그다음엔 심안이라고 해서 마음으로 보는 눈, 그다음 나머지 하나가 바로 영안인 것이죠. 여러분의 눈은 그냥 눈, 거기서 나이가 들고 지혜가 쌓이면 마음으로 보게 되는 심안이 열립니다. 거기서 더 깨닫게 되면 영안이 열리는 것이죠."

동구가 갑자기 침대에서 벌떡 일어섰다.

"야! 야! 이거 너무 세잖아! 오버하지 마! 그건 말하면 안 돼!"

동구는 스마트폰을 든 채 화면 속 김 양을 보고 소리쳤다. 동시에 동구 몸에 걸쳐 있던 침대보가 흘러내리더니 실오라기 하나 없는 동구의 몸이 드러났다. 수영과 미식축구로 다져진 근육질의 체형, 동구의 허벅지는 여성의 허리둘레보다 굵어 보였다. 역삼각형 상체에 근육질의 허리, 조각 케이크처럼 여섯 조각으로 선명하게 컷팅된 근육 라인이 나타났다. 김 양은 동구를 쳐다보고 있었다. 김 양의 시선은 동구의 몸을 훑는 듯 보였다. 하지만 김 양이 동구의 벌거벗은 몸을 볼 리는 없었다. 김 양은 입가에 살짝 미소를 지으며 말을 이었다.

"성내천의 도깨비는……그러면 어디에 있을까요? 이 벽화 뒤에…… 숨어서 지낼까요? 아니면 여러분이 살아가는 어딘가에 숨어서 따라다닐까요? 김 양은 오늘 여러분을 마, 천, 시, 장으로 안내합니다. 도깨비가 나타난 그곳, 마! 천! 시! 장! 에서 다음 방송 이어가겠습니다. 오늘 방송은 여기까지. 좋댓구알! 좋아요, 댓글, 구독과 알람은 여러분의 사랑입니다. '좋아요' 한 번씩 눌러주시면 김 양에게 큰 힘이 되는 거 잊지 마시고요!"

스마트폰 화면이 닫혔다. 동구는 움직이지 않았다. 침실 창문을 통해 비친 햇살이 동구의 몸 곳곳을 은밀하게 훑고 지나가기까지는 꽤 오랜 시간이 흘렀다.

은지의 미스터리 소설 속 남자 주인공은 누구였던가

"호랑이 장가가는 날인가?"

햇볕이 쬐는가 싶었는데 갑자기 소나기가 내리고 천둥 번개가 쳤다. 은지는 도넛 가게 안에 있다가 천둥소리를 듣고 가게 밖으로 나왔다. 하늘엔 먹구름이 잔뜩 끼었다.

'방금까지만 하더라도 맑았는데…… 이게 뭔 일이래?'

은지는 가게 안으로 비가 들이치는 걸 막기 위해 서둘러 천막을 내렸다. 도넛 진열대 위 가게 문 출입구 천장과 맞닿는 자리에 만들어둔 초록색 천막은 사실 비 들이침 방지용이라기보다는 햇빛 가리개였다. 날씨가 더우면 더운 대로, 추우면 추운 대로 도넛을 보호해야 했다. 밀가루 반죽 안에 팥앙금이나 고기소, 슈크림이 들어가면 온도에 민감했다. 날씨가 덥고 기온이 높으면 그만큼 빨리 상했다. 되도록 오래 두고 팔아야만 하는 도넛 특성상 은지로서는 햇빛 가림막을 달아두는 게 최소한의 방편이었다.

"흠, 이번 비는 쉽게 그칠 것 같진 않네."

은지는 하늘을 쳐다보며 혼잣말을 중얼거렸다. 사실 뭐 은지가 하늘을 본다고 해도 먹구름만 가득한 하늘인데 딱히 날씨가 어떻게 변할지 아는 것도 아니었다. 할머니들처럼 무릎 아프니까 비가 올 거라고 하는 것도 아니었다. 비가 오니까 비가 많이 내릴 것 같다는 이야기였다. 은지가 이런 이야기를 하는 이유는 아무 말도 안 하면 안 되는 기분, 누군가랑 이야기하고 싶었을 따름이었다.

"반찬 가게……는 잘 되나?"

은지는 하바드반찬가게 쪽을 바라보며 말했다. 오늘 하바드반찬가게는 쉬는 날이다. 은지도 알고 있다. 그런데 참, 사람 마음이 이상하지. 은지는 문 닫힌 하바드반찬가게를 바라보며 서 있었다.

고등학교 3학년 때였다. 정규 수업이 끝나고 학생들이 하교할 시간, 학교에 남아 야간자율학습을 할 학생들은 오후 도시락을 먹을 무렵이었다. 같은 반이었던 동구와 에릭, 그리고 은지는 이날도 학교에 남아 자율학습을 하기로 했다.

"야! 너희 둘은 대학에 갈 거잖아? 공부도 잘하니까. 그런데 나는 대학에 영 관심이 없는데 어떡하냐? 우리 셋이 뭉쳐 다니면 뭐 하나 부러울 게 없는데, 든든하고. 그런데 나는 외국에서 살다 와서 한국에 친구도 별로 없고 너희 둘이 전부인데……. 하…… 우리 아부지랑 어무니는 왜 나를 어릴 때 미국 물 먹이겠다고……. 그놈의 대학이 뭔 짐이라냐. 안 그래?"

에릭은 초등학생 때 미국으로 유학을 떠났다가 고등학생 때 다시 한국으로 귀국한 경우였다. 그리고 대학 입시를 앞두고 외국인 특별 전형으로 특례 입학을 앞둔 상태였다. 반면에 동구와 은지는 국내 대학 진학을 하거나 외국 유학을 준비하고 있었다. 딱히 어느 대학으로 갈 것인진 정하지 않은 상태였다. 그 해 정시 모집을 치러보고 대학 진학은 다음 해 초에 결정하기로 되어 있었다. 도시락을 먼저 다 먹은 에릭이 가방 안에 도시락통을 다시 담으며 동구를 보며 말했다.

"친구! 안 되겠다. 나는 오늘 자율학습 째야지. 요 앞 피시방에 게임 한 판 때리러 간다. 이따가 공부 다 하면 나와. 같이 집에 가자, 알지?"

동구가 에릭을 보며 말했다.

"야! 이따가 시간 되면 네 부모님이 너 태우러 정문 앞으로 차 보내실 텐데? 너 안 보이면 뭐라고 말씀드려?"

에릭이 은지를 보며 싱긋 웃더니 동구를 보며 윙크하며 말했다.

"죽었다…… 그래."

은지가 놀란 얼굴로 에릭을 보며 말했다.

"야! 너 못 하는 말이 없어? 얼른 취소해! 바닥에 침 뱉고 한 발로 콩콩콩 세 번 뛰어. 얼른!"

에릭이 은지를 보며 귀여워 죽겠다는 표정으로 은지의 말투를 따라 하며 말했다.

"아랐어, 아랐어. 취소, 취소. 이궁 너 귀여워 죽겠다고! 이 멍퉁아. 너 내가 좋아해도 되냐? 으하하."

에릭은 의자에서 일어서며 가방을 등 쪽으로 들추어 멨다. 에릭은 교실 앞문을 나서며 오른팔을 흔들어 동구와 은지를 보며 인사했다. 은지를 보던 에릭은 입술을 삐쭉 앞으로 내밀더니 오른손바닥을 댔다가 은지를 향해 흔들었다. 장거리 키스를 보낸 거다. 미국에서 살다 온 에릭은 자기감정 표현에 솔직하고 자기주장이 강했다.

그리고 그날 밤. 시간이 흘러 열시 무렵이었다. 야간자율학습은 밤 열한시 까지였다. 교무실에서 야간자율학습 지도 선생으로 남아 야근하던 동구와 은지네 반 담임이 잔뜩 상기된 표정으로 교실로 들이닥치기 전까지 그날도 여느 날처럼 평범한 날이었다고 생각했다.

"동구야! 은지야! 잠깐 나와보렴."

반 담임은 복도에 서서 떨리는 목소리로 동구와 은지를 불렀다.

"에릭……이, 에릭에게 일이 생겼어. 얼른 에릭 집 연락처 좀 알려줄래?"

반 담임이 알려준 이야기는 이랬다. 그날 자율학습을 하지 않고 교문으로 나갔던 에릭은 여느 때처럼 정문 앞 피시방으로 향했다. 그리고 카운터에서 다섯 시간짜리 티켓을 구매한 후, 빈자리에 가서 컴퓨터를 켜고 로그인 번호를 입력했다. 에릭이 컴퓨터 게임을 실행하고 계정에 로그인한 것도 자연스러웠다. 그러나 그때.

"야! 너 돈 좀 있냐?"

에릭이 앉은 의자 뒤로 건장한 남자 세 명이 서서 에릭을 에워쌌다. 다른 사람들은 컴퓨터 모니터만 바라보며 게임을 하느라 에릭의 자리에서 무슨 일이 일어났는지 알 수 없었다. 여기까진 피시방 CCTV에 촬영된 영상이었다. 에릭은 남자들에게 돈 없다고 말하며 게임 해야 하니까 가라고 말했다. 에릭으로선 미국 생활하며 흑인과 백인들에게서 가끔 경험했던 인종차별을 당한 기분이었다. 한국에서도 그런 기분을 느껴 내심 기분 나빠하던 에릭은 남자 세 명에게 퉁명스럽게 말했다.

"아, 이런 씨!"

그러자 세 명의 남자 중 가운데 섰던 남자가 에릭을 잡아끌어 피시방 바깥으로 데려나갔다.

"이 자슥이, 말버릇 보게? 너! 참교육 좀 받자. 따라와, 새꺄."

에릭은 남자가 자신의 옷깃을 쥐어틀고 일으켜 세우자 키보드를 두 손바닥으로 쿵 소리 나게 내려치는 동시에 벌떡 일어서며 잠자코 따라 나갔다. 이 모습을 본 남자가 더 황당한 표정을 지은 것도 잠시, 세 명의 남자와 에릭은 그 이후로 피시방을 나가서 돌아오지 않았다.

그로부터 한 시간여 후. 피시방 근처 주택가 골목에서 다급한 남자 목소리로 112 신고가 접수됐다. 남학생들이 모여 주먹다짐하는 것 같았는데 학생한 명이 갑자기 쓰러지더니 일어나지 않았다고 했다. 이 모습을 본 세 명의 남자가 쓰러진 학생을 더 폭행하고 그들끼리 웃으면서 사라졌다고 했다.

그날 밤, 쓰러진 학생은 에릭이었다. 112 경찰로부터 연락을 받은 반담임은 에릭 부모에게 연락하려 했지만, 미국에 살고 있는 에릭 부모님들은 전화를 받지 않았다고 했다. 그래서 동구와 은지에게 에릭 집 전화번호를 물어본 것이었다. 그리고 나중에 반 담임을 통해 들은 바에 의하면 경찰들이 에릭을 그렇게 만든 범인을 잡았는데 같은 학교 다니던 강호식이라는 학생이었다고 했다. 강호식이라면 마천동 지역 터줏대감 최부자의 아들이었다.

아버지 최부자, 아들 강호식. 아버지와 아들이 성이 다른 이유는 좀 복잡했다. 일설에 의하면, 최부자가 좋아하던 여자가 있었는데 그 여자가 아들 때문에 재혼을 못 하자 아들을 최부자가 입양했다는 소리도 있었고 그와 반대로, 최부자가 불륜을 저지르던 여자에게서 낳은 아들이 있었는데 이 사실을 모르고 그 여자가 남편 사이에서 낳은 아이로 생각하고 낳아 기르다가 나중에야 불륜을 통해 생긴 아들이라는 사실을 알고 남편과 이혼하면서 최부자가 입양한 게 강호식이었다는 이야기도 들렸다.

"딱한 상황이네. 어쩐대?"

동구와 은지네 학부모들 사이에선 안타까운 사연들이 전해졌다. 조기유학을 갔지만 적응하지 못하고 다시 한국으로 귀국했던 학생이 부모와 떨어져 살다가 폭력배들에게 공격당해서 세상을 떠났다는 게 너무 슬프다는 이야기와 자기 자신이 불륜을 통해 태어난 사실을 알게 된 아이가 방황하며 살다가 같은 학교 친구를 죽게 만들었다는 사실이 너무 안타깝다는 사연이 흘러 다녔다.

"……. 너희들만의 잘못이 아니다. 이건 우리 모두의 잘못이다."

동구와 은지네 반 담임이 그 사건 발생 이후 조회 시간에 반 학생들에게 해준 이야기는 딱 세 마디였다.

동구와 은지는 에릭 사건을 겪은 후, 도저히 한국에서 공부할 수가 없었다. 유난히 가까웠던 세 친구. 동구랑 은지가 가깝게 지내면 너희 둘이 연인이냐며 질투하고 따라다닌 에릭, 하루는 에릭이 은지랑 가깝게 지내면 '그사이에 나 버리고 에릭이랑 사귀는 거냐!'며 '우리 결혼할까?' 소리치며 장난을 걸어오던 동구. 은지도 동구와 에릭 없인 단 하루도 지내지 못할 만큼 가깝게 지내던 친구들이었다. 그 해, 대학 입시가 끝나고 동구와 은지는 서로 연락이 끊겼다. 세 친구가 만나던 시간은 동구와 은지 둘만의 시간으로 바뀔 수 없었다. 고3이라는 시기 내내 동구와 은지는 아무런 말을 하지 않고 공부에만 집중했다. 그리고 고등학교 졸업 후에는 서로 연락조차 되지 않았다.

"그놈 참."

얼마 전 안전가옥에서 만난 동구는 대학 시절보다 훨씬 더 멋있어진 모습이었다. 은지는 고등학교 졸업 후에 하버드대학 캠퍼스에서 다시 만나게 된 동구랑 산책하던 시간이 떠올랐다. 하버드대학 와이드너 도서관에서 위그스워스 B홀 방향으로 나오면 메사추세츠 애비뉴가 있고, 이 길 바로 건너에는 제이피릭스라는 미국 음식점이 있다. 하버드대학생들 사이에선 하버드광장, 하버드거리라고 불리는 곳에 자리 잡고 있다. 은지가 동구를 만난 곳은 제이피릭스 옆 건물 1층에 하버드플렉스라는 스낵바였다.

"송아지 얼굴 볼 때마다 참 독특해."

은지는 제이피릭스를 지나칠 때마다 가게 앞에 그려둔 소 얼굴을 쳐다 보곤 했다. 우유로 만드는 아이스크림 가게라는 걸 강조하기 위함일까? 우유로 만든다는 걸 강조하기 위해서였을 것으로 생각되면서도 어쨌든 송아지 얼굴을 보면서 '야! 네 젖으로 만든 아이스크림 먹으러 왔어!'라는 느낌이 드는 게 재미있었다. 구멍 숭숭 뚫린 철제 의자와 철제 테이블. 은지는 하버드플렉스에 들르면 아이스크림이나 요구르트를 포장해서 다 시 하버드대학 안으로 들어간다. 하버드플렉스가 좁은 곳은 아니었지만, 그렇다고 은지가 아이스크림 들고 자리 차지하고 먹고 있을 곳은 아니었 다. 무엇보다도 시간이 없었다.

"여기요! 메이플 버터 월렛 아이스크림이랑 피스타치오 아이스크림 주세 요."

"오랜만이네."

은지가 아이스크림 주문을 하는데 주문받는 남자가 은지를 보며 미소를 지었다. 동구였다.

"네?"

은지가 동구에게 물었다. 은지는 오랜만에 만난 동구를 알아보지 못했다. 동구도 은지를 아는 체해주지 않았다.

"한국분이신 거 같던데. 저 여기 알바 하거든요."

"아, 며칠 전에 Now Hiring 간판 봤었는데."

"네."

은지는 동구를 보며 고개를 끄덕였다. 이쯤 인사 나눴으면 이제 다른 말 필요 없이 아이스크림이나 내놓으라는 의미였다. 동구는 은지가 주문한 아이스크림을 준비하며 여전히 얼굴에 웃음 띠고 있었다. 동구는 오랜만에 만난 은지가 너무 반가워서 미칠 지경이었다. 하지만 아무것도 모르는 은지는 카운터 앞을 서성이고 있었다. 은지로선 이때만 하더라도 동구가 뭐 하는 사람인지 관심이 없었다. 하버드대학교엔 동구 외에도 한국 유학생들이 많았다. 그리고 어디를 가든 남학생들은 여학생들을 만나면 호의를 보이고 호감을 받으려는 모습을 보였다. 은지로서는 익숙한 상황이었다는 이야기다. 그런데 동구는 다른 생각을 한 모양이었다. 동구가 은지에게 아이스크림 두 개를 건네며 말했다.

"우리 결혼할까?"

은지는 그 순간 주위에 아무런 소리가 들리지 않았다.

'둥!'

은지의 귓가에 커다란 종을 가까이 대고 누군가 그 종을 세게 두드린 듯했다. 아이스크림 받으라는 소리를 들으면서도 그 소리는 들어오지 않았다. 은지는 도서관에서 들고 온 책을 펼쳐두고 거기에 정신이 팔려 있었기 때문일까? 그러나 은지는 당황하지 않았다. 예상 밖 어프로치에는 예상 밖으로 대응해줘야 했다. 책을 보던 은지는 고개를 서서히 들고 눈앞에서 생글거리며 웃음 띤 얼굴을 한 동구를 쳐다보며 말했다.

"아니, 이 미친 놈이……."

은지가 동구를 쏘아붙이며 소리를 질렀다. 은지는 '선택적망각장애증'에 걸린 상태였다. 이 사실은 동구도 나중에 가서야 알았다.

"내가 이눔아, 스트레스받아 단 거 땡겨서 여기 아이스크림 먹으러 오는데 너 보러 오는 줄 알았냐? 너 나 언제 봤다고 결혼이라니…… 이 미친 눔아!"

사실 이렇게 말했으면 될 일이라고 생각했다. 은지는 어릴 적 할머니에게 들은 이야기, 그 말투 그대로 동구에게 쏘아붙이려고 했다. 막 그러려던 참이었다. 동구는 문득 고등학교 시절 은지가 화났을 때 어떻게 하면 은지의 화가 풀리는지 알고 있었다. 은지의 입술이 실룩거리는 걸 본 동구가 은지보다 앞서 말해버렸다.

"따로 따로. 언젠가는."

"네?"

동구의 메모리였다. 은지도 나중에 들은 말이지만 아이스크림 가게 하바드플렉스의 특징은 아이스크림을 건네며 손님과 나누는 멘트가 중요한 곳이었다. 이를테면 세계 각국 서로 다른 문화권에서 하바드대학교로 온 사람들로 일일이 이름을 기억하기 어려운 상황에서 손님이 주문하면 손님의 특징을 냅킨이나 컵, 주문지나 영수증에 써두고 주문한 상품이 나오면 그 손님이 맞는지 확인하는 게 일반적이었다. 이때 동구는 오랜만에 만난 은지를 알아채고 은지의 영수증 빌지에 고등학교 때 장난치던 글을 적어두고 주문 상품을 건네면서 그 내용을 읽은 것이었다.

은지는 아이스크림 프러포저로 동구를 기억하게 되었고, 스마트폰에 동구의 번호를 저장할 때는 스크리머라고 이름을 썼다. 물론, 이 문구는 나중에 동구가 은지의 스마트폰에서 강동구라고 자기 이름으로 바꿔주긴 했지만 말이다.

은지는 마천시장에 자리 잡은 그때까지도 동구의 정체를 모르는 상황이었다. 은지가 기억하는 동구는 대학에서 만난 한 남자였을 따름이었다.

"시장에서 장사하는 집 아들이라 하고 장학금 타고 대학 다녀야 한다고 해서 가난한 유학생으로만 알았지……. 마천시장 상인회 회장 아들인데

포르셰 타고 다닐 가정 형편이라고는 생각도 못 했어."

　은지는 도넛을 한입 베어 물었다. 아침부터 내리던 비는 어느새 그친 듯했다. 하지만 오늘 장사는 이미 끝이란 걸 알고 있었다. 이상하리만치 은지의 느낌이 맞아떨어지는 날들이었다. 시장에서 장사하면서 얻은 시장 상인의 촉이라고 할까? 비가 억수로 내리고 나면 시장에 오는 손님들 수가 적었다. 비가 내린 날에는 특히 도넛이 팔리지 않았다. 오늘도 도넛은 은지 차지였다. 은지가 도넛을 좋아했기에 다행이었다.

하바드대학교 도서관 구석이 꽁냥 아지트였다면

은지가 동구를 다시 만났을 때는 도서관 안이었다. 은지는 크림빵 한 개를 들고 텀블러에 헤이즐넛 커피를 채운 후 도서관 안으로 들어와서 항상 책을 읽는 구석 자리로 갔다. 다른 사람들은 찾아올 일 없는 곳, 드넓은 도서관에서 하루 내내 머물러 있어도 누구와도 마주칠 일 없는 곳이었다. MBTI 성격 중 가장 소수이며 전체 인구의 1% 정도인 INFJ 성향의 은지로서는 안성맞춤이었다. 그런데 이날은 동구가 선점하고 있었다.

"저기요. 여기 내 자린데요?"

은지는 포스티잇에 글씨를 써서 동구의 눈앞에 내밀었다. 너랑은 말하기도 싫으니 여기 글 읽고 비켜달란 의미였다.

"전세 냈어요?"

"전세 냈냐뇨?"

동구가 은지를 쳐다봤다.

"아니, 그렇잖아요. 비싼 등록금 내고 다니는데…… 먼저 온 사람이 우선권 갖는 건 당연하잖아요? 뭘 이렇게 정성스럽게 손 편지를 써주고 난리예요? 얼굴도 예쁘신 분이 왜 그러실까? 얼굴 예쁘면 다예요?"

"……. 어허, 몰개념 청년이 보는 눈은 정확하시네? 맞아요. 다예요."

사실 이때 은지는 동구의 넉살에 무슨 말이라도 한마디 쏘아붙이고 싶었다. 나중에 동구와 썸을 타게 되면서 동구에게 했던 고백이다. 그런데 은지로

서는 얼굴 예쁘면 다냐는 동구의 멘트에 뭐라고 반박할 거리를 찾지 못했고 그저 다라고 말했을 뿐이었다. 얼굴 예쁘면 다냐는 이야기는 솔직히 은지 엄마도 은지에게 잘해주지 않았다. 그래서 은지가 때로는 남자처럼 괴팍한 단어를 사용하거나 일순간에 '삔또'가 나가버리면 사투리를 써가며 망발을 일삼는 것도, 남자들에겐 물론, 모든 사람에게 '싸가지 없게' 행동하는 것도 실은 자기방어 기제의 작용이었다고 봐야 한다는 뜻이다.

아무튼 동구와 인연이 된 그 순간만큼은 다소 황당한 시추에이션이었지만, 아무튼 이날부터 동구와 은지는 실제로 썸타는 사이가 되었다. 선점한 자리에서 물러나지 않겠다는 동구의 고집에 자기 자리이므로 반드시 차지하겠다는 은지의 무모함이 더해지면서 그 좁아터진 구석 자리에서 다 큰 남녀가 엉덩이 맞대고 앉아 있었던 게 썸을 싹틔운 계기가 되었다.

수년간 마음을 닫고 살았던 은지였다. 아끼던 친구 에릭의 그 사건 이후로 일정 시점 이전의 기억을 스스로 망각시킨 은지의 지적 상태는 과학적으로도 치료법이 없었다. 그런데 은지는 동구를 다시 만나면서 어쩐지 오래전에 자기가 익숙했던, 자기가 잊고 지냈던 낯설지만 익숙한 감정이 다시 피어나는 것을 느끼곤 했다.

'나, 왜 이러지……?'

어른 키를 훌쩍 넘는 책장들, 두꺼운 고서적부터 전공 서적들이 꽉 찬 책꽂이들이 마치 밀림의 타잔과 제인을 위한 정글을 만들어주었다. 다만, 타잔과 제인이 태초의 자연환경에서 서로 호감을 느꼈다면 동구와 은지는 우주물리학과 양자학, 광자학 같은 우주과학 환경에서 서로에게 속았다고 봐야 하는 점에 차이가 있지만 말이다. 동구가 은지에게 말했던 이야기다.

"어휴, 광자(狂者), 내가 이래서 너를 보면 미치겠어."

은지도 이에 질세라 동구를 보며 퉁명스럽게 쏘아붙였다.

"이눔의 물리(物理). 내가 그래서 너한테 물렸어."

남들이 들으면 이게 무슨 해괴망측한 남녀 간 대화냐고 하겠지만, 따지고 보면 이게 이 두 남녀의 애정 어린 멘트였다. 이쯤 되면 은지가 조금 과격해지기 시작한다.

"이 세상의 지하철은 나를 위해 만들어졌어. '나 가는 길'이라고 하잖아."

동구가 은지의 이야기에 대꾸했다.

"이 세상은 전부 금을 연구하는 직업이 있어. 가는 곳마다 '금 연구역'이라고 써 있잖아."

문제는 동구와 은지가 해괴망측한 언어유희로 나름의 썸을 타며 지내던 어느 날, 그 이야기 때문이었지만 말이다. 동구가 먼저 운을 띄웠다.

"양자."

"……."

그러자 은지는 갑자기 아무 말도 하지 않고 두 무릎을 세운 채 그 사이로 고개를 숙여 얼굴을 파묻고 가만히 있었다. 손에 들고 읽던 천문학 서적은 양손으로 자기 머리 위에 얹어둔 자세였다. 언뜻 보면 두꺼운 책을 든 채 양손으로 자기 머리를 누르고 있는 여자로 보이기도 했다. 이때 머쓱해진 쪽은 동구였다.

"엉? 야! 갑자기 왜 그래? 너답지 않게. 네가 멘트를 받아쳐야 내가 또 말하지."

은지가 무릎 사이에 고개를 넣은 채 말했다.

"나…… 다운 게 뭔데?"

"……. 응?"

"미안. 근데……. 우리 여기까지 하자……. 미안."

그날 은지가 동구에게 여기까지라고 말하게 된 이유는 은지가 자라오면서 남에게 말하지 못하던 비밀 때문이었다. 은지의 가족 이야기는 동구와 에릭이랑 어울리던 고등학교 시절 당시에도 말하지 않았던 가족사였다. 그리고 하바드대학교에 와서 동구와 썸을 타면서도 자기 가족에 대해 스스럼없이 터놓고 말하는 동구와 다르게 은지는 자기 가족에 대해 말하지 못했던 이유이기도 했다. 세상엔 가족이 자랑스러운 사람들도 많지만, 가족에 대해 말하지 못하는 사람들도 있었다. 은지는 후자였다. 은지의 기억은 사춘기 소녀 시절인 열네살 무렵으로 거슬러 올라간다.

"엄마, 아빠. 나는 왜 오빠랑 언니랑 달라요?"

은지네 엄마 아빠는 재혼 가정이었다. 그리고 엄마는 전남편 사이에서 얻은 아들이 있었고 아빠는 전처 사이에서 낳은 딸이 있었다. 엄마와 아빠는 재혼 가정을 꾸리고 그 사이에서 은지가 태어났다.

"난 도대체 누구 딸이냐고요! 언니 오빠는 성이 왜 다른 거죠?"

은지는 이 사실을 알고 나서 극심한 우울증을 겪었다. 물론, 은지네 가족이 은지에게 모든 걸 이야기해준 것은 아니었다. 그런데 어느 날, 은지가 학교에 다녀오다가 집 앞에서 엄마랑 아빠가 부부싸움을 하는 모습을 보고 엿듣다가 그만 엄마 아빠를 통해 알게 된 일이었다. 그리고 얼마 지나지 않아서 은지네 엄마 아빠는 다시 갈라섰다. 그러자 은지가 유일하게 의지하던 오빠, 언니도 자연스럽게 은지랑 사이가 멀어졌다. 은지는 자기가 선택하지 않은 삶 속에서 아무도 없이 혼자 남게 되었다. 은지가 모질게 공부해서 국가장학금을 타고 어렵사리 하바드대학에 유학을 온 이유도 그래서였다. 적어도 은지 기억엔 그렇다. 은지는 세상에 혼자였던 덕분으로 세상에서 무서운 게 없을 수 있었다. 은지는 지구에서 철저히 혼자가 된 후 우주에 관심을 가지게 됐다. 매일 밤 창밖을 바라보며 울기만 하던 소녀 은지의 눈에 들어온 건 밤하늘에 무수히 함께 빛나는 별이었기 때문이다.

시간이 흘러 하바드대학을 졸업할 무렵. 은지는 친구로부터 동구가 한국으로 돌아갔다는 이야기를 들었다. 서울에서 대기업에 다닌다는 얘기를 끝으로 동구 소식을 들을 순 없었다. 은지는 대학원에서 박사 학위 논문에 치여 하루 24시간이 어떻게 지나는지도 모르게 바쁜 시간을 보냈기 때문이었다. 그리고 얼마 후, ˚박사 논문이 통과되고 학위 수여식이 있던 날, 한국에서 공무원이 와서 은지를 찾는다는 전화를 받고 찾아간 게 국정원이었다. 그날부터 은지는 국정원에서 연구직으로 일하게 되었다.

'음지에서 일하고 양지를 지향한다'

은지가 국정원을 직장으로 택한 이유이기도 했다. 남들과 잘 어울리지 못하는 성격이기도 했고 은지의 과거에 관해 이야기하지 않아도 되는 직장. 직장 자체가 비밀인 곳. 은지는 국정원이야말로 자기에게 딱 맞는 직장이라고 여겼다.

그러던 어느 날. 본사에서 지시가 내려왔다. 서울로 가서 특수3팀 작전에 동참하라고 했다. 은지가 할 일은 서울 외곽 지역 재래시장에서 머물며 다음 지시를 기다리라는 것이었다. 회사 지시를 받은 그날, 은지는 한국행 비행기에 몸을 실었다. 비행기가 성층권에 진입하고 기내식을 먹고 나자 은지의 눈에는 노트북 화면에 붙어 있는 노란색 포스트잇에 네 글자로 된 궁서체 단어가 보였다.

'마천시장'

무당이 답답해서 다른 무당집에 점 보러 갔는데

"비가 참 허벌나게 내리네잉."

김달포는 전주집 창밖으로 비 내리는 길을 보며 막걸리 한 잔을 들이켰다. 양아지 사장은 김달포의 이야기를 듣고 창밖을 바라봤다. 별다른 이야기는 하지 않았다. 김달포의 이야기에 토를 다는 성격도 아니었지만 딱히 할 말도 없었다. 강말숙은 테이블 위 김달포의 빈 잔에 막걸리를 따랐다.

"일기예보도 비 내리는 거 가끔 틀리자녀? 무당도 그런 거여. 내가 무당집 운영하면서 제일 힘든 게 요즘이라니께. 하두 답답하니께 나두 용하다는 무당집 찾아가지 않았겠어?"

강말숙이 눈을 동그랗게 뜨며 김달포 사장을 쳐다봤다. 김달포가 선녀 무당을 보고 말했다.

"머라요? 무당도 무당집에 간다요?"

선녀 무당이 김달포를 흘깃거리며 짜증 내듯 말했다.

"답답허니께…… 별 수 있간디? 나두 먹고살아야잖여."

양아지 사장이 강말숙을 흘깃거리며 눈치 보듯 나지막한 목소리로 말했다.

"근데 두 사장님, 사투리 쓰려면 제대로 쓰던가. 고따위로 흉내 좀 내지 않으면 안 돼요? 사람들이 뭐라 그래요, 자꾸 그러면."

'쫘광!'

양아지 사장이 말을 마치자마자 번개가 번쩍거리더니 동시에 천둥이

쳤다. 선녀 무당이 양아지 사장을 보고 말했다. 선녀 무당은 천둥소리를 듣고도 놀라지 않는 기색이었다.

"내가 이 일 왜 하는지 알아? 먹고 살려고. 천둥소리 무서워? 번개 무서워? 넘들한테 무시당하고 배고파보면 저런 거 아무것도 아녀. 사흘만 굶어봐. 도둑질 생각하지 않을 사람 없다니까. 도깨비? 그게 무서워? 사흘만 굶어봐. 도깨비는커녕 도깨비 할아비가 와도 안 무서운 거야. 엉, 강말숙 여사, 내 말이 맞아, 안 맞아?"

강말숙이 고개를 끄덕였다. 강말숙은 생선전을 두어 개 집어 선녀 무당의 앞접시 위에 올려주었다. 그리고 김달포 사장과 양아지 사장의 앞접시 사이로 전이 담긴 그릇을 옮겨주었다. 이때 다른 사람들은 눈치채지 못했지만 강말숙은 전주집에 들어오고 나서도 전을 먹지 않고 있었다. 선녀 무당은 강말숙이 건네준 전을 집어 입안에 넣고 우물거리며 말을 이었다.

"내가…… 이 마천시장 바닥에서 용하다는 소리 듣고 살았지만서두……, 나두 알고 보면 모태신앙이여. 우리 할머니, 어머니 다 독실한…… 그 머쉬기냐 크리스쳔……? 잉? 교회 다녔다 이거여. 넘들은 모르는 겨. 내가 이 동네 그 교회 있지? 코로나 땜시 온라인 예배하잖녀? 나두 온라인 예배하면서 헌금도 하고 그렇게 지낸다 이거라."

김달포가 고개를 끄덕이며 선녀 무당에게 한마디 던졌다.

"어쩌스까, 뭐여? 보험드는 겨? 무당하다가 지옥갈 거 같으면 언능 하나님한테 갈아타려구? 하나님은 다 알고 계시는 거여. 안 그려? 양 동생? 하나님이 왜 하나님인지 모르능겨? 한 분이니까 하나님이싱거여!"

양아지 사장은 두 볼이 발그레 취기가 오른 상태였다. 김달포 사장이 자기 이름을 부르자 양아지 사장은 대뜸 젓가락을 들고 테이블 위를 두드리며 노래를 흥얼거렸다.

"산타는 다 알고 계신다고 하잖아요?. 누가 나쁜 앤지 좋은 앤지. 딱 보면 안다 이거지요?"

양아지 사장이 김달포를 보고 선녀 무당을 번갈아 보며 노래를 부르듯 중얼거렸다. 강말숙은 양아지 사장을 부르며 막걸리 잔을 들었다.

"하이구, 우리 양 사장님, 아는 것도 많으셔. 이러니까 내가 양 사장님 팬이지. 양 사장님 멋있어요! 우리 건배!"

강말숙은 양아지와 건배를 하고 막걸리 잔을 다시 테이블 위에 내려놓았다. 양아지 사장은 막걸리를 다 마시고 빈 잔을 내려두었다. 그 사이, 선녀 무당과 김달포는 서로 막걸리 잔을 들고 부딪치고 벌컥벌컥 들이켰다. 테이블 위에는 강말숙의 잔에만 막걸리가 있고 다른 세 사람의 잔에는 비어 있었다. 선녀 무당이 오른팔을 들고 오른손 손바닥을 김달포 사장의 입가에 대고 막걸리를 쓱 닦아주더니 막걸리가 묻은 손을 자기 허벅지 부분에 쓱쓱 닦았다. 선녀 무당은 전주집 사장이 내준 안주 접시에서 홍어 무침을 엄지와 검지로 집어 들더니 김달포 얼굴 앞에 쓱 내밀었다. 받아먹으라는 신호였다. 김달포는 선녀 무당을 바라보며 선녀 무당의 손에 얼굴을 갖다 댔다.

"어쿠야, 맛있네."

강말숙은 김달포와 선녀 무당을 보며 웃었다.

"하이고, 김 사장님. 사모님 보시고 오해하시면 어쩌려구. 선녀 언니가 주는 홍오 안주가 맛있죠?"

김달포는 강말숙 여사를 바라보며 겸연쩍은 표정을 지었다. 그리고 선녀 무당이 입안에 넣어준 홍어 무침을 씹으며 막걸리 잔을 들고 거의 다 비웠다.

"어따매, 맛있어불고말고요. 아따, 이런 건 우리 마누라도 오해 안 하지요 잉. 이건 다 상인회 친목 차원에서 서로 돕고 살자는, 뭐 그런 우호적인 상징 아니겠어요잉?"

선녀 무당은 잠자코 듣기만 했다. 그리고 김달포 사장 입안에 들어갔던 엄지와 검지를 자기 입안에 넣고 쪽 빨듯이 홍어 무침 양념을 빨아먹었다. 양아지 사장이 홍어 무침을 보며 입맛을 다신 것도 그때였다. 강말숙은 젓가락으로 홍어 무침을 집어 양아지 사장 입 앞으로 대주었다. 양아지 사장이 입을 벌리더니 냉큼 받아먹었다. 김달포는 막걸리 잔을 들어 양아지 사장 앞으로 밀었다. 홍어 무침을 먹은 사이끼리 건배하자는 의미였다.

그때였다. 아까부터 주저하며 말할 게 있는 듯 망설이던 선녀 무당이 입을 열었다.

"근데 우리 마천시장에 그 도깨비, 좀 이상하지 않아?"

강말숙은 김달포와 양아지의 빈 잔에 막걸리를 따라주다가 선녀 무당을 바라봤다. 김달포와 양아지도 동시에 선녀 무당을 쳐다봤다. 또닥또닥. 전주집 주방에서는 안주거리를 만들어두는지 한창 조리하는 중이었다. 갑자기 조용해진 식당, 강말숙과 김달포, 양아지는 선녀 무당의 입만 바라보고 있었다. 선녀 무당이 말을 이었다.

"사실 말이지…… 자기들은 잘 모르겠지만, 이 바닥에도 나름 규칙이 있거든. 무당이라고 다 같은 무당이 아냐. 사람들이 미신, 미신하는데…… 미신의 신이 귀신의 신이랑 같은 글자라구."

김달포 사장은 선녀 무당의 이야기를 들으며 앞에 놓인 막걸리 잔만 만지고 있었다. 평소와는 다른 모습이었다. 강말숙은 김달포의 행동에 신경 쓰며 선녀 무당의 잔에 막걸리를 따랐다. 선녀 무당이 드디어 뭔가 중요한 이야기를 할 모양이었다. 양아지 사장은 벌써 막걸리에 취한 듯 보였다. 김달포 사장을 향해 연신 머리를 꾸벅이며 조는 모습이었다.

"무당집에 보면 다섯 가지 색이 있을 거야. 파란색은 동쪽, 흰색은 서쪽, 빨간색은 남쪽, 검은색은 북쪽, 노란색은 중앙을 상징하는 건데 무명천이라고 해서 면으로 만든 천이거든? 비단이나 베를 사용하기도 하지만. 그리고 무당집 나무 있지? 마천시장 여기 생선 가게랑 닭 가게 건물 위에 보면 나뭇가지 하나 내려와 있는 거. 마천시장 중앙 통로를 지나다니는 사람들 머리 위에 보이는 건데 이건 무당나무라고 해서 대나무나 버드나무 뭐 그런 걸 쓰거든. 그래서…… 내가 하려는 이야기는……"

강말숙은 김달포를 바라보며 눈을 조금 크게 떴다. 드디어 선녀 무당이 뭔가 자백을 하려나 보다 하는 신호였다. 김달포는 선녀 무당의 이야기를 들으며 강말숙의 얼굴을 보고 고개를 위아래로 살짝 끄덕였다. 선녀 무당은 김달포와 강말숙의 눈짓을 눈치채지 못했다. 선녀 무당은 지금까지의 자기 인생에 대해 뭔가 할 말이 많아 보였다. 선녀 무당이 앞에 놓은 막걸리 잔을 들어 한입에 마시더니 빈 잔을 내려두었다. 곤히 잠자는 줄 알았던 양아지 사장이 갑자기 눈을 뜨더니 테이블 위에서 부추전을 집어 선녀 무당 입에 넣어준다. 그러더니 다시 앉은 상태로 코를 골며 잠이 든 모습이다. 김달포와 강말숙에게는 낯설지 않은 상황이었다. 선녀 무당은 예상치 못한 양아지 사장의 행동에 놀랄 법도 했지만, 어찌 된 영문인지 아무 기색을 내비치지 않았다. 선녀 무당이 깊게 숨을 들이쉬더니 조곤조곤한 목소리로 다시 말을 이었다.

"사실, 그날. 김정신 여사가 병원에 실려 가고…… 나는…… 내 사수에게 갔어. 당췌 무슨 일인지 모르겠거든. 도깨비라니…… 나도 무당짓 십수 년 만에 도깨비 이야기를 들을 줄은 전혀 몰랐거든. 분명 마천시장 사람들이 나한테 물어보러 올 텐데…… 내가 뭔가 해줄 말이 있어야 할 거 아냐? 근데 나도 오죽 답답했으면……."

김달포가 고개를 끄덕이며 막걸리 잔을 들고 말했다.

"그렇구마잉. 무당이 무당을 찾아간 거시여. 암만. 그렇고말고."

강말숙이 테이블 아래에서 김달포의 허벅지를 손으로 툭 쳤다. 아무 말도 하지 말라는 의미였다. 선녀 무당이 이야기를 계속했다.

"이 자리에서 내 말하지만……, 무당도 급수가 있어라. 가짜 무당들도 많거든. 물론, 진짜 무당이 없다는 이야기는 아녀. 가짜 무당들은 돈 보고 라이선스 따서 프랜차이즈로 하는 것이고…… 진짜 무당들은…… 정신병이라고 생각될 수도 있는데…… 영혼들이랑 대화하는 것들이 없진 아녀."

강말숙이 김달포 사장의 막걸리 잔에 술을 채웠다. 양아지 사장은 깊은 잠에 빠진 모양이었다. 코 고는 소리도 들리지 않았다. 쌔근쌔근 잠자는 아기처럼 고른 숨소리가 들렸다. 김달포는 강말숙이 막걸리를 따르는 사이 선녀 무당에게 물었다.

"진짜랑 가짜 차이가 뭐당가요? 내가 딱 봐서 구별하믄 좋은 거신디."

선녀 무당이 말했다.

"그건 무당도 잘 몰라. 왜 그런 말 있자녀? 귀신이 곡할 노릇이라고. 때로는 귀신도 속는 게 이 바닥이거든. 무당짓해서 사기 치려는 년놈들인데…… 작정하고 사기 치려면 귀신도 속는다닝께."

김달포가 선녀 무당의 이야기를 듣고 고개를 끄덕였다. 강말숙이 선녀 무당에게 물어봤다.

"그래도 언니…… 이왕 말 나온 김에…… 무당 짓거리하는…… 아니, 이건 미안. 아무튼 무당들 사이에 있었던 이야기나 좀 해보슈. 술안주로도 좋은 거 같고."

김달포가 강말숙의 이야기를 들으며 선녀 무당을 보고 고개를 끄덕였다. 선녀 무당은 테이블 위에 놓인 자기 잔만 바라보며 아무 말도 하지 않았다. 그러다가 이윽고 다시 입을 열었다.

"무당나무를 보면 알 수도 있어. 그거…… 무당집 가서 봐. 무당 매뉴얼에는 그 나뭇가지가 스스로 서 있어야 하는 건데…… 가짜 무당집에는 끈으로 묶어두거든. 그것만 봐도 진짠지 가짜인지 우선은 구분할 수 있지."

김달포가 내심 놀란 표정을 지으며 강말숙 쳐다봤다가 다시 선녀 무당을 보며 말했다.

"아따, 그거시. 나뭇가지가 지 혼자 서 있다 이거구마잉? 그라니께…… 바람 불어도 비가 내려도 쓰러지지 않고 떡하니…… 잉?"

선녀 무당이 고개를 끄덕였다. 강말숙이 선녀 무당에게 물었다.

"언니, 그런데 요즘엔 낚싯줄이나 뭐 그런 걸로 세워둘 수도 있으니까. 뭐 다른 건 없어요?"

선녀 무당이 고개를 끄덕였다.

"그렇지…… 그럴 수도 있지. 그런데…… 내가 매뉴얼 보고 배우기로도 귀신들은 과거를 잘 알아도 미래는 모른다 했어. 무당짓은 가짜가 진짜 흉내 내려고 하면 언젠가는 다 들통나고 그러거든. 그렇다고 귀신이 없다는 것도 아니고."

김달포가 막걸리를 마시다 말고 잔을 입에 댄 상태로 선녀 무당을 바라봤다. 선녀 무당이 도저히 더 이상 숨기지 못하겠다는 듯 고개를 끄덕였다.

"그려! 귀신은 있어! 성경에도 있자녀! 예수님도 인정하신 사실이니께! 여그 교회에 박순희 목사도 알고 있을 거라고! 근데…… 근데…… 도깨비는 뭐냐고! 내 사수 무당에게 가서 도깨비가 뭐냐고 물어봤어. 왜? 나도 뭘 알아야 장사할 거 아녀? 목사 한다고 누구나 성령 체험하는 거 아니고, 예수님 만날 수 있는 거 아니잖여? 나는 무당짓 해오면서도 귀신 한 번 본 일이 없는데…… 도깨비가 나타난 거면…… 나도 무서운 거여!"

강말숙이 선녀 무당에게 물었다.

"응? 귀신이 있다고요? 진짜요?"

사실 이때까지만 해도 강말숙, 김달포, 선녀 무당은 양아지 사장의 행동을 눈치채지 못하고 있었다. 곤히 잠자는 모습으로 보였던 양아지 사장은 테이블 아래에서 두 다리를 심하게 떨고 있었다. 그리고 강말숙이 귀신이 진짜 존재하는지 선녀 무당에게 물어보자 양아지 사장의 두 다리를 더 극심하게 떨렸다. 양아지 사장이 온몸을 뒤틀며 몹시 괴로운 표정을 지었다. 양아지 사장의 두 눈엔 흰자위만 보였고 입 가장자리엔 하얀 거품이 새어 나왔다. 양아지 사장은 더 이상 참지 못할 정도로 괴로운 듯 짐승들의 소리 같은 비명을 지르기 시작했다.

"으으……"

양아지 사장은 발바닥 앞 발가락 부위를 땅에 댄 상태로 뒤꿈치를 들고 퉁기듯 움직이다가 이내 테이블을 치고 올라올 듯 진동을 더했다. 세 사람이 양아지 사장의 몸이 쓰러질 것 같다고 느낀 것은 그때였다. 김달포가 양아지를 불렀다.

"호들갑은 채신머리없게. 형님, 누나 앞에서. 어이! 양 동생, 오줌 마려우면 싸고 와! 오두방정 떨지말구! 참아 버릇하면 안 좋아."

비밀 메시지 '손대면 코다리가 울어요'

그 무렵. 하바드반찬가게엔 손님이 찾아왔다.

"여기 물김치, 사카린 넣어요? 맛이 씁쓰름한 거 같은데."

얼마 전 은지네 도넛 가게 앞에서 안전가옥으로 안내한 국정원 요원 춘식이었다. 동구와 은지를 안전가옥으로 불러낸 사람도 춘식이었다.

이날 춘식은 체크무늬 반바지 차림에 후드 티를 걸친 채 후줄근하게 보이는 차림으로 어깨엔 붉은 갈색 톤의 헝겊 가방을 멘 상태였다. 춘식이 마천시장에 온 것은 오래되진 않았다. 은지네 도넛 가게보다 2주 전, 그러니까 그 해 핼러윈 무렵이다. 본부에서는 춘식을 이태원으로 파견하려 했지만 지원자가 많아 경쟁에서 탈락했다.

춘식은 마천시장에서 코다리찜 가게를 열었다. 장사를 할 줄도 모르는데 그때그때 상품을 새로 준비해야 하는 가게를 할 수는 없었다. 그렇다고 음식 솜씨가 있는 것도 아니었다. 춘식은 몇 날 고민하다가 포장 전문 코다리찜 가게를 연다고 본부에 보고했다. 코다리찜은 마천시장 중앙 통로 인근 식당에서 만들어주기로 해둔 터였다. 그 식당은 국정원 안전가옥 건물 일층에 자리 잡고 있었다. 한 건물 임차인끼리 모종의 정이라고 할까? 일층 식당 사장은 춘식에게 코다리찜을 만들어주기로 하면서 가격 조건을 내걸었다. 절대로 비싸게 팔지 말 것, 일층 식당에서는 코다리찜을 팔지 않는 대신 춘식은 일층 식당에서 식사를 대 먹기로 했다. 춘식이 하루 두 끼를 일층 식당에서 먹고 그 대가로 코다리찜을 주문해서 마천시장에 가게를 얻어 파는 조건으로 계약했다.

춘식의 코다리찜 가게 앞에는 가게 문을 여는 것과 동시에 미리 만들어둔 코다리찜을 랩으로 싸서 가게 문 앞 진열대에 올려둔다. 그런데 마천시장에 온 사람들이 지나다니며 코다리찜을 손가락으로 툭툭 건드리고 찔러보는 통에 춘식이가 경고 문구까지 써 붙여놓았다.

'손대지 마세요, 눌러보지 마세요! 코다리가 울어요!'

"식사를 어디서 하나."

마침 이날은 일층 식당이 문 닫고 쉬는 날이었다. 춘식은 하바드반찬가게에 가서 반찬을 사서 가져오기로 했다. 코다리찜 가게에서 컵라면을 먹고 나서 며칠 전 냉동고에 얼려둔 공깃밥 한 그릇을 꺼내 라면 국물에 말아 먹을 생각이었다. 그런데 입안을 말끔하게 헹굴 반찬이 생각났고 개운한 느낌의 물김치를 사 먹기로 했다. 춘식이 이날 하바드반찬가게 온 이유다. 그런데 춘식은 물김치에서 정갈한 본연의 맛이 아니라 달콤 찝찌름한 조미료 맛을 느꼈다. 물김치를 먹고 김칫국물을 마시다만 춘식은 하바드반찬가게에 들러 동구를 보고 말했다. 동구가 대답했다.

"아, 그러세요? 글쎄요. 반찬은 제가 만드는 건 아니라서요."

춘식이 동구를 쳐다봤다. 동구 뒤로 간판에 쓰인 글귀가 춘식의 눈에 들어왔다. '자연주의'라고 쓰여 있었다.

"어휴. 자기가 사장 아니에요? 그럼, 누가 만들어요?"

동구는 마치 춘식을 전혀 모르는 사람처럼, 많은 손님 가운데 한 명처럼 대하고 있었다.

"반찬은 저희 어머니가 대부분 만드시긴 하는데요, 몇 개는 공급받는 것도 있거든요."

"아…… 그래요? 그럼, 이거 물김치 만드는 곳에다가 물어봐 줘요. 국물

맛이 뭔가 우리네 할머니들이 만들던 그런 전통의 맛이 아닌데. 이러면 단골들 다 떨어져요. 여기 반찬 가게 돈 많이 벌었다더만……. '헝그리 정신'이 약해졌나? 이러다간 장사 오래 못하시겠네."

하바드반찬가게엔 동구와 춘식이 이야기를 나누는 사이에도 발 디딜 틈 없이 많은 손님이 줄을 서서 반찬을 고르고 사 가고 있었다.

"이거 겉절이 한 근이랑 파김치 반 근 주세요."

하바드반찬가게에 자주 오는 아기 엄마였다. 춘식이 옆에서 반찬을 고르던 아기 엄마는 동구에게 김치를 싸달라고 주문하곤 반찬을 받으면서 신용카드를 내밀었다.

"네, 감사합니다."

동구가 카드를 내밀며 아기 엄마에게 인사를 했다. 아기 엄마는 동구가 건넨 반찬을 들고 걸음을 옮겼다. 그사이 춘식도 동구에게 물김치를 건네고 걸음을 옮겼다.

잠시 후.

하바드반찬가게 벽 문 안쪽 연구실.

동구는 춘식이 건넨 물김치 봉지를 책상 위에 올려두었다. 그리고 물김치가 담긴 비닐봉지를 그릇 안에 넣은 후에 가위를 들고 비닐봉지를 조심스럽게 자르기 시작했다. 비닐봉지 묶음 부분을 왼손 엄지와 검지로 꼬집듯 붙들고 오른손에 든 가위로 매듭 부분만 동강 잘라내는 식이었다. 그러자 물김치 물이 쏟아지더니 봉지 안에는 사각으로 썰린 무들만 남았다.

"흠?"

동구는 물김치 국물이 담긴 그릇을 치우고 사각으로 썰린 무들만 따로 다른 그릇에 담아 책상 위에 설치해둔 손바닥 크기의 연구대 위에 올렸다.

"퍼즐을 맞춰봐야 할 순간이군."

동구는 무 조각들을 하나씩 붙이기 시작했다. 겉모양은 영락없이 물김치에 들어가는 무 조각들이었는데 무 조각들이 서로 맞물리듯 연결되기 시작하자

마치 하나의 그릇이었던 것처럼 형태가 완성되기 시작했다.

"드디어 완성인가. 흠."

동구의 눈앞에는 흰 눈보다도 더 하얗고 유리구슬보다도 겉면이 매끄러워 보이는 정사각형 형태의 사각 판이 있었다. 정사각형 모양의 무 조각들을 가로세로 여섯 조각씩 모아 연결했더니 총 열여섯 조각의 흰색 판이 되었다. 동구가 판을 들어보자 마치 대리적 조각처럼 단단하고 매끄러운 표면을 지닌 신비로운 판이 드러났다.

소 잡는 육권화

'소 잡는 데이'

저녁 준비를 하러 나온 손님들이 마천시장 중앙 통로를 채우기 시작하면서 시장이 북적이기 시작했다. 그러자 얼마 전에 새로 생긴 정육점에서 건장한 청년이 한눈에 봐도 싱싱해 보이는 커다란 고깃덩어리를 어깨에 지고 나오더니 정육점 가게 앞에 놓은 테이블 위에 올렸다. 마천시장 터줏대감 격인 육권화 사장이 매주 한 번씩 펼치는 이벤트였다. 마장동 도축장에서 그날 도축한 소를 가져다가 가게 앞에서 발골하는 모습을 보여주는 이벤트였다.

도축된 소 한 마리 무게는 대략 오백 킬로그램 정도로 그 절반만 발골해도 이백오십 킬로그램 정도의 무게다. 이 무거운 고깃덩어리를 자유자재로 다루는 일은 힘깨나 쓴다는 장사라 해도 어지간한 악력으로는 감당하기 어려운 힘든 일이었다. 육권화 사장 이야기로는 그게 마천시장에서 자기가 버텨오는 장점이자 비밀이라고 했다.

"남들처럼 해서는 경쟁에서 이길 수가 없지 않겠소? 그란디 나는 우리 집안 대대로 고기 장사를 하다 보니께 이제 고기를 보면 한눈에 그 고기가 어떻다 하는 걸 다 아니께. 이깐 정도는 식은 죽 먹기 아니겄소? 소소소!"

가게 앞에서 테이블에 커다란 고깃덩어리가 놓이는 순간부터 지나던 사람들이 모여들었다. 그도 그럴 것이 요즘에는 서울 바닥 어느 재래시장에 가더라도 소 발골을 볼 수 있는 곳은 거의 없었다. 게다가 고깃덩어리를 만지는 사이사이 육권화 사장이 털어내는 입담은 어떤 개그맨이나 코미디언이 오더라도 당해내지 못할 정도로 위트가 넘치고 재미있었다.

"아니, 봐바유. 식구들 일터로 나가면 점심 식사는 대충 때우고 저녁에 가족들 들어오기 시작하면 미리 찬거리 준비해야 하는데 가정주부는 월매나 힘들어유? 시장에 나오는 게 재미있어야 나올 맛도 나고 그러는 건데 매일 같은 반찬, 같은 물건만 보면 심심하고 따분하지 않겠슈? 백화점도 아니고 마트도 아니고, 길거리 낡은 가게에서 파는데 가격이나 왕창 싸면 몰라, 요즘엔 그것도 아냐. 카드도 안 받는 곳이 있어. 그러니 시장바구니 물가라고 가정주부들 허리띠 졸라매는 게 눈물이 날 지경이라니까유. 그러니까 나는 정육점에서만큼은 손님들에게 재미를 주자, 오고 싶어 하게 하자, 돼지고기 먹을 거 소고기 사 먹고 싶게 하자. 뭐 그런 의도로 시작한 거였슈."

며칠 전 촬영을 나온 방송국에서 리포터가 성공 비결을 물어보자 대답해준 육권화 사장의 이야기였다. 방송국에서까지 촬영을 나올 정도로 유명해진 발골 이벤트에서도 가장 압권은 발골을 시작하는 순간부터 시작되는 속사포 같은 입담이었다. 이런 식이었다.

"엄마, 누나, 오빠, 아빠, 동생, 아버지, 어머니, 사랑하는 가족을 위해 건강한 소고기 불고기 싸게 드려요! 김마담, 최마담, 박마담, 김양, 이양, 고양, 사랑하는 저어기, 사랑하는 누이들을 위해 오빠가 오늘 고기 쏜다고. 맛있는 돼지고기 양념갈비! 어때? 나 오늘 한가해요. 술이랑 안주 삼아 꾸어 머글까?"

육권화 사장은 요란한 수다를 내뱉듯 이어 붙이면서 고깃덩어리를 이리저리 밀면서도 좀처럼 발골을 시작하진 않았다. 사람들이 더 모여야 한다는 의미였다. 육권화 사장의 속사포 랩이 다시 이어졌다.

"끓일수록 정이 깊어지고 사랑이 진해지는 양지살로 국을 끓여줘요! 힘이 세고 질기더라도 오래오래 끓여주면 강철 심장도 녹여주는 사태는 탕이나 찜을 만들어요! 고기가 많은데 마블링으로 식감도 좋고 맛도 좋은 등심은 스테이크부터 소불고기, 소금구이 다 좋구유! 고기가 연하고 부드러운 우둔살은 장조림에 좋고 전골에 넣으면 일품이고요! 우둔살 옆에 채끝살은 안심을 둘러싼 고기여서 부드럽고 맛도 좋아 바비큐로 먹고 소불고기로도 먹고 전골에도 넣어요! 그럼, 안심은요? 안심해요! 안심이에요! 양은 적은데 고기가 연하고 마블링도 듬뿍! 잡수고 싶은 대로 요리해서 잡수면 되고요! 갈빗살은 쫄깃쫄깃 식감을 높여주죠? 갈비찜, 갈비구이, 갈비탕탕! 앗싸 갈비! 그러면 우족살은요? 요건 좀 그래요, 질겨요, 질겨요! 오래 오래 끓이세요! 국이나 육수에 사용하면 맛있어요! 그리고 이거 대접살! 연하고 담백해요! 요것도 스테이크! 장조림! 구워도 맛있어요! 그러면 남은 건 꼬리인데요? 요건 찜으로 드시면 좋아요! 아빠 기운 튼튼! 소꼬리찜 맛있으면 오늘 밤에 막내한테 동생 생겨요!"

육권화 사장의 속사포 입담은 소꼬리찜 단락에서 절정을 이뤘다. 이쯤 되면 발골 이벤트를 지켜보던 아줌마들이 까르르 웃음을 터뜨리고 지갑을 열고 다가오는 게 순서였다. 사람들 눈앞에서 발골된 소고기는 그 즉시 팔려나갔다. 오래전, 강말숙이 상인회 회장이 되고 마천시장 상인들에게 인사하러 다니며 만났던 육권화 사장이 강말숙에게 알려주던 비법이란 게 바로 여기에 있었다.

"정육점 경영도 어엿한 기업 경영이지라. 오가는 사람들 많은 시장통에 가게 낸다고 무조건 팔리고 돈 버는 게 아니란 말이어라. 사람들 많으면 물론 팔리긴 팔리지라. 그런데 생각해보면, 정육점이 우리만 있는 것도 아닌데 사람들 생각엔 어디가 싼가, 생각할 것이지라잉? 정육점 손님들은 딱 그거여. 어디가 싸고 좋은 고기를 주느냐, 그것이지잉."

육권화는 코로 깊이 숨을 들이켰다. 그리고 다시 코로 내쉬었다.

"근데 그렇게 하면 정육점 망하는 건 일도 아녀. 정육점 여러 개 있는 데서 나 혼자 살겠다고 싸게만 판다고 해봐. 솟값이란 게 정해져 있는데 적자 판매도 어느 정도이지, 자금력에서 밀리면 오히려 손해만 보고 문 닫는 게 순서거든. 그러면 안 되여! 말하자믄, 정육점은 손님들에게 고기를 사야 하는 이유를 알려주는 게 필요한 거여. 김치 사러 온 사람에게 돼지고기 넣어주면 맛있다고 알려주고 고생하는 남편을 위해 삼계탕 사러 나온 사람에 겐 꼬리찜 먹이라고 알려주는 거여. 요즘 정육점? 사람들 머릿속에서 장사해야 하는 것이제. 이제는 정육점이 국산이냐 수입이냐, 한우냐 아니냐, 한 근에 얼마냐 값 따져 경쟁하던 시대는 지났다 이거여."

육권화 사장은 강말숙을 보며 말했다.

"문제는 스토리텔링이다 이것이지라잉."

주일 저녁 예배는…… 없습니다

"잘 되시죠? 목사님?"

강말숙은 교회로 들어서며 목사를 찾았다. 마천제일교회. 마천시장 인근 마천1구역에 자리 잡은 지 근 오십 년째, 아직도 명맥을 유지해오는 곳이다. 박 목사는 어렸을 때, 그러니까 국민학교에 다니던 시절부터 동네에 있던 마천제일교회에 출석했다. 그리고 대학교를 졸업하고 군종병으로 군대를 다녀온 후에 목사 안수를 받고 마천제일교회 담임 목사가 되었다. 목사가 된 후에도 자신이 어렸을 때부터 다니던 교회에서 성직자 생활을 하는 경우는 박 목사를 제외하곤 찾기 어려웠다.

"어이구, 이게 누구십니까? 강 회장님. 마천시장 상인회 일로 바쁘실 텐데 교회까지 직접 찾아주시고……."

박순희 목사는 담임 목사실에 있다가 강말숙의 목소리를 듣고 문을 열고 나오며 인사를 건넸다. 강말숙은 박순희 목사에게 다가가서 두 손을 양손으로 부여잡고 웃으며 말했다.

"하이구, 우리 목사님. 또 그러신다. 아니, 제가 상인회 회장 된 것도 어찌 보면 다 하나님 은혜이시고 목사님이 기도해주신 덕분인데요……. 제가 아무리 바빠도 그렇지, 교회 와서 목사님 안 뵈면 누굴 만나나요? 안 그래요?"

강말숙이 건네는 이야기를 듣는 박 목사는 아무 말 없이 강말숙을 바라보며 고개를 끄덕이고 입가에 미소를 지었다. 이제 나눌 인사는 나눴으니 어떤 용건으로 교회에 왔는지 말하라는 의미였다.

"별일은 아니고요. 그저 우리 목사님, 제가 지난번 주일에 예배드리러 저녁에 왔는데…… 교회에 아무도 없어 가지구. 불이 켜 있길래 예배드리나 보다 하고 왔었거든요."

박 목사가 허리를 펴고 고개를 뒤로 젖히며 놀란 표정을 지으며 강말숙을 바라봤다.

"아하, 어쩌죠. 우리 교회에는 주일엔 저녁 예배가 없습니다."

"그러니까요. 제가 그냥 박 목사님 뵐 욕심에 미리 확인도 안 하고 달려왔지 뭐예요. 호호호."

"허허허."

박 목사는 사람 좋은 표정으로 강말숙을 바라보며 웃음을 터뜨렸다.

사실 그랬다. 교회 목사라는 직위는 교회를 찾는 모든 사람에게 잘해야 하는 위치, 교회에 출석하는 성도들뿐 아니라 교회에 오는 손님, 교회를 찾는 여러 기관 사람들을 대할 때도 마찬가지로 그들을 환영하고 존중해야 한다. 담임 목사는 교회를 대표하는 자리에서 예배를 통해 하나님 말씀을 전달하는 역할이라서 더 그렇다. 가령, 교회에 도둑이 들더라도 하나님 말씀에 따라 행동해야 하는 위치라고 할 수 있다. 성경의 목적이 사람들로 하여금 예수께서 하나님의 아들 그리스도이심을 믿게 하려 함이고 사람들이 예수를 믿음으로써 하늘나라에서의 영원한 생명을 얻게 하려 함이니만큼 목사의 역할이란 하나님의 아들로 세상에 온 예수의 이름을 많은 이들에게 알리고 구원을 얻도록 하는 데 있기 때문이다.

"그런데요…… 목사님."

강말숙이 이날 박 목사를 찾아온 이유는 사실 다른 데 있었다. 선녀 무당의 부탁을 받고 박 목사에게 물어볼 게 있어서였다. 박 목사는 강말숙 회장을 담임 목사실 안으로 들어오도록 안내했다. 강말숙이 소파에 앉자 박 목사는 출입문을 조금 열어둔 상태로 강말숙이 앉은 맞은편 자리에 와서 앉았다. 좁은 담임 목사실 안에서 여성과 단둘이 대화할 때는 출입문을 조금 열어두는 게 습관처럼 된 박 목사였다. 박 목사가 문을 조금 열어두고 소파에 와서 앉는 걸 본 강말숙은 박 목사의 눈치를 살피며 입을 열었다.

"목사님도 아시는…… 왜, 그 마천시장 안쪽에 생닭, 오리고기 파는 가게 있잖아요?"

"네네."

"그 위에 무당집 있는 거 아시죠? 선녀 무당이라고."

강말숙을 바라보는 박 목사의 얼굴에서 웃음기가 사라졌다. 박 목사는 입을 굳게 다물고 고개를 끄덕이며 강말숙의 이야기를 듣기만 했다. 강말숙이 말을 이었다.

"선녀 무당이 사실…… 집안 대대로 모태신앙이래요. 선녀 무당이 점집 차리기 전에는 대기업에서 잘나가는 사람이었는데 갑자기 직장에서 잘리고 퇴직당하고 하니까 먹고 살려고 무당집 차렸다고 하거든요."

"네?"

박 목사로서는 처음 듣는 이야기였다. 강말숙이 박 목사의 얼굴을 살피며 조심스럽게 말을 이어 나갔다. 마천제일교회 삼층에 자리 잡은 담임 목사실에는 살짝 열린 문틈으로 강말숙의 목소리만 새어 나왔다.

"얼마 전에요…… 김달포 사장, 양아지 사장이랑 같이 선녀 무당을 만났거든요. 그런데 요즘 많이 힘든가 보더라고요. 그날 전주집에서 막걸리 한잔하면서 얘기들을 했는데요…… 김달포 사장이랑 양아지 사장이 먼저 돌아가고…… 선녀 무당이랑 남아서…… 전주집 문 닫고 거기 사장도 합석해서 여자 셋이 이야기 나눴거든요."

"네, 그러셨군요."

박 목사는 차분한 얼굴을 지으며 강말숙이 이야기를 멈출 때마다 고개를 끄덕여주었다.

"그런데요⋯⋯ 선녀 무당이⋯⋯ 참, 여자 팔자도 기구하죠? 선녀 무당이 이제 무당집 접고 새삶을 살려고 하는데요⋯⋯ 무당집을 접으려고 하는데 막상 그게 쉽지가 않더래요. 왜냐면 자기가 소개해서 무당집 차린 후배들이 많은데 그들 볼 낯도 없고요⋯⋯, 그리고 마천시장에서 무당집 하면서 독점하다시피 했는데⋯⋯ 그동안 자기 말 의지하면서 돈 내고 다니던 사람들 볼 낯도 서질 않는대요."

"그러시겠죠."

"그래서 선녀 무당이 박 목사님에게 기도 좀 해달라고 해서요."

"네?"

박 목사는 강말숙의 이야기를 들으면서도 사실 쉽게 믿어지지 않았다. 무당집 선녀 무당이라고 하면 마천시장에 오면서부터 교회랑 대립각을 세우던 곳 아닌가? 상인회 회장인 강말숙의 초대로 상인회에 들러 기도라도 할라치면 한쪽 구석에서 벽 보고 앉아 있던 선녀 무당이었다. 한편으론 박 목사로서도 이상하다고 생각했던 일들이 있었다. 무당집을 운영한다면서 상인회에 가입한 것도 그렇고, 마천시장 주위에 갑자기 무당집들이 많아진 것도 그랬다. 무당집들이 모여서 교회에 맞서려고 하는 것인지 의문을 품기도 했다. 그런데 선녀 무당이 모태신앙이었고 먹고 살려고 하다 보니 무당집을 차린 사람이었다니, 박 목사도 내심으론 선녀 무당이 측은하다고 느꼈다. 강말숙이 돌아간 후 박 목사가 담임 목사실 안에서 성경에 두 손을 얹고 기도를 드리기 시작했던 이유였다.

강말숙은 마천제일교회를 나와 호프집 골목을 거쳐 마천시장을 향해 걸어갔다. 이날은 온종일 강말숙에게는 뭐가 뭔지 갈피를 잡을 수 없는 일들이 연속 벌어지고 있었다.

"도깨비 문제가 해결되어야 할 텐데⋯⋯. 그런데 오늘 이 상황⋯⋯ 분명히 며칠 전엔가 미리 봤던 거 같단 말이야. 데자뷔인가?"

뭔가 골똘히 생각하며 걸음을 옮기던 강말숙은 금은방 정확당 앞에서 김을 파는 여자가 앞으로 지나가는 강말숙에게 인사를 걸어왔을 때에서야 정신을 차릴 수 있었다.

"우리 회장님! 어디 가셔유?"

"아참, 우리 김 사장님! 어때요? 잘 되시죠?"

"나야, 뭐 항상 그렇죠, 뭐. 강 회장님, 오랜만에 봤는데 이거 가져가요. 하바드반찬가게엔 없는 조미김 드릴게. 공짜야. 내 성의니까."

김 노점을 꾸리는 김민지 사장이 강말숙에게 조미김 두 봉지를 건넸다. 강말숙은 김민지 사장으로부터 조미김 두 봉지를 받고 그 자리에서 대화를 나누다가 다시 반찬 가게로 돌아왔다.

김민지 사장. 집은 도곡동 주상복합 건물 타워팰리스에 산다고 했다. 그런데 마천시장에 나와 장사하는 모습을 보면 매번 같은 모습에 어디 한 군데라도 돈이 있어 보이는 데는 없었다. 강말숙이 이날 조미김 두 봉지를 건네는 김민지 사장의 호의에 극구 공짜를 사양하며 돈을 건네려고 했던 이유였다. 하지만 결국 김민지 사장의 입김에 눌려 어쩔 수 없이 조미김 두 봉지를 받고 난 후에야 걸음을 옮기게 되었는데……, 강말숙은 하바드반찬가게로 향하는 내내 김민지 사장의 이야기가 머릿속에서 떠나질 않았다.

"하나님의 말씀을 전하는 교회가 건물만 크고 넓게 짓는 거요? 다 부질없는 짓이에요. 예수님은 기도하실 때 산으로 가시고 작은 방에서 하셨잖아요. 예배 때 헌금 봉투 모아서 설교단 앞에 두고 목사가 헌금 감사 기도하는데! 교회는 헌금 내는 사람들만 축복해주는 곳이 아니잖아요? 돈 없어서 가난하고 힘없는 사람들, 약한 사람들은 하나님 말씀 믿고 예수님 말씀 믿을 수 없어요? 말 나온 김에, 사람들이 기독교라는 종교로 묶어버리니까 불신자들이 다른 종교들이랑 그거나 이거나 같은 걸로 착각하는 거예요. 우주를 창조하신 분이 하나님이시고 하나님의 아들 예수가 이 땅에 사람들을 구원하러 오신 거잖아요? 그건 사실이고 진실이에요. 종교란 건 사람들이 만들어낸 단어일 뿐이라고요."

강말숙이 김민지 사장을 만난 건 아주 오래전, 그러니까 어느 해 크리스마스 예배를 드리고 마천제일교회 성도들과 함께 마천시장으로 돌아오던 길이었다. 그때도 길에서 김을 팔고 있던 김민지 사장이 있었다.

"어머, 김민지 사장님! 메리 크리스마스예요!"

김민지 사장이 강말숙 일행을 보더니 웃음을 지으며 반갑게 인사를 나눴다.

"아니, 우리 강 회장님. 메리 크리스마스! 교회 다녀오시나 보다, 그죠?"

"네. 네. 우리 김민지 사장님은 교회 어디 다니신다고 했죠? 여기 계신 줄 알았으면 우리 같이 교회에 갈 걸 그랬어요. 너무 아쉽다."

"호호호. 아니에요. 저는 오늘 새벽에 서대문 영천시장에 있는 교회 다녀왔어요. 거기 제가 아는 분이 작은 개척교회 하시는데…… 새벽에 예배드리고 장사하려고 나왔어요. 놀면 뭐 해요, 돈 벌어야죠."

김민지 사장이 강말숙을 보며 웃으며 이야기를 나눴다. 강말숙과 함께 걷던 사람들은 김민지 사장이 개척교회에 다닌다는 이야기를 듣고 나서야 한 명 두 명씩 김 노점 앞으로 다가오기 시작했다. 그전까지는 한 걸음 떨어진 곳에서 강말숙과 김민지가 인사 나누는 모습을 바라보기만 했을 뿐이었다. 강말숙 옆에서 정장 차림으로 걷던 안수현 부목사가 김민지 사장을 보며 인사를 건넸다.

"허이구야, 역시 우리 성도님. 앞으론 저희 마천제일교회에 나오세요. 믿음의 성도님을 가까이에 두고서도 그동안 인사도 못 드려서 너무 죄송하네요."

김민지 사장이 안수현 부목사를 보며 웃으며 말했다.

"말씀 너무 감사드려요. 그런데 제가 여기서 집도 멀고……, 개척교회 일도 손이 달려서요. 그 대신 저도 항상 마천제일교회 성도님들을 위해 기도드리겠습니다."

"너무너무 감사드려요. 이렇게 좋은 크리스마스에 은혜로운 말씀 들어서 너무 기쁩니다. 김 장로님, 박 집사님, 안 권사님. 오늘부터 김민지 사장님네 김 우리 교회에서 다 사드립시다. 마침 우리 교회 주일 예배 때 반찬도 사야 했는데요. 김 사서 두고 사용하면 좋겠어요. 어떠세요?"

강말숙이 눈썹을 살짝 위로 올리며 눈을 동그랗게 뜨고 김민지 사장을 보며 입가에 미소를 지었다.

"이야, 오늘 정말 메리 크리스마스네요!"

파노라마 유니버스

　오늘 아침엔 드디어 서울에도 첫눈이 내렸다. 은지가 평소와 마찬가지로 집에서 일곱시에 나와 도넛 가게에 도착한 시각은 여덟시 십분. 출근 시간만 한 시간 십 분이 소요되었다. 가게 오픈은 아침 열시 삼십분이었다. 서둘러 오븐에 전원을 켜고 기름통에 불을 지폈다. 냉장고에 넣어둔 도넛 반죽은 알맞게 숙성된 상태였다. 은지는 스마트폰 화면을 열고 음악을 틀었다. 블루투스 기능으로 가게 안에 놓아둔 스피커들을 통해 음악이 흘러나왔다.

　'엠파이어 스페이트 오브 마인드 ……'

　첫 곡은 알리샤 키스의 명곡으로 골랐다.

　'뉴욕~ 뉴욕!'

　이 곡에선 항상 뉴욕을 외치게 만드는 묘한 끌림이 있었다. 은지에게만 그런 것은 아니었다. 어느 비행기 기장도 그랬다. 비행기를 타고 미국 뉴욕에 도착할 무렵, 늦은 밤하늘에서 내려다본 뉴욕 밤거리가 비행기 창문 밖으로 보일 무렵이면 기장이 안내 방송을 했다.

　"뉴욕에 왔습니다."

　그리고 비행기 안에는 알리샤 키스의 이 노래가 흘러나왔다. 왠지 모르게 온몸을 소름으로 감싸는 느낌, 뉴욕에 오면 반드시 들어야 하는 노래가 있다면 이 노래였다.

　"안녕!"

은지가 밀가루 반죽을 잘 다독여 오븐에 넣고 돌아서는 순간 은지의 귀에는 자주 들어 익숙하면서도 오랜만에 반가움으로 고막을 두드리는 느낌이 전해졌다. 은지는 도넛 가게 출입문 쪽을 쳐다봤다. 그놈. 아, 동구였다.

"웬일?"

은지의 퉁명스러운 말투에도 아랑곳하지 않는다는 듯, 동구는 도넛 진열대 앞에서 창문을 통해 은지를 바라보며 생글거리는 얼굴로 서 있었다.

"본부에서 가 보래서."

"왜? 뭔데? 어째서? 어쩌라구?"

은지는 주절주절 퉁명스러운 단어들을 최대한 무관심한 어조로 나열하는 데 성공했다. 동구가 가게 안으로 들어왔다. 은지는 순간 가슴 한 편에 그동안 오래도록 켜켜이 쌓여 있었던 먼지가 씻겨나가는 느낌이 들었다. 은지가 만든 도넛들이 공중에 떠 리듬에 따라 춤을 추는 것 같다고 할까? 알리샤 키스의 키스가 그 키스였을까? 은지는 그렇게 아무 말도 꺼내지 못하고 서 있었다. 가게 안으로 들어온 동구가 도넛 한 개를 집었다. 그리고 다시 놓더니 꽈배기를 집었다.

"아직…… 꽈였어? 헤헤."

동구가 헤헤거렸다.

'이놈…… 이놈을 어찌할까?'

은지는 사실 머리가 좋은 편이라고 자부하며 살아온 여자였다. 그런데 이 순간만큼은 아무 생각이 나질 않았다. 동구가 꽈배기를 한입 베어 물었다. 은지는 그 순간 동구가 마치 자기의 입술에 키스하는 느낌을 받았다. 오래전에 잊고 있었던…… 하바드 도서관 안에서 가졌던 그 기억이 새록새록 떠올랐다. 수백만 권의 장서로 둘러싸인 도서관 내 깊은 구석진 공간, 동구와 은지가 자주 만나던 곳이었다. 주로 우주과학, 은하계 행성 관련 전공 서적으로 가득 찼던 곳. 하바드에 다니는 학생들일지라도 머리 아파하는 곳이었다. 학생들이 찾지 않는 도서관 장서들 책장 사이, 동구와 은지는 그곳에 앉아 도넛을 먹거나 커피를 마시면서 데이트를 했다. 사실 그러고 보면 은지가 한국으로 돌아온 것은 국정원에서 부여받은 임무 때문이었지만 도넛 가게를 열기로 한 것은 순전히 동구와의 기억 때문이었다. 도넛 한 입 베어 물고 달콤한 설탕이 묻은 입술로 키스를 나눠본 기억이……, 또 하나의 도넛을 맛본 은지의 기억이 여전했기 때문이었다.

"도넛은 우주다."

은지와 키스를 나눈 동구가 해준 말이었다. 토성의 원반 고리를 본떠서 만든 게 도넛이라는 이야기는 안 하더라도 도넛 사이 구멍에 집중된 설탕을 맛본 사람이라면 이해할 수 있을까? 은지는 동구의 그 이야기를 되뇌며 혼자 키득거리기도 하고 잠자리에 누워서도 이불 속으로 들어가며 이불을 머리 위까지 덮곤 했다. 도넛이 우주라는 짧은 문장 하나가 은지의 인생 화두가 될 줄이야.

그런데 이놈이 도넛을 은지 눈앞에서 베어 물다니. 은지는 갑자기 눈앞이 캄캄해지면서 다리에 힘이 풀리는 것 같았다. 동구는 도넛을 우물거리며 씹더니 은지 앞으로 다가오려다가 스마트폰을 켰다. 전화가 온 모양이었다. 도넛 가게 밖으로 나가며 동구가 은지를 돌아봤다.

"안 갈 거야? 같이 오라고 하던데."

잠시 후. 국정원 안가에 모인 세 사람.

동구는 요원이 건네주고 간 물김치 봉지에서 꺼내어 만든 하얀 판을 웃옷 안주머니에서 꺼냈다. 세 사람 가운데엔 하얀 테이블이 놓여 있었다. 하얀 대리석 같다. 반짝이지만 윤기만 돋보일 뿐, 세 사람 얼굴이나 방 안 풍경은 반사하지 않는 특이한 재질의 테이블이었다. 요원은 동구가 건넨 하얀 판을 받더니 고개를 끄덕이며 말했다.

"이거군요."

동구가 말했다.

"생각보다…… 어렵진 않았어요. 일본에 하야부사 위성이 지구로 가져온 혜성의 조각에서 추출한 물질인데요. 반물질이나 암흑에너지, 암흑물질 이런 건 안 보였고. 다만 신기했던 건…… 하얀 판 자체가 조각 상태에서 서로 가까이 맞대기만 해도 서로 잡아당기는 응집력이라고 할까요? 스스로 퍼즐을 맞춰간다는 느낌을 받았어요. 다시 말해서…… 그 하얀 판은 내가 만든 게 아니라 그 조각들 스스로 붙은 것이라는 얘기죠."

은지가 동구의 설명을 들으며 하얀 판을 바라보며 말했다.

"그런데 이건 거울에 비치지 않는다는 의미지?"

동구가 은지에게 말했다.

"응. 우리 눈앞에 보이지만 세상엔 존재하지 않는다는 것이지. 신기하지? 보이지만 존재하지 않는다? 반대로 말하면, 존재하는데 안 보인다는 말과 같지."

은지가 말했다. 요원은 동구와 은지의 이야기를 듣고만 있었다.

"응. 나는 양자물리학적인 관점에서 이야기하곤 하는데……, 오일리 박사가 그걸 했잖아? 자연상수 e는 2.7183……라는 무한대의 값을 갖는데, 실수가 아닌 복소수로서 허수 I는 i^2 값이 –1이거든. 그리고 원주율 π 값은 3.1415……로 무한대이고, 자연 현상을 설명하는 공식, 아니 오일러의 항등식이 그건데."

동구가 말했다.

"$e^{i\pi} + 1 = 0$"

은지가 동구를 보며 미소를 지었다.

"역시. 기억하네."

사실 은지랑 동구가 하바드 도서관 구석 자리에서 만나 항상 논 것만은 아니었다. 동구가 도넛을 우주라고 부르는 이유는 오일러 항등식에서 0 값을 다르게 부르는 애칭이었다. 자연 상태의 모든 현상을 설명해주는 단 하나의 아름다운 공식이라고 해도 이의를 달 사람은 없었다. 오일러의 항등식은 그만큼 절묘하고 깔끔했다. 은지의 생각이기도 했다.

동구가 말했다.

"$e^{i\pi}$ + 1 = 0라는 이야기는 $e^{i\pi}$가 −1이란 의미잖아? 그러면 이 세상은 마이너스, 즉 '음'이란 이야기야. 거기에 1이 더해지면 제로가 된다는 것인데."

요원이 끼어들었다.

"이 세상이 영원하고 무한대로 느껴지는 이유는…… 이 세상에 마이너스와 플러스가 동시에 존재하기 때문이라는 것이죠? 그게 양자물리학이고요?"

동구가 요원을 보며 엄지와 검지를 마주 튕기며 말했다.

"그게 바로……."

은지가 받았다.

"도너츠."

요원이 은지에게 물었다.

"네?"

은지가 동구를 바라봤다가 요원을 보며 말했다.

"실상이 허상이고 허상이 실상이라는 것이죠. 이 세상의 모든 물체는 아주 작은 크기의 공간으로 구성되어 있어요. 플랑크 길이 값이라고 하는데요, 시공간이 존재하지 않게 되는 크기……, 플랑크 길이를 h라고 할 때 h는 1.616229×10^{-35}m이고요."

동구가 이어 말했다.

"플랑크 길이. 자연에 존재하는 모든 것들을 들여다보면 결국엔 아주 작은 공간으로 구성되었다는 것이죠. 그래서 NASA에서는 지구상에 존재하는 모든 것들이 아주 작은 공간으로 구성되었다는 것을 알고부터 우주로 눈을 돌린 거예요. 우주에는 어떤 물질이 있을까 하는 건데요."

은지가 말을 이었다.

"양자얽힘, 웜홀을 만들어서 정보의 순간이동 실험도 하는데요, 지구에 존재하는 물체를 순식간에 화성으로 보낼 수 있는 연구에요. 정보손상 없이요."

요원이 고개를 끄덕였다.

"그렇군요. 그래서 회사에서 두 분을 마천시장에 모이라고 한 거군요. 도깨비 사건이…… 단순히 귀신 이야기가 아닌 거죠? 누군가 양자얽힘 기술을 완성한 것일 수 있고, 아니면 실제로 도깨비가…… ."

동구가 은지를 보며 어깨를 으쓱해 보였다. 은지는 입술을 앞으로 쑥 내밀었다. 요원은 눈썹을 찡그리듯 이마를 좁히며 뭔가 깊이 생각해내려는 듯했다.

그때였다. 창문 밖에서 사람들 다투는 소리가 났다.

"야! 너! 마천시장 바닥에서 빛보다 빠른 게 뭔지 알아? 내 주먹이야, 임마! 어디서 쥐 거시기마냥 생긴 놈이 으악질이여, 으악질이?"

언뜻 듣기엔 김달포 사장 목소리 같았다. 은지는 서둘러 건물에서 나와 소리가 나는 곳으로 내려갔다.

마천시장 재개발

은지가 건물 밖으로 나오자 길거리에는 이미 사람들이 많이 모여 있었다. 안전가옥 옆 건물 일층 베드로식당 여사장도 나왔다. 어지간해선 식당 주방에만 머무는 사람인데 김달포 사장 목소리가 여간 컸던 게 아니었나 보다. 김달포는 건장한 젊은 청년과 맞서고 있었다. 청년의 일행으로 보이는 검은색 정장 차림의 덩치 큰 남자들이 골목 맞은편 센터한의원 건물 입구에 모여 있었다. 김달포는 이제 어느 정도 사람들이 모였다 싶었던 모양이다. 혼자 맞서다가 사람들 가운데 아는 얼굴들이 몇몇 섞여 있는 걸 확인하더니 더 큰 목소리를 내는 듯했다.

"야! 마천시장에 건물주만 사람이고! 세입자들이나…… 가게 임차인은 사람도 아닌 겨? 응? 재개발조합 뽑는다 하면 왜 지들끼리만 모여서 쿵작쿵작 하느냔 말이여! 이게 뭔 아사리판이여! 지들끼리 사바사바해서 나눠 먹으면? 임차인이나 세입자들은? 쥐 죽은 듯이 시키는 대로만 하라는 거여, 뭐여?"

김달포 사장의 이야기는 이랬다. 서울에 재개발 대상 지역이 얼마 남지 않은 상황에서 서울 외곽 지역에 해당하는 마천동으로 관심이 집중되고 있었다. 이전까지는 거여동을 포함해서 앞 글자만 따 거마지구라고 불리며 조금은 한대를 받았다면 이제는 재개발 대상 지역으로 투자 수익을 노리는 자본주들의 관심이 몰리는 상태였다. 특히 거여지구 재개발이 마무리되고 아파트랑 주상복합 건물이 들어선 후여서 이제는 본격적으로 마천동 재개발이 기대되는 상황이었다. 과연 마천1지구에서 4지구 중 어느 지역이 시행 인가가 날 지역인지, 아니면 재건축 지역으로 남을 것인지, 아니면 보존 지역으로 유지될 것인지가 초미의 관심사였다. 하지만 사실상 재개발이나 재건축 사업은 건물주나 집주인들이 개발비 일부를 분담하면서 투자 수익을 기대하는 사업이라 세입자나 임차인은 이사비, 주거 이전비를 받는 게 고작이 었다. 건물주나 집주인들이 입주권에 추가로 이주비까지 지원받는 것과 비교하면 사뭇 다른 대우이긴 했다.

김달포는 자기가 세 든 가게가 재건축이나 재개발 대상이 되면 가게를 다른 지역으로 옮기거나 장사를 그만둘 수밖에 없는 상황이라, 자기가 조금이 라도 더 이익을 보려 조합 선거에 나서는 사람들 가운데 자기랑 가까운 인물들이 당선되길 바랐던 마음이었다. 그래서 회의장에 들어가려는데 어느 후보자 측에서 고용한 용역들이 회의장 입구를 막아서고 조합 선거권을 가진 사람들만 입장시키고 있어서 김달포 사장이 제대로 열받은 상황이었다. 김달포는 은지 얼굴을 보더니 다시 검은색 정장 차림의 청년들을 향해 소리쳤다. 조금 전보다 목소리에 더 힘이 들어간 상태였다.

"야! 재개발이고 재건축이고 간에…… 느그들 깡패여? 어디서 생활하는 애들이여? 느그들 나 몰러? 느그들 어디 식구냐 이거여! 동방예의지국에서 느그들 경로 우대 사상도 없냐? 느그들 부모에게 밥상머리에서 뭘 배운 겨? 내 나이 쉰아홉에, 응? 전국 오야붕 내가 모를 거 가터? 어쩔 껴? 나랑 한판 떠볼 껴? 한 놈씩은 시간 낭비인께 한 번에 다 덤벼! 이것들아."

김달포 사장은 연신 청년들 주위를 어슬렁거리며 엄포를 놓는 듯했다. 하지만 청년들은 건물 입구에 서서 쳐다보기만 할 뿐이었다. 사실 은지로서도 김달포 사장이 그만 멈추는 게 좋을 것 같다고 생각했다. 싸움도 싸움이지만 상대는 건장한 청년들 수십 명인 데다가 김달포 사장에게는 누구도 편을 들어줄 생각은 없어 보였다. 김달포 사장도 내심 멈출 시점을 생각하는 것 같았다. 고래고래 소리를 지르긴 하면서도 더 적극적인 행동으로 옮기진 않았다. 이쯤만 해둬도 김달포로서는 손해나는 상황은 아니었다. 최소한 건장한 청년들 수십 명 앞에서 기죽지 않고 맞선 사람이라는 이미지는 얻어 놓았다. 아니나 다를까, 드디어 김달포가 마무리 멘트를 치기 시작했다.

"이것들이 말이야, 나를 뭘로 보고. 생각 좀 하고 살아! 이것들아! 툭하면 재개발이고 재건축을 우려내서 사람 속을 긁어? 없이 사는 사람 생각 좀 하라구, 이것들아."

이제 은지가 나설 차례였다. 그러나 강말숙이 한 치 더 빨랐다.

"어? 김달포 사장님? 여기 계셨어요? 아까부터 찾았는데. 김 사장님, 저하고 빨리 가여! 사업 얘기도 좀 하구여. 얼른요."

강말숙이 김달포를 데려가자 길거리에 모여서 구경거리를 찾던 사람들도 흩어졌다. 김달포는 강말숙을 따라 하바드반찬가게로 들어섰다. 강말숙은 종이컵에 믹스커피를 붓더니 뜨거운 물을 타서 믹스커피 봉지를 거꾸로 들고 휘휘 저었다. 커피가 다 녹아들자 믹스커피 봉지를 입에 넣고 쪽 빨더니 휴지통에 버렸다. 강말숙은 커피를 탄 종이컵을 김달포에게 건넸다.

"하이고, 오늘 우리 김 사장님 진짜 남자던데요? 대단해요! 여전히…… 그 기운이 어디서 나온대요?"

"아니여라, 한창 때는 저것들 다 쓸어버렸지라잉. 오늘은 사람들 눈도 많고 해서리, 우리 강 여사님 부탁도 있고 해서…… 저것들 운 좋았지라잉. 강 여사님이 말리지만 않았어도 내사마 팍 저거들을 그냥 다 날려버렸지라잉. 내가 일주일만 젊었어도 저것들이 기어오르지 못할 텐데잉. 하이구, 나이 먹능 게 서럽지라잉."

"호호호, 역시 믿을 남자는 우리 김달포 사장님밖에 없다니께요. 호호호."

강말숙은 김달포를 보며 입을 가리고 웃었다.

잠시 후. 하바드반찬가게 안으로 한 남자가 들어왔다. 권하네족발집을 운영하는 남자였다. 권하네는 족발집을 처음 시작한 할머니 이름이고 남자는 할머니의 큰아들로 올해 예순하나가 된 모태식이었다.

"안녕하세요, 강 회장님."

강말숙이 남자를 쳐다봤다.

"아니, 이게 누구세용? 어서 오세요. 족발집 영업은 어떻게 하시고, 거기 오늘도 손님 많던데. 대단하세요."

"별말씀을요. 그래두 하바드반찬가게만큼은 못해유. 지는 그냥 엄니가 하던 거 이어 하는 건디유 뭐."

"하이구, 별말씀 다하신다. 아니, 말이야 바른말이지, 어디, 재벌집 회장이 아들에게 물려준간디 그게 잘 돼요? 아들이 능력 있어야 유지하고 키워나가는 거지. 안 그래요? 김 사장님?"

"그라믄요. 그라믄요."

김달포가 고개를 끄덕였다. 오른손엔 종이컵을 든 상태였다. 모태식이 김달포에게도 고개를 숙여 인사했다.

"아녀유, 김달포 사장님도 좋은 말씀 감사하구먼유."

모태식은 김달포에게 인사를 건네고 다시 강말숙을 쳐다봤다.

"근디유, 여그 마천시장은 재개발 어떻게 되어가는지 몰라서유. 재건축된 다는 얘기도 나오고 그라는디 뭐가 뭔지 몰라서유. 엄니도 가서 강 회장님에게 물어보라고 하시구서리."

모태식은 마천시장 재개발에 대해 걱정하는 눈치였다. 권하네족발이라고 하면 마천시장 중앙 통로, 그것도 정 가운데 자리에서 장사 잘되는 족발집으로 소문난 집이었다. 주변에 네댓 곳 정도의 족발집 가게가 더 있었지만 손님들은 꼭 권하네족발집으로만 모여들었다. 한번은 강말숙도 권하네족발집에 들렀다.

"권 여사님 계셔유? 저 왔어유!"

권하네족발집 창업주 권하네는 충청도 청양 출신이다. 강말숙은 서울 태생이었지만 권하네 창업주를 만나러 왔을 땐 충청도 사투리를 흉내 낸다.

"아이고, 우리 강 회장님이 오셨네. 여기 강 회장님 족발은 더 잘해드려!"

권하네가 가게 안에서 직원들을 부르며 강말숙이 주문한 족발은 더 챙겨주라고 얘기했다. 역시 장사꾼은 다르다. 강말숙이 권하네를 보며 말했다.

"내가 이래서 권 여사님 뵈러 온다니깐유. 진짜 족발이 입에서 녹아요, 녹아. 어쩜 그렇게 부드럽고 맛도 감칠맛 나고 세상에. 족발이 이게 족발이 아니라 진짜 미슐랑인가 미슈린인가 아무튼 거기가 맛집 평가해도 별 세 개? 아니 별 삼십 개는 줘야 한다니깐요. 호호호."

권하네가 강말숙 이야기를 듣고 웃으면서 오른팔을 들어 앞으로 내저었다. 부끄러우니까 그런 소리 말라는 의미였다. 모태식을 만나 인사 나눈 것도 그즈음이었다. 그래서 모태식은 강말숙 회장을 만나러 하바드반찬가게에 왔으면서도 강말숙이 다시 칭찬을 이어가자 못내 쑥스러워했다.

"마천시장은 재건축하는 걸로 이야기가 되고 있어요."

"아, 그런가유?"

"주위에 마천3지구는 보존하기로 했고요, 마천4지구는 먼저 재개발하면서 아래로 내려올 건가 봐요. 마천2지구는 마천4지구 한 다음에 하는 거 같고요."

"아하, 그러구먼유."

모태식은 강말숙의 이야기를 들으며 고개를 끄덕였다. 그리고 오른손을 들어 뒤통수를 긁적였다. 강말숙이 모태식에게 은근히 떠봤다.

"권하네 여사님 족발집은 장사도 잘되고 그동안 돈 많이 버셨다는 얘기가 많던데요. 빌딩도 몇 채 사놓으시고."

"허이구, 아니구먼유. 빌딩은요 무슨. 그냥 밥 먹고 살아갈 정도예유. 돼지족 팔아서 얼마나 남겠어유."

김달포는 모태식의 이야기를 들으며 입맛을 다시는 중이었다. 사실 그 정도로 권하네족발의 맛은 소문난 상태였다. 어찌나 고기가 부드럽고 맛있는지 권하네족발을 안 먹어본 사람은 있어도 한 번만 먹은 사람은 없다고 할 정도였다. 김달포가 거들었다.

"그렇지라잉. 요즘 마트에서 어지간히 먹을만한 게 돼지 앞다리 생고기 가격이 만 칠천 원 정도 허니께. 족발 앞다리 가격이 삼만 이천 원 된다 해도 뭐 그리 비싼 건 아니지라잉. 양념 들어가고 손질 허구 곁들이는 반찬 주고 하믄 사만 원 받아도 뭐 많이 남기는 건 아니지라잉."

강말숙이 김달포 이야기를 들으며 모태식을 향해 고개를 끄덕여주었다. 족발용 돼지고기 앞다리가 도매가격이라고 해도 만 원대 초반 가격이고 보니 족발 가격이 폭리를 취한다거나 하는 건 아니었다.

모태식이 돌아간 후 김달포 사장도 자리를 일어나더니 가게 열 시간이 되었다며 돌아갔다. 하바드반찬가게엔 강말숙 여사만 남았다. 이날은 하바드 반찬가게에도 손님이 일찍 줄어든 날이었다. 시장에 오는 손님들은 대개 점심 찬거리 준비하려는 손님들이거나 저녁 무렵 반찬거리 사러 나온 손님들 외에는 인근 식당에서 장사할 재료 준비하러 오는 사람들이 대부분이었다. 하바드반찬가게 일과는 아침 아홉시에 시작해서 오후 여섯시 정도면 마무리 되었다. 이르게는 오후 다섯시 정도만 돼도 어떤 날엔 손님이 확연히 주는 게 보였다. 그 대신 하바드반찬가게는 온라인 쇼핑몰과 지방 식당들이 주문해 오는 고정 단골손님이 많았고 해외 각지에서 국제우편으로 주문해오는 경우 도 많았다. 서울 외곽 재래시장에 자리 잡은 허름한 반찬 가게지만 장사는 국내 국외로 판매하는 시대를 열어가는 곳, 하바드반찬가게엔 매일매일 손님이 끊이질 않았다.

강말숙 여사가 이날 장사를 마무리하고 가게 문을 닫을 준비를 할 때였다. 스마트폰으로 전화가 왔다. 선녀 무당이었다.

"응, 강여사? 빨리 나 좀 만나. 도깨비 때문에 무서워 죽겠어! 빨리 와!"

강말숙은 가게 문을 닫고 서둘러 선녀 무당을 만나러 갔다. 그 뒤에는 강말숙의 발걸음을 따르는 검은 그림자가 있었다.

도깨비가 나타났다

"선녀 언니? 어디 있어요? 나 왔어요."

강말숙은 무당집 안으로 들어서며 선녀 무당을 불렀다. 오색 천을 치렁치렁 늘어뜨린 방 안 가운데에 작은 밥상으로 보이는 테이블이 놓여 있고, 그 위에 촛불이 두 개 켜져 있었다. 벽 쪽으로 놓인 방석은 오래 사용한 탓인지 가장자리에 실밥이 터져 있는 상태였다. 선녀 무당이 앉는 자리로 보였다.

"선녀 언니! 어딨냐구!"

강말숙은 선녀 무당을 부르며 안으로 들어서서 테이블 앞에 앉았다. 테이블을 사이에 두고 방석과 마주 앉는 자리였다. 강말숙의 눈에는 방석 뒤로 벽을 타고 만들어둔 진열대 같은 공간이 보였고 그 진열대를 꽉 채운 인형들이 들어왔다. 기기묘묘하다고 할까? 귀신 형상을 한 인형, 하얀 수염을 길게 기른 남자 인형, 험상궂은 얼굴을 한 거인 인형들과 이름도 모르는 인형들이 많았다.

잠시 후. 강말숙이 얼마나 앉아 있었을까? 스산한 기운이 드는 것 같아 강말숙이 그만 자리에서 일어나려던 참이었다. 선녀 무당이 무섭다며 빨리 와달라 해서 왔는데 정작 선녀 무당은 안 보이고 빈 무당집 방 안에서 께름칙한 인형들과 마주 보고 앉아 있다니……. 강말숙은 이게 뭐 하는 짓인가 싶어 기분이 탐탁지 않았다.

"선녀 언니, 안 올란가 보네. 나는 갈라요."

그때였다. 강말숙이 핸드백을 챙기고 자리에서 일어서려던 찰나, 벽 쪽 인형을 쌓아둔 진열대 아래 공간에 작은 서랍 문처럼 생긴 틈이 벌어지더니 선녀 무당이 고개를 쏙 내밀로 나타났다.

"에휴, 깜짝이야! 언니! 뭐예요, 사람 불러 놓고!"

"미안…… 미안. 사람이니까 불렀지, 도깨비라면 안 불렀지. 근데 진짜로 도깨비 무서워서 어디 숨어 있어야 했어."

"그래도 그렇지. 내가 여기 들어온 지 얼마나 지났는데. 거기서 뭐 하고 있었어요? 아니, 근데 그 안에 사람 들어갈 공간이 있어요? 신기하네."

강말숙은 선녀 무당의 얼굴을 보는 순간 내심 안심이 되면서도 짜증이 밀려왔다. 하지만 그것도 잠시였고 선녀 무당이 숨어 있던 공간이 도대체 뭐 하는 곳인지 궁금했다. 선녀 무당이 강말숙을 보고 그제야 마음이 놓인다는 듯 몸을 비집고 앞으로 나왔다.

"아니, 내가 여기…… 지금껏 무당질하면서도 이 안에 숨으리라고는 상상도 못 했지. 낸들 이러고 싶은가. 휴우! 아직도 오들오들 떨리네."

"아니, 근데 무슨 일이에요? 몸은 괜찮아요? 아무 일 없었어요?"

선녀 무당이 강말숙을 보며 몸을 완전히 빠져나와 방석에 앉았다. 강말숙 앞에 놓인 두 개의 촛불 사이로 선녀 무당이 앉은 모습이 들어왔다. 강말숙은 순간 속으로 흠칫하는 기분이 들었다. 촛불 사이로 보이는 선녀 무당의 얼굴은 조금 전 강말숙이 본 겁에 질린 얼굴이 아니었다. 선녀 무당도 무당이라는 직업 때문인가? 촛불 사이로 앉은 그 모습이 용하다는 무당처럼 보였다. 선녀 무당은 강말숙을 보더니 말했다.

"왜? 무당 같아? 왜 놀란 얼굴이야? 이거 촛불? 인테리어야. 나 어때? 달라 보이지? 용한 무당 같아? 그럴 거야. 이거 꾸미려면 돈이 얼만데. 무당집도 권리금이 있다구. 이거 인테리어 돈이지."

선녀 무당이 웃었다. 강말숙은 선녀 무당을 보니 한시름 놓였다. 그래도 아무 일 없어서 다행이었다. 그런데 방금 무서웠다는 이야기는 무슨 뜻일까? 무당집에 무슨 일이라도 생겼던 걸까? 선녀 무당이 강말숙을 향해 상체를 숙이며 나지막한 목소리로 입을 열었다.

"아까…… 나 혼자 있는데…… 왜 그 있잖아? 장수만세약국 사거리에 인형집 생긴 거, 거기 남자가 찾아왔었어."

"네?"

순간 강말숙은 긴장되었다. 며칠 전 김달포 사장과 양아지 사장이 인형집 앞에서 가짜 싸움을 벌이며 인형집 남자를 이사 가게 하려고 했던 기억이 났다. 마천시장에 오기 전에는 어떤 일을 했는지 정보가 없는 남자, 바로 옆 편의점 사장도 모르고 그 옆 마천한의원 원장도 모른다는 남자였다. 마천시장에 와서 장사를 하는데 옆 가게 사장도 모르는 남자의 정체는 무엇일까? 김달포와 양아지의 도움으로 정보를 캐내려던 게 강말숙이었다.

"아니…… 내가 여기…… 강 회장만 알고 있어야 해, 응? 알았지?"

"네."

"그래, 내가 강 회장은 입 무거운 거 아니까. 믿고 말할게. 나 여기 내놨거든. 무당질도 나이 드니까 힘들어서 못 하겠어. 나 벌교가 고향이거든? 고향 가서 꼬막 캐면서 주일엔 교회 다니려구."

선녀 무당이 무당집 문 닫고 고향 가서 교회에 다니겠다고 한다. 강말숙은 고개를 끄덕이며 선녀 무당의 이야기를 들어주고 있었다. 모르는 사람이 들었으면 무당이 교회 다닌다고 했다고 놀랄 일이었지만 선녀 무당과 강말숙은 이미 오래전에…… 그러니까 오늘 그 얘기가 처음 꺼낸 이야기는 아니었다. 선녀 무당이 말을 이었다.

"아까…… 모처럼 오랜만에 진짜…… 손님 왔다고 기뻐서 받았거든. 그 남자."

"네네."

선녀 무당이 테이블처럼 생긴 작은 밥상 위에 놓았던 유리컵을 들고 안에 담긴 물을 삼켰다. 입술이 마른 듯 보였다. 사실 그때 강말숙은 선녀 무당의 입술이 살짝 떨리고 있었다는 것을 눈치챘다. 목이 마르고 심장이 쿵쾅거려서 진정이 안 되는 상황. 선녀 무당은 무엇 때문인지 모르지만, 무언가에 놀라서 무서워하는 게 분명했다. 선녀 무당이 침을 삼켰다.

"강 회장, 그런 말 알아? 가짜도 십 년 하면 진짜야. 나 무당짓 십 년 넘게 했잖아? 이 정도 무당짓 하면서 밥 먹고 살았으면 거의 진짜 반무당이라고 해도 되거든. 그래서 아까 말인데, 그 남자 이 안에 들어서는 순간 등골이 오싹해지고 찬 바람이 쓱 불더라고."

"네?"

"그놈이 진짜 도깨비라니깐!"

강말숙은 아무 말도 하지 못했다. 선녀 무당은 강말숙의 얼굴을 보며 다시 유리컵을 들고 물을 삼켰다. 얼마나 긴장했는지 입안에 물을 넣고도 삼키지 못하고 있었다.

그때였다. 방 안에 갑자기 바람이 불더니 촛불이 흔들렸다. 그와 동시에 선녀 무당이 어깨를 움츠리며 비명을 질렀다. 그러더니 벽 쪽 진열대 아래 좁은 공간으로 머리를 들이밀고 안으로 몸을 구겨 넣기 시작했다.

"으으으…… 아이구머니나! 또 시작이네! 도망가! 도망가!"

목사님은 도깨비보다 힘세죠?

　마천시장 상인들이 재개발조합 사무실 아래 커피숍에 모였다. 5호선 마천역 1번 출구로 나오면 퍼스트한의원이 있고 그 앞길 왼쪽에 소방서가 자리하고 있는데 커피숍은 마천소방서 길 건너편, 마천역 1번 출구로 나와서 직진하면 보이는 도롯가 길모퉁이에 자리 잡고 있었다. 저녁 일곱시쯤, 마천동 재개발 회의를 마치고 마천제일교회 박순희 목사와 마천시장 상인들 서너 명이 모였다. 오늘 모인 상인들은 금은방 박빛나 사장, 치킨집 조구희 사장, 화장품 가게 어엽분 사장, 채소 가게 림재복 사장이었다. 모두 마천시장에 들어온 지 십 년이 넘은, 이를테면 지역 터줏대감들이기도 했다. 마천시장에서 가장 오래된 사람은 마천제일교회 박순희 담임 목사였다. 근 오십 년 가까이 살고 있었다.

　"하이구, 이거 늦어서 미안합니다."

　센터내과 김왕진 원장이 늦게 도착했다. 병원 일 마치고 서둘러 오는 길이라고 했다. 마천역 1번 출구 바로 앞 건물 이층에 있다가 건물주가 새 건물을 짓는 바람에 퍼스트한의원 건물 사층으로 옮긴 터였다.

　림재복 사장이 말했다.

　"아니, 목사님. 근데 아까 재개발 건 회의에서도 그랬지만요, 요즘 세상에 도깨비가 뭡니까? 스마트폰으로 뭐든 다하는 세상에 허무맹랑하게 도깨비라니요? 이거 신앙적으로 맞는 얘깁니까? 하나님이 이 우주를 창조하셨는데 그때 도깨비도 창조하신 거 맞아요? 네?"

림재복 사장 언성이 다소 높았다. 사실 그도 그럴 만한 이유가 있었다. 림재복 사장의 채소 가게는 재개발 확정 구역에 가게의 절반만 걸친 상태였다. 여차하면 가게 절반을 잘라내야 할 상황이었다. 이게 다 예전에 주소 체제가 자리 잡기 전에 세운 가건물 때문이었다. 주소지가 명확하지 않다 보니 먼저 자리 잡은 사람이 가건물이라도 세우면 자기 자리였던 셈이다. 관할 구청에서 토지구획을 정리하고, 주소를 정하게 되면서 림재복 사장의 채소 가게는 공교롭게도 절반은 마천재개발 1구역, 나머지 반은 마천재개발 2구역에 포함되었다. 재개발사업이 어떻게 진행될진 모르지만 1구역이나 2구역 가운데 한쪽이 먼저 진행될 때는 가게 반을 잘라서 한쪽에서는 천막이라도 치고 장사를 해야 할 판이었다. 오늘 재개발 회의에서도 림재복 사장이 답답하다며 분통을 터뜨린 이유였다.

화장품 가게를 운영하는 어엽분 사장이 그녀 특유의 조곤조곤한 말투로 이야기를 꺼냈다.

"아니, 그러니까. 목사님. 도깨비 좀 어떻게 안 될까요? 아니 지가 무슨 그 드라마에 그 남자도 아니고……, 갑자기 마천시장 바닥에 떡하니 나타나서 조용하던 마천시장에 분란을 만들어요, 분란을? 아니, 이거 그 드라마에 그 뭐시기 남자 상대 배우라도 데려와야 하는 거 아니에요? 응? 너무 짜증난다…… 진짜. 어머, 이러니까 나, 눈가 주름 생기잖아."

"그 드라마? 그 남자? 상대 배우? 그게 다 뭔 소리고 누구여?"

금은방 박빛나 사장이 치킨집 조구희 사장을 보며 물었다.

"아니, 왜 있잖아요, 그 드라마 도깨빈가 뭔가. 저승사자로 나온 남자배우. 희멀게서 잘생긴 남자."

박빛나 사장이 고개를 끄덕였다.

"난 또 뭐라구. 드라마 얘기구만."

어엽분 사장이 박빛나 사장을 쏘아보며 투정 부리듯 입술을 씰룩거렸다.

김왕진 원장이 박빛나 사장을 보더니 말을 걸었다.

"아 참, 박 사장님, 지난번에 독감 주사 맞으셨고 올해 맞으실 때 된 거 같은데요? 무릎은 어떠세요? 지난번 관절 주사 맞고 육 개월 지난 거 같은데……."

박빛나 원장이 김왕진 원장을 보며 말했다.

"아아, 그러고 보니. 원장님. 네네. 그렇잖아도…… 조만간 들르려고요. 무릎도 삐걱대고 그래서요. 허허."

김왕진 원장이 박빛나 사장의 이야기를 듣고 고개를 끄덕였다.

"네네. 요즘 날씨가 또 쌀쌀해지니까 건강 챙기시는 게 좋죠. 그럼, 언제 또 오세요. 약도 드려야 하니까요."

김왕진 원장의 이야기가 끝나기를 기다렸다는 듯 이번엔 조구희 사장이 말을 받았다.

"목사님, 아까 림재복 사장님 이야기도 있고 해서 드리는 말씀인데요……. 제가 교회 나가면서 헌금도 매주 꼬박꼬박 하구 그러는데요. 요즘 진짜 아닌 밤중에 홍두깨라고 도깨비 이야기로 마천시장이 흉흉해지는 거 같아서요. 목사님께서 그러니까…… 하나님께 잘 좀 말씀 전해주셔서 도깨비 좀 쫓아내 버려주시면…… 안 될까요?"

박순희 목사가 입을 열었다.

"목사는 귀신 쫓는 일을 하는 건 아니고요……, 사람들에게 하나님 말씀 전하고 예수님 말씀 믿고 따라 구원받게 인도하는 역할이라고 할까요."

림재복 사장이 박순희 목사의 말을 중간에 끊고 딴지를 걸었다.

"아니, 그러니까요. 예수 믿을 테니까요, 제발 좀 저희 어려운 서민들 밥 먹고 살게 해주시면 좋잖아요? 항상 보면 이래도 믿음, 저래도 믿음이라고 하시는데요, 재개발사업으로 멀쩡한 가게 절단나고 길거리 나앉게 생긴 나 같은 사람 좀 도와주시면 안 되는 거냐고요!"

림재복 사장은 목이 메어 더 이상 말을 잇지 못했다. 간절한 바람이었다.

가족의 생계가 달린 채소 가게. 자기는 원하지도 않은 재개발사업으로 인해 하루아침에 가게가 잘릴 상황에 닥치고 보니 어디에 하소연이라도 해야 했다. 하지만 구청이고 동사무소고 간에 림재목 사장의 하소연이 통하는 곳이 없었다. 림재복 사장은 울먹거리는 목소리로 다시 말했다.

"내가 진짜…… 말이 나와서 말이지. 우리 채소 가게만 지켜주면 그게 도깨비이건 마귀 새끼이건 내가 믿을 거라니까! 왜 하필이면 우리 채소 가게만 딱 반이 잘리냐구! 어디 도깨비가 내 말 듣고 있으면 채소 가게 지켜달라고 매달릴 거라니게. 안 그러면 어떻게 해? 내 새끼들이…… 아직 어린 핏덩이들이 채소 가게 하나 바라보고 먹고 사는데……. 마귀가 영혼 팔라 하든 영혼이라도 팔 거여!"

박순희 목사가 차마 이야기를 하지 못하고 근심스러운 표정만 지었다. 박빛나 사장은 림재복 사장의 이야기를 듣고 한숨을 깊이 내쉬었다. 어엽분 사장은 림재복 사장의 이야기를 듣다가 핸드백에서 티슈를 꺼내 림재복 사장에게 건넸다. 눈물을 닦으라는 의미였다. 조구희 사장이 팔짱을 낀 자세로 고개를 끄덕였다. 김왕진 원장은 입술을 굳게 다문 채 림재복 사장의 이야기를 듣고 있었다. 모두 림재복 사장의 사정이 딱하게 되었다는 데는 이견은 없었다. 공감하는 아픔이었다. 다만, 림재복 사장 본인 외에 다른 사람들은 내심 안도하는 것도 사실이었다. 그들 이야기가 아니라 남에게 생긴 일, 다시 말해서 림재복 사장에게 생긴 일이라는 게 그들로선 다행이었 다. 침묵을 깬 건 박순희 목사였다.

"제가 새벽 예배에서 더 기도드리겠습니다. 다음 주부터 특별새벽예배주 간으로 하고요, 오늘 말씀을 기도 내용으로 해서 다 같이 힘 모아 기도해주시 기를 부탁드리겠습니다. 그리고 이번 재개발사업 건으로 피해를 입으신 분들을 위해 교회에서 헌금을 모아 전달해드리면 어떨지 싶은데요. 충분한 액수는 아니더라도 함께 한다는 응원을 해드린다는 차원에서."

그 사이, 림재복 사장은 박순희 목사를 허망한 시선으로 쳐다보더니 이내 자리를 박차고 커피숍을 빠져나갔다. 박순희 목사의 이야기를 들은 나머지 사람들은 고개를 끄덕이며 아멘으로 동의했다. 림재복 사장을 뒤따라 나가는 이들은 한 명도 없었다.

하바드반찬가게의 냉장고가 수상하다

'자연주의 반찬'

마천시장 중앙 통로 한가운데에 자리 잡고 있는 하바드반찬가게는 시장 통로 좁은 골목길을 사이에 두고 앞으로는 정육점을 마주하고 양옆으로는 생선 가게와 곱창 가게를 이웃하고 있었다. 그리고 반찬 가게를 중심으로 열십자 형태로 골목길이 나 있어 사람들 왕래가 잦았다. 중앙 통로를 통해 마천시장에 오는 손님들이랑 골목길을 통해 마천시장으로 들어오는 인근 주택가 사람들이 모두 드나드는 이른바 사통팔달 중심지에 자리 잡고 있었다.

"여기 천막 쳐주면서 마천시장 가게들이 집객 효과가 높아졌다니까."

마천시장 중앙 통로는 하늘이 열려 있어 좁은 길에 비라도 내리면 그야말로 아수라장이었다. 비가 쏟아지는 날이면 통로 좌우로 늘어선 가게마다 내놓은 상품들이 비에 젖거나 오가는 손님들이 뿌리는 흙탕물이 묻어서 못쓰게 되기가 십상이었다. 그런데 마천시장 상인들이 지역 국회의원 사무실로 집단 민원을 넣어 하늘을 가리는 천막을 치게 된 이후로는 마천시장에 오는 손님들도 편안하고 상인들로서도 상품이 비에 젖을 염려가 없어 모두 만족했다. 마천시장 중앙 통로에 천막을 치자고 앞장서서 나섰던 사람이 바로 강말숙이었다. 그 공로를 인정받아 상인들이 추천해준 덕분에 강말숙은 마천시장 상인회 회장이 된 거나 마찬가지였다.

"어서 오세요! 이모 보쌈 두 팩 싸줘요. 이모, 파래무침 새로 만 원어치

랩 해주세요."

하바드반찬가게에 불이 켜지고 손님들이 밀려들기 시작했다. 마천시장의 하루는 하바드반찬가게에 온 손님들이 가게 앞에 줄을 서면서 시작되었다. 동구는 아침 일찍부터 가게에 나와서 손님들을 맞이하고 있었다. 강말숙 여사는 아침 일찍 어디에 들른다고 했다. 오늘 아침 장사는 올곧이 동구 몫이었다. 그나마 다행인 건 가게에서 일하는 직원 두 명이 바쁜 일손을 돕는다는 점이다. 동구는 그 두 명의 여직원을 이모라고 불렀다. 첫째 이모, 둘째 이모라고 부른다.

"은지네 도너츠는 아직 안 여나?"

동구는 은지네 도넛 가게를 바라보며 입술에 힘을 주어 굳게 다물었다. 동구가 누구를 걱정할 때 나오는 표정이었다.

그때였다. 첫째 이모가 동구를 불렀다.

"젊은 사장님! 파래가 다 떨어졌어요. 냉장고에 더 있을 거 같은데."

첫째 이모가 가게 안에 달력을 걸어둔 냉장고를 보며 말했다. 동구가 첫째 이모를 보며 말했다.

"네? 아, 파래 여기 있죠."

동구는 무릎을 굽히고 쭈그려 앉아서 반찬 진열대 아래쪽에 있는 냉장고를 열고 파래무침을 꺼냈다. 첫째 이모가 파래를 받아서 진열대 위 파래무침 반찬통 안에 덜었다.

"그러게. 아래쪽에도 냉장고가 있네. 근데…… 젊은 사장! 나 여기 일하면서부터 저 냉장고는 한 번도 안 열리던데……, 고기나 뭐 그런 거 넣어둔 거야? 아니면 이 가게 비밀의 양념 같은 거 숙성시키는 덴가?"

"네? 별말씀을요. 저거 아무것도 아니에요. 그냥 달력 걸어두는 곳이죠. 보세요! 달력 걸려 있지. 하하하."

동구는 첫째 이모에게 말하고 또 다음 손님을 받았다.

"어서 오세요. 뭐 드릴까요? 배추겉절이 반 근, 파김치 한 근이요? 네네.

잠시만요."

그 무렵. 은지네 도넛 가게에선 장사 준비가 한창이었다.

"가게에 그 냉장고는 뭐지?"

은지는 냉장고에 숙성시켜둔 도넛 반죽을 꺼내면서 생각에 잠겼다. 하바드 반찬가게 안쪽에 달력이 걸린 냉장고 문. 은지는 하바드반찬가게에 여러 번 가면서도 그 냉장고가 열리는 것은 한 번도 본 적이 없었다.

"아니, 반찬을 넣어두는 곳이라면 장사하면서 들락날락할 텐데……. 아무리 손님이 많아도 냉장고 여는 걸 못 봤다니깐. 반찬대 아래 냉장고에서 꺼내는 건 봤는데……. 왜 그 큰 냉장고 문이 한 번도 열리지 않는 것이지?"

은지는 고개를 가로저으며 도저히 알 수 없다는 표정을 지었다.

'치이익!'

기름통에 들어간 도넛 반죽이 경쾌한 소리를 내며 튀겨졌다. 밀가루 반죽이 노랗게 익어가며 도넛으로 만들어지는 걸 보던 은지는 마침 그때에서야 생각난 듯 소리쳤다.

"아 참."

은지는 기름통 위에 붙여둔 접착식 타이머에 시간을 맞추고 서둘러 가게 안 테이블로 다가섰다. 마치 회사에서 회의용 테이블로 사용될 법한 모양의 테이블 위에는 작고 앙증맞은 양팔 저울 한 대, 온도계, 타이머, 밀가루 두 포대, 위생 장갑을 넣은 상자가 놓여 있었다. 그 한 편엔 은지의 노트북컴퓨터와 마우스, 마우스패드가 가지런히 놓인 상태였다. 은지는 스마트폰 화면을 켜고 전화번호를 눌렀다.

같은 시각.

마천시장 중앙 통로에 항공 점퍼와 청바지, 흰색 운동화를 신은 남자들 서너 명이 나타났다. 그들은 말쑥한 정장 차림의 남자와 걸음을 맞춰 시장 안으로 들어섰다.

"여긴가?"

정장 남자가 걸음을 멈춰 섰다. 하바드반찬가게 앞이었다. 정장 남자를 따라온 남자들도 걸음을 멈췄다. 정장 남자가 하바드반찬가게 안을 들여다보며 사람을 불렀다.

"계십니까?"

"네, 누구시죠?"

동구가 정장 남자 앞으로 다가섰다. 아무것도 모른다는 표정. 동구는 남자들이 왜 왔는지 알 수 없었다. 정장 남자는 웃옷 속주머니에서 흰색 종이 한 장을 꺼냈다. 정장 남자가 말했다.

"식약청 사법경찰관입니다. 이곳에서 불법 약품이 조제된다는 신고가 들어와서요. 압수수색 영장입니다."

"네?"

동구는 어이가 없어 웃음이 지어졌다. 난데없이 불법 약품이라니? 하지만 남자들은 동구의 생각과 다른 듯했다. 정장 남자가 동구에게 서류를 보여주자 일행으로 따라온 남자 세 명이 하바드반찬가게 안으로 들어서서 뭔가를 수색하기 시작했다. 가게 안을 뒤적이며 반찬을 들었다 났다 하고 휴지통을 뒤집어서 안에 든 쓰레기들도 모두 살펴봤다.

"아니, 누가 뭐라고 신고했는진 모르겠는데요, 영업하는 데 와서 이러시면 영업방해 아닙니까?"

동구가 이야기하자 정장 남자가 무표정한 얼굴로 대답했다.

"그러게요. 그런데 저희는 공적 업무를 수행 중이라서요."

동구의 항의에도 아랑곳하지 않는 남자들은 하바드반찬가게 구석구석을 뒤졌다. 하지만 의심스러운 약품은 찾지 못한 듯했다. 당연한 결과였다. 누군가 동구에 반찬 가게가 잘 되는 걸 시샘해서 누명을 씌운 게 분명했다.

"보셨죠? 아무것도 없어요. 그럼, 누가 뭘 신고했는지 알려나 주시죠."

동구가 정장 남자를 불렀다. 정장 남자가 숨을 들이쉬더니 길게 내쉬며 말했다.

"아쉽네요."

"아쉽네요? 뭐가요? 당신 말투가 왜⋯⋯? 당신 소속이 어디야?"

그때였다. 강말숙이 가게 안으로 들어섰다.

"안녕하세요. 제가 여기 사장인데. 무슨 일이신가요? 우선 여기 앉으시죠. 맛있는 커피 한 잔 드시면서."

아닌 대낮에 도깨비

"아니, 당신 소속이 어디냐고요?"

동구는 정장 남자에게 바짝 다가서며 말했다. 큰소리를 지르진 않았지만 정장 남자 얼굴 앞으로 자기 얼굴을 가까이 대고 나지막하게 말하면서도 목소리에 힘을 빼진 않았다. 정장 남자는 단 한 걸음도 물러서지 않고 그 자리에 서 있었다. 상고머리 헤어스타일, 흰 피부, 사각형 얼굴, 175센티 정도의 키, 80킬로그램 정도의 몸무게, 검정 정장 차림. 남자의 모습은 외관상 한눈에 봐도 정부 어느 기관에서 나온 사람으로 보였다. 반면에 정장 남자와 동행한 남자들은 180센티미터는 되어 보이는 키에 건장한 체격을 가진, 점퍼에 청바지 차림으로 언뜻 보기에 어느 경찰서 소속 형사들 같아 보였다. 동구는 남자들 앞에서 전혀 기죽지 않고 자신만만한 얼굴로 말없이 쏘아보고 있는 상황이었다. 강말숙 여사가 동구 앞으로 나서며 정장 남자에게 말했다.

"아니, 이러지들 마시고…… 남의 영업하는 곳에서 손님들 다 내쫓으시려고 그래요? 호호호. 우선 여기 앉으시고 이야기나 해봅시다. 뭘 원하는지 알아야 주든지 말든지 할 것 아니겠어요?"

정장 남자가 강말숙 여사가 내준 의자에 앉았다. 일행 남자들은 가게 밖에서 골목 안으로 들어갔다. 담배라도 피우려는 것 같았다. 동구는 남자를 마주 보는 자리에 의자를 갖다 두고 앉았다. 강말숙은 종이컵 한 개를 꺼내서 믹스커피를 탔다. 전기포트에 끓인 물이 종이컵 안으로 들어가고 향긋한 믹스커피 냄새가 가게 안을 채웠다. 강말숙이 종이컵을 건네자 정장 남자가 받아서 들었다. 남자는 플라스틱으로 만든 간이 의자에 앉아서도 허리를 꼿꼿하게 펼친 자세로 흐트러짐이 없었다. 강말숙이 말했다.

"저기, 우리 잘생긴 남자 사장님은 어디서 오셨다고 했죠?"

정장 남자가 말했다.

"식약청 단속반입니다. 사법경찰관입니다."

동구가 남자를 쏘아보고 있었다. 강말숙이 정장 남자에게 말했다.

"그래요, 그래요, 어쩐지. 딱 뵈니까 나랏일 하시는 분 같더라. 그런데…… 저희 누추한 반찬 가게엔 어떤 일로 오셨는지……?"

정장 남자가 말했다.

"불법 약품 신고가 들어왔습니다. 약사법 위반 소지가 있다고. 이곳에서 모종의 비밀 약품을 만들어서 반찬에 넣어 사람들을 중독되게 한다는 이야기가 있더군요."

아닌 대낮에 도깨비 같은 소리.

사실은 그랬다. 마천시장에서 돈 제일 많이 버는 가게를 꼽으라면 하바드 반찬가게였다. 그도 그럴 것이 문 열기 전에 가게 앞에 사람들이 줄을 서서 반찬을 사 가고 문 닫기 직전까지도 손님이 끊이질 않으니 모르는 사람이 보면 충분히 의심 살만한 상황이긴 했다. 그렇지만 불법 약품이라니…… 의심이 과했다. 강말숙은 그제야 상황 파악이 된 얼굴이었다. 그리고 정장 남자를 보며 웃음을 띤 얼굴로 말했다.

"그렇군요. 그건 우리 가게가 장사가 조금 되기 시작하니까 누군가 숨어서 익명으로 고발한 거 같은데요. 뭐 장사하다 보면 이런 일도 있고 저런 일도 있다만요. 그래도 그렇지, 불법 약품이라니. 그만큼 저희 가게 반찬이 맛있다는 이야기이긴 한데요. 호호호, 이거 웃어야 할지 울어야 할지 모르겠네요. 호호호. 왜 자꾸 웃음이 나냐."

강말숙은 이야기하다가 입을 손으로 가리고 자꾸 웃음이 터지는 걸 숨겨보려 했지만 웃음이 멈추질 않았다. 누군가 하바드반찬가게를 시샘해서 벌인 짓인 게 분명했다.

'누굴까?'

강말숙은 정장 남자를 보면서 대화하다가도 머릿속으로는 도대체 누가 신고했는지 생각했지만 마땅한 사람이 떠오르질 않았다.

'마천시장에서 인심 잃은 적은 없는데. 누굴까?'

그때였다.

"저 문 열어보시죠."

정장 남자가 말했다. 그 사이 일행 세 명도 다시 가게 안으로 들어왔다. 동구가 정장 남자 이야기를 듣자마자 자리에서 벌떡 일어섰다. 강말숙은 순간 말을 멈추고 정장 남자가 가리킨 문을 쳐다봤다.

"그래요, 까짓거. 그럽시다. 죽은 사람 소원도 들어준다는데⋯⋯. 도대체 누가 우리 가게에 누명을 씌웠는지 귀신이 곡할 노릇이지만⋯⋯, 열어보자면 뭐 열어보면 속 시원하겠죠."

동구가 강말숙 여사를 쳐다봤다. 그래도 되느냐는 표정이었다. 강말숙은 동구의 시선을 외면한 채 정장 남자를 안내했다. 정장 남자가 턱을 까딱거리자 가게 안에서 서성거리던 남자 세 명이 일제히 냉장고 문으로 다가섰다. 한 명은 달력을 걷어내고 다른 두 명은 냉장고 손잡이를 돌리기 시작했다.

'끼이익, 덜컹!'

드디어 냉장고 문이 열렸다.

"어머, 김 사장님, 박 사장님, 다 오셨네. 호호호. 뭐 대단한 일이라고. 아무 일도 아닌데. 들어오세요, 어여들. 밖에 추운 데 서 있지 말고 안으로 들어오세요."

동구는 냉장고 앞에 서서 모든 것을 체념한 듯 무표정한 얼굴로 냉장고 문이 열리는 상황을 지켜보고 있었다. 강말숙 여사는 주위를 둘러보며 하바드반찬가게에 몰려든 사람들에게 가게 안으로 들어와서 냉장고 속을 같이 보자는 듯 사람들의 팔을 잡아끌었다.

'텅!'

하바드반찬가게 한쪽 구석을 차지하고 있던 커다란 냉장고 문이 열리고 그 안이 드러났다. 하지만 그 안엔 아무것도 없었다. 냉장고 문을 연 남자 두 명이 냉장고 안으로 들어가서 벽을 두드려봤다. 혹시라도 가짜 벽인지 확인하는 듯했다. 그리고 잠시 뒤, 남자들은 냉장고 안에서 밖으로 나오며 정장 남자를 보며 고개를 저었다. 아무 이상도 없다는 의미였다. 달력을 들고 섰던 남자가 동그란 플라스틱제 간이 의자 위에 달력을 내려놨다. 정장 남자는 입맛을 다셨다. 예상과 다른 상황에 만족하지 않은 얼굴이었다.

"네네, 그럼 살펴 가세요. 또 오세요! 여기는 하바드반찬가게입니다!"

남자들이 돌아가고 강말숙 여사는 남자들의 뒤에 서서 인사를 건네며 끝까지 배웅하는 모습이었다.

"저어…… 반찬 사러 왔는데."

"네네, 어서 오세요. 뭐 드릴까요?"

예기치 못한 남자들의 등장에 어수선했던 가게 안은 다시 손님들이 몰려오기 시작했다. 동구는 앞치마를 다시 차고 허리에 끈을 등 쪽에서 묶었다. 역삼각형 상체에다 날렵한 허리에 앞치마 끈이 묶이며 운동으로 다져진 동구의 체격이 드러났다. 하바드반찬가게는 다시 평온함이 찾아왔다. 이모 두 명은 골목 쪽에서 손님들을 맞이하고 동구와 강말숙은 마천시장 중앙 통로 쪽으로 지나다니는 손님들을 맞이했다. 모퉁이에 자리 잡은 가게 이점이었다.

"……."

어수선한 반찬 가게. 사실 이때 눈치챈 사람은 아무도 없었다. 냉장고 문이 다시 닫히자 그 안에선 냉장고 천장 위쪽에 숨었던 남성체, 여성체들이 냉장고 안으로 내려왔다. 아까 남자들은 냉장고의 사방 벽을 두드려보고 확인했지만 천장을 의심하진 않았다.

'지이잉!'

그때 동구의 스마트폰 전화가 울렸다. 김 양이었다.

김 양, 과학 소녀로 변신하다

"이 도깨비는, 내가 보기에, 양자얽힘이야!"

김 양은 동구를 만나기로 한 날, 커피숍에 먼저 도착했다. 테이블 위에 꺼내놓은 태블릿 화면엔 '양/자/얽/힘/'이라는 네 글자가 반복해서 채워져 있었다. 저녁 여섯시에 반찬 가게를 닫은 동구가 마천사거리 커피플레이스에 도착한 시각은 여섯시 십분이다. 두 이모 퇴근 배웅하고 가게에 셔터까지 내린 시각이 여섯시 오분이었으니까 마천시장에서 농협 하나로마트 방향을 지나 마천사거리까지 걸어오는 데 오 분 걸린 셈이다.

동구는 김 양이 앉은 테이블에 마주 앉다가 말고 동작을 멈췄다. 놀랐다는 표시다. 다시 천천히 의자에 앉으면서 동구가 김 양에게 말했다.

"야! 좀, 사람이 앉은 뒤에 이야기하던가. 그건 또 뭐래? 왜 알아듣지도 못할 말만 해? 너 인터넷방송하다가 NP 온 거 아냐?"

"NP? 정신병? 헤헤. 그럴지도?"

김 양이 헤헤거리며 웃는다. 이건 조심하란 의미다. 오늘 김 양이 제정신이 아니란 표시다. 김 양은 예로부터 무슨 일에 깊이 빠져 있거나 알다가도 모를 일에 심취할 때면 헤헤거리고 시작했다. 동구는 앉은 상태에서 의자를 뒤로 밀어 김 양과 조금 떨어져 앉기로 했다. 김 양은 아직 커피 주문 전이었다. 이곳은 전엔 커핀그루나루라는 커피숍이었다. 커피플레이스로 바뀐 사실은 동구도 모르고 있었다. 동구가 일어서며 물었다.

"뭐 마실래?"

"아아."

'아아'는 아이스 아메리카노를 말한다.

"추운데도? 그거 혹시 NP 아냐?"

"뭐래? 아무튼! 응. 아아."

동구는 무인주문기로 가서 아이스 아메리카노 두 개를 주문하고 다시 테이블로 돌아왔다. 김 양이 태블릿을 꺼내놓고 동구에게 화면을 보여줬다.

"여기."

"야야, 사람 숨 좀 돌리자. 하루 내내 장사하느라 고생했어. 오늘은 이상한 놈들까지 쳐들어와 갖고 식겁하고. 하이구야, 내가 이러다가 진짜."

"이상한 놈들?"

"응? 아니, 식약청인가 뭔가. 불법 약품 제조한다고 누가 신고했대."

"하바드반찬가게 진짜 장사 잘되나 보네. 네가 하바드에 오래 있다 와서 모르나 본데, 그건 기본이야. 일단 찌르고 보거든. 아님 말구 식으로."

"그러게. 나도 오늘 하나 배웠다."

김 양이 동구를 쳐다보며 웃었다. 뭔가 획기적인 걸 하나 물어왔다는 표시였다. 다행이다. 마침 주문한 커피가 나왔다고 진동벨이 울렸다.

"여기."

동구가 아이스 아메리카노 두 개를 가져와서 한 개를 김 양 앞에 놓았다.

"알았어. 그리고 이거 봐. 대박이지?"

"또 뭔데?"

김 양은 태블릿 화면을 보이며 자기가 낙서해둔 메모를 보여줬다. 김 양이 동구를 쳐다보며 눈썹을 찡그리며 말했다. 이 표정은 김 양이 뭔가 대단한 철학자 내지는 과학자 코스프레를 할 때 만드는 동작이었다. 이때부터 김 양의 이야기를 잘 들어줘야 한다는 의미다.

"이 세상은! 알아? 파노라마 유니버스인 거야. 아냐고!"

"……."

"파노라마 유니버스. 응? 이 우주는 일정한 속도가 있다는 거야. 시간은 뭐야? 거리 나누기 속도야. 그럼, 거리는 뭐야? 시간 곱하기 속도이거든? 근데 이 우주는 거리가 확장되고 있는 거야? 그래야 거리가 늘어난다는 가정이 생기고 시간이랑 속도가 나오겠지? 근데 만약에 이 우주의 거리가 일정하다면? 시간 곱하기 속도는 무의미한 거야. 맞아? 안 맞아?"

"……."

"근데 이 우주가 확장되려면? 우주가 어느 공간 안에 있어야 하는 거야. 그런데 그 공간은? 우주처럼 계속 늘어나고 확장되는 거야? 아니야. 그 공간은 일정한 거라고. 그 공간이 확장되는 거라면 그 공간이 들어 있는 또 하나의 공간이 있어야 하거든. 그럼, 결국엔 아무튼 어떻게 돼? 우주는 어느 순간이 되면 확장을 멈추게 되고…… 우주의 모든 항성이나 행성들은 그대로? 망! 끝. 디 엔드! 시마이! 지금 우리는 시간 걱정을 할 게 아니라 우주가 언제까지 확장될 것인가, 그걸 따져봐야 하는 거라고. 거기가 이 세상의 종말일 테니까."

동구는 오늘만큼은 김 양 이야기를 조금 더 들어주는 게 좋을 것 같았다. 동구가 김 양의 말을 끊지 않았다. 이 의미는 김 양이 말을 더해도 된다는 표시였다. 김 양은 신난 듯 보였다. 김 양이 서둘러 이야기를 이어가면서 들뜬 상태로 보였다. 동구가 김 양에게 물었다.

"그래서 그 콘텐츠는?"

"도깨비 사건? 내가 연구해봤는데."

"뭘 또 연구…… 했어? 그 사이에?"

"야! 유튜버는 아무나 하나? 이것도 엄연히 직업적…… 프로페셔널이어야 한다구. 정보가 철저해야 해. 안 그러면 댓글 공격받고 잘 키운 채널도 하루아침에 나락 가는 게 이 바닥이야. 하긴 너는 하바드에서 공부만 했으니 네가 요즘 인터넷 바닥을 알겠니 뭘 알겠니. 불쌍하다, 애."

동구는 오늘 김 양의 말을 중간에 끊지 않기를 잘했다고 여겼다. 동구가 하바드대학교에서 공부한 걸 불쌍하다고 말하는 친구는 김 양뿐이다. 그러고 보면 동구가 김 양이랑 친하게 지내고자 하는 것도 다 이유가 있다. 아무튼 김 양이 '연구'라는 단어를 꺼냈다. 정말 오래오래 탐구하고 고민했다는 의미였다.

"생각해봐. 너 엑스레이 알지?"

"알지. 건강검진에서 우리 몸속 촬영할 때 찍잖아."

"그렇지. 그럼 만약에…… 엑스레이로 보면 뭐가 보여?"

김 양이 입술을 실룩거리며 동구에게 물어본다. 이쯤 되면 김 양이 뭔가 말하고 싶어 미치는 게 있다는 뜻이다. 동구가 모를 게 분명할 거라는 기대이기도 하다. 김 양은 동구가 모르는 걸 자기가 알고 있다는 사실을 즐기는 여자다. 언젠가 김 양이 흘러가듯 말한 기억이 있다. 지적 쾌락이라고 했던가? 동구가 말했다.

"우리 몸속을 촬영한다 그러면…… 뼈가 보이지."

김 양이 킥킥거렸다. 테이블 위엔 아이스 아메리카노 컵 두 개가 놓여 있었다. 아메리카노에 담긴 얼음덩어리들이 서로 틱틱 부딪히며 소리를 낸다. 마치 김 양이 웃는 소리를 닮았다. 김 양이 동구를 측은하다는 듯 쳐다보며 말했다. 동구는 모르고 김 양은 안다는 표정이다.

"우리 시력이 엑스레이라고 해봐. 우리 눈으로 우주를 본다 한들 뭐가 보이겠어?"

"우주…… 뼈? 우주의 속이 보이겠지?"

"그치? 뭔가 이상한 거 없어? 우리가 보는 우주 사진이 어때? 다들 뭔가 아무것도 없지? 화성이나 목성이나 수성, 금성 봐봐. 태양은 불타오르고, 아니 태양은 폭발하고, 다른 행성들이나 항성들 어때? 지구처럼 풀이나 나무, 자연경관이 보이냐구? 아니지?"

동구는 고개를 끄덕였다. 일리가 전혀 없는 말은 아니었다. 동구를 지그시 바라보던 김 양이 컵을 들고 아메리카노를 홀짝거렸다. 목이 탄 모양이다.

동구가 김 양에게 물어본다.

"그래서 하고 싶은 말씀이?"

김 양이 어이가 없다는 표정을 지었다.

"아니! 자네 하바드 물 오래 먹더니 지적 쾌감을 잊었는가? 이렇게 멋진 연구성과 앞에서 그딴 소리뿐이라니? 허허허."

"왜 그래, 갑자기 아저씨 말투 흉내 내고. 무섭게."

동구가 아메리카노를 마셨다. 얼음이 조금 많은 게 아니었을까? 컵에 댄 입술 윗부분이 얼음에 부딪혀 시리다. 얼음 때문에 커피가 조금 싱거워진 느낌이다. 하바드대학교 도서관에서 은지랑 마시던 커피 맛은 이렇지 않았는데. 동구는 문득 은지가 뭐 하고 있을지 궁금했다. 김양이 동구에게 다가오며 얼굴 사이 간격을 좁히며 말했다. 김 양 얼굴이 동구 얼굴 앞으로 가까이 다가왔다.

"바부팅이, 생각해 봐. 마천시장 도깨비가 뭐겠어? CCTV에 안 보였다매? 그럼, 뭐야? 없는 거야? 아니야! 도깨비는 있다고. 너나 내가 살아가는 이 공간에 다 있다니깐. 그럼, 뭐겠어? CCTV가 못 보고, 우리 눈이 못 보는 것뿐이야. 그럼 어떻게 해야 해?"

"안 보는 게 낫지 않을까? 굳이 알려고 하면……"

동구는 하바드반찬가게 안에 냉장고를 떠올렸다. 애초에 비밀이란 오래 유지되지 않는 게 맞을지 모른다는 생각이 들었다. 김 양은 마치 주위에 누가 들을 수도 있다는 듯, 좌우를 살펴보며 동구의 귀에 입을 가까이 대고 말했다.

"전자총 실험 알아?"

"응? 네가 그걸 어떻게?"

뒤통수에서 낯선 이가 쳐다보는 느낌이다

"야! 내가 말했지. 유튜버 아무나 하는 거 아니라구! 다 조사하고 정보 모으고 한다니깐."

동구는 김 양이 전자총 실험 이야기를 하는 게 놀라웠다. 양자역학 분야에서 전자의 움직임에 대해 논란을 불러일으킨 실험인데 그걸 김 양이 어떻게 아는지 새삼 다시 보게 되었다는 표현이 맞을 것 같았다. 김 양이 말한 전자총 실험은 여전히 논란 중이었다. 말하자면, 전자가 통과할 수 있는 틈을 두 개 뚫어놓은 막을 벽 앞에 두고 전자총을 발사하는 실험을 말한다. 전자총을 쏘면 전자들이 발사되고 틈을 통과해서 벽에 부딪히는데 나중에 벽을 확인해보면 전자가 여러 곳에 흔적을 남겼다는 걸 보게 된다. 전자가 두 개의 틈만 통과한 게 아니라 골고루 여러 곳을 통과한 흔적이 남는다는 이야기다. 그런데 전자총을 쏘면서 실험 과정을 지켜보고 있으면 전자들은 총에서 발사되어 막에 난 두 개의 틈만 통과한 흔적을 벽에 남겼다. 동구가 김 양에게 말했다.

"보면 틈만 통과하고 안 보면 여러 곳을 통과하는 실험이지."

김 양이 고개를 끄덕였다. 김 양의 컵엔 아메리카노가 많이 줄었다. 얼음덩어리들이 딸각거리는 소리가 들렸다. 김 양은 컵을 들고 얼음덩어리 한 개를 입에 넣더니 씹기 시작했다. 동구는 어깨가 움찔거리는 느낌이 들었다. 생각만 해도 이빨이 시렸다. 김 양은 아무렇지도 않은 것 같았다. 그래

김 양은 이빨이 튼튼하다. 김 양이 말했다.

"딩동댕! 정답이야. 바로 그거야! 전자는 아주 작은 크기지. 그걸 지켜보면 우리가 생각하는 대로 기댓값대로 결괏값이 나와. 그런데 안 본다면? 전자 맘대로 불특정한 값대로 움직이는 거야. 이게 뭐겠어?"

"뭐라고 하고 싶은데?"

이럴 때는 김 양이 하고 싶은 이야기를 하게 해주는 게 맞다. 동구는 김 양에게 다시 질문을 돌렸다.

"이 세상은 이미 법칙이 존재한다는 것이지. 그 법칙대로 구성되어 있는 곳이야. 그런데 우리가 지켜본다는 것은 뭐야? 우리가 생각하는 게 기댓값이 있다는 거야. 그 뜻은 뭐야? 이 세상에 우리가 생각하면 그대로 된다는 거야. 다시 말해서, 우리가 생각하고 우리가 보고 우리가 느끼는 모든 게 이 세상에서 법칙을 만들어간다는 의미라구. 알아?"

동구가 입 안에 넣어둔 커피를 홀짝거리며 목구멍으로 삼키지 않았다. 김 양의 이야기가 장황스럽고 난해하긴 했지만 동구는 김 양이 말하고 싶은 이야기가 무엇인지 모르는 건 아니었다.

"나 정말 대단하지 않아? 전자총 실험을 내가 이해한 거라구! 안 그래?"

"그렇……다고 해두자."

"야! 친구끼리. 그렇다고 해두자라니? 잘 생각해봐. 전자총을 쐈어. 그런데 우리의 예상과 다르게 전자들이 자기 맘대로 움직였어. 그래서 다시 전자총을 쏘면서 이번엔 사람이 지켜봤어. 그랬더니 이번엔 전자들이 우리 예상대로 움직였어. 이 말은 뭐야? 우리가 시력으로 전자들을 움직여서 우리가 원하는 곳에 전자들을 옮겼다는 거야. 우리의 시력도 힘이라는 거야! 우리가 보면 보는 대로 세상이 변화한다는 의미라구!"

동구는 눈이 커졌다. 김 양의 이야기도 일리가 있었다. 이론적으로 증명하려면 다소 시일이 필요하지만 불가능한 가설은 아니었다. 시력도 힘이다? 동구는 생각해봤다. 길을 걷는데 누군가가 나를 지켜보는 느낌을 받는다.

그럴 때가 있다. 그러면 그쪽을 본다. 그랬더니 진짜 거기에 누군가가 나를 보고 있었다. 그렇다면 이건 그 사람이 나를 바라보는 그때 힘이 작용했다는 말과 같다. 그 사람의 시력이 내게 느껴졌다는 의미다. 그런 점에서 시력도 힘이라는 이야기는 설득력이 없진 않았다. 단순히 어느 정도 작은 글자를 볼 수 있는지 측정하는 그런 시력의 수치가 아니었다. 시력도 물리력을 가진 힘이란 의미다.

'그럼, 뭐야? 시력을 훈련하고 키우면 시력도 강해지는 건가? 쳐다만 봐도 상대가 넘어지고 쓰러지고 영향을 받을 수 있다는 그런? 시력 공격?'

동구는 종이 빨대를 꽂아 둔 컵을 들고 쭙쭙거리며 커피를 빨았다. 하지만 코 고는 소리만 날 뿐이었다. 어느새 커피는 사라지고 없었다. 종이 빨대를 휘휘 저어보니 얼음덩어리 몇 개가 달그락거렸다. 김 양이 동구의 표정을 살피며 말을 이었다.

"근데 어려운 게 있어. 도저히 내 지적 수준으로는 해결이 안 될 거 같아서, 그래서 너를 보자고 한 건데. 우리가 전자들을 시력으로 옮겼다고 가정한다면…… 거기서 풀어야 할 문제가 생겨. 우리 시력이 공기를 관통하고 전자들에게 전달된 거잖아? 그렇다면 빛이 시력에 저장된 정보를 전자에게 옮겨줬다는 건데……. 우리가 생각하는 게 시력에 저장되고 그 시력에 담긴 정보가 빛에 옮겨져서 공기를 통과하고 빛이 전자에게 닿을 때 빛에 저장된 정보가 전자에 옮겨져서 전자를 움직이게 한다?"

김 양은 자기가 이야기하면서도 잘 이해가 되지 않는다는 표정이었다. 사용 가능한 단어 가짓수의 부족에서 발생하는 문제, 그렇다. 결국엔 김 양의 단어구사력의 문제였다. 동구가 김 양을 보며 말했다.

"양자물리학을 완벽히 파악하고 그다음을 광자물리학이 잇는다고 한다면, 네가 말하려는 논리가 해결될 거라고 봐. 헤헤."

동구가 명쾌하게 정리했다. 사실이었다. 김 양이 말하는 이야기의 핵심은 빛에 정보를 저장할 수 있느냐 없느냐의 문제, 즉, 광자물리학에 해당되는 내용이었다. 그러나 인류의 과학이 아직 양자물리학도 알지 못하는 단계에 머물러 있는 상태이기 때문에 광자물리학을 이야기하긴 어려웠다. 그래도 김 양이 대단한 건 사실이었다. 동구는 속으로 생각했다.

'진짜 유튜버는 아무나 하는 게 아닌데? 광자물리학을 다루는 부분인데…… 빛을 이용해서 정보를 전달하는 분야는 아직도 미지의 분야인데.'

김 양이 동구를 불렀다. 김 양은 동구가 말이 없어진 걸 보고 내심 불안해진 모양이다. 얼굴까지 찡그린 김 양은 마치 아무것도 아닌 하찮은 일은 걱정할 게 안 된다는 말투로 동구에게 말했다.

"야! 나 머리 아프려고 해. 어쨌든 오늘은 네가 막걸리 사라. 그리고 내가 하려던 이야기는 아무튼…… 이건데, 도깨비 있잖아? 그거 없는 게 아냐. 마천시장에 도깨비…… 있어. 있다고. 지금도 돌아다녀. 어딨냐구? 동구, 네 앞에서 커피 마셔. 나야 나. 우리 엄마가 그러더라. 너는 밤만 되면 어딜 그렇게 쏘다니네. 내가 밤도깨비래. 이렇게 예쁜 나 보고, 엄마가 날 만들었는데 틀린 말 하겠냐? 그렇다면 그런 줄 알아라."

그 남자가 도깨비

- A 뉴스, '서울 대낮 마천시장에 도깨비 소동, 과연 진실은 어디에?'
- B 미디어, '눈앞에서 사라진 두 남녀, 마천시장 도깨비 소동이 불러온 사회현상'
- C 매거진, '마천시장으로 도깨비 보러 몰려드는 사람들'
- D 뉴스, '인기 유튜버, 연예인까지 가세, 마천시장 도깨비 소동의 현 상황'
- E 리포트, '마천시장 도깨비 소동, 드라마 판권 계약 추진, 다수 제작사 관심 보여'

도로양도넛 간판에 불이 꺼졌다.

'뉴~욕~!'

전화벨이 울렸다. 알리샤 키스의 노래. 은지의 스마트폰 전화벨이다. 동구가 은지에게 전화를 걸어온 시간은 은지가 내일 장사를 위해 마지막으로 도넛 반죽을 만들어 냉장고에 넣어뒀을 때였다.

"은지야! 너 인터넷 봤지? 마천시장 제대로 떴다."

은지는 에어팟을 낀 채 가게 한 쪽 씽크대로 가서 손을 씻으며 동구에게 말했다.

"아직도 도깨비 타령이야? 적당히 잊힐 줄 알았는데 점점 커지네."

은지는 손에 묻은 밀가루 반죽을 닦을 때 부들거리는 부드러운 느낌이 좋았다. 도넛 한 개를 더 파는 것보다 밀가루 반죽을 씻을 때가 더 좋은 그런 기분. 은지는 애초에 도넛 장사엔 소질이 없는지 모른다고 생각한 것도 그 이유였다.

"아까…… 회사에 오라고 연락 왔어. 인터넷 기사들 때문인가 봐. 해프닝으로 처리하려고 했는데 일이 커졌대. 오늘 가면 뭔가 말이 있겠지?"

"흠."

은지는 손을 씻고 수도꼭지를 잠갔다. 동구와 전화를 마친 은지는 핸드백을 챙겨 들고 가게 문을 나섰다. 출입문은 밖에서 잠그는 방식이다. 아래에 잠금장치를 걸고 문 위에 자물쇠를 건 다음 비밀번호를 입력하면 잠금 상태가 되고 보안 모드로 바뀐다. 비밀번호는 '0910', 동구의 생일이다. 은지가 안전가옥으로 향하고 도넛 가게엔 적막감이 돌았다. 이따금 혼자 돌아가는 냉장고에서 가동이 되다가 멈추고 다시 돌아가는 기계음만 들릴 뿐이었다. 냉장고 문 위쪽엔 빨간 경고등이 부착되어 있었다. 정전이나 어떤 이유로 냉장고가 멈추면 내장된 경고장치가 작동되고 경고등이 깜빡이게 되어 있다. 이러한 상황은 가게 주인인 은지의 스마트폰으로 알림 메시지가 전송된다. 가게 주인이 가게에 없을 때 냉장고 작동을 감시하고 가게에 발생한 긴급 상황을 알려주는 서비스다. 은지가 나간 후, 도넛 가게 안엔 보안장치가 가동하기 시작했다.

잠시 후, '깜빡깜빡.' 경고등이 갑자기 들어왔다. 냉장고가 멈췄다. 정전은 아니었다. 출입문에 부착된 보안장치와 연결된 CCTV는 여전히 작동하고 있었다. 가게 안쪽 밀가루 창고와 연결된 환풍 통로로 드나들던 길고양이 짓도 아니었다. 가게 안에 도넛이 사라진 후, 쥐들이 그랬을 거로 생각한 은지가 환풍구를 좁은 철망으로 봉쇄해버린 후에는 길고양이들이 들락거리지 않았다. 그때, 빨간 경고등 앞으로 검은 그림자가 쓱 지나갔다. CCTV엔 아무것도 보이지 않았다. 아주 잠깐 지직거리는 노이즈 현상만 생겼고 가게 안엔 어떤 일도 없었다. 아니, CCTV에 보이는 화면상으로는 아무 일도 일어나지 않은 것으로 보였다.

'지이잉!'

은지 스마트폰이 울렸다. 가게에 일이 생겼다는 신호였다. 하지만 은지는 육권화 사장의 정육점 앞에서 발골 이벤트를 보고 있었다. 육권화 사장의 멘트에 사람들이 웃고 떠드는 사이, 은지의 핸드백 안에서 스마트폰이 요란하게 울렸지만 은지는 알아차리지 못했다.

"가······소······롭······군······."

도넛 가게 안 어딘가에서 목이 쉰 남자의 허스키한 음성이 새어 나왔다. 환풍구 밖에서 가게 안을 기웃거리던 길고양이 한 마리가 가게 안을 향해 경계 태세를 보이더니 캭 소리를 내며 흠칫 놀라 뒷걸음질 치며 도망갔다. CCTV엔 아무런 낌새도 보이지 않았다.

"감히······ 인간 주제에······."

쉰 목소리의 남자가 가게 안을 헤집고 다니는 것 같았다. 하지만 아무것도 보이지 않는 상황. 갑자기 남자 목소리가 놀라더니 당황한 듯 들렸다.

"어! 뭐야······?"

냉장고에 부착된 경고등 불빛이 더 요란하게 번쩍거렸다. CCTV 화면은 여전히 평온한 상태였다. 아무 일도 일어나지 않아 보였다. 하지만 가게 안엔 경고등의 번쩍거림과 함께 쇳소리처럼 느껴지는 거친 남자의 음성이 가게 안을 가득 채우고 있었다.

그때였다. 도넛 가게 문이 다시 열렸다. 은지였다.

"I got you!"

출입문이 열리고 가게 안으로 들어온 은지가 가게 안 스위치를 켰다. 불빛이 환해졌다. 은지가 가게 안을 향해 말했다.

"요놈! 이제 잡았다."

CCTV 화면에는 은지의 모습만 보였다. 가게 한쪽 구석을 바라보고 선 은지가 누구에겐가 말하는 모습이었다. 하지만 그 상대방의 모습은 없었다. 은지는 벽 쪽에 붙여둔 테이블로 다가갔다. 그리고 한쪽 모서리에 세워둔 동그란 탁상 거울처럼 생긴 물건을 잡았다. 뒷면은 은빛 합금이었고 앞면엔 여느 거울처럼 반짝거리는 반사면이었다.

"캬…… 캬……."

이상한 일이었다. 그 물건 앞면, 반짝거리는 반사면 안에는 누군가의 모습이, 아니, 사람이었다가 동물이었다가 흉측한 괴물의 모습이었다가 순진한 소녀의 모습으로 자꾸 바뀌는 무언가가 비쳤다. 은지가 반사면을 쳐다보자 반사면 속 생명체의 모습은 눈동자가 빨갛고 머리에 염소 뿔을 가진 파충류 모습으로 변했다. 하지만 은지가 놀라는 기색이 없자 그 모습이 다시 인형 가게 남자로 바뀌었다. 은지가 말했다.

"너…… 마천시장 상인회 때부터 따라다니더니만. 넌 언제부터 있었던 거야?"

"캬…… 캬……."

은지가 고개를 저으며 다시 말했다.

"내가 알아듣게 말해. 너 사람 말 할 줄 알잖아."

그러자 반사면 속에 비친 인형 가게 남자가 말했다.

"넌…… 사람인데…… 어떻게 우리 모습을 볼 수 있지……?"

은지가 의자를 끌어당겨 테이블에 가깝게 앉았다. 반사면 속 인형 가게 남자가 헤쳐나오려고 움직였지만, 반사면 가장자리에 막아둔 은색 금속에 가로막혀 빠져나오질 못했다.

"헛고생은 하지 마. 이거 거울 아냐. 너 하는 거 봐서 이따가 꺼내줄게."

"넌 사람인데…… 어떻게 나를 볼 수 있는 거냐고!"

은지는 핸드백을 테이블 위에 내려놓았다. 인형 가게 남자의 질문에 대답하진 않았다. 은지는 핸드백에서 안경을 꺼냈다. 안경다리 접합 부분이

다른 안경들과 다르게 조금 더 뭉툭한 형태의 안경테를 가진 안경이었다. 은지가 반사면을 바라보자 안경 렌즈를 통해 인형 가게 남자 얼굴이 더 자세히 드러났다.

"네가 도깨비야? 맞아?"

도깨비의 비밀 이야기

얼마나 시간이 흘렀을까. 도로양도넛 가게 안엔 다시 적막감만 돌았다. CCTV 화면에는 은지가 출입문을 모두 닫은 채 테이블 앞에 앉아 탁상 거울처럼 생긴 물건의 반사면만 뚫어져라 보는 모습이 보였다. 반사면 속에서 빠져나오려고 흉측한 몰골로 변해서 은지를 놀라게 하려던 인형 가게 남자는 모든 게 부질없다는 걸 깨닫고선 자포자기한 모습이었다. 반사면 속에서 다리를 꼬고 앉은 인형 가게 남자가 은지에게 말했다.

"너도 알지만……, 우린 형체가 없어. 애초에 빛 입자 상태로 존재한다면 모를까."

"알아."

"그런데…… 인간들이 하늘나라라고 부르는 곳에서 쫓겨났어. 이 땅으로 내려왔지."

"그건 너희들이 반역했기 때문이야. 창조주의 말씀을 거역했잖아."

인형 가게 남자가 은지의 말에 잠시 말을 멈췄다.

"알아, 하지만……."

"다른 얘기나 해."

인형 가게 남자가 앉은 그 상태로 팔짱을 끼고 은지를 바라봤다.

"이 땅에 내려왔는데…… 여기 인간들은 온갖 탐욕과 욕심 덩어리들이었어. 서로 시기하고 공격하고…… 인간들은 자기들이 어디서 왔는지 모르고 있더라구. 사실 인간들도 우리처럼 빛의 존재들이거든. 그래서 우리가 아이디어를 냈지. 우리도 여기서 살아야 하잖아? 이왕이면 편하게 살자는 거였어."

"어떤 아이디어?"

"이 땅에 모든 것들을 짜 맞춰놓기 시작했어. 뭐 어려운 일도 아냐. 빛의 속도로 했으니까. 관상이나 손금이나 사주팔자 같은 거라고 할까? 자기들이 누군지도 모르면서 앞으로의 자기 인생을 알고 싶고 돈을 벌고 부자가 되고 싶어 하는 인간들의 욕심을 제대로 건드린 거야. 네 인생은 이렇다 저렇다! 우리가 미래를 알려줄 테니…… 우리 말대로 복종해라. 우리로선 노예가 필요했으니까."

"그래서?"

"그런데 우리는 형체가 없잖아? 그런데 인간들은 바보 같아서…… 보이는 것만 믿으려고 하거든. 케케케. 그래서 욕심 많고 사악한 인간들 몇 놈을 골랐어. 그래서 그놈들에게 가서 말했어. 우리 형체를 만들라고. 인간들에겐 공포의 대상이어야 하고 무서워 보여야 했으니까 이왕이면 크고 무섭고 이상한 형태로 만들라고 했지."

은지는 에어팟을 낀 상태였다. 반사면 옆엔 스마트폰을 놓아두었다. 인형 가게 남자 이야기는 은지의 에어팟을 통해 어디론가 전송되고 있었다.

"그리고 또."

"그게 여러 가지 인형들이 된 거야. 인간들이 쇳물이나 철, 돌이나 흙으로 인형들을 만들면 우리가 그 옆에서 머무르면서 놀았거든. 인간들이 바보인 게…… 인형 앞에 와서 그걸 신이라도 되는 것처럼 절하고, 돈 갖다 바치고…….케케케케. 지들이 창조주 앞에서 얼마나 큰 죄를 짓는지 전혀 모른다니깐. 케케케."

"절대주? 창조주?"

인형 가게 남자가 은지를 쳐다봤다. 고개를 갸웃거렸다. 갑자기 인형 가게 남자 얼굴이 염소 뿔을 가진 파충류처럼 변했다. 반사면 앞으로 바싹 다가오며 은지를 향해 긴 혀를 날름거렸다.

"뭐야? 넌 지금 절대주를 모르고 있다는 거야?"

은지는 반사면 앞으로 얼굴을 바싹 가까이 대며 또박또박하게 말했다.

"우주를 창조하신 창조주님은 알지. 내가 물어보는 건 네 놈들의 우두머리가 누구냐는 거야."

반사면 속에 인형 가게 남자가 그제야 고개를 끄덕였다.

"케케케……, 도깨비, 마귀, 사탄, 악마……. 인간들이 우리를 부르는 이름은 많아. 하지만 우리는 우두머리가 없어. 알아? 그놈이 그놈이야. 하늘나라에서 이 땅으로 쫓겨나서 버림받았는데…… 우두머리란 게 애초에 있을 리가 없지. 만약에 우두머리가 있다면 다른 놈들이 그놈을 처치하고 서로 우두머리가 되려고 싸울 텐데. 안 그래? 케케케."

인형 가게 남자는 고개를 들고 허리를 앞뒤로 흔들며 미친 듯이 웃어댔다. 은지는 잠시 기다려줬다.

"어쨌든. 이 땅에서 네 놈들이 하는 일은 뭐야?"

인형 가게 남자가 은지를 보며 고개를 저었다. 알면서 왜 물어보냐는 표정이었다.

"인간들……. 어차피 이 땅은 멸망하게 될 거야. 이 땅은 창조주님이 만들어둔 대기실이거든."

"대기실?"

"너…… 자꾸 모르는 척하는 거 같아. 기분 나쁘다, 너……. 여기서 나를 꺼내준다는 거야, 만다는 거야?"

은지가 허리를 뒤로 젖히며 기지개를 켰다.

"네 놈이 하는 거 봐서라니까."

인형 가게 남자가 말했다.

"흠. 이 땅은 삶과 죽음의 경계야. 창조주님의 시험장이라고 할까? 인간들에게 마지막으로 주어진 기회의 장소. 여기서 창조주님의 말씀에 순종하고 믿음을 가지면 영원히 죽지 않는 성령을 얻고 하늘나라로 돌아갈 수 있고."

"순종하지 않으면?"

인형 가게 남자 얼굴이 잔인한 표정으로 변하며 말했다.

"영원히 빠져나오지 못하는 무저갱 알지? 밑바닥 없는 동굴 끝으로 계속 떨어지는 거야. 케케케. 사방이 어둡지. 곰팡이만 가득하고 더럽고 축축하고 쓰레기들만 가득한 곳. 그런 곳에서 영원히 벌을 받으며 고통 속에서 지내야 하거든. 케케케."

은지가 심드렁한 말투로 다시 물었다.

"증거는?"

인형 가게 남자가 갑자기 화가 난 듯 소리치며 말했다.

"증거? 증거라고 그랬나? 케케케. 생각해봐. 인간들이 태어나는 거. 배설 기관으로 태어나지? 오줌 누는 곳으로 정액이 나와! 사람 태어날 땐 어때? 소변 구멍과 항문 사이 구멍으로 이 땅에 나오거든. 이게 뭘 의미하는지 알아?"

"버려짐?"

인형 가게 남자가 은지를 다시 봤다는 표정으로 고개를 끄덕였다.

"제법이군. 조금 더 지적으로 말하자면 배설이라고 해두지."

"그래서?"

"그래서? 그래서는 뭐가 그래서야? 하늘나라에서 창조주님의 명령에 따르지 않은 인간들이 육체에 갇혀 이 땅에 배설! 응? 그 버려짐을 당한 거라니까! 너! 갑자기 그 기억나니까 열받네. 너 마천시장 상인회 회의장에서 나 봤는데⋯⋯. 너 나랑 눈 마주쳤으면서도 모른 체 하더라. 인간들 이야기로 그게 귀신이랑 접하는 거거든. 지금에서야 후회스럽지만⋯⋯, 그때 너한테 붙었어야 했어. 그러면 지금 이렇게 갇히진 않았을 텐데."

"아무튼. 그래서? 뭐 더 없어? 재미있는 이야기 좀 해봐."

인형 가게 남자가 고개를 들더니 은지를 쏘아붙이듯 말했다.

"인간들……, 생명 없는 인형 만들어두고 거기에 절하고 기도하고 그러면 안 되는 거야. 창조주님을 모욕하는 거거든. 인간들 육체는 영원하지 않아. 어느 때가 되면 노화가 되고 사라진다구. 그러면 그다음에야 알게 되지. 우리처럼 빛의 존재가 되고 나서야 그동안 육체 안에 갇혀 있었다는 사실을 말이지. 케케케."

"흠. 육체로 다시 들어갈 수는 없어? 유체이탈 같은 거."

인형 가게 남자가 은지를 보며 말했다.

"이 세상의 모든 것은 다 아주 작은 공간으로 된 거야. 인간들이 숨 쉬는 거도 공기도 인간 눈에는 안 보이지만 아주 작은 공간이거든. 알아? 우리처럼 빛의 존재가 되면 인간들 몸 그 작은 공간 속으로 숨어들 수 있어. 인간 한 명의 몸에 수억, 수천 개의 마귀가 숨어들 수 있는 거야."

"그러면 뭐가 되는데?"

"쳇. 야! 너는 내 말 듣기나 하는 거니? 아까 말했잖아! 우린 형체가 없어서 형체를 가진 인간들을 조종하려고 그러는 거라구. 인간 몸속으로 들어가서 뭐 하겠어? 인간들 몸을 쾌락에 빠지게 하고 타락하게 하고 서로 미워하게 하고 싸우게 하지. 케케케."

도깨비의 비밀 이야기, 두 번째

"그래서 네 놈들이 원하는 게 뭔데? 어차피 이 세상은 망한다며?"

은지의 얼굴을 쏘아보던 인형 가게 남자가 말했다.

"너 바보니? 우린 바보가 아냐. 창조주님이 인간들에게 이 땅을 마지막 기회로 주셨고. 그래도 인간들이 죄를 깨닫지 못하니까 창조주님은 아들을 보내서서 다시 한번 더 인간들의 죄를 사면해주셨거든."

"예수?"

은지가 말했다. 그러자 동시에 인형 가게 남자는 고통스러운 비명을 지르며 얼굴을 일그러뜨렸다.

"으워워웍!"

예수라는 이름을 듣자마자 고통을 느끼는 것 같았다. 은지의 입에서 예수라는 단어가 나오자마자 인형 가게 남자가 맥없이 그 자리에 쓰러졌다. 그리고 한참 동안 일어나지 못했다.

한참 후.

인형 가게 남자가 몸을 꿈틀대더니 정신을 차렸다.

"너 이름이 은지라고 했니? 네가 우리를 볼 수 있는 게 다 이유가 있었구나. 알았어. 이제야 알겠어. 너였구나."

"뭐가?"

인형 가게 남자가 몸을 사시나무 떨듯 떨면서 말했다.

"그 이름 함부로 입 밖에 꺼내지 마. 그러면 얘기할게. 약속해."

"야! 네 놈들이 약속이란 게 어딨어?"

"아무튼 그렇다고 해. 나를 향해 그 이름을 말하지 않겠다고."

"알았어."

인형 가게 남자는 아직도 은지가 미덥지 않은 눈치였다. 몇 번을 망설이던 인형 가게 남자는 할 수 없다는 듯 입을 열기 시작했다.

"창조주님의 아들이 이 땅에 오신 후, 이천 년이 흐르고 한 번 더 구세주가 올 거야. 보혜사라는 이름으로."

"보혜사?"

"응. 그분도 창조주님의 아들이야."

"응? 성경 내용으로는 창조주님의 아들은 한 분, 예…… 아무튼. 한 명이라던데."

은지가 예수 이름을 말하려다가 인형 가게 남자가 부탁한 걸 기억하고 다른 이야기를 했다. 인형 가게 남자가 퀭한 눈빛으로 이야기를 이어갔다.

"보혜사가 오신 후, 다시 천 년이 흐를 거야. 그다음엔 창조주님이 정한 어느 때가 되면 이 땅은 멸망하게 될 거야."

"그럼, 그 보혜사는 언제 오는데?"

은지가 인형 가게 남자에게 물었다.

"그건 몰라. 아무도 몰라. 나중에…… 보혜사가 하늘나라로 돌아간 후에야 알게 될 거야. 인간들은 보혜사를 만나더라도 눈치채지 못해. 그뿐인가? 보혜사를 보고도 비웃고 한심하다 할 건데. 그건 우리도 마찬가지야. 우리들 가운데 몇 놈은 보혜사가 누군지 알 수도 있지만…… 아무도 입 밖으로 말해선 안 돼. 그건 창조주님의 계획이시니까."

"네 놈들 일부는 알 수도 있다고? 그러면 보혜사를 공격하려고 할 텐데?"

"그러려고 하겠지. 하지만 보혜사는 입에서 검이 나오는 분이야. 말씀만으로도 우리 모두를 순식간에 사라지게 할 수 있거든. 함부로 대들지 못하지.

보혜사는 스스로 보혜사인 줄 모르다가 어느 때가 되면 알게 될 텐데. 그걸 강림한다고 하지. 우리는 그때를 막으려고 할 거야."

"어떻게?"

"이 땅으로 버려진 우리들 가운데에도 나쁜 쪽으로 잘 돌아가는 머리 좋은 놈들이 있지 않겠어? 나쁜 놈들이 착한 일에는 게을러도 나쁜 짓 하는 건 부지런하거든. 그놈들이 앞장서는 거야. 인간놈들에게 시덥잖은 예언서를 쓰게 하고 인간들이 보혜사를 찾아내게 하는 거지. 이 땅에 인간들이 75억 명이 넘어. 거기서 우리가 보혜사를 어떻게 찾아? 못 찾아. 인간들이 찾게 하고 인간들이 보혜사를 공격하게 하려는 게 우리 전략이거든. 만세대장부? 정도령? 미륵? 이런 거 다 우리가 지어낸 가짜 이름이야. 아무거라도 하나 걸리기만 하라 이거거든. 보혜사가 스스로 이 땅에 강림하기 전에 우리가 먼저 찾아내서 공격할 거야. 강림하고 나면 우리가 당해낼 수가 없게 되거든."

"강림? 보혜사가 자기가 보혜사인 걸 깨닫게 된다 이거지? 그러면 보혜사 가 스스로 보혜사라고 말할 텐데 기다리면 되잖아?"

인형 가게 남자가 은지를 보며 너무 멍청하다는 표정을 지었다.

"넌 어떨 때 보면 바보 같아⋯⋯. 보혜사는 절대로 자기가 보혜사라고 얘기 안 해. 창조주님께서 주신 사명에 따라 하늘나라로 돌아갈 때까지 비밀로 할 텐데, 우리가 어떻게 찾아내?"

"어쨌든⋯⋯ 보혜사를 찾으면? 그러면 네 놈들이 바라는 게 뭐지?"

"우리가 이 땅에 버려짐을 당한 이유가 뭐겠어? 우리는 어차피 하늘나라로 돌아갈 수 없어. 우리는 이 땅에서 인간들을 우리처럼 타락시키고 악하게 만드는 게 일이야. 이 땅에서 구원받는 인간들이 없도록 하는 게 일이지. 그래야만 이 땅이 오래갈 수 있잖아? 하늘나라에 돌아갈 영혼들이 필요한데 우리가 계속 타락시킨다면 그 시기가 늦어지는 거라구. 우리들이 필사적으로 인간들을 타락시키려는 이유야."

은지는 인형 가게 남자의 이야기가 점점 재미없어지는 걸 느꼈다. 은지가 알고 싶었던 것은 우주에서 온 양자얽힘 이론 속 존재들에 대한 것이었다. 은지는 자리에서 일어났다. 동구가 알려준 약속에 가야 했다.

인형 가게 남자가 당황해하며 은지를 불렀다.

"야! 야! 너 그냥 가면 어떡해? 나 꺼내주고 가야지? 약속했잖아?"

"그래? 꺼내주긴 할 텐데. 후회 안 하지?"

인형 가게 남자는 두 손을 모으고 은지를 바라보며 말했다.

"무슨 소리야, 후회라니. 어서 날 꺼내줘. 앞으로 마천시장 바닥에 일 초도 나타나지 않을게. 응?"

은지는 인형 가게 남자를 바라보며 말했다.

"네가 해달라고 한 거다?"

은지는 반사면 물건을 집어서 가게 바닥에 내팽개쳤다. 그 사이 인형 가게 남자의 당황한 소리가 가게 안에 울렸다. 인형 가게 남자는 은지가 이럴 줄은 몰랐다고 부르짖었다. 반사면이 깨지면서 인형 가게 남자 모습도 조각조각 나더니 허공으로 사라지고 말았다. 인형 가게 남자의 목소리가 조각조각 메아리쳤다.

"이런 씨!⋯ 믿을 인간 하나 없네. 너! 내가⋯⋯ 말했잖아⋯⋯. 우리⋯⋯ 많다구⋯⋯."

도깨비를 잡는 여자

"지난번 모임 취소 이후, 오늘이 두 번째 모임이군요."

오늘도 검은 정장 차림의 요원이 동구와 은지 사이에 앉았다. 오늘 세 사람은 텅 빈 사무실 공간 안에서 의자 세 개만 두고 서로 120도 간격을 유지한 자리에 앉아 있었다. 동구는 베이지 톤 후드 티에 청바지 차림으로 이름 모를 흰색 운동화를 신었다. 은지는 하늘색 스웨터를 입고 와인 톤의 플레어스커트를 입었다. 신발은 뮬을 신었다. 세 사람을 처음 본 사람이라면 마치 아저씨와 대학생 두 명이 앉은 자리, 또는 남녀가 다투는 자리에 대화를 중재하려는 흥신소 직원이라고 봐도 될 상황이었다. 다시 말하면, 동구와 은지는 잘 어울렸고 요원은 자기 몸에 어울리지도 않는 옷을 억지로 끼워 맞추듯 걸친 것 같았다.

요원이 정장 웃옷 안주머니에서 에어팟을 꺼냈다.

"지난번엔 잘 들었습니다."

은지는 요원에게서 에어팟을 받았다. 동구가 은지를 불렀다.

"야, 너 지난번에 모임 오다가 취소하고 도넛 가게로 돌아간다더니……도대체 거기서 뭔 일이래?"

은지가 에어팟을 스마트 주머니에 넣고 혼잣말처럼 말했다.

"별거 아냐. 도깨비 하나 잡았어."

동구가 은지의 이야기를 듣고 입을 벌린 채 다물 줄 몰랐다. 요원이 은지의 이야기에 살을 붙였다.

"그날, 은지 박사를 정육점 앞에서 봤습니다. 은지 박사는 내가 옆으로 지나가자 남모르게 에어팟을 손에 쥐어주더군요. 직감했습니다. 은지 박사가 내게 들려줄 이야기가 있다는 것을요."

동구가 요원에게 퉁명스럽게 말했다.

"아니, 그렇다면 제게도 미리 알려줘야죠. 난 또 미리 와서 혼자 뻥이치고."

요원이 동구를 쳐다봤다.

"우리 세계는 그런 일도 비밀입니다."

동구가 고개를 뒤로 젖히며 요원을 보고 고개를 끄덕였다.

"아! 네네. 제가 깜빡했네요. 근데 은지야, 그날 뭔 일이야? 도깨비는 또 어떻게 잡았어? 말 좀 해봐."

은지가 동구와 요원을 번갈아 쳐다보며 이야기를 시작했다.

"사실…… 마천시장 도깨비 이야기는 이전부터 알고 있었어. 폐지 할머니가 쓰러진 거 훨씬 이전부터."

동구가 놀라며 은지에게 물어봤다.

"어떻게?"

은지가 요원을 보며 말했다.

"영감."

동구가 되물었다.

"영감이라니?"

은지가 동구를 보며 말했다.

"나 하바드에 다닐 때부터 마천시장이 보였다면…… 이해해? 나는 내가 하바드 다닐 때부터 마천시장에 오게 될 거라고 알고 있었어. 물론, 그 당시엔 그저 서울의 어느 재래시장이라고만 생각했는데…… 국정원에서 연락받고 마천시장에 가게 알아보러 다니면서 데자뷰라는 걸 느꼈어."

동구가 다시 물었다.

"데자뷔?"

은지가 요원을 향해 고개를 끄덕였다.

"응. 사람에게 일어나는 상황이 이전 어디에선가 본 기억 같은 거. 왜 그렇잖아? 어떤 일이 벌어졌는데…… 마치 오래전에 내가 미리 알고 있었다는 느낌."

동구가 의자에 앉은 상태에서 청바지 주머니에 양손을 찔러넣으며 은지에게 물었다. 조금 더 자세하게 듣고 싶다는 표시였다.

"데자뷔 현상으로 도깨비를 잡은 건 아닐 테고?"

은지는 갑자기 웃음이 터지려는 걸 참아야만 했다. 동구 이놈은 하바드 다닐 때부터 엉뚱한 질문을 해서 사람을 맥없게 만드는데 일가견이 있다. 그래서 천재 소리를 듣는지도 모르지만 말이다. 은지가 말했다.

"도넛 가게를 만들 때부터 미리 준비를 해뒀어. CCTV를 설치해두고…… 이건 광자물리학과 같은 분야인데……, CCTV의 렌즈는 카메라 렌즈랑 같아. 어떤 영상을 촬영할 때는 셔터가 열리지. 셔터가 계속 열려 있으면 움직이는 물체는 아무것도 촬영할 수가 없어. 아무튼…… CCTV 카메라가 가게 내부를 촬영할 때는 셔터가 일정한 속도로 열리면서 매 순간 장면을 촬영하고 그걸 연결해서 영상이 움직이는 것처럼 만들어주는 건데……."

동구가 이즈음 다시 허리를 뒤로 더 젖혔다. 요원은 팔짱을 끼고 은지를 보며 오른손으로 자기 입술 주위를 누르고 있었다. 은지의 이야기에 관심을 두고 있다는 표시였다. 은지가 이야기를 계속했다.

"아인슈타인 오빠가 그랬잖아? 빛보다 빠른 건 없다고. 그렇다면 카메라 셔터보다 더 빠른 무언가는 가능하다는 얘기거든. 빛의 속도로 움직이는 존재가 있다면 CCTV에 잡히지 않을 거라는 가정이 가능했어. 그럼 과연 뭘까? 빛의 속도로 움직이는 존재? 그걸 잡으려면 어떻게 해야 할까? 의외로 간단했어. 빛을 가두면 되거든."

동구가 벌떡 일어섰다.

"빛을 가둔다고? 그건 아직 가설로만 존재하는 거야. 그걸 실험해서 증명해낸 사람은 아무도 없어. 그건 양자물리학을 넘어 광자컴퓨터 시대에나 나오는 얘긴데."

요원이 동구를 향해 팔을 뻗어 앉으라는 신호를 보냈다. 요원은 오른팔을 뻗어 동구를 향해 의자에 앉으라는 듯 허공에서 위아래로 팔을 저었다. 은지가 이야기를 계속했다.

"CCTV 셔터 속도보다 더 빨리 열고 닫히는…… 셔터보다 빠르게 작동하는 무언가만 있으면 해결된다고 봤어. 만약 그게 불가능하다면…… 빛의 그림자를 잡으면 된다고 봤지."

동구가 요원을 보며 말했다.

"빛의 그림자라는 건…… 빛이 하나의 입자라고 볼 때 다른 빛의 영향으로 어떤 빛의 입자도 그림자가 생긴다는 가설이에요. A라는 빛 입자가 B라는 빛 입자를 비추면 B 입자의 그림자가 생긴다는 의미죠. 그런데 그건……."

요원이 은지를 보는 상태 그대로 동구의 말을 받았다.

"공식화되지 않았겠죠? 굳이 기술을 노출할 이유는 없으니까요. 바보가 아닌 이상."

은지가 요원을 보며 웃었다. 요원이 '바보가 아닌 이상'이라고 단호한 어조로 얘기할 때 동구를 쳐다봤기 때문이다. 은지가 동구를 보며 말했다.

"빛의 존재가 있다면 반드시 그 빛도 입자이니까…… 입자의 그림자가 생길 거로 생각했어. 그럼, 어디에 생길까? CCTV 카메라의 화각 방향으로 역상이 맺히는 곳에 물건을 한 개 갖다 놨어. 언뜻 보면 탁상 거울인데……, 그게 좀 신식 실험 기계였어. 거울의 반사면처럼 보이는 부분은 반사면이 아니라 빛을 가두는 곳이었거든."

동구가 눈썹을 찌푸리며 나지막한 소리가 내뱉었다.

"설마…… 블랙홀?"

요원이 동구의 이야기를 듣고 은지를 쳐다봤다.

"아니……, 화이트홀."

동구는 눈만 껌뻑일 뿐이었다. 요원은 아직 이해가 안 된 상태였다. 은지가 다시 이야기를 계속했다.

"빛의 존재가 있다고 해도 어차피 공간에서 공기 입자를 옮겨 다니게 되는 거야. 빛 입자는 공기 입자를 옮겨 다니는 것이니까. 그렇다면 빛 입자 정보가 이동할 때 빛 입자의 그림자를 튕겨준다면? 다시 말해서, 인터넷에서 일 인 방송하는 사람들 있지?"

동구는 순간 김 양이 떠올랐다.

"있지."

은지가 동구를 보며 말했다.

"유튜버들은 알거든. 카메라 앞에서 자기를 기준으로 상하좌우에 반사판을 둬. 그러면 얼굴에 그림자가 사라지고 조명만으로도 메이크업이 되거든. 세 글자로 조명빨이라고 말해도 돼. 이때 방송하는 사람을 중심으로 조명에서 나온 빛 입자들이 무한정 충돌하면서 카메라 화면에 반사되거든? 카메라에 비치는 사람의 얼굴을 보면 하얗고 뽀얗게 나오잖아? 그거랑 비슷해."

동구가 고개를 끄덕였다.

"그림자를 없애기 위해 반사판을 두면 그림자가 사라지면서 빛 입자들이 서로 충돌하게 되고 카메라 화면에 비친다?"

"응."

동구가 고개를 끄덕이며 다시 말을 이었다.

"그렇다면…… 빛의 존재라는 건…… 빛 입자로 이뤄진 존재이거나 빛의 그림자에 가려질 수 있는 존재라는 건데…… 빛 입자로 이뤄진 존재라면 마치 투명 망토처럼 공기 중에서 이동할 때마다 빛 입자 정보들이 공기 입자로 옮겨지면서 움직임이 둔탁하게 보일 것이고…… 그렇다면 다른 경우인데? 빛 입자 그림자에 가려질 수 있는 존재? 맞지?"

은지가 고개를 끄덕였다.

"사람의 눈은 시력이야. 가시광선이지. 사람이 나이가 들수록 시력이 약해지는 건 다시 말해서 시력이 강할 때가 있다는 건데. 시력이 강하고 약하다는 건 가시광선이 세고 약하다는 의미랑 같지."

동구가 물었다.

"그럼, 그 실험기구라는 건 뭐래?"

은지가 동구를 보며 잠시 뜸을 들이다가 말했다.

"빛 입자보다 더 작은 입자로 이뤄진 가공의 면이야."

동구가 황당하다며 웃었다.

"야! 빛 입자보다 더 작은 입자로 만든 거울이라고? 말이 안 돼!"

은지가 동구를 보며 말했다.

"아니, 빛 입자를 더 작게 잘라주는 기계야. 내가 이름 붙이기론 플랑크 칼이라고 부르는데……, 동그랗게 만든 기계에서 빛으로 만든 빛 칼이 발사되면 그 동그란 공간 사이를 통과하는 빛 입자들이 잘려 나가게 돼. 이론상 그렇다는 얘기야. 나도 그 이론이 이번에 증명될진 몰랐어."

요원이 은지에게 물었다.

"아하, 이를테면…… 다이아몬드를 다이아몬드로 자르듯이? 빛 입자를 빛 입자로 자른다는 말씀이군요?"

은지가 요원을 보며 고개를 끄덕였다.

"네……. 그러면 동그란 공간을 통과하는 빛의 그림자가 빛 칼에 의해 잘리면서 일시적으로 가상의 동그란 공간의 단면적 안에 갇히게 돼요. 빛을 비추는 빛 거울이 되는 식이죠."

동구가 입을 다물지 못하고 은지를 쳐다보고 있었다. 요원이 은지에게 물었다.

"그렇다면 도깨비가 그 가상의 단면 안에 갇힌 건 어떻게 가능했을까요? 빛 입자 그림자에 숨어 이동하면서 CCTV에도 잡히지 않았던 도깨비인데……."

은지가 말했다.

"그 안에 머문 건 도깨비 자신이었어요."

동구가 다시 물었다.

"응? 도깨비가 스스로 갇혔다고 생각한 거라고?"

은지가 고개를 끄덕였다.

"빛 입자를 잘라주는 기계는 이론상 저장 기능이 없어. 빛 입자에 저장된 정보를 잘라줄 뿐이거든. 그런데 빛 입자에 저장된 도깨비는 자기 몸이 잘려 나가니까 자기 몸을 붙들고 잘리지 않으려고 한 거야. 빛 입자는 잘렸다가 다시 붙는다는 걸 몰랐던 것이지. 가상의 단면 안에 머물면서 빛 입자 칼들의 공격을 막아내면서 어찌할 바를 몰랐다고 하는 게 맞는 이야기겠지."

요원이 은지를 보며 고개를 끄덕였다.

"그러니까…… 도깨비라는 건 빛 입자를 이용해서 인간의 육체와 다르게 존재하는 것인데. 말하자면, 인간은 육체를 지녔고 도깨비는 육체가 없단 말이죠? 그 차이는 빛의 고형화라고 볼 수 있는데…… 인간의 육체는 고형화된 빛이고 인간이 죽으면 육체가 광산화(光散化)되면서 육체가 사라지고 빛 입자로 존재하는 것이고요? 그런데…… 도깨비 스스로 인간이었을 때의 기억을 갖고 있었기 때문에 빛 입자 칼들이 공격을 해오니까 스스로 보호하려고 단면 공간에 머물렀었다는 말씀이시군요?"

은지가 입가에 미소를 지었다. 요원은 단어구사력이 좋았다. 동구보다는.

"네."

동구가 물었다.

"그럼, 나중에 도깨비는…… 죽은 거야……? 사라진 거야?"

은지가 요원을 보며 말했다.

"빛 입자는 깨지진 않아. 도깨비는 그래서 죽지도 않아. 다만, 정보가 담겼던 빛 입자들이 흩어지면서 빛으로 돌아간 것이지. 어딘가에 있어.

지금 우리가 있는 이 공간에도 있을 수 있고."

동구가 말했다.

"어째 좀 으스스하다? 그 도깨비가…… 나중에라도 다시 합체? 맞나? 다시 이전의 모습으로 합체되어서 은지 너한테 복수하겠다고 찾아오면 어떻게 해? 내가 지켜줄까?"

은지가 웃었다.

"도깨비는…… 그러니까 성경에서 나오지? 귀신이라고? 귀신이라고 해보자. 귀신은 인간 세상에 참견하는 게 금지되어 있어. 간혹 말 안 듣는 귀신들이 인간들 세상에 참견하려 들면서 말썽을 부리는 건데……."

동구가 은지를 쳐다봤다. 도깨비도 사라졌는데 이제 더 무슨 일이 생길 수 있는지 모르겠다는 얼굴이었다.

"이젠 끝이지, 뭘? 난 또 마천시장 도깨비라고 해서……우리 하는 일 드러날까 봐 조마조마했는데. 이젠 마음 놓아도 되는 거 아냐?"

요원이 은지에게 말했다.

"흠. 어쨌든 이제는 우리 일에 성가신 일들이 없겠군요?"

동구가 요원을 보며 말했다.

"아 참, 그쪽에서 한국 정부에 물어봐달라고 한 게 있는데요."

그때였다. 은지가 말했다.

"도넛 가게에서 빛 입자로 흩어진 도깨비는 영원히 다시 합쳐질 수는 없어요. 우리 팀에서 일하는 데 방해받을 일은 없을 거예요. 단 한 가지 경우만 빼고. 나는 그게 제일 걱정되는 부분이긴 한데."

"그게 뭔가요?"

"왜? 또?"

동구와 요원의 얼굴이 굳어졌다.

하바드반찬가게를 찾아온 도둑

다음 날 늦은 오후.

마천시장 상인들에겐 인형 가게 남자가 사라졌다는 얘기가 나돌았다. 김구이 가게 사장은 장돌뱅이가 어차피 그럴 줄 알았다며 시장 바닥이 좁은데 아는 사람끼리 해야지…… 두 번 다시 새로운 상인은 가게 내주지 말자며 거들었다. 이 시장, 저 시장 돌아다니는 장돌뱅이들은 믿을 게 못 된다고 덧붙였다.

김구이 가게 사장이 분통을 터뜨리고 목소리를 높이는 이유를 시장 상인들이 이해 못 하지는 않았다. 김구이 사장은 인형 가게 남자에게 가게를 임대한 건물주였다. 어느 날 갑자기 사라진 남자 때문에 가게 안에 쌓인 인형들을 처분하는 데 골치 아픈 상황이었다. 중앙 통로 초입에 생마늘 여사는 아무 말 없이 여전히 마늘만 까서 비닐봉지에 담아두고 있었다. 작은 봉지는 오천 원, 큰 봉지는 만 원. 가격표는 없었지만, 가격은 딱 두 가지뿐이었다.

"그래도 아쉽네. 잘 생겼던데."

순대 파는 김끝순 사장이 아쉽다는 듯 입맛을 다셨다. 생마늘 여사 옆에서 황금잉어빵 기계 한 대 두고 닭꼬치랑 황금잉어빵을 파는 김복희 사장이 킥킥대며 웃었다.

마천시장의 하루가 평온하게 흘렀다. 인형 가게 남자가 사라진 이후로는 도깨비 소동은 사라진 듯했다. 선녀 무당은 수십 년 운영하던 무당집을 접고 고향 벌교로 내려가서 교회에 다닌다는 소식이 들려왔다. 선녀 무당을 따라 무당집을 해오던 제자들도 대부분 영업을 안 하고 각자 고향으로 돌아갔다는 소식이 전해졌다. 마천시장 도깨비 소동은 그렇게 일단락되는 듯했다.

그날 밤.

마천시장 중앙 통로에 인기척이 사라졌을 즈음, 하바드반찬가게 안에서 달그락거리는 소리가 들렸다. 반찬 진열대 아래쪽에서 거무스름한 인기척이 있었다.

'부스럭.'

"어휴, 힘들어. 갑갑해 죽을뻔했네."

첫째 이모였다. 내일은 하바드반찬가게 휴무일이다. 그래서 이날은 장사 마치고 모두 퇴근했는데 퇴근 시각이 되어도 얼굴이 보이지 않던 첫째 이모가 반찬 진열대 아래 냉장고 안에서 나왔다. 하바드반찬가게 안은 칠흑같이 어두웠다. 사방 주위로 셔터가 내려진 상태에서 푸른 천막으로 덮인 반찬들뿐이었다. 첫째 이모는 스마트폰을 켜고 살금살금 움직였다. 셔터가 스르륵 들렸다. 체구가 작은 사람 한 명이 엎드려서 빠져나갈 정도의 공간이 생겼다. 그 시각에 마천시장 중앙 통로를 다니는 사람은 아무도 없었다.

"여보? 응. 나. 냉장고에 양념 찾아보라고? 알았어."

첫째 이모는 스마트폰 화면을 켜고 발걸음을 옮겼다. 스마트폰 화면 불빛에 반사되어 희끄무레한 냉장고 문이 눈에 들어왔다. 냉장고 손잡이에 걸어둔 달력도 그대로 있었다. 가게 안에서는 냉장고 돌아가는 소리만 들렸다.

'끼이익……, 덜컹!'

첫째 이모는 냉장고 문을 열었다. 냉장고 안에서 불이 켜지며 베이지 톤의 조명이 가게 안으로 새어 나왔다. 냉장고 안에는 아무것도 없었다. 가로 방향으로 두 걸음, 세로 방향으로 네 걸음 되는 정도의 크기였다. 첫째 이모는 냉장고 안에 들어가서 구석구석을 살폈다. 벽을 두드려보고 바닥을 두 발로 쿵쿵 뛰어 보았다. 하지만 아무것도 찾아낼 수는 없었다. 텅 빈 냉장고였다.

그때였다. 하바드반찬가게 안으로 누군가가 들어오는 인기척이 있었다. 냉장고에서 흘러나오는 희끄무레한 조명이 하바드반찬가게 안에 들어선 사람을 비춰주었다. 림재복 사장이었다. 첫째 이모가 냉장고 밖으로 나오며 림재복 사장과 마주쳤다.

"어? 여보!"

"응. 나 왔어. 당신 혼자 두니까 걱정되고."

림재복 사장은 첫째 이모를 보며 어깨를 안아주었다. 두 사람은 부부였다. 림재복 사장은 하바드반찬가게 강말숙에게 채소를 공급하는 거래처였다. 림재복이 첫째 이모에게 말했다.

"아니, 마천시장에서…… 이 집만 잘 될 이유가 뭐겠어? 뭔가 비법의 양념을 쓰던가…… 그럴 거여. 아니면 뭔가 비밀이 있을 거라니께."

첫째 이모가 주위를 두리번거렸다.

"여보, 근데 우리 이럴 필요까지 있을까? 나 겁나. 그냥 강 회장에게 우리 사정 이야기하고 물어보면 안 돼?"

"여보, 당신, 이 시장 바닥 사람들 인심 못 봐서 그래? 지난번에 내가 다 겪어 봤잖여. 목사부터 해서 우리 사정 이해해주는 놈들 하나 없어. 다 지들 먹고살 궁리만 하는 거라구. 도깨비가 무서워? 천만에! 내는 하나도 안 무서워! 나는 집 식구들 밥 굶을까 봐……, 당신하고 내 새끼들 굶길까 봐……, 그게 제일 무서워. 나는…… 우리 식구 잘 먹고 잘살게만 된다믄 도깨비 아니라 도깨비가 한 트럭 온다 해도 겁 하나두 안나! 도깨비가 우리 도와준다믄 나는 그 도깨비가 하라는 대로 다 할 겨! 배고픈 서러움은 아무도 몰라. 나는 내 새끼들…… 배고픔 겪게 하고 싶지 않은 거여!"

"여보, 알아. 아니까…… 울지마. 우리 식구는 당신만 믿어."

첫째 이모가 남편의 품을 안았다. 첫째 이모도 남편이 어떻게 자랐는지 모르는 바가 아니었다. 어렸을 때 부모가 이혼하고 할머니 할아버지 집에서 키워졌던 남편, 하지만 넉넉지 않은 형편으로 수업료는 고사하고 급식비조차 제때 내는 것도 힘겨웠던 남편이었다. 식사는 라면을 먹으면 호사였다. 매 끼니는 찬밥에 물 말아서 쉰 김치를 넣어 먹으면 다행이었다. 시골에서 자란 탓으로 주위에 친인척도 없던 상황, 남편 림재복은 혼자서 챙겨 먹고 혼자서 돈 벌어서 커야만 했다.

그때였다. 하버더반찬가게 셔터 틈으로 찬 공기가 쉭 불어왔다. 그리고 림재복을 부르는 남자 목소리가 들렸다. 쉰 목소리였다.

"림재복……."

림재복은 아내를 꼭 안고 주위를 둘러보며 놀란 목소리로 말했다.

"뭐여? 누구여?"

"림재복……."

가게 안에서 남자의 목소리가 또 들렸다.

"뭐여? 아무 소리 하지 말고 썩 사라져버려! 나 건들면 가만 안 둘 겨! 썩 사라져! 나 건들면 가만 안 둘 겨!"

림재복은 아내를 품에 안은 자세로 어두운 가게 안에서 오른팔을 허공으로 휘저었다. 림재복의 손에는 날카로운 무언가 들려 있었다.

잠시 후. 악! 어디에선가 비명 소리가 들렸다. 림재복은 아내가 더 가깝게 안겨 오는 걸 느꼈다. 아내는 무서운 모양이었다. 림재복을 부르던 낯선 남자 목소리는 더 이상 들리지 않았다. 림재복은 아내를 안은 자세로 서둘러 셔터 사이를 빠져나와 마천시장 중앙 통로를 벗어났다.

'스르륵!'

림재복 사장이 가게를 빠져나가고 아무도 없는 가게 안에서는 냉장고 문이 저절로 닫혔다.

하바드반찬가게 냉장고의 비밀

다음 날 오후. 마천동 사거리. 이비인후과 건물 일층. 커피플레이스.

"갑자기 커피는 왜?"

은지가 커피숍 안으로 들어서자 동구가 오른손을 들었다. 동구가 앉은 자리를 확인한 은지는 동구에게 다가가서 의자에 앉으며 말했다.

"어제 첫째 이모가 그만뒀어."

"응? 너희 가게 직원?"

동구가 고개를 끄덕였다.

어제 퇴근할 때도 못 보고 퇴근했는데 오늘 아침에 갑자기 남편 림재복이 전화하더니 아내가 출근을 못 하겠다고 하고 전화를 끊었다고 했다. 갑자기 그만두는 이유라도 물어보려고 했는데 전화를 끊고 받질 않아서 답답한 상황이라고 했다.

"네 도움이 필요해서."

은지가 동구를 쳐다봤다.

"내가 뭘 어떻게 도울 수 있을까?"

동구가 잠시 말을 멈추고 은지를 쳐다봤다. 동구의 눈빛은 장난기가 전혀 없는 심각한 상태라는 걸 표현하고 있었다.

"너, 영감 있다며. 데자뷔. 첫째 이모 좀 봐봐. 볼 수 있으면."

은지는 혀를 차며 동구를 쳐다봤다.

"야! 네 상황은 나도 충분히 이해하는데. 내가 무슨……, 그리고 영감은 아무 때나 오냐? 간절히 생각하고 뭔가 깊이 울림이 있을 때라야 뭔가 보이기도 하고 그런 것이지."

동구가 앞으로 허리를 숙이더니 테이블 아래로 팔을 뻗어 자기 손으로 은지 손을 잡으며 말했다. 은지는 동구의 손을 뿌리치진 않았다.

"이거…… 우리 일이기도 해."

"뭔 소리야? 그건?"

"아침에 출근했는데 셔터가 올라간 상태고 냉장고 달력이 떨어진 상태였어. 그럼 뭐겠어? 누군가 냉장고 안에, 밤사이에 들어갔었다는 거야. 누굴까? 내 생각엔…… 첫째 이모가 냉장고 안에 들어가서 뭔가 본 게 아닐까? 그래서 림재복 사장이 전화해서 용건만 말하고 전화를 끊은 게 아닌가 싶어서……."

은지는 갑자기 상황이 복잡해지는 것 같았다. 동구에게 물었다.

"회사에는? 말했어?"

"아니, 아직."

"어차피 알게 될 텐데?"

"그때까진 말 안 하려고."

"어떻게 할 생각인데?"

"첫째 이모가 왜 그만둔 건지, 림재복 사장이 뭘 알고 있는지. 또 다른 사람이 있는지."

동구는 여간 심각한 표정이 아니었다. 은지는 동구 얼굴을 보며 하바드대학 다닐 때 시험 기간에도 못 보던 얼굴이라고 생각했다. 이건 보통 일이 아니긴 했다. 국정원에서 비밀리에 추진하던 작전이 수포가 될 위험이 있기도 했다. 이제 대한민국 정부 차원에서 우주 산업을 키우려는 시기, 외계 행성에서 온 성체들과의 교류가 들통날 위험도 있었다. 동구와 은지가 귀국한 이유도 대한민국 정부의 요청을 받고 국익에 도움 되는 일에 헌신하고자

함이었다. 자칫하다간 미국 NASA와 유럽항공우주국, 러시아 우주국과의 경쟁에서 뒤처질 수도 있었다. 은지가 뭔가 생각난 듯 동구에게 물었다.

"야, 근데 왜 냉장고냐? 그 이유나 좀 알자."

"응? 아직 몰랐어? 그건 온도 차 때문이지. 성체들이 지구에 왔는데 우주 행성에서 지내던 온도랑 지구 기후랑 맞질 않잖아. 그래서 우리 가게에 냉장고를 선택한 거야. 그 냉장고…… 그냥 냉장고가 아니거든."

"그치? 뭔가 있지?"

은지 눈빛이 반짝였다. 동구가 망설였다. 냉장고에 대해 은지에게 알려줘도 될지 말지 고민하는 눈치였다. 이윽고 동구가 이야기를 꺼냈다.

"지난번에 식약청에서 조사관들이 들이닥쳤을 때…… 달력을 치웠잖아? 그건 신호였어. 냉장고 손잡이에 달력을 치우면 냉장고 안에 공기가 주입되거든. 내가 그렇게 만들었고, 그게 사실, 냉장고 안엔 진공이어야 해. 우주에서처럼. 춥고 진공인 상태. 그래야 성체들이 활동할 수 있어."

"아……, 역시. 그 냉장고가 진공 냉장고였다는 거네? 우주 환경을 닮은? 응?"

"응."

은지는 이제야 알 것 같았다. 동구가 은지를 쳐다봤다. 냉장고에 대해 알려줬으니 어서 영감을 발휘해서 첫째 이모랑 림재복 사장에 대해 알아봐 달라는 눈빛이었다.

"아니, 그러면 너는 성체들이랑 어떻게 대화하지? 냉장고에 네가 들어가서 몰래 만난다 해도…… 진공상태라며?"

"신발."

"신발?"

동구가 말했다.

"냉장고 안 진공상태에서 들어갈 때는 자석이 달린 신발을 신어. 그래야 바닥에 붙어 다닐 수 있지. 그리고 냉장고 안에서는 숨을 참아. 오래 있는 건 아니니까…… 숨 참고 들어가서 대화하고 다시 나오지."

"아."

은지가 고개를 끄덕였다. 은지가 동구를 다시 쳐다봤다.

"냉장고 안에는 우주에서 온 성체가 몇이나 있어?"

"냉장고는 우주에서 온 성체들이 살아가는 곳은 아냐. 거긴 일종의 경계 지역이지. 우주 공간에서 온 성체들이랑 지구인들이랑 만나는 곳이라고 할까? 만남의 집? 그런 거야."

은지는 골똘히 생각했다. 동구가 은지의 표정을 살피며 말을 이었다.

"난 네가 알고 있다고 생각했는데……."

"뭐를?"

"우주에서 온 성체들이랑 우리랑 어떻게 만나는지."

"이해하려고 노력 중이야. 냉장고가 수상하긴 했거든."

동구가 먼저 창밖을 보며 은지에게도 창밖을 보라고 말했다.

"빅뱅이론 있잖아? 어느 순간 큰 폭발로 우주가 생겼다고 해보자구. 그럼, 우리도 우주의 일부분이야."

"그렇지."

"우주의 일부분이라는 이야기는 우리 인간 자체도 우주라는 의미거든."

"그렇고 말고."

"우리 몸이 우주인데 그게 냉장고 안이든 밖이든. 유엔 사무실이건, 마천 사거리 커피숍이건 간에 중요한 건 아니지. 이 모든 곳이 우주의 일부분이니 까. 네가 컴퓨터를 만들었다 해볼까? 자동차 만든 사람이라고 해도 돼. 컴퓨터 소리만 들어도 어디가 고장 났는지 딱 알지? 자동차 시동만 걸어도 어디가 고장 났는지 알지? 그거랑 다르지 않아. 우주에서 우리가 생겼으면 우리도 우주의 일부분이거든. 우리 몸도 하나잖아? 우리의 머리랑 발 위치가 멀다고 해서 발 아프면 머리가 몰라? 아니지? 발톱이 아파도 머리가 바로 알아. 그런 거야."

"일리 있네. 네 말이 묘하게 설득력 있다. 인정."

은지가 고개를 끄덕였다. 동구가 다시 말했다.

"네가 지난번에 도깨비 이야기를 할 때 나 속으로 너한테 감탄했잖아. 얘가 공부 열심히 했구나 하고. 그런데…….."

"그런데…… 라니?"

"오늘 보니까…… 바부팅이처럼 어리숙한 부분도 있네. 하하하."

동구가 미친 듯이 웃어댔다. 은지는 동구를 보며 입술에 힘을 주었다. 한때 사귀던 사이 남자이긴 했지만 이따금 학문적으로는 경쟁자이기도 했다. 근데 그때마다 동구 이놈은 은지를 이겼다고 생각할 때 저렇게 미친 듯이 웃어대는 게 취미인 놈이었다. 동구가 겨우 웃음을 멈추더니 은지에게 하얀 메모지를 건넸다. 전화번호가 쓰여 있었다.

"이거, 첫째 이모 연락처야. 혹시 몰라서. 카톡 화면도 보고 프로필 사진도 보고 영감 얻는 데 도움 될까 싶어서."

은지가 입을 열었다.

"그래. 첫째 이모 영감부터 잡아보자. 그리고 림재복 사장 속마음도 알아볼게."

동구가 자리에서 벌떡 일어서며 큰 소리로 말했다.

"너! 약속했다! 진짜다? 나 그럼 너만 믿는다?"

도깨비 림재복

"채소 좀 주세요."

림재복 채소 가게인 야채마을에 온 은지는 가게 앞에 내놓은 쌈채소모음 바구니를 가리켰다. 얼마 전까지만 해도 한 바구니에 사천 원이었는데 어느새 오천 원으로 가격이 올라 있었다. 상추, 쑥갓, 파슬리, 치커리 등 여러 채소 묶음으로 쌈채소라고 판다. 제법 인기가 있어서 사 가는 사람들이 많다. 오늘은 은지도 손님으로 왔다. 림재범 사장이 가게 안에서 나오며 인사를 한다.

"어이구, 이게 누구세요. 은지 사장님. 도너츠 잘 되죠? 그때 맛보라고 주신 거 아이들이 잘 먹더라고요."

"어휴, 별말씀을요. 맛있게 드셨다니 제가 더 감사하죠. 사장님. 여기 쌈채소 한 바구니 이거 주세요."

"아, 그거요? 네네. 은지 사장님 오셨으니까…… 이거 한 바구니에 상추 좀 더 드릴게."

"네? 아니에요, 괜찮아요. 그러지 않으셔도 돼요."

림재복 사장이 상추를 한 움큼 집어 쌈채소를 담은 바구니에 얹었다. 그리고 검정 비닐봉지에 채소들을 담아 은지에게 건넸다.

"아니에요, 지난번에 고마워서 그래요. 또 필요한 거 있으시면 언제든 말씀하세요. 내가 은지 사장님 주문이라면 우리 가게에 없어도 어딜 가서라도 찾아올게요."

"호호, 사장님 그럼 잘 먹겠습니다. 감사합니다."

은지는 허리를 굽혀 인사하고 발걸음을 돌려 도넛 가게로 왔다. 오른손에는 림재복 사장네 채소 가게에서 산 쌈채소를 담은 봉지가 들렸고 왼손에는 스마트폰을 들고 있었다.

같은 날 오후 세시경.

"어디 볼까?"

은지는 손님이 뜸해진 틈을 타서 테이블 앞에 앉았다. 그리고 스마트폰 화면을 열고 사진 폴더를 열었다. 스마트폰 안에는 림재복 사장과 은지가 나눈 대화 장면이 녹화되어 있었다.

"흠."

은지는 림재복 사장의 얼굴이 나온 부분을 연거푸 반복 재생했다. 그리고 림재복 사장의 눈동자 주위를 클로즈업했다. 스마트폰 화면에 림재복 사장의 눈동자 모습이 가득 채워졌다.

"역시……."

은지는 스마트폰 화면을 보며 고개를 끄덕였다.

"동구 녀석한테 말해주면 놀라겠네."

은지는 스마트폰 화면을 닫고 동구에게 전화를 걸었다.

그 무렵, 하바드반찬가게.

동구는 손님이 주문한 배추겉절이를 담고 있었다. 한 근에 만 오천 원. 손님이 카드를 건넸다. 동구는 가게 안으로 돌아서 가운데 기둥 옆 반찬 진열대 속에 놓아둔 카드단말기를 열었다. 만 오천 원이 결제되었다. 동구는 카드와 영수증을 손님에게 건넸다.

그때 은지에게서 전화가 왔다.

"응! 왜? 뭐라구? 알았어. 이따가 갈게."

하바드반찬가게 안으로 손님들이 계속 줄을 서 이어졌다. 동구는 은지네 도넛 가게 쪽을 바라보며 고개를 끄덕였다.

같은 날 저녁 여섯시 십분. 은지와 동구가 만난 곳은 그날 장사를 마치고 다시 찾은 마천사거리 커피숍이었다. 은지가 먼저 와 있었다.

"어서 와."

동구가 은지 앞에 마주 보고 앉았다.

"얼른 말해줘. 림재복 사장이 어쩐다구?"

은지가 앞에 놓인 일회용 컵을 들고 입술에 댔다가 다시 내려놓았다. 아메리카노였다. 동구는 커피를 주문할 생각이 없는 남자 같았다. 아니면 은지의 이야기를 듣고 싶어서 그 순간만큼은 모든 걸 잊은 상태였는지도 모르지만 말이다.

"림재복, 인형 가게 남자가 들어갔어……."

동구가 눈썹을 찡그리며 은지를 쳐다봤다. 그게 상식적으로 이야기가 되는 소리인지 되묻는 표정이다. 은지가 동구에게 말했다.

"얘기했잖아. 단 한 가지 경우 외에는 인형 가게 남자가 다시 살아날 방법은 없다구."

"그래, 그랬지. 나도 기억해. 근데 그 단 한 가지 경우란 게 뭔데?"

"기도."

동구가 입을 벌리고 어안이 벙벙하다는 표정을 지었다.

"야! 기도는 하나님께 드리는 거야, 너 교회도 안 다녔어?"

은지가 상체를 동구 방향으로 숙이며 말했다.

"바보야, 도깨비한테 하는 기도."

"뭐?"

동구는 잠시 할 말을 잊었다. 그렇게 시간이 흘렀다. 얼마나 지났을까? 은지는 동구가 정신을 차리길 기다리고 있었다. 동구는 머릿속이 혼란스러운 모양이었다.

'빛 입자로 된 존재인데…… 빛 입자 칼로 잘라서 분산시켰는데…… 그 빛 입자들이 다시 모여서 인형 가게 남자로 되었다고?'

동구는 은지를 보며 장난치지 말라는 표정으로 다시 물어봤다.

"그게…… 상식적으로 말이 되는 소리야?"

"상식이 뭔데? 우리가 학교에서 배우는 거? 학교에선 이런 거 안 가르쳐. 학교 졸업하고 사회에서 배우는 게 더 많지. 내 말 들어봐. 오늘 림재복 사장네 채소 가게에 갔어. 그리고 스마트폰을 켜둔 상태에서 림재복 사장 얼굴도 촬영하고 녹음도 했거든. 내 생각엔 혹시나 해서 나중에 살펴보려고 한 거야. 네 부탁도 있었고."

동구는 은지를 보며 눈을 동그랗게 크게 떴다.

"야! 나는 네 영감으로 알아봐 달라고 했지! 누가 몰래 촬영하래?"

"응? 이거 몰카 아냐. 대화 녹음은 내가 당사자라서 되고, 스마트폰 촬영은 림재복 사장이 보는 데서 찍었어. 림재복 사장도 알아. 인터넷에 올릴 동영상으로 촬영한 줄 알겠지만."

동구는 은지를 보며 안도하는 표정이었다.

"아무튼. 림재복 사장이 인형 가게 남자, 아니, 도깨비라는 거야?"

"응."

은지는 테이블 위에 놓인 종이컵을 들고 한 모금 더 마시고 내려놨다. 동구는 아무런 말을 하지 않았다. 은지가 대화를 이어갈 순서였다.

"도깨비라고 하지? 귀신이나 마귀들은 빛의 입자에 숨어다닐 수 있어. 사람 형태를 갖기도 하는데…… 그건 다른 경우이고, 아무튼…… 인간이 육체가 분산되고 영혼만 남은 상태에서 다시 영혼도 분산되면 빛 입자로 돌아가거든. 미리 말해두자면, 인간이 얘기하는 죽음이란 건 육체와 영혼의 분리이고, 영혼은 이 세상에 공기 중에 존재하게 돼. 영혼인 상태에서 육체를 가진 인간들 세상과 공존하다가 나중에 심판의 날이 되면 지옥으로 가든가 소멸하든가 하는데……. 물론…… 심판의 날이 오기 전에 심판자들에게 걸려서 지옥으로 직행하는 영혼들도 있어. 그건 마귀들이라고 부르거나 악마라고 부르는데, 선량한 삶을 살아온 사람들의 영혼은 인간들 세상에 일부가 남게 되고 나머지 영혼들은 천국으로 올려지기도 하고."

동구가 은지를 재촉했다.

"빨리 말해봐. 림재복 사장은?"

도깨비의 복수

"나를 찾아올 거야, 아마. 빠르면…… 오늘 밤에라도."

은지가 말했다. 동구는 턱을 앞으로 내밀며 눈을 동그랗게 떴다. 예상외의 대답이었다. 은지는 담담한 표정이었다. 동구가 은지의 안색을 살펴보며 다시 물어봤다.

"너한테 찾아온다고?"

"응!"

"왜?"

"글쎄. 보고 싶어서……? 히히히."

은지가 웃었다. 동구가 기가 찬 듯 혀를 끌끌하며 말했다.

"야! 림재복이구 뭐구 간에…… 넌 오늘 지금, 이 순간부터 나하고 다니자. 인형 가게 남자 놈 같은 귀신이 너를 찾아오게 둘 순 없이. 내가 지켜줄게. 널 어떻게 다시 만났는데…… 이대론 못 보내."

동구는 아차 싶었다. 은지가 동구 얼굴을 빤히 쳐다봤다. 지금 동구의 이런 이야기는 하바드대학에 다닐 때도 듣지 못했던 말이었다. 그 사이 동구에게 무슨 일이 생긴 걸까? 은지는 동구가 대견하다는 기분이 들었다. 나이는 동갑이지만 어쩐지 은지가 누나나 엄마가 된 것 같은 기분이었다.

"효도 받는 기분이 이런 걸까?"

"응?"

"아냐, 네 말 들으니까 안심되어서⋯⋯. 헤헤."

동구가 은지를 쳐다봤다. 헤헤 웃는 것은 처음이다. 하바드대학 시절엔 공부밖에 모르던 여학생이었는데⋯⋯. 사실 동구가 은지에게서 떠나 한국으로 먼저 귀국한 이유도 은지의 공부에 방해되고 싶지 않아서였다. 물론, 이런 속마음을 지금까지 얘기한 적은 한 번도 없었다. 마천사거리 주변 건물들이 네온사인을 켜기 시작했다. 커피숍 창밖으로 반짝거리는 조명들이 보였다. 은지 얼굴에서 양 볼이 발갛게 보이는 것은 조명 때문인 것 같았다. 그렇지 않고서야 동구는 은지가 이렇게 여성스럽고 예뻐 보인 기억이 거의 없었다. 동구가 혼잣말처럼 중얼거렸다.

"이래서 조명빨 조명빨이라고 말하나 보다. 조심해야지."

은지가 동구에게 물었다.

"뭐라고 그러는 거야?"

"응? 아냐, 아냐. 아무튼 그래서 림재복 사장이 오면 뭐라고 할 건데?"

은지는 동구의 질문을 듣고 갑자기 입을 다물었다. 얼굴엔 웃음기도 사라진 상태였다. 은지 스스로 농담이라며 장난스럽게 말했지만 은지로서도 걱정되긴 했던 게 분명했다.

"그러게⋯⋯ 대책이 없네. 도넛 먹으라고 줄까?"

은지가 이내 장난기 머금은 얼굴로 돌아왔다. 속 터지는 건 언제나 동구 몫이었다. 동구가 은지를 보며 한숨을 쉬었다.

"내가 괜히 너한테 부탁을 한 거 같아. 남자인 내가 해결해도 될 거였는데."

"응? 아냐, 재밌어. 기대되는데⋯⋯, 뭘. 다 대책이 있어."

"어쩌려구?"

"기대해."

은지는 컵을 들고 홀짝홀짝 커피를 마셨다. 뜨거운 아메리카노의 열기가 사라진 뒤였는지 은지는 이번엔 불면서 마시진 않았다. 은지의 입술에 진한 갈색 커피가 묻었다. 그리고 이내 사라졌다. 은지가 앙증맞은 혀를 내밀더니 입술에 묻은 커피 자국을 닦았다.

그날 밤.

은지는 귀가하지 않았다. 동구가 집까지 바래다주겠다고 나섰지만 은지는 서둘러 도넛 가게로 돌아왔다. 가게 안에 들어와서 불을 켠 은지는 깜짝 놀라 소리를 지르며 뒤로 넘어질 뻔했다.

"어서 오세요. 어쩌죠? 소리 지르며 뒤로 넘어져야 했나요? 울고불고 되돌아 나가서 사람들 부르고 무섭다고 해야 했을까요? 그런데…… 무섭기는커녕 짜증만 나는데…… 어떻게 할까요?"

도넛 가게 안에는 누군가 먼저 들어와서 기다리고 있었다. 뒷모습을 보면 남자였다. 림재복 사장이었다. 아까 채소 가게에서 만났던 림재복 사장의 얼굴은 달라져 있었다. 특히 눈동자가 다른 사람이었다.

"케케케. 다시 만났지? 그러게, 내가 뭐라고 했어. 너! 까불지 말라고 했잖아! 어딜 여자가 나대기는 나대고!"

은지가 림재복 사장을 보며 말했다.

"어허! 도깨비가 얌전하게 심판의 날이나 기다릴 것이지, 사람 몸에 들어가서 해코지나 하려고 하고. 너 그러면서 죄가 더 커지는 거야, 이놈아!"

림재복 사장의 입꼬리가 치켜 올라갔다. 도깨비가 그 특유의 거친 호흡소리로 웃기 시작했다.

"은지라고 했나? 하바드대학 나왔다더니……, 그래서 겁을 모르나? 너! 도깨비한테 찍히면 어떻게 되는지 몰라?"

은지가 도깨비를 보며 흉내 내며 말했다.

"헤헤헤. 너! 그래서 배운 게 없나? 은지에게 찍히면 어떻게 되는지 몰라?"

림재복 사장이 은지에게 다가서며 말했다.

"어떻게 되는데? 케케케. 네년의 조동아리 먼저."

림재복 사장은 테이블 위에서 밀가루 반죽을 다듬는 칼을 집었다. 그리고 은지에게 다가오기 시작했다. 은지는 가게 안에서 뒷걸음질 치며 출입문 쪽으로 물러섰다. 하지만 출입문은 다시 잠겨져 있었다. 가게 안에 들어와서 누가 와 있는지 몰랐던 은지가 잠가둔 상태였다.

그때였다.

도넛 가게 출입문이 밖에서 다시 열렸다. 그리고 가게 안으로 들어오는 인기척이 있었다.

"여보!"

"아빠!"

하바드반찬가게 첫째 이모인 림재복 사장의 아내랑 아이들이었다. 림재복 사장은 순간 머리가 아픈 듯 양손으로 머리 양쪽을 쥐어짜듯 세게 쥐고 고통스러운 비명을 지르기 시작했다.

"으아아악."

림재복 아내가 서둘러 남편에게 다가섰다. 아내는 오른쪽 어깨에 흰색 헝겊을 덧대고 붕대를 두른 상태였다. 헝겊에는 핏자국이 새어 나온 게 보였다. 하바드반찬가게에 숨었을 당시 림재복 사장이 도깨비 소리를 듣고 놀라서 칼을 휘두를 때 다쳤던 상처다.

"여보, 여보!"

아내는 림재복을 등에서부터 안아줬다. 그러자 아이들이 림재복 사장 앞으로 달려가서 안았다. 림재복은 고통스러운 비명을 지르다가 그 자리에 쓰러지고 말았다.

강북종합병원 응급실. 아내가 119를 불러 림재복을 데리고 응급실로 온 지 두어 시간이 흘렀다. 은지 옆에는 은지의 연락을 받고 한달음에 온 동구가 함께 있었다. 응급실 보호자실에는 아이들이 긴 의자 하나씩 차지하고 누워 잠들어 있었다. 은지와 동구는 외투를 벗어 아이들에게 덮어주었다.

잠시 후, 아내가 보호자실로 들어왔다.

"젊은 사장. 내가 미안해요."

동구가 자리에서 일어서며 첫째 이모에게 말했다.

"뭐가요, 아니에요. 괜찮아요. 다치신 데 없죠? 아이들이 잠들었어요. 요 앞 복도에 율무차 자판기 있던데 한잔 하실래요? 오세요. 같이 가시죠."

은지가 동구를 보며 고개를 끄덕였다. 동구에게 다녀와도 된다는 의미였다. 아이들은 은지가 잠시 돌봐주기로 했다. 동구와 첫째 이모가 보호자실로 돌아온 것은 십여 분이 지난 뒤였다. 동구는 율무차를 담은 종이컵 한 개를 은지에게 건넸다.

그로부터 다시 두어 시간 후. 응급실에서 림재복 사장이 깨어났다. 아내가 곁에 있었다. 림재복 사장은 아내를 보며 어깨를 안고 다독이더니 아이들 안부부터 물어봤다. 그리고 보호자실로 들어와서 잠자고 있는 아이들을 보고 나서야 안도한 표정이었다.

"여기, 환자분이요!"

응급실 당직 의사가 림재복 사장을 불렀다. 병원에서는 림재복 사장의 경우 아무 이상 없다고 했다. 심인성 쇼크로 보인다는 진단을 했다. 림재복 사장에게는 과로하지 말고 스트레스받지 않도록 주의하라고 당부했다.

"네, 그럼 수고하시고요, 저희도 이만 가보겠습니다."

림재복 사장 가족이 먼저 귀가하고, 동구는 은지를 차에 태워 집으로 바래다주는 길이었다. 운전석에 앉아 운전을 하는 건 은지였다. 은지가 말했다.

"야! 넌 자동차로 나를 바래다준다는 애가…… 운전면허가 없나? 나를 바래다준다면서 내가 운전하고 있네? 참, 너란 인간! 특이해요, 특이해."

조수석에 앉아 앞을 바라보던 동구가 운전대를 잡은 은지를 보며 말했다.

"누가 운전하든…… 그게 뭐가 중요해? 어쨌든 바래다주는 건 맞지."

동구가 피식거렸다. 자기가 생각해도 웃긴 모양이었다. 은지가 동구를 보며 어이가 없다는 표정으로 고개를 저었다. 은지와 동구가 탄 자동차는 올림픽대교 사거리를 지나 마천시장 방향으로 달렸다. 동구가 먼저 입을 열었다.

"야, 근데…… 인형 가게 남자 그 도깨비는 어떻게 해서 림재복 사장 몸으로 들어가게 된 거야? 난 아무리 생각해도 모르겠더라."

은지가 운전을 하면서 대답했다.

"빛 입자들이 분산되면 대기 중에 떠다니다가 소멸하거든. 그런데 이 빛 입자들이 완전 소멸하기 전에 누군가 나쁜 에너지를 발산하면 빛 입자들이 다시 모인단 말이야. 도깨비가 흩어졌다가 사라질 운명이었는데 나쁜 에너지가 발생하면서 다시 모여들었고 도깨비가 된 셈이지."

"나쁜 에너지?"

"응. 시기, 질투, 저주, 욕심, 그런 거. 사람이 우주라고 말했잖아? 사람이 말하는 거, 말소리, 생각 등등, 그 모든 것이 에너지로 작동되거든. 나쁜 생각을 하면 나쁜 에너지, 좋은 생각을 하면 좋은 에너지가 되는 거야."

"아, 림재복 사장이 누군가를 욕하고 원망하고 저주한 거야? 그래서 도깨비가 나쁜 에너지 영향으로 다시 빛 입자 형체를 갖출 수 있던 것이고?"

"그런 식이지."

은지가 고개를 끄덕였다. 은지와 동구가 탄 자동차는 위례 하남 지구를 지나 마천동 방향으로 달리는 중이었다. 동구가 차창 앞을 바라보다가 문득 생각난 듯 또 물어봤다.

"아니, 그러면……, 도깨비가 림재복 사장의 몸으로 어떻게 들어간 거야? 그것도 나쁜 에너지 때문인가?"

은지가 대답했다.

"우리 몸에는 스스로 지키는 보호막 에너지가 있어. 보는 사람은 볼 수 있는데…… 하얗고 약간 푸르스름한 구름 같은 에너지야. 그런데 딱 두 곳. 정수리 부분이랑 배꼽에는 보호막 에너지가 없지. 아니, 있긴 있는데 거의 없어서 감각을 잘 몰라. 그래서 작은 빛 입자로 된 도깨비가 정수리를 통해 몸속으로 들어오거나 배꼽을 통해 몸속으로 들어오려고 하거든. 특히 마음이 악하거나 나쁜 생각과 분노가 많을수록 그 틈이 더 벌어지게 돼."

동구는 은지 이야기를 들으면서도 이해하기 어려운 듯 고개를 좌우로 까딱거렸다. 은지가 동구를 쳐다봤다.

"사람이 악한 마음을 갖거나 분노하거나 좌절하게 되면 그 에너지가 도깨비에게 먹이가 되는 거야. 한번 흩어진 도깨비는 돌아올 수 없는데……단 한 가지 경우, 사람이 악한 에너지를 만들면 도깨비가 다시 뭉칠 수 있어. 그래서 도깨비들은 악한 사람들을 따라다니려고 하지. 아마 하바드반찬가게 안에서…… 도깨비가 림재복 사장 몸으로 들어간 거 같아. 림재복 사장이 마천시장 재개발사업에 불만이 컸다는 이야기를 들은 기억이 있어. 사람들이…… 가난한 사람을 도우려는 사람은 거의 없으니까……. 많이 힘들고 아팠을 거야, 림재복 사장님. 그러다가 사람들에게 실망하게 되고 악한 마음이 생겼을 거라고 생각되거든."

동구가 말했다.

"정수리? 배꼽?"

"응. 정수리엔 감각이 없거든. 도깨비 빛이 정수리를 통해 우리 몸속을 들락날락해도 사람들은 전혀 알 수가 없지. 배꼽엔 감각이 있긴 한데 거의 없긴 마찬가지야. 분노로 가득 찬 도깨비 같은 놈들이 작정하고 달려들면 배꼽을 통해서도 몸 안으로 들어올 수 있어."

동구는 고개를 끄덕였다. 하지만 아직 궁금증이 모두 해결된 것은 아니었나 보다.

"그런데…… 넌 림재복 사장 눈빛을 보고 도깨비가 들어간 거라고 알았다며? 그건 어떻게 안 거야?"

"느낌이지. 그냥 느낌. 생각해봐. 우리 몸속을 들락거리는 무언가가 있는데…… 어디에 숨었는질 몰라. 그런데 인간의 육체에서 눈이란 건 마음의

창이라고 부르거든? 그 사람의 속이 훤히 들여다보이는 게 눈이란 것이지. 왜 그런 말 하잖아? 눈빛이 더럽다, 눈빛이 음란하다, 눈빛이 마음에 안 든다, 뭐, 등등."

동구가 고개를 끄덕였다.

"그렇긴 하지. 그런데 넌…… 그걸 림재복 사장 얼굴 촬영해서 스마트폰으로 알았다고?"

"응. 실물로 보고 스마트폰 화면으로도 보고. 그러면 딱 보여. 왜? 넌 안 보여?"

은지가 동구를 쳐다봤다. 동구는 몸을 오른쪽으로 더 틀고 앉더니 차창 밖으로 보이는 도시의 밤거리 풍경만 바라보며 아무런 대답을 하지 않았다. 동구가 은지에게 물었다. 동구의 시선은 여전히 창문 밖 풍경을 보는 자세였다.

"그런데 림재복 사장 아내랑 아이들은 어떻게 왔어?"

은지는 은지대로 스마트폰 화면을 바라보며 말했다.

"응. 사실 너랑 얘기하고 집에 가려는데…… 가게에 비상 경고 메시지가 왔어. 내 직감적으로 림재복 사장일 거라고 생각했어. 그래서 네가 알려준 첫째 이모 전화번호로 연락해서…… 남편분 도넛 가게에 있으니 아이들 데리고 빨리 오시라고 했지."

교회 다니는 도깨비

특별새벽기도주간. 마천제일교회는 한창 건축 중이었다. 교회를 재건축하자는 성도들의 의지로 기존 낙후된 건물을 헐고 새로운 건물을 세우고 있었다. 새벽부터 포클레인이 와서 땅을 파고 기반 다지기 공사부터 시작한 게 얼추 몇 개월, 마천제일교회는 바로 옆 병원 건물 사오층을 임대해서 임시 예배당으로 사용하고 있었다.

"기도하시겠습니다."

박순희 목사가 강대상에 서서 새벽 예배를 인도했다. 마천시장 상인들을 위한 기도 주간이었다. 재개발사업 건으로 마천시장 상인들이 정든 시장을 떠나지 않게 해주시기를 기도하고, 마천시장 상인들에게 은혜를 부어주시기를 기도드린다고 했다. 도깨비 소동으로 마천시장 상인들이 사탄, 마귀 음모에 당하지 않기를 기도드리고, 마천시장 상인들과 마천동 모든 주민들에게 은혜와 평안이 깃들기를 기도드린다고 했다. 새벽 예배에는 예년과 다르게 서른여 명 가까이 참석했다. 예배당 좌석에 빈자리가 없었다. 평소 새벽 예배라면 열 명 안팎의 사람들이 참석하던 터였다.

"급하니까…… 새벽 예배 드리러 교회 오게 되더라구."

하바드반찬가게 앞 마트 진입로에서 떡방앗간을 운영하는 김예림 사장이었다. 교회에서는 집사를 맡고 있었다. 김예림 집사의 말이 끝나자 그 옆에 있던 박한솔 장로가 말했다.

"그러게, 새벽에 눈이 팍 떠지더라니깐, 아무리 밤에 늦게 자도 뒤척이다 잠이 설들어서 그래. 그나저나 마천시장 여기 재건축이라도 한다면 상인들 분담금이 얼마나 될 거 같아? 장사는 해야겠고 그렇다고 돈 많이 들어가는 거라면 부담되는데."

박한솔 장로는 김예림 집사네 가게 바로 앞에서 횟집 이이랴워워를 운영하고 있다. 가게 이름이 이이랴워워다. 솔직히 말하자면 횟집에 간판은 없다. 그냥 바로 옆에 붙은 정육점 간판을 같이 쓴다. 정육점 간판이 이이랴워워이고 횟집 이름도 똑같이 부른다. 수퍼히어로 안에서도 생선과 횟감을 팔고 있었는데 박한솔 장로의 가게에는 그다지 지장이 없었다. 손님들은 몰랐지만 수퍼히어로 안에서 생선 장사하는 사람은 박한솔 장로의 조카였다. 시장이 좁다 보니 좋은 가게 자리가 나면 친인척 끌어들이고 가족들끼리 장사하는 게 습관이 되어 있었다.

사실 이야기가 나왔으니 말인데, 시장 바닥에도 잘 되는 가게가 있고 안 되는 가게가 있다. 그런 점에서 박한솔 장로는 가게 자리 고르는 데 전문가였다. 잘 되는 자리만 고른다. 얼마 전엔 과부가 된 시누이가 혼자 사느니 시장 바닥에서 돈 벌며 장사하고 싶다 해서 가게를 알아봐 준 적도 있다.

딱한잔.

박한솔 장로의 시누이는 하바드반찬가게 옆 쪽갈비식당 앞에서 포장마차를 운영한다. 그 포장마차 이름이다. 포장마차 이름이 딱한잔이라서 그런지 그날 장사 안된 사람, 친구랑 싸운 사람, 하는 일마다 잘 안 되는 사람들이 와서 술 딱 한 잔씩 하고 돌아간다. 진짜 간판대로 딱 한 잔 마시는 사람들이 온다.

"그럼, 박 장로님, 내일 또 봐요. 저는 먼저 갈게요."

김예림 집사는 교회를 나서며 주차장으로 갔다. 새벽 예배를 마치면 항시 들르던 곳으로 가야 했다. 집 앞에서 김예림 집사의 딸이 기다리고 있었다.

김예림 집사의 자동차가 교회를 나서 새벽 공기를 가르며 달렸다. 얼마 후, 김예림 집사가 도착한 곳에는 앳돼 보이는 여성이 서 있었다. 김예림 집사의 딸 추현영이었다.

"어이, 딸! 어서 타. 늦었지?"

"엄마, 아니. 지금 가도 충분해."

추현영은 미국에서 유학을 마치고 한국으로 귀국한 지 얼마 안 됐다. 추현영이 유학을 떠난 것은 초등학교 오학년 무렵이었다. 워낙 어려서 떠난 유학이어서 그런지 추현영이 대학을 마치고 다시 한국으로 돌아온 것은 얼마 전, 25세가 되어서였다. 추현영은 초등학교부터 사춘기 시절을 미국에서 보냈다.

"엄마, 나 효도할게. 엄마가 나 키웠잖아. 새벽 장사하면서 시장에서 고생한 거 다 알아. 엄마 딸, 내가 찬찬히 다 갚아줄게요, 건강하게 오래 살아계셔요!"

추현영이 인천공항에 도착한 날, 김예림 집사는 추현영으로부터 이런 이야기를 들었다. 그 순간, 갑자기 눈물이 핑 돌았다. 고생한 보람이 있다고 여겼다. 이제 고생이 끝났다고 생각했다.

"엄마가 나 키우려고 고생한 거 다 알지. 그런데 내가 어떻게 삐뚜루나가겠어?"

미국에서 청소년기를 보낸 추현영은 미국식 사고방식을 가질 법도 했지만 그 생각만큼은 한국인이었다. 추현영이 미국에서 대학을 마치고 미국 글로벌 기업에서 인턴십까지 마친 후, 한국지사 근무를 자원해서 들어온 이유였다.

"엄마! 엄마는 이런 사람들 보면서 교회 다녔어?"

"그게 무슨 소리야?"

추현영이 귀국한 지 첫째 주일. 교회에 감사 예배를 드리러 가는 김예림 집사를 따라나섰던 추현영이 예배가 끝나고 집으로 돌아오는 길에 김예림 집사에게 짜증을 냈다. 추현영은 그날 처음으로 교회에 들렀다. 그동안 엄마가 교회에 다니며 자신을 위해 기도를 드렸다는 것을 잘 알기 때문이었다. 그래서 교회 사람들에게 김예림 집사의 딸이 왔다고 인사라도 드려야 할 것 같았다. 하지만 추현영이 교회에선 만난 사람들은 추현영의 기대와 달랐다. 예배를 마치고 헌금 봉투를 모아 내는 장면부터, 식사하고 교제를 나누며 다른 성도를 헐뜯고 장로가 누가 되는지, 총무가 누가 되는지 자리다툼을 하는 모습들이었다.

장로교회에서 장로는 교회 운영을 상의하고 총무는 교회 살림을 담당하는 자리다. 추현영이 교회에서 만난 사람들은 자기 잇속에 따라 서로 뭉치고 헐뜯기가 일상인 것처럼 보였다. 주일 예배에 나온 성도들은 따로 모여서 한 주간 헌금액이 얼마인지부터 계산하고 교회에서 펼치는 사업에 참여하려고 한자리 노리는 모습뿐이었다. 추현영이 듣기로는 그 교회 사람들은 마천시장 상인들이 많았지만 다른 교회를 다니다가 온 사람들도 있었다. 하지만 어느 사람들이나 다를 바 없었다. 추현영은 목사의 설교도 마음에 들지 않았다.

"엄마, 오늘 설교하신 분이 누구예요? 담임 목사님이신가요? 아니면 부목사님이세요?"

"왜 그러는데?"

"아니…… 설교하는 자리는 하나님의 말씀을 사람들에게 전달하는 자리 아니에요? 오늘 예배 설교는 하나님의 말씀을 듣는 것보다 목사 개인 자랑들은 게 더 많은 거 같아서요. 목사가 왜 설교단에서 예언을 하는지 이유를 모르겠어요. 설교하는 목사가 갑자기 금으로 만든 카드를 보이면서 이거 갖고 다니면 사탄의 유혹에 빠지지 않는다고도 말하고 죄를 용서받는다고 하는 건 뭔데요?"

추현영은 김예림 집사를 보며 얼굴이 발갛게 상기될 정도로 열변을 토해냈다. 추현영이 이야기하는 동안 김예림 집사는 가만히 듣고만 있었다. 추현영이 엄마에게 다그쳤다.

"엄마, 엄마가 나를 위해 기도드렸다는 교회가 저런 사람들이 있는 곳이었어요? 나 엄마한테 실망하려고 해요. 아니, 교회에서…… 목사가…… 헌금 거둬서 봉투를 단상 앞에 두고 사람들 들으라는 것처럼 기도하는 건 왜 그런데요? 가난해서 돈 못 내면…… 목사의 기도가 없는 거잖아요? 교회가…… 이게 교회 맞아요? 그리고 마천시장에 도깨비 그거 도대체 뭔데요? 도깨비 쫓아 달라고 기도하고 도깨비 이야기만 주구장창……. 교회에서 하나님 말씀을 듣고 은혜가 충만해야 하는 거 아닌가요? 목사부터 헌금 얘기만 길게 하질 않나, 사람들은 도깨비 얘기만 하고……, 사람들은 교회에서 직위 놓고 싸움만 하고……, 헌금 낸 사람들만 따로 기도해주고……, 그게 뭔데요?"

추현영의 이야기가 끝나자 김예림 집사가 추현영을 보며 말했다. 딸을 바라보는 엄마의 얼굴은 평온한 상태였다.

"현영아…… 엄마는 네가 태어나기 전부터…… 한 삼십 년은 됐구나. 그동안 하나님 말씀과 예수님만 보며 다녔어. 그런데 너는 단 하루 교회에 와서 시험에 든 사람들만 봤구나. 교회에도…… 도깨비가 있어. 도깨비들은 교회 안에까지 들어와서 믿음 생활하는 사람들을 공격하고 넘어뜨리려고 하거든……. 누구? 여기 교회 목사님? 오늘 설교하신 분이 누구셨는지 너도 봤을 텐데. 아무튼 말하지 않을게. 그런데 어찌 되었건 여기 목사님뿐 아니라 교회 목사님들도 사람이니까…… 항상 시험에 들 위험을 갖고 사는 분들이야. 하지만…… 엄마는 교회에 와서 우리 딸 현영이를 위해 기도드렸고 이 교회에 사람들과 목사님을 위해서도 기도드리고 있어. 엄마가 삼십 년 넘게 교회를 다니면서 만난 분은 하나님이랑 예수님뿐이야."

추현영은 엄마의 이야기를 듣고 나서야 자신의 판단이 잘못되었고 성급했다는 것을 알게 되었다. 그 후부터 현영은 새벽 예배를 마치고 돌아오는 엄마를 기다렸다가 아침 출근에 나서곤 한다. 추현영은 엄마를 따라 마천제일교회에 다니지 않는 대신 인근 마천중앙교회에 다닌다. 추현영의 스마트폰 화면엔 예수님의 말씀이 새겨져 있었다.

"오직 이것을 기록함은 너희로 예수께서 하나님의 아들 그리스도이심을 믿게 하려 함이요, 또 너희로 믿고 그 이름을 힘입어 생명을 얻게 하려 함이니라(요한복음 20:31)"

하바드반찬가게에 찾아온 외. 계. 인.

"백 년 전에 살던 사람들이 생각하기엔 우주가 항상 존재하는 것이고 영원할 것으로 생각했지만……, 우주 속 배경 복사, 적색편이 같은 데이터를 관측한 결과를 보면서……우주는 138억 년 전에 빅뱅으로 시작되었다고 생각하게 되었어요."

은지가 요원에게 말했다.

"빛의 속도는 빠르지만 일정한 제한…… 그러니까 한계가 있는 속도거든. 그래서 우주의 맨 앞을 관찰하면 우주가 탄생할 때의 모습을 알 수 있다고 생각했던 것도 사실이지. 그 당시엔 지극히 상식적이기도 했고요."

동구가 은지에게 물어봤다.

"근데…… 백 미터 달리기하는 모습을 상상해보면, 일등으로 뛰는 선수 모습을 보더라도 출발선에 섰던 그 선수의 모습을 알 수 있는 건 아닐 텐데?"

은지가 동구를 보며 말했다.

"빅뱅……, 그 말도 맞아. 그런데 하바드에서 공부할 때도 표준 모형을 배웠는데. 빅뱅이 있고 나서 쿼크랑 양성자가 만들어진 게 0.000001초 걸렸다고 했지. 쿼크랑 양성자가 우주 최초의 핵융합을 시작한 게 삼 분 정도 지난 후였다고 했어."

그다음은 요원이 말할 순서였다. 세 사람은 오늘도 의자 세 개만 두고 정확히 각자 120도 간격으로 마주 보는 상태로 앉아 있었다.

"별이 탄생하고 최초의 배경복사가 생기기까지는 대략 38만 년이 걸렸을 걸로 생각되고요, 최초의 은하계가 생성된 시점은 대략 5억 년 정도 걸렸을 것으로 생각되는 것이죠?"

은지가 고개를 끄덕였다.

"네. 그래서 사람들 눈에는 133억 년 전에 생성된 초기 은하만 관측할 수 있다고 믿어왔습니다."

동구가 말했다.

"그런데 얼마 전에 NASA가 제임스웹 망원경으로 134억 년 이전의 은하를 발견했거든."

은지가 고개를 끄덕였다.

"적색편이 부분인데⋯⋯. 지구가 속한 은하에서 멀수록 적색편이가 크거든. 그런데 그 관측에서 134억 년 전의 빛을 본 것이라면⋯⋯ 우리 우주 나이가 138억 년이라는 기존의 이론이 바뀔 수밖에 없는 거야."

동구가 상체를 뒤로 젖히며 의자에 앉은 상태에서 두 다리를 앞으로 힘주어 뻗으며 말했다. 두 팔은 들어서 머리 뒤에서 깍지를 끼었다.

"맞지. 뺄셈만 해도 맞지 않잖아. 빅뱅부터 최초 은하 생성까지가 약 5억 년이라고 생각했었는데⋯⋯ 134억 년 전 빛을 봤다니."

요원이 동구와 은지를 보며 말했다.

"오차 아닐까요? 제임스웹 망원경 이전에도 허블 망원경이 134억 년 무렵의 빛을 관측한 기록이 있거든요."

은지가 말했다.

"그때는⋯⋯ 133억 년에서 134억 년 사이의 빛이었어요. 그런데 제임스웹은 134억 년에서 135억 년 사이에 생성된 은하의 빛을 발견한 거거든요. 그때와 상황이 다릅니다."

동구가 혼잣말처럼 중얼거렸다.

"어쨌거나 우주 표준 모형 만든 사람들이 바빠지겠네. 우주 생성 시점을 늘리든 줄이든 해야 할 것 아냐?"

은지가 말했다.

"그렇지?"

은지 옆에 앉은 요원은 의자에 앉을 때도 허리를 곧게 세우고 흐트러짐이 없었다. 헤어스타일은 상고머리 형태로 가지런히 빗어넘겨 헤어무스를 뿌려 고정해 준 모습이었다. 요원이 고개를 돌려 동구를 바라보며 말했다.

"어쩌면 이번에 발견한 빛이 최초의 우주일…… 가능성은요?"

은지가 말했다.

"그럴 수도 있죠. 이십여 년 전까지는 우리 우주 나이가 130~150억 년은 됐을 거로 생각했어요. 138억 년이라고 구체화된 건 얼마 안 되었거든요."

동구가 말했다.

"생각나는데……, 1990년대에 논문 준비하던 선배들 이야기 들어보면 그 당시만 하더라도 외계인에 대해 이야기하는 것조차 금지였다고 하더라. 과학적으로 증명해낼 방법도 없었던 게 이유 같은데. 외계인이 뭐야? 외계 행성이란 것도 그냥 공상과학이라고 했던 수준인데."

은지가 말했다.

"외계인의 존재 가능성을 본격적으로 연구한 건 미셸마미어 박사의 1995년 발표 덕분이지. 태양계 밖에 외계 행성이 존재한다고 했거든. 근데 지금은 뭐…… 우리 은하계에만 최소 수천억 개의 행성이 존재한다고 보고 있어. 2020년에 들어서 더 많은 자료가 공개되었는데…… 내가 볼 때 프록시마 센타우리계에서 날아온 전파가 의심되는 것도 있어."

요원이 말했다.

"국정원에서도 주목하는 부분입니다. 버클리 캘리포니아 대학의 앤드루 시미온 박사가 SETI 연구를 하면서 982메가헤르츠 전파를 발견했죠. 문제는 프록시마 이런 주파수는 자연 상태에선 생길 수 없고…… 인공적인 기술로 생긴다는 점인데. 그래서 국정원에서도 처음엔 지구에서 발사된 우주탐사선이 우주에서 흘려보낸 주파수라고 생각했습니다."

동구가 말했다.

"저도 그 이야기 들었어요. 하바드대학에서 교수님들이랑 흥미를 가졌던 부분이죠. 우주탐사선에서 쏜 거로 생각했었는데…… 그 주파수가 날아온 지점에선 우주탐사선이 없었다면서요?"

요원이 고개를 끄덕였다.

"네. 그리고…… 프록시마 센타우리는 태양계에서 가장 가까운 항성입니다."

동구가 요원을 쳐다봤다.

"하바드반찬가게 안에 냉장고에 생긴 웜홀 연계 지점이 프록시마 센타우리라고 생각하시는 것이군요?"

요원은 동구의 이야기에 대답하진 않았다. 하지만 요원이 입술을 굳게 다무는 모습을 보며 동구와 은지는 국정원에서 의심하는 부분이라고 짐작할 수 있었다. 은지가 말했다.

"데이터가 전파에 의해 이동된다는 가정은 틀린 게 아니죠. 양자컴퓨터나 광자컴퓨터가 아니더라도…… 전파엔 이미 많은 정보를 담을 수 있거든요. 전파를 특정한 지점으로 보내서 그 자리에 웜홀을 만들고 우주와 지구의 경계점을 만든다는 가정도…… 가능해요."

동구가 말했다.

"전파라는 게 파동인가 입자인가가 문제겠구만?"

은지가 동구를 쳐다봤다.

"냉장고는 사방 벽이 다 막힌 곳이야. 냉장고 안에 웜홀을 만들려면 전파가 통과했다는 의미인데…… 입자라면 그게 가능했을지 의문이지. 옥구슬을 예로 드는데. 옥구슬이 우주라면 우주도 옥구슬처럼 정 가운데가 있을 거야. 우주의 중심. 현재까지 인류는 우주의 중심을 찾아내지 못했어. 아직 우주의 크기도 모르는데 우주의 중심을 안다는 것도 말이 안 되지만."

동구가 말했다.

"그러면? 중심이 있다는 거야?"

은지가 먼저 요원을 봤다가 동구를 보며 말했다.

"우주가 확장된다면 우리 태양계도 이동 중이거든. 그런데 빛의 속도보다 빠른 게 없다면 우주의 가장자리엔 영원히 도달하지 못할 거야. 빛의 속도로 움직이고 있을 테니까. 다만, 우주의 확산 공간에 블랙홀, 웜홀, 화이트홀 같은 빛 입자를 가둘 수 있는 공간이 있거나 중력처럼 공간의 변곡면을 만들어낸다면 이야기는 다르지. 아무튼 우주의 중심을 찾을 수 없겠지만 우리도 모르는 사이에 우주의 중심에 도달할 수는 있을 거거든."

동구가 은지를 보며 고개를 끄덕였다.

"우리도 모르는 사이에 우주의 중심을 지날 수 있겠다? 뭐 그런 건가?"

은지가 고개를 끄덕였다.

"응. 그런데…… 외계인이라면 또 다른 이야기야. 지구인은 아직 모른다고 하더라도 외계인이라면? 우주에서 지구인보다 먼저 생긴 우주인이 있다면? 그들은 우주의 중심을 알 수 있는 기술을 확보했을지 모르거든."

동구가 요원을 쳐다봤다.

"그렇다면…… 지구인보다 먼저 생긴 우주인들, 지구 밖 성체들을 먼저 찾아낸다면 그야말로 획기적인 상황이 펼쳐지겠군요? 우주의 중심도 찾을 수 있을 것이고요. 문제는 어떻게 찾을 것인가 하는 문제이겠네요?"

요원이 말했다.

"그래서 파동으로 보고 조사를 이어가고 있습니다. 아니면…… 전파가 파동이 아니라면…… 이건 국정원 공식 입장은 아니고 제 추측이라서 말씀드리긴 뭐합니다만."

은지가 요원을 쳐다봤다.

"말씀해주세요. 이론적으로 가능, 불가능 여부를 따질 수 있는 건 현재로 선 아무것도 없어요. 인간의 과학이 아직 우주의 모든 것을 아는 건 아니니까 요."

요원이 은지를 쳐다봤다.

"저희는…… 산소를 주목하고 있습니다."

동구가 눈을 동그랗게 뜨며 물었다.

"산소요? 에어?"

"오투입니다."

은지는 요원의 이야기를 듣고 호기심이 생겼다.

"그렇게 생각하신 이유가 궁금해요."

요원이 말했다.

"국정원에 합류하기 전에…… 제 전공이 그쪽이라 더 관심을 가졌는데요. 우리 우주의 산소 비중이 전체 우주의 0.1%에 지나지 않거든요. 질량적으로 요. 부피가 아니라 질량."

동구가 팔짱을 끼더니 오른손을 입가에 대고 요원의 이야기를 듣고 있었 다. 은지는 몸을 요원 쪽으로 향하게 앉은 상태였다. 요원이 동구와 은지를 연달아 보며 이야기를 계속 이어 나갔다.

"우리 우주에는 오히려 수소가 많습니다. 우주의 92% 정도 되죠. 연구에 의하면 수소와 헬륨만으로 살아갈 수 있는 생명체가 안 나온 것도 아니고요."

은지가 말했다.

"네. 저도 들었어요. 근데 그 연구는 2021년 5월인데요. 대장균이나 효모 같은 생물체가 그렇다는 거였죠."

동구가 은지를 쳐다봤다. 요원이 동구를 보며 말했다.

"전자공유결합만 된다면…… 어디에서든 생명체라고 불리는 존재가 살아 갈 수 있다는 것이죠."

은지가 요원의 이야기를 들으며 허리를 폈다.

"아, 그건 정정할게요. 수소와 헬륨만으로 호흡하는 물체가 존재하는 상태를…… 우리 언어로 살아간다고 표현하면 안 되고요, 뭐라고 할까요, 산소로 호흡하는 생명체와 구분을 짓는 게 좋은데……."

동구가 은지를 보며 말했다.

"산소로 호흡하며 살아가는 존재를 생명체라고 부른다면…… 수소로 존재하는 존재는 성체라고 부르면 어때? 생명체와 성체. 하나의 형체를 완성하고 있다는 의미로 성체라고 하자. 사실 뭐, 뭐라고 부르던 지금 단계에서 용어가 중요한 건 아니고."

요원이 은지를 쳐다봤다. 동구의 저 이야기를 어떻게 받아들일 수 있는지 결정해보라는 표정이었다. 은지가 말했다.

"산소로 호흡… 그러니까 산소를 에너지원으로 사용하는 성체를 생명체라고 부르고, 수소를 에너지원으로 사용하는 성체를 수소성체라고 부르자. 어때요?"

은지가 요원을 쳐다보자 요원이 고개를 끄덕였다. 동구는 요원과 은지를 보며 말했다.

"그래서 그다음은? 수소를 에너지원으로 사용하는 수소성체가 있다고 해. 그리고 또…?"

은지가 말했다.

"우리 인간은 산소를 이산화탄소로 바꿔서 에너지원을 만들거든. 그래서 지구에는 이산화탄소를 흡수해서 산소로 바꿔주는 역할이 필요해. 태양에너지를 사용해서 이산화탄소를 산소로 바꿔주는 역할을…… 식물이 하고 있고."

동구와 요원이 고개를 끄덕였다. 은지가 다음 이야기를 이었다.

"하지만 지구 생명체들 가운데 태양에너지나 산소만 가지고 살아가는 건 또 아니야. 심해에 사는 생명체들은 땅속에서 나오는 지열을 이용해서 생명을 유지하거든."

동구가 고개를 뒤로 젖혔다. 갈수록 복잡해진다는 표현이었다. 요원은 두 다리를 가지런히 모은 자세를 유지하며 은지의 이야기를 경청하는 듯 보였다. 은지가 다음 이야기를 계속했다.

"블랙홀은 주위에 회전력이 생기고 이를 통해 열을 발생시키는데, 이 열을 사용해서 생명체가 존재할 수도 있다는 가설도 전혀 불가능한 건 아니거든."

요원이 말했다.

"우주 관측 망원경을 통해 얻는 정보는 빛 입자를 통해 얻는 정보입니다. 비교적 최근에 만들어진 제임스웹 전파망원경은 파동을 분석해서 이미지로 만들어주는 건데요. 빛이건 전파건 일종의 스펙트럼을 사용해서 형태나 거리, 구성 성분을 분석하죠……. 두 분은 아시겠지만, 지구에서 사람이 외계 생명체를 찾는 것처럼 외계에 우리 인간 같은 또 다른 미지의 존재가 인간이 가진 정도의 기술력으로 지구에 생명체가 존재하는지 알아낼 수 있을 확률도 있다는 것이죠. 우주에서 대략 천 개의 항성에 인간이 가진 정도의 기술력을 갖춘 생명체가 존재한다면…… 지구에 존재하는 생명체를 찾아낼 수 있습니다. 외계인들이 우리는 먼저 찾아낸다면. 바로 이 점에서 ……."

은지가 말했다.

"잠깐만요. 지구에 숨어든 외계인들이 어디서 왔는지…… 역추적하려는 것이죠? 아니, 외계인이라고 부르면 안 되겠네요. 지구 밖 성체라고 해두죠. 역추적하려는 이유가 뭔가요?"

동구가 요원을 쳐다봤다.

"만약에…… 그걸 찾아낸다? 지구에 온 외계인들의 이동 경로를 역추적해서…… 그 외계인들이 존재하는 항성을 찾아낸다고 해도…… 어떻게 하려고 하죠? 지구인과 외계인의 교류인가요? 아니면……?"

요원이 동구와 은지를 보며 말했다.

"전쟁입니다."

"뭐라고요?"

은지는 이미 눈치채고 있었다는 듯 아무 이야기도 하지 않았다.

동구는 눈살을 찌푸리며 목소리를 높였다.

"아니⋯, 왜? 재래시장의 허름한 반찬 가게에서 우주 전쟁이 시작되냐구! 뭐야? 여기가 우주의 중심이라도 된다는 거야?"

하바드반찬가게에 찾아온 이유

"우리가 어디서 왔다고 생각하십니까?"

냉장고 안.

동구와 은지는 정장 차림의 청년과 후드 티를 입은 여자를 마주 보고 섰다. 냉장고 문을 열고 안으로 들어와서 냉장고 문을 닫고 등을 기댄 자세였다. 냉장고 문은 안쪽에서도 열 수 있는 손잡이가 있었다. 김정신 여사가 하바드반찬가게 앞에서 처음 만났던 청년과 여자는 동구와 은지를 앞에 두고 바라보고 있었다. 동구와 은지 앞에는 얼마 전 동구가 조립한 하얀 판이 놓였고 그 판을 사이에 두고 동구와 은지의 반대편에 청년과 여자의 모습이 보였다.

언뜻 보기엔 하얀 판이 작은 창문 역할을 하는 것 같았다. 남녀가 짝을 이뤄 각각 마주 보고 서 있고. 그 사이에 작은 창문이 열려 있는 모습으로 마치 사진을 촬영할 때 물체의 형상이 렌즈를 통해 역상으로 비친다고 할 때와 같았다. 동구가 팔을 뻗어 양손으로 들고 있는 하얀 판이 카메라 렌즈 역할을 담당했다.

며칠 전.

"너…… 그래도 괜찮겠어? 그냥 은지에게 네 이야기를 해주면…… 은지도 친구인데 이해하지 않을까?"

"안 돼! 은지를 다시 슬프게 할 순 없어. 동구야, 너한테만 하는 부탁이야. 내가 할 일이 있어서 다시 온 거야. 그때까지만 기다려줘. 그다음에……
나중엔 네가 어떻게 해도 막지 않을게."

동구는 반찬 가게 안에서 누군가와 이야기를 하며 앉아 있었다. 마천시장에 도깨비 소동을 일으킨 그 청년이었다. 청년의 곁에 후드 티 여자는 보이지 않았다. 청년은 에릭이었다. 에릭이 동구를 보며 말했다.

"내가 여기 다시 온 것은 후드 티 할 일이 있어서야. 그리고 빨리 그 일을 하지 않으면 안 돼. 하루하루가 지날수록 내 형체가 점점 흩어지니까. 내가 여기 있다는 것도 들키면 안 되는 일이지만."

동구가 말했다.

"은지가 네 얼굴 보면 예전에 잊었던 기억이 되살아날 수 있지 않을까? 은지는 나도 아직 기억 못 해. 하지만 너랑 나를 동시에 보면…… 어떨까?"

에릭이 말했다.

"아니. 은지 기억 속에 나는 존재하지 않아. 그건 은지를 위해서 좋은 일이야."

동구가 말했다.

"그래서 앞으로 어쩔 생각인데?"

에릭이 동구를 보며 웃었다. 가장 좋아했던 친구를 보는 친구의 눈빛이었다.

"너를…… 다시 만나서 너무 행복했지. 은지를 다시 봐서도 너무 좋았어. 하지만 이제 내가 돌아갈 시간이 점점 다가오고 있어. 그때까지 난 강호식이를 데려갈 거야. 그러려고 해."

동구가 에릭에게 말했다.

"우리 엄마가 아는…… 어느 목사님이 그러시던데. 이 세상을 떠나면 이 세상일에 참견하면 안 된다던데? 자살하면 무조건 지옥행이고, 정해진 때에 죽게 되면 지옥으로 보내질지, 이 세상에서 심판의 날까지 기다려야 할지, 하늘나라로 올려질지 결정된다는데? 맞아?"

"이 세상에서 떠나면 이 세상 사람들 일에 참견하면 안 돼. 하지만 나는 너랑 은지를 위해서라도 할 일이 있어. 은지가 연구하는 분야에 대해 은지가 궁금해하는 내용을 알려줄 거야. 여기에서 알게 된 일들이 있거든. 그러려고 온 거야. 다른 질문들은 내가 말할 수 없어. 근데. 어쨌든 나중에라도 은지에게 내 이야기를 하진 말아줘. 나는 은지 기억 속에서 오래전에 사라진 친구로서 남으면 그걸로 충분해. 알았지?"

동구가 고개를 끄덕였다. 에릭이 말했다.

"그 대신 부탁 하나만 할게. 며칠 후에 은지랑 너랑 함께 만나자. 은지랑 얘기하고 싶어. 은지가 나를 모를지라도. 그 대신 너도 날 아는 체하진 말아줘. 알았지?"

동구가 말했다.

"알았어. 근데 그 방법을 쓰면 네게 어떤 일이 생길지 아무도 몰라. 너무 위험해. 그래도 괜찮겠어?"

"뭘 걱정해? 어떻게 되긴 되겠지."

에릭은 걱정스러워하는 동구의 얼굴을 보며 씩 웃어 보였다. 오래전 고등학교 삼학년 때 같은 반 친구였던 에릭의 그 모습 그대로였다.

냉장고 안. 하얀 판을 통해 동구와 은지를 바라보던 청년이 다시 말했다.

"우리가 어디서 왔다고 생각하십니까?"

동구가 말했다.

"우리가 찾는 게 바로 그곳이에요."

청년이 입가에 미소를 지으며 말했다.

"인간은 참 바보군요."

동구가 고개를 우측으로 까딱하며 청년에게 말했다. 이건 뭐 예의가 아니라는 느낌이 든 모양이었다.

"왜 그렇게 생각하죠?"

후드 티를 입은 여자는 청년이 이야기하는 동안 아무런 말도 하지 않았다. 후드 티 여자는 남자를 따라온 것일지도 몰랐다. 동구의 생각이었다. 청년이 말했다.

"모든 문제를 인간의 한계 안에 가두려고 하기 때문이죠."

이번엔 은지가 물어봤다.

"인간이 모든 문제를 한계 짓는다는 말인가요? 그 말은…… 인간이 무슨 일을 하든 어떤 한계 안에서만 맴돈다는 의미 같네요."

청년이 은지를 보며 말했다.

"당신이 그나마 이해력이 있군요. 하긴…… 여자 몸에서 인간이 태어나니까요."

동구가 청년에게 쏘아붙이듯 말했다.

"아니…… 우리가 물어보는 질문에 먼저 대답해봐요. 이건…… 아주 중대한 문제라구요. 지금 이 자리에서 우리가 대화를 해서 문제를 해결하지 않으면…… 우주 전쟁이 터진단 말이에요!"

청년이 잠시 입을 다물고 동구를 쳐다봤다. 청년과 후드 티 여자는 아무런 표정의 변동도 없었다. 은지는 청년과 여자의 표정에 주목하고 있었다. 동구가 다시 물어봤다.

"하바드반찬가게에 온 이유가 뭡니까?"

청년이 대답했다.

"그건 우리가 해야 할 질문인 것 같습니다만."

동구가 어안이 벙벙한 표정을 지었다. 동구가 청년을 쏘아붙이듯 다시 말했다.

"그게 말이에요, 방구예요? 질문은 내가 먼저 했는데."

청년이 대답했다.

"질문은 당신이 먼저 했다고 하죠. 그런데 이곳에 먼저 온 것은 우리입니다."

은지가 동구와 청년의 대화에 끼어들었다.

"잠깐만요! 당신들이 먼저 이곳에 왔다? 그럼, 언제 온 것인지 알려주세요."

청년이 은지를 보며 말했다.

"우리는 어디서 온 게 아닙니다. 시간상 전후의 문제가 아닙니다. 우리는 이곳에 처음부터 존재했습니다. 우리가 있는 곳에 시장을 만들고 반찬 가게를 세우고 냉장고를 설치한 게 당신들입니다."

동구는 여전히 청년을 바라고만 있었다. 어서 빨리 어디서 왔는지부터 말하는 표정이었다. 청년이 이야기를 이어갔다.

"무슨 소리예요? 우리 할머니가 마천시장이 생길 때부터 이곳에 반찬 가게를 열었는데. 6.25 전쟁 직후였으니까 최소한 오십 년은 됐을 거예요. 알겠어요? 당신이 태어나기 전부터, 훨씬 오래전에! 그런데도 누가 먼저 왔는지 모른다는 거예요?"

청년이 동구를 보며 말했다.

"시간이 흐른다고 생각하십니까?"

동구가 말했다.

"시간이……."

선뜻 대답할 수 없었다. 모호했다. 대학에서도 시간의 의미에 대해 연구 논문을 읽은 기억이 있었다. 운동 상태의 변화를 기록한 숫자일 뿐이라는 주장도 있고 물체의 변화를 기록한 수치라는 주장도 있었다. 시간이란 게 태양이 뜨고 지고의 문제만은 아니었다. 동구도 궁금한 부분이었다. 청년의 질문을 받은 동구가 쉽게 대답하지 못한 이유였다. 은지가 말했다.

"우리가 이해할 수 있게 설명해주시겠어요?"

청년이 후드 티 여자를 쳐다봤다. 청년은 어느새 에릭이 되어 있었다.

"당신들의 이야기로 설명해볼게요. 우주의 시작을 빅뱅이라고 해보죠.

빅뱅으로부터 우주가 생겼습니다. 우주가 확장되기 시작하죠. 이때 우주의 확장 속도는 빛의 속도와 같습니다. 이해하시죠?"

에릭이 은지를 보며 물었다. 은지가 고개를 끄덕이자 에릭이 다시 이야기를 이어갔다.

"우주가 확장되면서 빛과 빛의 충돌이 생겼고 항성과 행성이 생겼으며 태양계와 지구가 생겼다고 합니다. 지구에는 생명체들이 생기기 시작했고 오랜 세월이 지나서 인간들처럼 문명을 지닌 생명체가 등장했다고 생각해보죠. 우주는 인간 그 자체이고 인간도 우주 그 자체에 해당합니다. 우주를 탄생시킨 빛이 인간도 되고 나무도 되고 동물도 되었던 것이니까요. 아닌가요?"

은지가 아무 말도 하지 않았다. 동구가 에릭에게 물었다.

"그건 그렇다고 합시다. 그런데 시간이 흐르지 않는다는 것은 무슨 의미인가요?"

에릭이 동구를 쳐다봤다.

"여러분이 자동차를 타고 서울에서 부산까지 간다고 해보죠. 시간이 걸린다고 합니다. 그러면 여러분이 아무것도 안 하고 멈춰 있다고 해보죠. 그래도 시간이 흐른다고 합니다. 이 시간은 어떤 시간인가요? 여러분과 무관하게 무언가가 움직인다는 의미죠? 무언가가 변화한다는 의미이고요? 여러분이 아무것도 안 해도 시간이 흐른다고 말하는 것은 이 세상이 움직이고 있다는 의미로 보입니다."

동구가 고개를 끄덕였다. 에릭이 다시 말을 이었다.

"무언가가 움직인다는 것은 어떤 공간 안에서 위치를 옮겨 움직인다는 걸까요? 아니면 멈춘 상태에서 스스로 모습만 변해간다는 의미일까요? 그렇다면 그 무언가가 있는 곳은 어디일까요? 또 그곳 너머엔 뭐가 있을까요? 여러분이 움직이지 않았는데 시간이 흐른다는 것은 이 공간 자체가 움직인다는 것과 같습니다. 이해하시죠?"

동구가 은지를 보며 말했다. 에릭의 이야기가 어렵다는 표정이었다. 은지가 뭐라도 한마디 거들라는 의미였다. 은지가 말했다.

"그게 시간이랑 무슨 관계가 있는지 알려주세요. 그리고 당신들이 어디서 왔는지도요."

에릭이 은지에게 말했다.

"빛을 생각해보죠. 빛은 어둠 속에서 모습을 드러냅니다. 빛이 가득한 곳에선 어둠이 없습니다. 그래서 역설적이지만 빛이 가득한 곳에선 어둠의 모습이 드러나지 않습니다. 하지만 어둠이 없는 것은 아니죠. 빛에 의해 어둠이 가려졌을 뿐이죠. 빛은 어둠에서도 빛에서도 빛 입자 그 자체로 존재하게 됩니다. 그래서 빛으로서는 시간이란 의미가 없습니다. 빛은 항상 그 빛으로 존재하기 때문입니다. 다시 말해서, 빅뱅으로 우주가 시작되었으니 우주의 모든 게 빛입니다. 우주에선 시간이 의미가 없는 것입니다."

동구가 말했다.

"그래도…… 사람이 늙어서 주름도 생기고…… 뼈도 약해지고…… 태어나고 죽고 하는 게 다 시간이 흘러서인데……."

에릭이 숨을 깊게 들이쉬더니 천천히 숨을 내쉬며 말했다.

"빛의 전이, 빛의 이동이라고 해둘까요? 어두운 밤에 플래시를 켜보시죠. 일정한 거리까지 불빛이 비칩니다. 그 이유는 플래시에서 발생한 빛이 공기 중으로 튀어 나가면서 공기 입자들을 통과하며 점점 확산하다가 어느 지점에 이르면 공기 입자에 흡수되는 것이죠. 빛이 사라지는 것은 아닙니다."

은지가 말했다.

"빅뱅에서 시작된 우주라고 한다면……, 우주의 모든 것이 빛이라면 말이죠. 그럼, 블랙홀도 빛의 충돌로 생성된 거네요?"

에릭이 은지를 보며 입가에 미소를 짓고 고개를 끄덕였다. 그리고 동구를 보며 다시 이야기를 이어갔다.

"빛이 한계가 있다는 것은 빛이 사라지는 게 아니라 빛이 흡수된다는 것입니다. 아까 말씀드린 대로 빛에게 시간이란 의미가 없는 것이고요. 빅뱅을 거쳐 빛으로 이뤄진 우주 속에서 나이가 들어서 병들고 죽는다는 것은 시간이 흘러서 소멸하는 게 아니라 다른 빛으로 흡수되는 것이죠. 시간이란 거리의 개념입니다. 우주가 빅뱅으로 시작되었고 빛 입자로 구성되었다면 우주가 확장되건 말건 그 빛은 일정한 공간에 머무는 것입니다. 그러므로 이 우주에선 시간이란 존재하지 않습니다. 동구 씨라고 했나요? 나이가 들어 동구 씨가 죽는다는 것은 우주 안에서 동구 씨를 형성하고 있는 빛이 우주의 다른 빛 입자로 흡수되는 것을 의미합니다. 그래서 동구 씨에게도 시간이란 의미가 없는 것이죠. 마천시장도 마찬가지이고요."

은지가 에릭에게 물었다.

"그렇다면…… 당신들은 다른 빛으로 흡수되지 않고 계속 존재해왔다는 말인가요?"

후드 티 여자가 에릭을 쳐다봤다. 에릭이 은지를 보며 말했다.

"네."

은지가 에릭에게 물었다.

"그게…… 어떻게 가능한가요?"

에릭이 말했다.

"빛은 어디로 가느냐는 방향이 중요합니다. 빛이 어둠으로 간다면 결국엔 어둠으로 흡수됩니다. 하지만 빛이 빛으로 나아간다면 계속 빛으로 남게 됩니다. 그런데 여기 냉장고 자리는 빛의 이동을 가두는 곳, 빛이 멈춘 곳이죠. 그래서 우리는 어디에든 있을 수 있고 계속 존재할 수 있었습니다."

동구가 에릭에게 물어봤다.

"아니지. 이 냉장고는 우리 어머니 강말숙 여사가 마천시장에 반찬 가게 연 기념으로 여기에 새로 들인 건데……? 냉장고가 없었을 때는? 냉장고가 없으면 빛이 멈추는 공간도 없을 테니…… 당신들 이야기가 안 맞잖아?"

에릭이 동구에게 말했다.

"다시 말하지만…… 이 지점은 냉장고가 생기기 이전부터 빛이 멈추는 곳이었습니다. 그런데 이 지점에 정확하게 냉장고가 들어섰던 것이죠."

은지가 에릭에게 말했다.

"빛의 멈춤. 그게 궁금해요, 설명해주세요."

에릭이 은지를 보며 말했다.

"우주가 탄생하면서 빛이 확산되었습니다. 그리고 빛 입자들끼리 충돌하면서 항성이 생기고 행성이 생겼죠. 항성과 행성들 내부에서도 빛의 충돌이 이뤄지면서 빛의 소용돌이, 다시 말해서 빛입자회오리 지점이 생겼는데요, 빛입자회오리 지점에선 빛이 멈추게 됩니다. 태풍의 눈을 생각해보시죠. 태풍의 한가운데엔 태풍이 없습니다. 물론, 빛 입자끼리 무한 충돌되면서 실제론 멈춘 게 아니지만 외부로 빠져나갈 수 없으니 사실상 멈춘 것처럼 되는 것이죠."

은지가 다시 물었다.

"그렇다면…… 지금 당신들은 이곳, 빛입자회오리 지점에 머문 상태라는 것인가요? 그런데 공교롭게도 빛입자회오리 지점에 하바드반찬가게가 들어섰고 냉장고가 생기면서 정확하게 그 공간이……, 빛입자회오리 공간이 외부로부터 감춰진 것이군요?"

동구가 은지를 쳐다봤다. 은지는 동구의 시선을 느끼면서도 에릭을 향해 질문하는 것을 멈추지 않았다.

"그날, 김정신 여사가 하바드반찬가게 앞에서 당신들을 본 것도……그러면 그때가 바로 당신들이 빛 입자 상태였던 것이구요? 눈에는 보이지만 만져지지 않는?"

에릭이 웃으며 말했다.

"그렇습니다."

은지가 에릭에게 물어봤다.

"당신들은 빛 입자가 어디로 가느냐가 중요하다고 말했는데요……. 그렇다면 그 빛 입자는 어떻게 생겨났나요?"

후드 티 여자가 에릭을 쳐다봤다. 에릭은 아무 말도 하지 않았다. 어쩌면 말을 할 수 없는 비밀이었는지도 모른다.

"……."

그때였다.

"…… 웃기고 있네."

에릭의 얼굴을 보던 은지의 표정이 굳어졌다. 동구가 에릭을 쳐다보며 놀란 표정을 지었다. 동구의 눈썹이 치켜 올라갔다. 예상치 못한 상황이었다. 동구는 에릭을 보며 난감한 표정을 지었다. 에릭은 다시 청년의 모습으로 돌아왔다.

"당신들은 거짓말을 하고 있어."

냉장고, 그날 밤의 비밀

"하바드반찬가게에 도둑이 든 날, 그날 밤. 당신들은 냉장고 안에 없었어."

은지가 청년을 보며 말했다. 후드 티 여자가 은지를 쳐다봤다. 동구는 은지의 이야기가 무슨 말인지 잘 모르는 눈치였다. 은지가 청년을 바라보며 말을 이었다.

"그날 밤, 하바드반찬가게 안에서 냉장고를 뒤져본 건 당신들이야."

동구가 눈을 동그랗게 뜨고 껌뻑거렸다. 동구는 은지가 그 청년이 에릭인 걸 모르고 기분 나쁘게 쏘아붙인다고 생각했다. 동구는 청년을 쳐다보며 지금이라도 말하자는 눈치였지만 청년은 아무런 대답을 하지 않고 은지의 이야기만 듣고 있었다.

"은지야…… 그날 밤 이야기는 안 하기로……."

청년이 은지를 쏘아보며 말했다.

"제법 영리한 줄 알았는데…… 아무것도 모르는…… 어리석은 인간이었군요. 우리는 외계에서 온 성체들입니다. 지구에 살아가는 인간들과 교류를 하러……."

은지가 청년을 불렀다.

"이봐! 당신 두 사람은…… 외계인도 아니고…… 그냥 인간들 등골 빼먹으려는 도깨비일 뿐이야. 어디서 약을 팔아?"

은지가 어깨를 움찔거리며 하얀 판 안으로 들어가 청년에게 달려들 기세로 말했다. 청년의 눈가 주름이 미세하게 흔들렸다. 청년의 눈빛이 약간 흔들렸다는 것을 동구는 알 수가 없었다. 동구는 은지만 바라보고 있었다. 은지가 말했다.

"그날 밤, 림재복 사장은 하바드반찬가게 안으로 들어왔어. 하지만 그건 가게에서 일하는 첫째 이모, 자기 아내를 데려오기 위함이었어. 그날 밤, 첫째 이모는 영업이 끝나고 가게 안에 숨었다가 집에 반찬이라도 갖고 가려고 했거든. 하바드반찬가게가 장사가 잘 되니까……, 집에 가져가서 팔려고 했었지. 조금 낮은 가격에."

동구가 은지를 향해 눈을 동그랗게 뜨고 쳐다봤다. 은지는 그런 내용을 어떻게 알았을까? 은지가 후드 티 여자와 청년에게 말했다.

"그런데 림재복 사장이 들어오니까…… 당신은 생각을 바꾼 거야. 그날 가게 안에는 당신이랑 저 여자가 먼저 와 있었지만…… 첫째 이모가 진열대 아래에 숨어있다가 나왔고, 림재복 사장도 들어왔거든. 당신은 하바드반찬가게에 해코지를 하려고 왔던 건데 갑자기 공격 대상이 바뀐 것이지."

청년은 은지를 보며 가만히 쳐다보다가 이윽고 입을 열었다.

"내가 무슨 억하심정이 있다고……. 오히려 그 반대라면 모를까. 하바드반찬가게에 해코지를 하려고 생각했다는 것이지?"

은지가 그것 보라는 듯 청년을 보며 말했다. 동구는 청년의 이야기를 들으며 맞다고 고개를 끄덕였지만, 은지는 청년만 바라보느라 동구의 행동을 볼 수 없었다.

"당신이랑 저 여자는…… 하바드반찬가게 옆에 생닭, 오리를 파는 가게 바로 위, 보륜사라는 무당집을 운영하는 법사가 떠받드는 도깨비들이거든."

동구가 청년을 쳐다봤다. 은지가 단단히 오해하고 있으니 이해해달라는 의미였다.

"보륜사? 마천시장에 우리 가게 잘 되는 거 배 아파하는 곳인데. 그리고…… 우리 어머니 강 여사가 인사 안 한 것도 아니고……."

은지가 말했다.

"김정신 여사는 살림살이가 어렵지만 착실하게 사는 분이셨어. 빠듯한 형편이었지만 어려운 이웃 후원도 정기적으로 하고. 그런데…… 하바드반찬가게랑 친했지. 그래서 이 남자랑 저 여자가 김정신 여사를 공격 대상으로 삼았던 거야. 하바드반찬가게를 망하게 하려면 우선 가까운 사람들부터 공격해야 했거든."

동구가 청년을 쳐다보다가 은지를 돌아보며 말했다.

"도대체…… 왜?"

은지가 청년을 쳐다봤다. 그제야 청년은 입가에 알 듯 모를 듯 웃음을 보이며 킥킥거렸다. 후드 티 여자는 청년을 보며 입술을 힘주어 꽉 물었다. 더 이상 연기하기 어렵다는 표정이었다. 청년이 후드 티 여자의 어깨를 다독이고 은지를 쳐다보며 말했다.

"제. 기. 랄. 이건 예상하지 못했는데. 그래. 말해주지. 보륜사 법사 놈이 하두 징징거려서 재미 삼아 그랬지. 하바드반찬가게가 장사가 잘되는데 보륜사에 돈도 갖다주지 않는다고……. 김정신이란 여자도 교회 다니면서 법사 놈을 무시한다고 하더만. 그날 밤 하바드반찬가게 불 지르러 들어갔는데 첫째 이모란 여자가 있을 줄은 몰랐지. 그래서 이 여자를 어떻게 할까 생각하는데 또 남편 놈이 들어오더라? 그래서…… 캬캬캬. 갑자기 재밌는 생각이 났어. 림재복이 이름 부르니까 무서워서 쩔쩔매더만. 캬캬캬. 림재복이 겁주고, 첫째 이모란 여자는……."

청년 옆에 섰던 후드 티 여자가 기다렸다는 듯 입을 열었다.

"내가 림재복 사장 품 안에 안겼어. 살아있는 인간에게 안겨본 지 오래돼서. 케케케. 그 사이 첫째 이모란 여자가 넘어졌고 진열대 모서리에 팔을 다치더라구. 바보들 같으니라구. 한창 재미있을라던 판에 림재복이는 반찬가게 안에서 뭘 집더니 혼자 휘두르다가 냅다 도망가더만. 바보 같으니라구."

청년이 후드 티 여자 어깨를 팔로 다시 안으며 말했다.

"아무튼…… 그날 밤엔 재밌었어. 우리도 모처럼. 그런데 법사 놈은 또 투덜대겠지만. 뭐, 그건 그놈 사정이구. 법사 놈들이란 게 밥 얻어 처먹으러 초상집 찾아다니는 개……거든. 사람들에게 들키면 냅다 내빼는 게 법사 놈들이지. 캬캬캬."

은지가 청년을 쳐다봤다. 청년이 은지를 향해 고개를 오른쪽으로 살짝 숙이며 말했다. 이해할 수 없다는 표정이었다.

"근데…… 너! 나랑 얘가 누군지 어떻게 알았지? 너도 법사 놈처럼 사주 보고 관상 보는 년이냐?"

은지가 말했다.

"이젠 아주 정체를 드러내놓고 함부로 말하는구나. 누가 하찮은 도깨비 아니랄까봐."

청년이 말했다.

"그럼…… 도깨비가 인간에게 예의 갖춰서 말할까? 그것도 이상하잖아? 그냥 하던 대로 하게 냅둬. 생각하니까 짜증 나네. 꼭…… 나중에 보면 나쁜 놈들도 나쁜 짓 하면 돈 벌게 해준다는 거 약속 지키라고 하더라. 말도 안 되는 소리잖아? 나쁜 놈이 약속 지키면 그게 나쁜 놈이냐? 우린 '본캐'에 충실할 뿐이라구."

청년은 후드 티 여자를 보며 킬킬거렸다. 후드 티 여자는 청년의 품 안으로 쏙 안기는 모습이었다. 여자의 어깨를 한 팔로 감싼 청년은 팔에 더 힘을 주어 여자를 안았다. 동구가 은지에게 상체를 숙이더니 나지막이 물어봤다. 에릭이 걱정되는 마음이었다. 은지의 계획을 먼저 물어보고 필요하다면 에릭에게 피신하라고 먼저 말이라도 해줘야 했다.

"은지야, 너 그럼 이제부터 저 도깨비들? 쟤네들 무찌르는 거야?"

청년이 동구를 불렀다.

"야! 다 들려. 무찌르긴 뭘 무찔러? 그러려면 림재복 채소 가게에서 판매하는 싱싱한 무우 있거든 골라서 찌르든가. 그리고 인간들…… 그거 알아야 하는데, 인간들 말하는 거, 아, 우리 같은 도깨비들에게 전달되거든? 인간들이 분노하고 욕하고 나쁜 짓 하고 하는 거…… 다 우리 도깨비들이 알아. 왜냐구? 우리 도깨비들은 그런 놈들 좋아하거든. 캬캬캬."

동구가 은지 옆에 섰다. 은지가 청년에게 말했다.

"도깨비 주제에."

청년이 후드 티 여자를 보며 은지에게 말했다.

"야, 우리는 뭐 이렇게 되고 싶어서 도깨비짓하고 다니니? 다 그건……, 에휴, 아니다. 아냐. 내가 너하고 무슨 얘기를 하냐. 참나, 도깨비가 순간적으로 감성적일 뻔했네."

동구가 은지에게 가까이 다가서며 청년에게 말했다.

"야! 마천시장에 도깨비 나타났다는 말이…… 틀린 말은 아니네. 아무튼 손님 늘어나고 인생 샷 포토존 만들어준 거 고맙긴 한데, 이제 도깨비들은 도깨비 세상으로 가라. 좋은 말 할 때."

청년이 아랫입술을 힘주어 앞으로 삐죽 내밀며 동구의 말투를 흉내 냈다.

"좋은 말 할 때? 야! 도깨비한테 좋은 말 하면 안 되지. 가장 기본도 모르는 녀석이네. 너! 도깨비를 칭찬하면 그건 도깨비가 나쁜 일 잘한다는 거잖아. 너…… 바보냐? 좋은 말 할 때? 그렇게 말하지 말고 좋게 말할 때 꺼져라, 뭐 소리치고 그래야지? 나한테 겁주면서. 그래야 나도 나쁜 놈 만났다고 신나 하지."

청년이 후드 티 여자랑 어깨를 감싸 안은 자세로 킥킥거리며 웃어댔다. 후드 티 여자는 은지를 유심히 바라보고 있었다. 후드 티 여자는 갑자기 은지에게 질투를 느꼈다. 도대체 에릭은 왜 이런 여자를 좋아해서 못 잊고 또 왔는지 모르겠다는 눈치였다. 후드 티 여자가 은지를 불렀다.

"야! 넌 마스카라 어떤 제품 쓰냐? 눈썹 예쁘네? 내 얼굴 보고 아이섀도 어울릴 거 있으면 추천 좀 해봐라. 요즘 뭐가 유행하는지……."

은지가 여자에게 말했다. 그리고 청년을 보며 말을 이어갔다.

"도깨비가 무슨 메이크업 신경 쓰니? 그리고 너!"

청년이 은지의 말에 대꾸했다.

"왜?"

은지가 청년을 향해 소리쳤다.

"야! 너! 내가 너 누군지 모를 줄 알아? 너!"

그때였다. 은지가 청년에게 뭔가 이야기를 하려던 순간이었다. 냉장고 문이 스르륵 열렸다. 냉장고 안에서 냉장고 문을 등진 자세로 서 있던 은지와 동구는 뒤를 돌아봤다. 하얀 판 속 청년과 여자는 그대로 서서 동구와 은지의 어깨 너머 보이는 냉장고 문이 열린 사이로 가게 안을 바라보고 있었다. 냉장고 문이 열리고 국정원 요원이 서 있었다.

"접니다."

강남대박고깃집, 레전드 매운탕

요원은 냉장고 안으로 들어오더니 동구가 들고 있던 하얀 판을 건네받았다.

"수고하셨습니다."

요원은 은지를 향해서도 인사를 했다.

"은지 박사님도 수고하셨습니다. 이제 두 분의 임무는 여기까지. 나머지는 저희에게 맡겨주십시오. 지금부터 국정원에서 지휘합니다."

요원은 하얀 판을 통해 청년과 여자를 보며 말했다.

"너희 둘. 이 시간부터 국정원 특수3팀에 포획된 거야. 다른 이야기는 국정원에 가서 천천히 하도록 하지."

요원은 하얀 판을 양손에 들더니 한 면씩 양손으로 밀었다. 그러자 차례대로 가로 면이 줄어들고 세로 면이 줄어들었다. 하얀 판의 크기가 가로세로 30센티 정도였다면 이제는 가로세로 5센티 정도밖에 되지 않았다. 하얀 판 속에선 청년과 여자가 쉰 목소리로 소리치며 하얀 판 밖으로 벗어나려고 했다.

"저기, 자…… 잠깐만요! 요원님!"

예상치 못한 상황이었다. 동구도 당황했다. 하지만 하얀 판 가로세로 면에 막혀 움직일 수 없었다. 요원은 작아진 하얀 판을 엄지와 검지 끝마디로 들고 눈앞에 들어 보였다.

"그리드. 너희들, 이 안에서 나올 수 없어. 얌전히 있어라. 조금 답답할 순 있어도 너희들 존재가 사라지진 않으니까."

청년과 후드 티 여자는 그리드 안에서 요원을 바라보게 되었다. 청년은 체념한 얼굴이었다. 후드 티 여자는 청년의 옆에 서서 청년의 옆구리를 자기의 왼팔로 툭툭 치고 있었다. 어떻게 좀 해보라는 표시였다. 하지만 청년은 아무것도 할 수 없었다. 동구는 동구대로 당황하고 있었다. 그 판을 만든 것은 동구였다. 작은 하늘 공간처럼 보이는 사각형 면에서 요원의 눈동자가 크게 다가오는 게 보였다. 청년은 여자의 어깨를 감싸 안으며 소리쳤다.

"하…… 이 더러운 새끼들. 야! 도깨비가 인간에게 해코지하면 어떻게 되는지 몰라? 너희들 도깨비 감당할 수 있겠어?"

"알지."

요원의 눈동자가 청년에게 말했다. 성냥갑처럼 작아진 사각형 공간 안에 청년과 여자가 바짝 붙어 있었다. 눈동자가 껌벅거렸다.

"도깨비가 인간에게 끼어들면 도깨비 죗값이 더 커지지. 심판의 날이 올 텐데, 도깨비들이야말로 그거 제대로 감당할 수 있겠어?"

요원의 눈동자는 세로로 얇아졌다. 고양이 눈동자 같았다. 요원이 웃는 듯했다. 다시 커진 눈동자는 청년과 여자를 보며 껌뻑 감았다 떴다. 요원이 윙크를 했다.

"이따 보자. 조금만 참아. 답답하더라도."

그리드를 진공 봉지에 담아 봉하고 안주머니에 넣은 요원은 동구와 은지를 보고 입가에 미소를 짓더니 살짝 웃어 보였다. 은지는 요원이 웃는 얼굴을 처음 본다고 느꼈다. 그동안 한 번도 웃은 적이 없던 요원이었다. 동구는 요원을 향해 다급히 물어봤다.

"그리드, 어디로 가는 겁니까?"

요원이 냉장고를 나서다 동구를 돌아보며 말했다.

"······ 비밀입니다."

요원이 냉장고를 나가 하바드반찬가게를 빠져나갔다. 동구와 은지는 요원이 돌아간 후에도 냉장고 안에서 그대로 서 있었다. 은지는 요원의 뒷모습을 지켜보며 눈을 떼지 못했다.

다음 날. 강남대박고깃집. 오후 두시가 지날 무렵이었다. 동구와 김 양이 강남대박고깃집 식당 안으로 들어섰다. 하바드반찬가게는 여전히 바쁜 하루를 보낸 터였다. 하지만 점심 찬거리를 사러 나온 손님들이 한바탕 몰렸다가 잠시 한가해진 사이, 가게를 첫째 이모, 둘째 이모에게 맡긴 동구는 김 양을 데리고 식당에 왔다. 강말숙 여사는 오늘도 마천시장 재건축 일로 구청에 들어갔다고 했다. 식당 안으로 들어선 김 양이 테이블을 찾으며 동구에게 말했다.

"야! 마천시장에 왜 강남대박고깃집이냐?"

동구가 김 양을 보며 웃었다.

"그럼, 여기가 강북이냐?"

김 양이 어안이벙벙한 표정을 지었다가 이내 고개를 끄덕였다.

"응······? 그렇네. 마천동. 강남이네."

동구가 김 양을 보며 웃었다. 김 양은 생각했다. 자신의 질문을 동구가 반박한 게 항상 있는 일은 아니었다. 모처럼 동구의 반박을 들은 김 양이 할 말 없는 상황. 김 양은 이 상황을 빨리 전환해야 했다.

"강남이라고 하면 가게가 더 잘 돼?"

테이블에 앉자 남자가 다가왔다. 주문할 메뉴를 골라야 했다. 동구가 김 양을 쳐다봤다. 뭐 먹을 것인지 주문하라는 의미다. 김 양이 주위를 둘러보며 메뉴판을 찾았다. 벽에 붙어 있었다. 동구가 남자에게 말했다.

"레전드 매운탕 2인분 주세요."

남자가 고개를 끄덕이고 말했다. 김 양이 동구에게 말했다.

"야, 인분 대신 2명분이라고 하던가 두 개라고 말해. 인분은 쫌 그렇지 않아? 냄새나잖아……."

남자가 그 순간 입술을 실룩대더니 김 양의 이야기를 끊으며 말했다.

"……, 더 필요하신 건 없으세요?"

주문할 거 있으면 한꺼번에 말하라는 의미다. 그게 아니라면 남의 식당에 와서 멀쩡한 식사 주문하면서 인분 이야기는 하지 말라는 의미였다. 동구가 남자를 보며 말했다.

"아, 사장님. 얘 여기 먹방 찍으러 왔어요. 레전드 매운탕, 유튜브에 올린대요. 괜찮으시죠?"

"아! 네네, 그럼요."

남자는 김 양이 겸연쩍게 웃으며 지금은 없고 먹다가 나중에 시킨다고 말하자 남자가 테이블을 가리키며 말했다.

"필요하신 거 있으시면 벨 누르세요."

"네네, 감사합니다."

남자가 주방으로 돌아가고 동구가 김 양에게 말했다.

"여기선 입조심해. 아무 말이나 하면 안 돼. 너 내가 강남이라고 한 거 맞받아친다고 인분 이야기한 거잖아. 그런데 장삿집에 와서 그러면 안 돼."

김 양이 오른손을 들어 엄지와 중지로 오른쪽 안경테 가장자리를 붙잡아 위로 올렸다가 내려놓으며 동구를 바라봤다.

"왜?"

동구가 김 양 앞에 티슈 한 장을 펼치더니 수저와 젓가락을 올려놓으며 말했다.

"발 없는 말이 천 리 가. 몰라?"

김 양이 피식 웃는다.

"야, 난 또."

동구는 여전히 진지한 표정이다. 동구가 팔짱을 끼고 김 양을 보며 말했다.

"그리고…… 사람들 식당 가면 막 함부로 이런 얘기 저런 얘기 다 하는데 말이야……, 너무 좋아."

김 양이 웃었다. 동구의 이런 대화법이 김 양을 웃게 만든다. 부정적인 연결 문장을 기대하게 만들어놓고 갑자기 긍정 문장을 내다 꽂는 대화법. 김 양은 반전 있는 대화를 좋아한다. 이런 대화법을 티키타카라고도 부른다. 동구가 의자 뒤로 팔을 올리더니 김 양을 보며 말했다.

"식당 사람들은 하루 종일 이 안에 있거든. 무슨 재미가 있겠어? 없지? 심심하다 이거야. 그런데 손님들이 들어와서 막 이러쿵저러쿵 떠들어. 그럼, 그게 뭐야? 바깥세상 정보들이잖아? 식당 사람들은 손님들 이야기 안 듣는 것 같아도 모두 다 들어. 그게 재미거든. 주문하는 거 빨리빨리 갖다주려면 어쩔 수 없이 손님들 말하는 거 귀 기울여야 하는데, 누구보다도 식당 안에서는 귀가 밝다 이거야. 다 들어……, 다. 그뿐이겠어? 손님 평가도 다 해. 밥 먹는 거, 밥 먹고 나가는 거, 음식 남기는 거. 식당 사람들이 손님들 관찰하고 뒷담화하는 거 모아서 유튜브 콘텐츠 만들어도 대박 날 텐데."

동구가 허리를 젖히며 주위를 둘러보며 말을 이었다. 식당 남자는 주방 안으로 들어간 상태였다.

"저 남자분 여기 사장님이야. 자기는 카운터만 보고 주방장이랑 종업원 두 명 쓰다가 인건비 감당이 안 돼서 내보내고……. 이제는 직접 홀서빙하고 주방 보고 다 하지. 요즘 교포들이나 외국 유학생 알바 쓰려고 해도 시급 이만 원은 줘야 할 걸? 월급 삼백 준다고 해도 사람이 없다고 하던데."

김 양은 동구 이야기를 들으며 테이블 위에 놓인 물컵을 들고 한 모금 마셨다. 동구가 말을 많이 해서 목이 말랐던 모양이다. 김 양이 물을 마시는 걸 보더니 자기도 물컵을 들고 입술에 댔다. 하지만 동구 컵에는 물이 담겨 있지 않았다.

"너 밖에 나와서 식당에서건 어디에서건 물 먹는 거 싫다며? 하두 사람들이 너 물 멕이는 거 많이 봐서……."

동구는 오른손으로 엄지를 세우고 검지를 펴서 총 모양을 만들고 김 양을 향해 방아쇠를 당기는 모습을 보이며 입 모양을 동그랗게 모아 '빵야' 소리를 내는 것처럼 만들었다. 김 양의 지적이 정확했다는 표시다. 김 양은 동구 얼굴을 보며 속으로 생각했다. 참 유난 떤다는 느낌이다. 사람이 자기가 하고 싶은 말 제대로 좀 하고 살면 안 되는지 싶다. 어떨 때 보면 동구 녀석이 고집불통 똥고집 늙은이 같다고 느끼는 이유이기도 했다. 동구는 김 양 얼굴을 보며 그런 생각이 들었다.

'하…… 얘는 아무것도 모르니 함부로 말해줄 수도 없고. 까딱했다간 유튜브 조회 수 뽑는다며 콘텐츠라고 우길 것만 같고.'

김 양은 젓가락을 집어 고사리나물을 한 가닥 집더니 입 안에 넣고 오물거리며 동구에게 말했다.

"야! 친구 좋다는 게 뭐냐? 아이템 있으면 좀 말해봐. 그럼 나도 요즘 다시 새롭게 뜨는 도깨비 이야기해줄게."

동구가 피식 웃었다. 김 양은 마천시장 도깨비 소동이 마무리되었다는 걸 모르는 모양이었다. 동구가 김 양에게 말했다.

"그래, 너 먼저 말해봐. 도깨비가 어떤데?"

"응? 모른다고? 야! 이리 가까이 귀 대봐."

김 양이 상체를 앞으로 숙여 동구에게 가까이 얼굴을 향해서 조용한 목소리로 속삭이듯 말했다. 식당 사람들이 들으면 안 되는 이야기인 듯했다.

"얼마 전에 여기 마천시장 도깨비가 사라졌대."

"그래? 그럼, 이제 도깨비 보러 오는 손님들도 없겠네? 아쉽다."

동구가 김 양을 보며 짐짓 모르는 척 대꾸했다. 김 양이 말했다.

"그건…… 세상 사람들을 속이려는 표면적 이유이고! 내가 얼마 전에 내 채널에서 이메일 제보를 받은 게 있는데……."

동구는 아무 말을 하지 않고 김 양을 바라봤다. 김 양이 식당 안에 앉은 상태로 주위를 둘러보며 나지막한 톤으로 이야기를 이어갔다. 마치 ASMR

방송을 하는 것 같기도 했다.

"마천시장에 어느 가게가 있는데…… 그 가게 주인이…… 도깨비래. 그 가게 이름이 뭐라더라? 마천시장 중앙 통로에서 장사 잘되는 식당이라던 데……."

"뭐…… 뭐라구?"

그때였다. 김 양의 이야기를 듣는 동구의 눈동자가 점점 더 커졌다. 주방 안으로 들어갔던 남자가 다시 나온 것도 그 무렵이었다. 동구랑 눈을 마주친 남자는 동구를 보며 앞치마 주머니에서 하얀 판 한 개를 꺼내 보였다. 주방 출입구 옆에 세워둔 옷걸이에는 동구의 눈에 익은 후드 티 한 벌이 걸려 있었다.

김 양이 동구를 보며 무서운 듯 어깨를 움츠리며 말했다.

"왜? 왜 그래?"

동구는 김 양의 말에 대답하지 않았다. 그 대신 스마트폰을 꺼내고 은지의 전화번호를 서둘러 찾기 시작했다.

전설의 주먹, 김달포 나아가신다!

"어이, 거기 아쟈……씨!"

그날. 그리드를 들고 하바드반찬가게를 나선 요원이 서둘러 코다리 가게로 향하고 있을 때였다. 강호식이 탄 차가 마천시장 중앙 통로 앞에 섰다. 강호식은 차창 유리문을 내리더니 빠른 걸음으로 걸어가고 있던 요원을 불렀다. 요원은 그리드를 안주머니에 넣고 천천히 돌아섰다.

"네? 누구시……죠?"

요원의 앞에는 꽁지머리 청년과 그 옆에 흰 양복을 입은 강호식이 탄 자동차가 보였다. 강호식이 요원을 위아래로 훑어봤다. 마천시장 상인 같은데 처음 본다는 표정이었다. 강호식은 자기가 모르는 가게가 있었는지 다시 생각해봤지만 요원은 처음 보는 얼굴이었다.

"거기…… 마천시장에서 장사허요?"

"……. 네, 그런데요."

강호식은 요원이 장사하는 상인이라고 말하는 것과 동시에 표정을 누그러뜨리며 입가에 미소를 지었다.

"어이구, 우리 유권자이셨네. 싸장님, 어디 가세요? 제가 태워드릴게. 이 차 타고 가요."

강호식은 순간적으로 움츠렸던 어깨에 힘을 빼며 안도하는 기분이 들었다. 요원도 강호식을 모르는 것은 아니었다. 이따금 코다리 가게 앞에서 허세를 부리던 남자가 있었는데 그게 강호식이었다는 사실을 이제야 알게 되었다.

"아닙니다. 여기 가게 다 왔는데요. 뭐."

강호식이 요원을 보며 양쪽 눈썹을 살짝 찌푸리며 말했다. 강호식으로선 요원이 어느 가게 주인인지 잘 기억나지 않았다.

"아하, 그러시구나. 거기 오리구이집 옆에…… 그……."

요원이 말했다.

"코다리집."

강호식이 고개를 들며 그제야 생각난 듯 말했다.

"맞죠, 맞죠. 내가 싸장님 모를까 봐서요? 에이, 아니죠. 섭하죠. 제가 코다리 제일 좋아하는데요."

꽁지머리 남자도 강호식 옆에서 웃는 얼굴을 하고 요원을 바라보고 있었다. 강호식은 서둘러 차에서 내리더니 요원에게 다가섰다.

"건강하시죠? 장사하시는 데 어려움 없으시고요? 싸장님, 정말 너무 오랜만에 뵌다. 그동안 얼마나 보고 싶었는데."

강호식은 요원에게 다가서며 요원에게 손을 내밀어 악수를 청했다. 강호식은 악수를 하면서도 고개를 든 상태로 요원과 시선을 맞추는 것을 잊지 않았다.

'악수하되 시선은 놓치지 말라.'

강호식의 아버지 최부자의 가르침이기도 했다. 사실 알고 보면 최부자는 꼭 이런 식으로 상대방을 겁줘서 돈이고 재산을 빼앗곤 했다. 최부자의 생김새 자체가 포악스럽게 생겼기 때문만은 아니었다. 돈을 버는 데 수단 방법을 가리지 않는다는 악한 마음이 눈을 통해 상대에게 전해졌기 때문이었다. 최부자랑 악수를 한 사람들은 그 기분 나쁜 감정 때문에 두 번 다시 최부자랑 만나고 싶어하질 않았다. 기세에 눌렸다고 할까? 일 때문에 만나게 되는 일은 있을지 몰라도 굳이 사귀고 싶지 않은 사람, 개인적으로라도 친해지고 싶지 않은 사람이 최부자였다. 이런 최부자의 심성을 고스란히 이어받은 강호식이었다.

"야! 차 빼!"

요원이 강호식과 마주 서서 인사를 나눌 때였다. 새마을금고 건물 앞으로 걸어오던 남자가 강호식이 타고 온 차를 보더니 그 앞에 양손을 자기 허리에 짚고 서서 한껏 풀린 눈으로 강호식의 차를 향해 소리를 치고 있었다. 한눈에도 상당히 술에 취한 듯 보이는 남자, 김달포 사장이었다.

"야! 안 빼? 이눔들이…… 내가 누군지 알고! 안 빼?"

김달포는 차 앞에 서서 고래고래 소리를 지르더니 요원과 마주 선 채 자기를 바라보는 강호식을 쳐다봤다. 김달포는 강호식에게 다가갔다.

"야!"

"아이구, 우리 김 사장님. 약주 한잔 걸치셨나 보다. 어디 다녀오세요? 2차 가세요?"

강호식은 요원의 눈치를 보며 김달포에게 인사를 건넸다. 강호식도 김달포를 모르는 바가 아니었다. 얼마 전엔 조합장 선거를 앞두고 사전 모임을 가질 때 건물 앞에서 직원들이랑 맞서던 김달포 모습도 본 기억이 있었다. 강호식으로선 김달포가 이래저래 귀찮은 남자, 상대해주면 번거로운 남자에 지나지 않았다. 대충 비위 맞춰주며 갈 길 가라고 보내는 게 편했다.

"야! 술은 내가 먹었구…… 넌 그 차 빼라구!"

그런데 오늘 김달포는 강호식의 마음을 몰라주는 모양이었다. 김달포는 강호식에게 한 걸음 더 가깝게 다가서며 더 큰 소리로 말했다. 이쯤 되니 마천시장 입구 옆 고인돌약국에서도 사람들이 나와서 구경하기 시작했다. 강호식은 난데없이 벌어진 상황에서 빨리 자리를 피하는 게 상책이었다. 강호식은 요원에게 고개를 숙여 인사를 건네고 김달포를 향해 말했다.

"아이고, 우리 사장님. 오늘 누가 언짢게 하셨나 보네. 사장님 기분 푸시고요, 오늘 그만 저는 들어가 보겠습니다."

"가긴 어딜 가! 이눔아!"

김달포는 강호식을 향해 달려들 듯이 걸어서 직진하더니 몸을 부딪쳤다. 그 바람에 요원과 강호식, 김달포 세 사람이 넘어지고 말았다. 제일 아래에 요원이 배를 대고 엎드린 자세로 깔린 상태였고, 그 위에 강호식이 등으로 눌렀다가 옆으로 구르면서 흰색 양복이 땅에 쓸리며 아스팔트에 고였던 흙탕물이 묻어버렸다. 강호식 위에 배를 대고 엎드린 상태였던 김달포는 강호식이랑 같이 구르면서 길바닥 위로 튕겨 넘어졌다. 강호식은 얼른 일어서며 김달포의 몸을 양손으로 잡아 세우고 김달포 귀에 자기 입을 가까이 대고 나지막한 목소리로 말했다.

"이런 쳐 죽여도 시원찮을 놈아! 너 오늘부터 내 눈에 띄지 않도록 해. 발골 당하기 싫으면 똑바로 정신 차리라고!"

그러자 김달포가 말했다. 여전히 한껏 풀린 초점인 상태로 몸에 힘을 뺀 채 축 늘어져 중얼거렸다.

"귀 간지러워…… 임마. 뭘 자꾸 속삭여……."

강호식은 상체를 뒤로 젖히며 기가 찬 듯 고개를 들어 하늘을 쳐다봤다. 그리고 두 팔을 뻗어 양손으로 김달포 사장의 양팔 어깨 부위를 잡아 쥔 상태에서 웃음 띤 얼굴로 말했다.

"우리 사장님. 지나친 술은 싸장님의 짧은 목숨을 더 단축시켜줘요. 우리 사장님 기분 좋게 한잔 드셨나 보네. 그럼 저는 이만 약속이 있어서요. 하하하."

강호식은 흙탕물에 옷이 더럽혀진 상태로 차에 탔다. 꽁지머리 남자가 차 문을 닫아준 후 조수석에 타자 자동차가 출발했다. 강호식은 차량 뒷좌석에 탄 채 눈을 힘주어 감았다 뜨더니 머리를 좌우로 흔들며 어딘가 이상하다는 표정을 지었다.

"응? 어…… 씨, 어지럽네. 왜 이러지."

꽁지머리 남자가 강호식을 보며 물어봤다.

"회장님. 괜찮으십니까?"

강호식은 어딘가 이상한 기분이었다. 어지럽기도 하고 귓가에서 이상한 소리가 윙윙거리며 사이렌 소리가 들리는 것 같기도 했다. 얼마나 지났을까? 강호식의 눈동자 안에서 청년과 후드 티 여자가 안도하는 모습이 스쳐 지나갔다. 그리고 강호식은 그제야 몸이 정상으로 돌아온 것 같은 기분이 들었다.

한편, 강호식이 탄 차가 현장을 벗어나자 김달포는 요원을 향해 조금 전과 다른 목소리 톤으로 요원을 걱정하며 물어봤다.

"어디 다치신 덴 없어유? 괜찮지라잉? 아따, 저노무 자슥이. 이젠 마천시장 신입들에게도 행패를 부리지라잉? 내가 저짝부터 아자씨 보고 언능 왔지라잉. 저거슬 내가 한주먹에 처리할까 싶다가도잉, 내두 먹고 살아야항게 참는기제. 잉."

요원은 입술을 꾹 다물고 김달포를 보며 고개를 끄덕였다. 다친 덴 없다는 의미다. 김달포는 강호식의 차가 사라진 곳을 보다가 다시 중앙 통로 안으로 걸어 들어갔다. 요원은 코다리 가게로 돌아왔다. 코다리 가게 안으로 들어와서 주방 문을 열고 들어온 요원이 안주머니에서 그리드를 꺼냈다.

"아, 이런……."

그리드가 깨져 있었다. 방금 김달포 사장이 강호식과 함께 부딪혀 넘어지면서 제일 아래에 깔려 깨진 모양이었다. 요원은 스마트폰을 꺼내 문자 메시지를 보냈다.

"상황 원위치. 2단계 조치 돌입 바람."

찬란한 빛의 영웅들

"그리드…… 첨단 과학치곤 너무 쉽게 깨지잖아요?"

안전가옥에 은지와 동구, 요원이 모였다. 120도 각도를 유지한 채 의자 세 개가 마주 보는 방향으로 놓였다. 은지가 요원에게 말했다. 동구가 앉은 자세에서 팔짱을 끼며 고개를 설레설레 저었다. 동구는 에릭이 무사히 빠져나갈 수 있었기에 내심 다행으로 생각하는 눈치였다. 동구가 은지의 의문에 답할 순서였다.

"스며들다. 그리드도…… 빛이라서 깨진 게 아니라 스며들었다고 해야 할까? 결합 조직에 균열이 생기면서 그 틈으로 도깨비들이 튕겨 나간 것이고 아무튼 그래. 그런데 분산된 도깨비 입자들이 순식간에 합체되기란 쉽지 않았을 텐데…… 그게 이해가 안 되네. 그 순간 나쁜 에너지가 있던 것도 아닐 테고."

요원이 동구를 보며 말했다.

"강호식."

동구가 요원을 쳐다봤다.

"네? 강호식이요? 아……."

은지가 동구에게 물어봤다.

"강호식이라니? 최부자 사장네 아들 말하는 거야? 재개발조합장 선거에 나온?"

동구가 은지 얼굴을 쳐다봤다.

"응, 최부자. 강호식이라면…… 가능하지. 아주 나쁜 놈이니까."

은지가 요원을 쳐다봤다.

"강호식이 나쁜 놈이었다……? 우연한 사고로 세 사람이 넘어졌고, 그 틈에 그리드가 깨졌다……? 빛의 균열이 생기고 그 틈으로 빛 입자가 튕겨 나갔는데 강호식의 악한 에너지가 모였다가 도깨비 입자들을 합체하는데 에너지원이 되었다……는 건가요? 너무 상투적이잖아요? 애들 장난도 아니고, 뭔 상황이 일부러 짜 맞춘 것처럼 딱딱 들어맞아요? 요원님, 그건 소설에서나 나오는 일 아니에요?"

은지는 이야기하면서 최뺀알과 녹두를 떠올렸다. 어쩌면 까꿍이 작가 소재로 활용할 수 있을지 모른다는 생각이 스친 것도 그 순간이었다.

동구가 은지를 보며 말했다.

"소설……? 난 소설 잘 모르지만. 아무튼. 지구에 생명체가 생성된 자체를 다중우주론으로 가정하는 것도 있으니까. 전혀 불가능하다곤 말하기 힘들지. 우주가 생성되고 지구가 생성되고 생명체가 살게 된 게, 무수히 많은 우주가 존재한다면 그게 가능하다는 이야기잖아?"

"그렇다고 해도 도깨비들이라면 그 근원은 인간의 형상이었다는 건데…… 도깨비들이 인간이었을 때 양자물리학이나 광자물리학을 공부했을 리 없는데. 그런데 어떻게 우리가 착각할 정도로 그런 전문 정보를 술술 말한 건지……."

요원이 동구의 이야기에 고개를 끄덕였다. 요원은 은지를 보며 말했다.

"박사님, 이 세상이 우주의 빛에서 시작되고 빛 입자에 의해 형상이 정해진다 해도 변하지 않는 게 있죠? 광자물리학에서…… 빛 입자에 데이터를 저장한다는 개념에 근거하면……."

은지가 허리를 펴고 놀란 표정을 지었다.

"아하, 알겠다. 도깨비들은 형상을 보고 얘기하자는 우리 요구를 받아들여서 그리드안에 들어갔는데. 그곳에서 우리를 보고 읽은 거였어!"

동구가 눈동자를 껌뻑였다.

"우리한테서 데이터를 읽었다? 뭐 그런 거야?"

"응. 우리가 듣고 싶어 하는 이야기를 말해줬을 뿐이란 거야. 도깨비도 빛 입자라면 우리도 빛 입자이거든. 우리가 스스로 저장한 데이터가 우리 빛 입자에 다운로드된 상태였던 거고, 도깨비들은 그걸 열어본 것뿐이야. 도깨비들은 그들이 아는 걸 말한 게 아니라 우리가 아는 걸 읽어준 거야. 아…… 말하다 보니 짜증 나네."

동구가 은지를 바라보며 곁에서 다독이듯 말했다.

"워…… 워. 진정해. 릴렉스하라구. 뭔데? 왜?"

은지가 동구와 요원을 번갈아 바라보며 말했다.

"걔네들은 시험공부 안 해도 되잖아?"

아주 참신하게 나쁜 놈들의 정체

"오빠, 쟤랑 눈 맞춰봐. 쟤는 오빠 못 보는 거 같은데?"

후드 티 여자가 청년에게 말했다. 청년은 강호식에게 다가가서 강호식의 얼굴에 자기 얼굴을 바짝 들이대듯 가까이 대고 강호식의 눈을 쳐다봤다. 강호식이 청년의 존재를 안다면 도저히 시선을 피할 수 없는 간격이었다. 강호식과 청년의 얼굴이 한 뼘도 안 되는 간격을 두고 마주 향하고 있었다. 청년이 강호식을 바라보며 웃으며 말했다.

"야! 강호식! 너 나 알지?"

"……."

강호식은 아무 말도 하지 않았다.

청년이 다시 말했다.

"야! 강호식! 기억 안 나? 너 나한테 돈 빌려 달랬으면서……. 그때 그 피시방. 김학철이하고 너하고 나한테 돈 달랬잖아!"

블랙콜대리운전 회장실.

강호식은 청년을 발견하지 못한 채 책상에 앉아 스마트폰을 켜고 게임을 하는 것처럼 보였다. 스마트폰 화면에 집중하고 있었다. 그때였다. 사무실 문이 열리고 꽁지머리 남자가 들어왔다. 꽁지머리 남자는 강호식 옆에 다가와서 귓가에 자기 입을 가까이 대고 속삭거리듯 말했다. 후드 티 여자가 보기엔 강호식 얼굴 가까이에 청년 얼굴과 꽁지머리 남자 얼굴이 모인 상태였다.

"회장님, 그 코다리집 남자 말입니다……. 애들 시켜서 알아봤는데 말입니다. 휴대폰이고 이력서, 등본이고 초본이고 싹 뒤졌지 말입니다."

"야! 그 말입니다 소리 좀 빼고 빨리! 빨리! 빨리! 말해. 여기가 마구간이냐? 왜 자꾸 말입니다야? 그런 것도 다 구태야 구태. 이젠 좀 참신한 멘트 없나? 사람들이 스마트폰 쓰는 시대에 우주여행 가는 시대야. 근데 왜 나쁜 놈들 멘트는 항상 말입니다, 말입니다, 그러냐구. 발전이 없어요, 발전이. 그러니까 사람들이 우리 같은 사람들 보면 웃기게 보는 거야, 임마. 공부하기 싫은 애들이 영화나 드라마 보고 건달들이 멍청하게 나오니까 나중에 건달이나 하면 공부 안 해도 되겠다 그러는 거 아니냐고, 임마! 머리 똑똑한 놈들로 세대교체가 되겠냐고, 새꺄!"

꽁지머리 남자가 강호식의 말에 놀라며 상체를 살짝 폈다. 그리고 다시 허리를 수그리며 강호식의 귓가에 자기 입을 가까이 대고 말했다.

"죄송하지 말입니다. 습관이 돼서 말입니다. 아무튼 말입니다. 그 남자 놈 말입니다, 별 거 아니지 말입니다. 기러기 아빠였지 말입니다. 사업 망하고 마천시장에 푼돈 남은 거 들고 돈 벌러 왔지 말입니다. 한마디로…… 거지지 말입니다."

"이 새키……가 그래도."

강호식은 고개를 돌렸다. 그 순간 강호식의 귓가에 자기 얼굴을 가까이 대고 있던 꽁지머리 남자랑 입술이 맞닿을 뻔했다. 꽁지머리 남자가 놀라며 오른손을 들어 자기 입술을 가렸다. 강호식이 꽁지머리 남자를 노려보듯 쳐다봤다.

"야…… 이 새끼야!"

청년은 강호식을 따라 꽁지머리 남자를 노려봤다. 하지만 꽁지머리 남자도 청년의 존재를 보지 못하는 것 같았다. 청년은 허리를 펴고 강호식으로부터 물러났다. 그리고 후드 티 여자 옆으로 왔다. 후드 티 여자가 청년에게 말했다.

"오빠, 저놈이지? 그때 오빠 찌른 애. 맞지?"

청년이 고개를 끄덕였다.

"응. 저놈은 그때나 지금이나 나쁜 놈으로 살아가네."

후드 티 여자가 청년 어깨를 다독여주며 말했다.

"오빠도 참 불쌍해. 저런 놈한테 당해서 복수하려고 원귀가 된 거잖아? 그래서 천국도 못 갔고. 에휴, 나란 년도 나쁜 년이지만 그래도 오빠는 착했는데. 아 참, 오빠. 지난번에 은지 맞지? 오빠가 동구라는 남자애랑 은지라는 여자애랑 단짝이었다며? 오빠 이름이 에릭이었다고 했나? 맞지? 맞지?"

청년이 강호식을 바라보며 후드 티 여자의 말에는 대답하지 않았다. 후드 티 여자가 청년의 얼굴을 측은한 듯 쳐다보며 말했다.

"우리 오빠 어떡해. 그날 보니까 은지 고 계집애는 오빠 얼굴 다 잊은 거 같던데. 동구도 그렇고, 내가 막 은지 걔한테 메이크업 무슨 제품 쓰는지 물어봤잖아. 나라도 오빠 곁에서…… 읍."

청년이 오른손을 들더니 후드 티 여자의 입을 가렸다.

"조용."

블랙콜대리운전 관리사무실에는 강호식과 꽁지머리 남자가 책상 옆에 있고, 청년과 후드 티 여자는 책장을 세워둔 모서리 공간 틈을 등 쪽으로 두고 강호식을 바라보는 자세로 서 있었다. 청년이 후드 티 여자에게 말했다.

"저 새끼. 진짜 나쁜 놈인데. 최부자 새끼보다 더 나쁜 놈이야. 우리가 나올 수 있게 해준 건 고맙긴 한데…… 내가 자꾸 웃음이 나네."

"왜?"

후드 티 여자가 청년을 쳐다봤다. 청년이 후드 티 여자에게 말했다.

"나쁜 놈을 다시 보니까 이제 복수할 수 있어서…… 기분이 좋아져서 그렇지. 특히 저놈은 요즘 보기 드물게 아주 참신하게 나쁜 놈이라서. 와, 진짜 이 생활 수년 만에 저렇게 나쁜 놈은 오랜만이라니까. 로또 제대로 맞은 기분이야."

"그 정도야?"

"나쁜 놈들도 뭔 장인정신인지 대를 이어서 나쁜 놈들이 많은데……, 저 새끼는 그 이상이야."

"오빠가 나 만나던 그때보다 더?"

오빠. 사실 후드 티 여자의 외모는 청년보다 나이가 들어 보였다. 청년이 누나라고 불러야 하는 사이로 보였다. 하지만 후드 티 여자가 청년에게 오빠라고 부르는 건 그들 나름 신분 정리를 통해 결정한 호칭이었다. 청년은 후드 티 여자보다 훨씬 전에 빛 입자 형체로 돌아온 상태였다. 후드 티 여자가 육체에서 빛 입자 형태로 돌아올 때 청년이 옆에서 기다리고 있었던 것을 말한다. 청년이 빛 입자가 된 후드 티 여자에게 한 말이다.

"내가 너보다 훨씬 먼저 죽었잖아. 그러니까 네가 나한테 오빠라고 불러야지. 그럼, 할아버지라고 부르겠냐?"

청년이 후드 티 여자의 어깨를 감싸며 말했다.

"너나 난 나쁜 놈 축에도 못 끼지. 넌 같은 반 친구 험담해서 죽게 만들었지? 넌 세상에 둘도 없는 못된 날라리 년이고……. 난 부모님 말 안 듣고, 공부 안 하고 딴 데 가 있다가……, 저런 나쁜 놈한테 당한 것이고. 저 새끼는 내가 봐도 지 애비보다 한술 더 떠 나쁜 놈이라니깐. 앞으로 봐. 쟤는 죽어도…… 우리랑 같이 지내지도 못 할 걸? 쟤는 바로 거기…… 지옥행이야. 어휴, 말만 해도 떨린다. 아무것도 모르는 저 새끼… 빨리 회개해야 하는데…… 지가 영원히 살 줄 알고 저러는 거야. 바보 새끼."

"오빠, 그런 말 하지 말고……. 그럼 우리 이제 어떻게 해야 하는데? 우리도 회개해야 해?"

"회개? 그것도 살아 있을 때 얘기지……. 너나 나나…… 이젠 회개하고 싶어도 못 해. 야! 나쁜 놈들이 왜 오래 사는지 아냐? 회개하고 죽으란 거거든. 근데 그놈들이 머리가 안 좋아요. 오래 살게 해주니까 계속 나쁜 짓만 하거든. 아무튼 쓸데없는 소리 말고, 일단…… 밥이나 먹으러 가자. 마천시장에 대박고깃집 생겼더라. 거기 맛집이야."

"맛집?"

"응. 거기 식당 새로 생길 때 가봤는데…… 사장놈이 악질이더라구. 손님 들에게 반찬 냈던 거 그대로 또 내고……, 고기도 싸구려 가져다가 식용접착 제 붙여서 비싸게 팔고, 아주 내 맘에 쏙 들어. 그리고…… 나랑 눈도 마주쳤거 든. 그 새끼도 죽어서 갈 데가 정해졌어. 근데 내가 아무것도 안 말해줬거든. 그 새낀 아무것도 모르고…… 나한테 지가 돈 벌게 해달라고 빌고 그러더라? 돈이 뭐가 중요하다고."

"아, 진짜? 눈 마주쳤으면 끝났네. 개도 도깨비 본다는 거잖아? 나도 빨리 가서 얘기하고 싶다. 요즘 우리 볼 수 있는 사람 만나기 어려워서…… 입이 근질근질해. 진짜 오랜만에 하바드반찬가게 거기 그 남자애랑 여자애랑 얘기해서 속이 다 시원했는데……. 보륜사 법사 놈들 그런 놈들은 맨날 입으로만 떠드는 놈들이라서 지겹구. 내가 은지 고 계집애랑 말해보구 싶어서 혹해서 그 판때기 안에라도 들어가서 얘기하자고 했잖아. 까딱했으면 큰 날 뻔했지만."

"앞으론 주의해야겠어. 해야 할 일도 못 하고 꼼짝없이 무로 돌아갈 뻔했어. 나쁜 놈들 중에도 머리 영리한 놈들이 많으니까 조심해야 해."

잠시 후. 청년과 후드 티가 사무실을 빠져나간 뒤였다. 강호식은 꽁지머리 남자랑 대리운전 사업 수입을 계산하고 있었다. 강호식이 꽁지머리 남자를 불렀다.

"야."

"애, 회장님. 말씀하시지 말입니다."

강호식이 꽁지머리 남자를 쳐다봤다.

"넌 아까 못 봤냐?"

"뭐 말입니까, 회장님? 저는 못 봤지만 말입니다."

"아까…… 새꺄, 내 얼굴 앞에…… 바짝 얼굴 들이밀고…… 눈깔 시퍼런 도깨비가 나 노려보고 있었잖아! 근데 그놈 어디선가 낯이 익던데. 내가 아는 놈이었나? 아무튼 그 새끼가 네 얼굴도 노려보던데……. 어휴, 씨팔. 부랄 떨려서 혼났네. 무서워서 가까스로 참았다. 오줌 지릴 뻔했어."

"네? 회장님! 도깨비 말입니까? 아…… 저도 좀 알려주시지 말입니다, 회장님. 도깨비 보면 로또복권 당첨 번호 가져오라고 쥐 패고 싶었는데 말입니다, 회장님."

"너! 낙아!"

꽁지머리 남자가 강호식을 쳐다봤다. 어리둥절한 표정이었다.

"낙! 아! 나가라구. 임마! 가서 직원들이나 집합시켜."

블랙콜대리운전 회의실. 아르마니 정장 차림의 남자가 문을 열고 옆에 서자 회의실 안으로 남자가 들어섰다. 남자는 거여 마천 지역에서 나고 자란 최부자의 아들 강호식이었다. 우선 최부자에 대해 말하자면 거마 지역이 재개발 호재로 부동산 가격이 급등하면서 인근 지역 부동산을 도맡아 거래해 막대한 부를 이룬 인물이었다. 강호식은 그런 아버지의 뒤를 이어 마천동 재개발사업을 쥐락펴락하며 세를 확장하려는 상황이었다. 그렇다고 강호식이 공사장 깡패 용역들처럼 완력으로 사람을 끌어내거나 폭력을 행사하는 건 아니었다. 강호식은 어엿한 주식회사 회장이었고 그의 부하들은 법인에서 근무하는 직원들로서 4대 보험 혜택을 받는 신분이었다.

"야! 들어!"

한 번은 최부자가 위례 지구, 거여동 지구, 하남 지구까지 발을 넓힌 것은 물론, 이제 마지막 남은 마천 지구 재개발사업에 손길을 뻗치던 어느 날이었다. 거여 지구 철거가 마무리되도록 마지막 남은 한 집이 끝까지 남아 공사에 차질을 빚게 되자 강호식은 직원들을 데리고 가서 그 집을 옮겨버린 사건이 있었다.

"잘 옮겨드려라. 그 집에 애착이 크시댄다."

이날 강호식이 사용한 방법은 산림화재 진화에 사용하는 대형 무인 드론을 하늘에 띄워서 철거에 맞서고 남아 있던 그 집을 통째로 들어서 옮기는 방법이었다. 건물 외벽이 들리고 나자 집 안에는 러닝셔츠 차림의 주인집 남자가 안방에 누워 잠자다가 화들짝 놀라서 일어서는 상황이 연출되었다. 오랫동안 공사가 지연되던 현장에서 그날부로 철거가 마무리되고 공사 재개가 된 것은 두말할 나위가 없었다.

"얘들아, 우리가 깡패냐? 시대가 어느 때인데……. 아직도 주먹질하고 손에 피 묻히는 애들 보면 이젠 피만 봐도 지긋지긋하다. 지긋지긋해. 내가 이젠 오죽하면 코 파다가 피 보여도 혼자 기겁하고 놀래겠냐, 응? 이해가 안 가요, 이해가."

"안 가요! 이해가.!"

강호식이 말하면 남자들이 뒤따라 반복 외치는 방식이었다. 그런데 사실 강호식이 주먹질을 혐오하게 된 것은 순전히 그의 아버지 최부자 때문이었다. 최부자가 부동산에 손을 대기 이전에는 강호식이 어렸을 때부터 마장동 우시장에서 발골을 하며 생계를 꾸려오고 있었다. 소 한 마리 발골하는 데 2시간. 오전에 한 마리, 오후에 두 마리 발골하면 최부자는 하루에 오십만 원을 벌었다. 그렇게 한 달을 지내면 최부자가 손에 받는 돈은 천만 원이 넘는 금액이었다. 당시만 하더라도, 1990년대 무렵으로 월 천만 원을 버는 수준이면 고소득이었지만, 강호식은 최부자를 따라 고등학생 때부터 우시장에서 발골 아르바이트하면서도 평생을 최부자처럼 그렇게 살 수는 없다고 다짐했다. 고등학교 삼학년 시절엔 강호식이 최부자의 말을 듣지 않고 김학철과 어울리며 온갖 못된 짓을 하고 다닐 시기였다. 강호식이 사고를 치게 되면 최부자가 변호사를 대동하고 나서서 번번이 경찰서에서 빼내 주긴 했지만 말이다. 그 후, 강호식이 성인이 되면서부터는 집안의 도움, 정확히 말하자면 약한 사람들에게 갈취한 돈으로 유학길에 올라 일본 동경대학에 진학, 컴퓨터공학과 경영학을 복수 전공하고 돌아온 터였다.

그리고 세월이 흘러 마천시장에 도깨비 소동이 벌어진 그날이었다. 강호식은 모처럼 직원들과 함께 회식 자리를 마련했는데 새벽에 출근한 주간조가 오후에 퇴근해 이날만큼은 교대조 영업 없이 전 직원이 모인 회식 자리였다. 날이 날이니만큼 강호식은 우시장에서 그날 도축한 소 갈빗살 부위를 가져다가 테이블 한 편에 두고 직접 발골해서 고기 덩어리를 나눠주며 직원들에게 구워 먹게 하고 있었다.

　"오늘도 수고 많았다. 많이들 먹고……."

　술자리 분위기가 제법 익었을 무렵, 강호식이 발골하는 모습을 유심히 지켜보던 꽁지머리 스타일의 남자 직원이 소주병을 들고 강호식에게 다가와서 강호식의 잔에 소주를 따르며 인사를 했다.

　"회장님, 처음 뵙습니다. 인사 올립니다. 저는 회장님이 최고로 존경스럽습니다."

　"갑자기? 이유는?"

　"회장님은 일본에 가서서 그 복수 전공하셨다 아닙니까? 철천지원수에게 복수를 하기 위해 일본까지 가셔서 복수를 공부하고 오신 회장님이…… 자랑스럽습니다."

　강호식은 자기 앞에서 엄지를 척 들어 보이는 직원이 술을 따른 술잔을 가만히 테이블 위에 내려놓고 소리쳤다.

　"야! 김학……처얼!"

　"네, 회장님."

　강호식보단 나이가 들어 보이는 남자가 직원들 사이에 앉아 있다가 스프링 튕기듯 벌떡 일어서더니 강호식 앞으로 황급히 뛰어왔다.

　"너! 이 새끼야! 직원들 공부 제대로 시키라고 했는데…… 어떻게 된 거야? 복수 전공이 그 복수냐?"

　김학철이 강호식의 말을 듣고 직원을 쳐다봤다. 직원은 소주병을 든 채 어리둥절한 얼굴로 멀뚱거리고 서 있었다.

김학철이 직원을 향해 쏘아붙이며 말했다.

"너…… 회장님 재밌게 해드리려고 그런…… 장난이지?"

김학철은 직원을 향해 한쪽 눈을 찡긋거리며 빨리 그렇다고 대답하라는 신호를 보냈다. 그러자 직원이 그제야 고개를 끄덕이며 아까보다 더 큰 목소리로 씩씩하게 말했다.

"존경하는 회장님! 저는 장남 아닙니다! 제 위로 누나 여덟, 저는 아홉째 막내입니다. 제 아버지가 끝까지 아들 하나 얻으실려고 무릎이 헐 정도였다고 말씀하셨습니다. 장남으로 봐주셔서 감사합니다."

직원의 이야기를 듣던 강호식이 다시 고함을 쳤다. 조금 전 목소리보다 더 컸다.

"야! 김……학……처리, 이 새끼야!"

김학철이 강호식의 얼굴을 쳐다보지도 못한 채 직원을 향해 서서 나무랐다.

"야! 회장님께서 말씀하실 때는 감사합니다, 과찬이십니다 하면 되는 거라고 내가 했어, 안 했어?"

직원이 김학철을 보며 뒤통수를 긁적거렸다.

"아, 전무님. 저 집 과천 아닌데요. 면목동 출신입니다. 토박이."

"……."

강호식은 김학철의 얼굴을 쳐다봤다. 김학철은 아무런 이야기를 할 수 없었다.

한편, 청년을 따라 강남대박고깃집에 들어간 후드 티 여자의 눈엔 식당 주방 앞에 걸린 후드 티가 보였다. 청년이 사장에게 말해서 가게 안에 청년과 후드 티 여자를 상징하는 물건들을 채워넣기 시작한 덕분이었다. 청년이 식당 안으로 들어오는 자신을 보며 인사하는 사장에게 고개를 끄덕였다.

"저깄다. 너 입었던 후드 티, 저거 맞지? 앞으론 여기서 있자."

"아, 오빠. 나 감동일라구래. 옛날 생각난다. 오빠가 나 서프라이즈 해준 거야? 고마워. 주방이면 좋네. 따뜻하고 먹을 것도 많고. 오빠, 그냥 우리 다 잊고 여기서 지내면 안 돼? 강호식에게 복수도 하지 말구. 내가 은지 고년보다 오빠한테 더 잘해줄게. 시키는 거 다 해줄 테니까. 응?"

청년은 후드 티 여자의 어깨를 감싸 안아줬다. 식당에서 손님 없는 사이 카운터에 앉아 있던 남자가 청년과 후드 티 여자를 보며 눈을 껌뻑였다.

그때였다. 식당 안으로 동구와 김 양이 들어왔고 도깨비 작전이 다시 이어지게 되었다.

한편, 그날 동구와 김 양이 식당에서 황급히 나간 후였다. 식당 사장은 테이블을 치운 뒤 쟁반을 들고 주방으로 들어가다가 갑자기 쓰러졌다. 사장이 들고 있던 쟁반에 올려져 있던 그릇들과 반찬들이 바닥에 쏟아졌다. 청년이 식당 사장 옆에서 씩씩거리며 화를 내고 서 있었다.

"그냥 좀 버려! 사람들 먹다 남은 거, 다시 쓰지 말라고! 더럽게!"

마천시장 김달포는 누구인가

"언제까지 이러고 살아야 해? 지겨워 죽겠네, 참나, 증말로."

은지네 도넛 가게에 김달포 사장이 들어섰다. 김달포는 가게 안으로 들어오자마자 마천시장 중앙 통로 쪽을 살피더니 아무도 없는 걸 확인한 후에 은지가 내민 의자에 앉았다. 아침 아홉시 반. 이날은 하바드반찬가게 휴무일이다. 김달포는 어젯밤 장사를 마치고 새벽 다섯시 무렵에서야 귀가했다. 마천시장 인생차포에 자리 잡은 지 얼마나 지났을까?

"아직 커피 전이시죠? 아침에 제가 내렸어요. 과테말라산이라는데……향이 괜찮아요. 김경식 경사님."

은지가 김달포에게 커피를 건넸다. 김달포의 본명은 김경식. 경찰대를 졸업하고 본청에 근무하다가 특수작전 발령받고 포장마차를 열었으니 근 10년은 된 듯했다. 김달포는 그러니까 김경식 경사였다. 그 사이 마천시장 상인들 틈에 섞여 고리대금업자 색출 체포, 주폭 발굴 검거에 성과를 냈다. 매년 연말이 되면 새해 인사이동에서 새로운 근무지로 발령받을 것이란 기대와 달리 별다른 이동 없이 새해를 맞이하고 있었다. 일을 너무 잘해도 탈이었다. 김 경사가 받아 든 커피잔은 세트였다. 손잡이가 호수에서 헤엄치는 학처럼 멋스럽게 곡선으로 휘어진 디자인이다. 한눈에 봐도 고급스럽다. 김달포의 커피잔이 찰랑거리더니 진한 커피 향이 코끝을 간지럽힌다. 김달포가 은지를 보며 커피잔에 입술을 대고 한 모금 홀짝거렸다.

"지난번에…… 인터넷방송하는 애들 불법 깡 하는 거 일망타진하는 데 은지 씨 도움이 컸어."

"별말씀을요."

"아니지. 말이 바른 말이지. 블로그에 정보 올리는 거 누구 아이디어야? 나도 젊다고 자부했는데…… 은지네 못 따라간다니깐. 그거 요즘 유행하는 비대면 수사, 그거잖아? 블로그에 정보 올리면 형사들이 캐치해서 범죄자들 따러 가고."

사실이었다. 은지는 최뺀알과 녹두를 등장시켜 임무를 처리하곤 한다. 인터넷에서 일인 방송하는 사람들 사이에 불법 깡 때문에 고액 세금을 부과받는다는 피해 신고가 접수되면서 잠입수사를 펼친 지 수개월째, 은지는 직접 일인 방송을 하면서 불법 깡 업체 패거리들을 색출하는 데 성공했다. 그 과정이 고스란히 블로그에 올려졌다. 블로그 하루 방문자 다섯 명. 그들은 은지와 함께 일하는 서울경찰청 광수대 형사팀 특수작전 전담 요원들이었다. 김달포가 은지를 보며 입가에 미소를 지었다.

"하바드 괜히 들어간 게 아닌 거 알았다니깐. 우리 경찰청이랑 국정원이랑 공조 수사하는 게 나도 몇 건 경험 있는데…… 은지 씨 같은 사람은 처음 봤어."

"과찬이세요."

"아니지, 내 말이 맞지. 거기 인터넷방송하는…… 서울대 나온 요원도 BJ로 잠복 수사 중이잖아. 내가 이러려고 국정원 다니나 싶다고 마음 진정하느라 피아노 친다며? 연대 음대 나와서 바이올린 켜는 요원도 있고. 그 동기는 그…… 왜…… 유튜버 김 양인가 하는 여자도 있고……. 아, 이건 비밀인가? 미안. 미안. 쏴리쏴리."

"……."

김달포는 은지랑 이야기하다가 아차 싶었다. 수사 요원 정보는 일급비밀이었다. 심지어 사건에 따라 수사 요원들끼리도 누가 누군지 알 수 없었다.

범죄 조직에 잠입해서 수사하는데, 신분이 탄로 날 경우라면 생명마저 위험한 상황이 닥칠 수 있어서다. 다시 말해서, 비밀 유지가 생명인 까닭이었다. 인생차포 사장과 코다리집 요원이 서로 누군지 모르는 경우였다. 다만, 김달포와 은지의 경우는 조금 다른 경우다. 국정원에서 특수작전을 개시하면서 서울 본청에 공조 요청을 했다. 김달포는 마천시장에서 은지를 보호하는 임무를 담당했다. 은지랑 김달포가 마천시장에 오기 전부터 서로 아는 사이였다는 의미다. 은지가 강말숙 여사랑 하바드반찬가게에 있을 때 김달포가 찾아온 이유도 같은 이유에서였다. 그러나, 은지와 김달포의 경우 외에 요즘 수사는 모두 비대면 수사가 일반적이었다. 예전처럼 정보과 형사들이 명함 돌리고 다니고 수사 협조 바란다고 도움 요청하는 경우는 거의 없어진 지 오래였다. 이제는 인터넷에서 수사 활동을 펼친다.

　가령 이런 식이다. 인터넷 불법 채권추심 첩보가 들어오면 담당 팀에서 내사에 들어간다. 정식 입건되기 전이다. 내사 과정에선 다양한 수사 기법이 활용되는데 사실 확인을 위해 담당 수사관들이 인터넷방송을 하는 경우도 비일비재하다. 유튜버로 변신하고 BJ로 변신해서 인터넷방송을 하는 식이다. 특히 국정원 요원의 경우엔 신분 위장에 더 적극적이다. 환경미화원이나 전기공사 직원, 인터넷 수리업체 직원, 가스 검침원 등 일상에서 흔하게 만날 수 있는 모습으로 활동한다. 영화에서 보는 것처럼 정장 입고 선글라스 쓰고 다니는 요원은 거의 없다는 이야기다.

　은지는 하바드를 졸업하고 박사 학위 과정 중 국정원에 합류한 이후부터 여러 작전에 투입되고 근무해오고 있었다. 이태원에서 마약 범죄자들을 체포하던 녹두, 인터넷방송 BJ 녹두, 마천시장 상인 녹두까지, 은지 자신의 이야기였다. 은지의 소설 속 최뺀알은 수사 대상인 용의자가 대부분이었다. 다만, 블로그에 올리는 정보를 감추기 위해 최뺀알의 직업이나 나이, 외모는 그때그때 은지의 상상력으로 치장하곤 했다. 아주 가끔은 동구에 대한 은지의 기억이 최뺀알의 모습으로 겹치기도 했다. 은지가 김달포 사장에게 말했다.

"김 경사님은…… 하시는 일 어떠세요?"

"나? 우리 하는 일이란 게 뭐 그렇지. 나랏일 한다 생각하고 자부심 갖고 하는 건데……. 쥐꼬리만 한 월급 받는 재미로 한다기보다는 사명감으로 하는 게 이 일이거든. 그렇고말고. 사명감 없으면 이 일 못 하지. 은지씨는?"

"저도요. 근데 일도 재밌어요. 적성에도 맞고요."

"다행이네. 허허."

그런데 김달포, 아니 김경식 경사가 웃음기를 싹 거두더니 은지를 불렀다.

"근데 은지 씨. 국정원이랑은 어떤 작전 중인가? 자꾸 안전가옥에도 드나들던데."

"네?"

김달포는 은지를 보며 한쪽 눈을 살짝 감았다 떴다. 윙크다. 다 알고 있으니 말해보라는 뜻이고 어쭙잖게 빠져나갈 생각은 하지 말라는 신호였다. 김달포는 어떻게 알았을까? 은지는 한숨을 쉬었다. 김달포은 아직 은지가 건넨 커피잔을 든 상태였다. 커피는 어느샌가 식었다. 김달포는 커피를 마저 다 마시고 커피잔을 테이블 위에 내려놓았다. 테이블 위에는 은지가 만든 플랑크 칼 기구가 보였다.

그때였다. 김달포가 내려놓은 커피잔이 서서히 사라지기 시작했다. 플랑크 칼이 커피잔을 빛 입자로 분쇄하기 시작한 모양이었다. 은지는 서둘러 테이블로 다가갔다. 그리고 커피잔을 들고 싱크대로 가서 그 안에 내려놓았다. 윗부분이 형체도 없이 사라진 커피잔이 은지 손에서 빠져나가 싱크대 밀가루 반죽 통 안에 담겼다. 그리고 수돗물이 채워지고 뿌연 밀가루 물속으로 사라졌다. 커피잔이 안 보이게 되는 걸 확인한 은지가 김달포를 보며 말했다.

"김 경사님에게 국정원 얘기해주면 국정원에게도 김경사님 얘기해줘야 하는데…… 괜찮으시겠어요? 업무 지침이요."

"응? 아냐, 아냐. 내가 괜한 소릴 했네. 내가 따로 알아보면 되지 뭘. 허허허."

은지가 김달포를 보며 입술에 힘을 주고 다물며 고개를 살짝 앞으로 숙이고는 눈을 위로 떠서 김달포를 쳐다봤다. 어깨를 위로 살짝 들어 올려 보여주는 것도 잊지 않았다. 김달포는 자리에서 일어서서 출입문 쪽으로 걸어갔다. 마침 도넛을 사러 온 여자가 은지네 가게 앞에 다가왔다. 여자는 삼십대 초반으로 새마을금고 앞 한의원에서 일하는 물리치료사였다.

"여기요! 도넛 주세요."

김달포는 출입문을 열고 나가며 말했다.

"아따, 커피 한잔 했더니 속이 떠껀하니…… 도너츠 먹었더니 배가 던던…… 하구먼. 역시 아침엔 도너츠여. 그러구 말구. 은지 사장! 고마워유잉. 억수로 입맛에 맞아분당께."

은지는 김달포를 보며 고개를 숙여 인사를 건넸다. 그리고 앞치마를 두르면서 여자 손님에게 다가갔다.

"몇 개 드릴까요? 어? 요 앞에 한의원 언니구나? 잘 됐네. 오늘 치즈고로케 새로 나왔는데. 언니한테만 서비스로 하나 드릴 테니까 맛보세요. 도넛 자체가 아주 매력적이라니까…… 언니처럼. 이 치즈고로케 도넛을 언니가 맛보고 오케이하면 시그니처로 밀려구."

도깨비 보고 놀란 가슴

"어이, 젊은 사장! 나 이제 고기 샀으니까…… 앞으론 나 봐도 인사하지 마. 알았지? 나 지나가는 거 보더라도 인사하지 마. 아주 힘들어. 알았지? 자네가 나한테 인사하는 거 부담 느껴서 나 하나로마트 갈 때도 먼 길로 돌아가잖아. 힘들어 죽갔슈. 아주."

붕어집 옆으로 난 길가엔 김밥파라다있어 가게가 있다. 그리고 그 바로 옆엔 노란 간판이 돋보이는 싱싱푸줏간 정육점이 있다. 직원은 없고 달랑 사장 혼자 운영하는 정육점. 사장네 집은 경기도 신갈 쪽이라고 했다. 아침 일찍 출근해서 저녁 여덟시가 넘어서 퇴근하는 싱싱푸줏간 사장은 한 달에 한 번 쉰다.

"안녕하세요!"

이번에도 어김없이 걸렸다.

"하이구, 인사 좀 하지 말라니께."

"네? 왜요? 손님이신데. 제가 먼저 인사드려야쥬."

"이번 달엔 김장하러 본가 내려간다매요? 한 달에 한 번 쉬는데 이번 달엔 쉬지도 못 하겠네유?"

"그래도……김장 담근다고 내려오라고 하시니께요. 가서 일 좀 하고 김장 김치도 얻어 와야죠."

"본가가 어디라고 했던가, 전라도죠? 이야, 전라도 김치면 간이 쎄서 맛있겠네요."

"맛이…… 좋죠. 간이 쎄요. 여깄습니다. 소고기 양지 두 근."

"벌써요? 네, 고마워요."

"다음에 필요하시면 말씀하세요. 스지 모아둔 거 있어요. 맛있게 드세요."

싱싱푸줏간 정육점이 생긴 이후, 그러니까 싱싱푸줏간에서 고기를 일단 한 번이라도 사본 사람은 그 앞을 지나갈 때마다 인사를 받는다. 처음엔 예의상 우연히 인사를 했다고 생각했더라도 두 번, 세 번, 네 번…… 인사가 반복되면 이게 아니다 싶어진다. 남자를 가게 단골로 만들려면 덤도 조금 더 주고 아는 체하지 않으면 된다. 싱싱푸줏간에서 고기를 샀던 남자들로서는 매번 그 앞을 지나갈 때마다 인사를 받을까 두려워지기까지 한다. 제발 모른 체 해주고 아는 체하지 않았으면 좋으련만 말이다.

"안녕하세요! 식당 가세요?"

마천시장을 취재하러 온 작가 한남동은 한정식 식당 가족의 친척이 아니 다. 이름만 같은 한 씨를 사용할 뿐이었다. 그런데 이름이 특이하다 보니 간혹 한집안이 아닌가 하는 의혹을 받는다.

"안녕하세요."

오늘도 심장이 두근두근했다. 하지만 역시나. 싱싱푸줏간 남자가 인사를 건넨다.

이날 한남동 작가는 소 양지 두 근을 샀다. 두 근이 친숙하다. 국거리용이 다. 두 근을 썰어서 가져가면 한주먹 정도씩 여러 덩어리로 덜어 다시 여러 개의 보관통에 옮겨 담아 냉장고에 넣어두고 국을 끓일 때 한 덩이씩 사용한 다. 연로하신 모친이 식사할 때는 항시 국물이 있어야 해서 소고깃국을 끓인다. 싱싱푸줏간에 오면 한남동 작가가 말 안 해도 알 정도다. 소 양지 국거리 두 근. 한남동 작가도 싱싱푸줏간 사장의 안녕하세요 인사가 한때는 부담스럽긴 마찬가지였다. 그래서 시장에 나설 때면 싱싱푸줏간 앞을 슬쩍 쳐다보고 손님이 있다 싶으면 싱싱푸줏간 사장이 손님 응대를 하느라 정신없을 사이를 이용해서 그 앞을 지나쳤다. 그렇지 않은 경우엔 농협 하나로마트를 갈 때도 마천파출소 앞을 지나는 길로 빙 돌아서 가곤 했다. 하지만 이날은 싱싱푸줏간에 고기 사러 온 날이다. 그래서 마음도 편안하게 그냥왔다. 싱싱푸줏간 사장이 소고기 양지를 꺼내서 물어본다.

"썰어드릴까요?"

"네네. 항상 가져가던 것처럼요."

싱싱푸줏간 사장이 고기를 썰면서 대화를 건넨다. 손님과 관계를 트는 전략이 일상인 사람이다. 고기를 사러 오는 게 아니라 이야기 나누러 오는 손님들도 많을 듯싶다.

"마천시장 재개발되면…… 여기도 좋아져요?"

한남동 작가가 싱싱푸줏간 사장에게 말했다.

"네? 아뇨. 여긴 보존 구역일 거예요. 저쪽 도로까지 재개발하고요…….여긴 상관없죠."

다행이란 생각이 든다. 사실 어느 지역이 재개발되면 건물주나 집주인들이나 투자 수익을 기대할 뿐이고 그 일대 임차인이나 세입자들은 불리한 점이 많다. 터를 잡고 장사를 해오던 가게들은 가게를 비우고 다른 지역으로 가야 한다. 생계가 막막해질 수 있다는 이야기다.

"사장님네는 온라인 판매 안 하세요? 쿠팡이고 스마트스토어 하는 정육점들 많잖아요?"

싱싱푸줏간 남자가 입가에 살짝 웃음을 지으며 대꾸했다.

"그러려면 사람이 한 명 더 있어야 해서요."

그렇구나. 한남동은 싱싱푸줏간 사장이 썰고 있는 소고기 양지를 바라보며 고개를 끄덕였다. 인건비에 쇼핑몰 운영까지 생각하려면 버거울 수 있겠다는 생각이 들었다. 한남동은 정육점 한쪽 벽에 놓인 책꽂이를 바라봤다. 일전에 한남동이 자기가 쓴 책을 서너 권 갖다줬는데 아직 꽂혀 있는지 찾아봤다.

'책이 없네.'

한남동이 갖다준 책들이 안 보였다. 하지만 어디에 있는지 물어보진 않았다. 집에 가져갔거나 다른 사람이 달라고 해서 줬을 수도 있겠지 생각했다. 중고 서점에 팔았을 수도 있을 것이고. 아무튼 일단 줬으니 그건 한남동 작가의 소유물이 아니었다. 그때였다.

"거기 차 세우면 안 돼요!"

싱싱푸줏간 사장이 자꾸 가게 밖을 쳐다본다고 느낄 때쯤, 가게 앞에 흰색 자동차가 천천히 다가오더니 시동을 끄는 듯했다. 운전자는 여자였다. 여자는 싱싱푸줏간 사장을 보더니 장수만세약국 앞 주차장을 가리켜 말했다.

"여기 주차할 거예요."

싱싱푸줏간 사장이 입을 다물었다. 가게 앞에 차 세우면 손님이 다니는데 불편하긴 하다. 그런데 싱싱푸줏간 장사에 방해될까 생각하는 건 둘째 치고, 한남동 작가와 대화하며 소고기 양지를 썰던 사이 가게 밖에도 신경을 쓰고 있었다는 사실이 놀랍다.

'이 사람은 가게 안에 들어온 손님을 응대하는 게 아니라 지나다니는 사람들까지 손님으로 생각하는 사람이구나.'

도깨비 같은 사람, 한남동은 문득 그런 생각이 들었다. 가게 앞을 지나다니는 사람들을 보며 고기 팔 생각을 하는 사장, 시시각각 누가 지나가는지, 주위엔 어떤 가게들이 있는지, 누구에게 고기를 팔 것인지, 누가 고기를 살 것인지 분석하고 연구하는 사람 같았다. 마케팅 전략이겠지만 직접 인사받는 쪽에선 부담으로 느껴지는 안녕하세요 인사가 하루아침에 생긴 게 아니었다는 게 분명해진다.

"사장님은 뭐하던 분이세요?"

"저요? 저는…… 건축 전공했는데요…… 중퇴하고 마장동 가서 일 배우고 정육점에서 일 배우다가 독립했죠."

한남동 작가는 고개를 살짝 위아래로 흔들었다.

'그러시구나.'

한남동 작가가 싱싱푸줏간 사장에게 다시 물었다.

"사장님, 저기 앞에 정육점 새로 생겼다가 얼마 안 가서 사라지던데. 요즘 경기 어때요?"

싱싱푸줏간 사장이 양지를 다 썰었나 보다. 봉지에 담더니 저울 위에 올려본다. 두 근이 조금 넘었다. 이럴 때면 보통은 그냥 사고 만다. 그런데 한남동 작가가 정확한 걸 좋아한다는 사실을 아는 싱싱푸줏간 사장은 고기를 덜어내서 얼추 두 근에 맞춘다.

"여깄습니다. 아, 거기요? 거기 직원 두고 사장이 딸 데리고 하더라고요. 그런데 고기를 너무 싸게 팔아서……, 그렇게 하다간 얼마 못 갈 텐데 생각은 했죠."

"아……, 너무 싸게 팔았어요?"

한남동 작가는 조금 아쉽다는 생각이 들었다. 진즉에 가서 사볼 걸 하는 마음이 들었다. 하지만 싱싱푸줏간 사장에겐 말하지 않았다. 속마음이 드러날까 싶어 다른 이야기를 둘러댔다.

"인건비가 부담되셨나 보죠?"

"그러게요. 그래도 남는 게 있어야 될 거였는데. 사실 정육점 장사가 가격이 빤하거든요. 고기 가져오는 가격이 있는데 턱없이 싸게 팔면……."

가게 망한다는 이야기다. 한남동 작가는 싱싱푸줏간 사장에게 길 건너 새로 들어선 아파트단지 이야기를 해주기로 마음먹었다.

"저 길 건너 코인빨래방 있죠?"

"네네. 알죠."

"거기…… 장사 잘돼요. 어느 때 가보면 코인 세탁기에 코인이 꽉 차서 안 들어갈 지경이예요."

"네? 그렇게나요?"

싱싱푸줏간 사장 얼굴을 보아하니 몰랐다는 표정이다. 한남동 작가는 신나서 더 떠들었다.

"코인 빨래방이 잘 된다는 건 1인 가구가 많다는 거겠죠. 반찬 가게들도 잘 되는 것이고요?"

싱싱푸줏간 사장이 아무 말을 하지 않는다. 뭔가 전략을 세우는 눈치다. 한남동 작가는 소고기 양지를 받아 들고 집으로 향하며 여느 때와 다르게 봉지가 조금 더 무거워졌으리라 기대했다. 좋은 정보를 줬으니 고기 더 받은 값을 했다고 생각하는 눈치였다.

"하여간…… 다들 도깨비 심보라니깐."

집에 도착해서 소고기 양지를 싱크대 위에 내려놓은 한남동 작가가 계속 즐거운 표정이다. 맨날 집에서 글만 쓰다가 나름 밖에 나가서 경제 활동도 하고 고기도 더 받아오는 수익 활동을 해내서 기쁜 모양이었다.

그날 밤. 출입문 현관 쪽 천장에 뭔가 떨어진 것일까? 자정이 넘은 시간, 우당탕거리며 무거운 무언가가 떨어지는 소리가 들렸다. 한남동이 황급히 방에서 나와 소리가 난 곳으로 가봤지만 아무런 변화는 없었다.

"무슨 소리지? 아, 씨! 심장 쫄려."

재개발이 뭐라고

"강호식이…… 이눔을 캐야 하는데."

김달포는 한의원 건물 앞에서 서성거리며 안주머니에 손을 넣고 담배를 찾았다. 얼마 전 조합장 선거 모임에서 남자들과 대치하던 날의 기억이 떠올랐다. 김달포는 양손을 들어 양 손바닥으로 얼굴을 쓰다듬었다. 김달포가 찾던 담배는 없었다. 김달포는 담배를 피지 않는다. 김달포는 한의원 건물을 올려다봤다. 조합장 선거는 이 건물 오층에서 열린다. 김달포는 건물 안으로 올라가는 계단 주위를 어슬렁거렸다. 한의원 앞 벽에 '교통사고 발생 시 한의원에서 치료 받겠다 말하세요' 라고 쓰인 현수막을 지나 건물 뒤쪽 주차장 쪽에 생긴 출입구는 대리석 자재로 된 야트막한 높이의 계단 십여 개로 만들어져 드러나 보였다. 김달포는 우측 상의 주머니에서 명함을 한 장 꺼냈다. 그리고 눈앞에 바짝 대고 봤다.

"강호식. 블랙콜대리운전 회장. 지 아부지는 최부자. 마장동 발골 기술자 하다가 재개발지역 이권 개입하고 용역으로 시작한 놈. 분명 네놈들이 여기 마천시장 재개발조합을 그냥 두고 볼 일이 아닌데. 뭔가 있는데…… 내 촉이 그렇다는데. 그게 과연 뭘까? 응. 뭘까?"

김달포는 오른손에 쥔 명함을 보며 팔을 뻗었다. 그리고 마치 강호식이랑 얼굴을 마주하고 선 것처럼 바라보며 말했다. 김달포는 고개를 좌측으로 삐딱하게 기울였다.

"지난번 시공사 선정을 앞두고 나도한 회장이 린치를 당한 거나……
다른 건설사들이 여기에 끼어들지 않으려고 한다는 것도 수상하고, 이 새끼들
이……대가리가 좋아져 갖고 로펌 끼고 뭐든 합법적으로 하니…… 이게
아리송하단 말이야. 쓰읍."

김달포는 명함을 주머니에 다시 넣으며 입맛을 다셨다. 그리고 건물을
위쪽을 천천히 바라보며 서 있다가 걸음을 옮겼다. 인생차포 영업시간이
다가오고 있었다.

그 무렵. 동구는 하루 장사를 정리하면서 셔터를 내렸다. 그리고 밖에서
안이 보이지 않게 된 걸 확인하고 냉장고 옆문을 열었다. 얼마 전 가게에
온 여성체가 들렀던 곳이다. 2020년 지구에 왔다면 벌써 삼 년이 더 지났다.
그동안 지구 곳곳을 다니며 은신처를 헤맸을 터였다. 그러다가 가게에 제대로
찾아온 여성체. 동구는 안으로 들어가서 여성체를 만났다.

"지내는 건 어떠세요? 불편한 점 있으면 언제든 알려주세요."

여성체는 안에서 동구가 들어오는 걸 보고 반가운 표정을 지으며 일어섰
다.

"아니요. 편합니다. 마치 고향 별에서 온 것처럼요."

"다행이네요."

동구는 여성체의 대답을 듣고 입가에 미소를 지었다. 동구가 외계에서
온 생명체를 만난 것은 미국에서 하바드대학을 다닐 때가 처음이었다. 매
학기 전공 시험을 앞두고 하루 스물네 시간을 꼬박 밤새우다시피 하던
시절, 동구가 아이스크림 가게에서 알바를 마치고 도서관으로 복귀할 때였
다. 가게를 나와 차도를 건너 하바드광장으로 걸어가고 있는데 동구를 따라와
어깨를 툭 치는 기척이 있었다. 처음 보는 남학생이었다.

"우리 처음 보네요!"

아시아에서 온 것 같았다. 얼굴이나 체형을 보면 인도에서 온 사람 같기도
했다. 동구는 모르는 남자였다.

"글쎄요. 저는 초면인 거 같아요. 혹시 저기 길 건너 아이스크림 가게 손님이셨는지?"

"아니요. 저는 아이스크림 못 먹어요. 아직 지구에 맞게 체질이 변하지 않아서."

"네?"

남자는 동구가 놀란 표정을 짓자 그 표정을 따라 하며 웃었다. 동구는 순간 자기가 잘못 들었는지 남자에게 그 말이 무슨 말이냐는 표정으로 되묻고 있었다. 눈을 크게 뜨고 여러 번 깜빡이는 동작을 하면 대충 그런 의미라고 생각했다. 그러자 남자가 동구처럼 눈을 동그랗게 뜨고 눈을 여러 번 깜빡이는 거였다. 남자가 말했다.

"도서관 가시는 길이죠? 같이 걸어요. 할 말도 있고요."

남자는 동구 어깨를 자기 어깨로 툭 부딪히더니 앞장서 걷기 시작했다. 남자의 걸음을 동구의 걸음 속도랑 비슷했다. 남자가 동구를 쳐다봤다.

"당신이 공부하는 그 분야, 당신들이 우주라고 부르는 공간 관점에서 보더라도 오류투성이에요. 가설 시작점부터 잘못되었다고 할까요?"

동구가 남자의 이야기를 듣고 걸음을 멈췄다. 그리고 다시 걸어가며 되물었다.

"아…… 씨, 다음 주부터 시험인데……. 그게 무슨 말이에요? 아니, 우리 과 저명한 교수님들 몰라서 그래요? 세계 학술지에도 논문이 여러 편 실린 분들인데."

"그래봤자죠. 빅뱅 이전 세계에 대해서조차 아무것도 모르잖아요?"

동구는 남자의 이야기를 들으면서 그건 그렇다는 표정이었다. 어쩌면 남자의 이야기가 옳을 수 있었다. 빅뱅 이전 세상을 모르면서 빅뱅 이후 시점부터 가설을 세우고 공부하는 것조차 오류일 수 있었다. 빅뱅이란 가설부터 모호하긴 마찬가지였다. 하바드도서관까지 걸어가려면 대략 십오 분 정도 남았다. 동구는 걸음 속도를 더 늦췄다. 남자랑 대화 나눌 시간을 벌어야 했다. 남자가 말했다.

"도서관까지 당신 걸음으로 13분 55초면 도착할 거예요. 그리고 우리 얘기는 12분 12초면 끝날 거고요. 그러니까 걸음 속도를 늦추려고 할 필요는 없어요."

동구가 겸연쩍은 얼굴을 지으며 남자에게 물었다.

"당신은 어디 심리학과 전공이에요? 내 눈빛 보고 내 마음까지 때려 맞추려는 뭐 그런 거예요? 내가 걸음을 멈춘 이유는……그냥 여유롭게 걸어가려고 한 건데요?"

남자가 동구를 보며 어깨를 으쓱 들어 올리는 동작을 보였다.

"지구인들처럼 거짓말……, 자기방어 기제 알아요. 이해해요."

"아니…… 당신 혹시 나 스토킹해요? 내 마음을 안다는 것처럼 말하는데……, 다 틀린데?"

남자가 말했다.

"11분 15초 남았어요. 우리가 말할 시간. 어때요? 다른 이야기로 시간 쓸까요? 아니면 할 말 하고 웃으면서 안녕 할까요?"

"……. 그래서 지금 당신이 내게 해주려는 말이 뭔가요?"

동구는 남자의 제안에 수긍하고 말았다. 남자가 말했다.

"당신이 배우는 공부가 오류투성이지만 그래도 모르는 것보단 나으니까 배워두긴 하세요. 그리고 당신은 이 대학 졸업하고 한국으로 돌아갈 거예요. 가서 빛입자회오리 영역이라고 있는데…… 아무튼 한국에 도착하면 우리 팀이 당신을 안내해줄 거니까 따라가기만 하면 돼요."

"그게 무슨 소리예요? 당신들…… 비밀요원? 그런 건가? 당신들 CIA야? 아니면 국정원? 뭘 누굴 만나라 말아라 하지?"

남자가 웃음기 사라진 표정으로 걸음을 멈추고 동구를 쳐다봤다.

"우리는 당신이 지구에 등장하기 훨씬 이전부터 존재해온 성체들이에요. 빅뱅으로 우주가 생성된 거라면 나나 당신이 하나의 빛에서 태어났다는 건데 서로를 이렇게 모를 수가 없잖아요? 나머지 이야기는 한국에서 우리 팀이 해줄 거예요."

동구는 여성체를 보며 물어봤다.
"그때…… 남자가 말한 팀원이 당신인 거죠?"
"네, 맞습니다."
"근데…… 너무 늦게 온 거 아니에요?"
"늦진 않았죠. 시간을 약속한 건 아니니까요."
동구는 여성체를 쳐다보며 아무 말도 할 수 없었다. 여성체는 동구를 보며 싱긋 웃는 표정을 지어 보였다. 동구가 물어봤다.
"앞으로…… 어떻게 할 계획입니까?"
여성체가 동구의 말을 듣더니 다시 자리에 앉았다. 그리고 물끄러미 바닥을 보며 아무 말도 하지 않았다.

그날 저녁. 재개발조합 선거를 앞둔 조합 사무실.
"회장님 오십니다."
강호식이 꽁지머리 남자를 앞세우고 한의원 건물 오층에 자리 잡은 회의장 안으로 들어섰다. 사무실에 모인 사람들은 마천시장 상인들이었다. 채소 가게, 정육점, 김구이집, 생고기 식당, 마트, 떡볶이 가게, 칼국수 식당, 옷수선집, 반찬 가게, 곱창구이집 등 마천시장 재개발사업에 관한 중앙 통로 쪽 가게를 가진 상인들과 인근 이면 도로에 가게를 운영하는 상인들이 모였다. 대략 칠십여 명 가까이 모였다. 강호식이 들어서자 상인들이 말을 멈추고 강호식을 바라봤다. 강호식은 상인들을 보며 양팔을 펴고 웃는 얼굴로 허리를 굽혀 인사하더니 상인들 앞에 마련된 강단으로 올라섰다. 강호식은 상인들을 쳐다보며 일일이 시선을 맞추며 먼 곳에 앉은 상인들과도 눈인사를 나누는 모습이었다. 강호식이 말했다.

"에, 오늘 저희 아부자 최, 부짜, 자짜 회장님께서 다른 업무로 바쁘셔서 제가 여러분 사장님들 앞에 서게 되었습니다. 다름 아니오라, 마천시장의 오랜 숙원 사업이었던 재개발 재건축 사업이 드디어 업체 선정 단계에 이르렀고 동시에 조합 설립을 앞두고 있는 상황에서 여러분들과 과연 마천시장의 발전을 위해 우리에게 필요한 것이 무엇인가 의논해보고자 자리를 마련하게 되었습니다."

강호식은 이야기를 하면서도 중간중간 상인들과 시선을 마주치고 고개를 끄덕이거나 손을 흔들어주며 인사를 하는 모습이었다. 회의장에 모인 상인들은 이러한 강호식의 행동 때문에 다른 데 신경을 쓸 수 없었다.

"그러니께, 이번 재건축이든 재개발이든 간에, 일단은 재개발을 추진하고 있습니다만, 이번 사업을 통해 상인 여러분들이 소중하게 일군 가게를 헐값에 넘기지 않도록……. 에, 아셨죠? 여러분이 하는 만큼 제값 다 받고 넘길 때 넘기더라도…… 일단은 모든 권한을 여기 이 사람 강호식에게 일임해주시면 제가 앞장서서 모든 일을 여러 상인 여러분들에게 단 십 원이라도 아니일 원이라도 더 이익을 돌려드릴 수 있게 하겠다 이 말씀입니다."

그런데 이날 회의장에 모인 사람들은 자발적으로 모인 게 아니었다. 강호식이 준비한 회의를 앞두고 블랙콜대리운전 직원들이 하루가 멀다 하고 마천시장 가게마다 들러 물건을 사주고 식사해주면서 회의장에 나오라고 닦달해댄 결과였다. 상인들 쪽에선 딱히 거절할 이유가 없었다. 마천시장에 택배 사업과 물류 사업, 식당마다 음주 손님을 위한 대리운전 사업권까지 블랙콜대리운전에서 도맡아 운영하고 있었기 때문이었다. 이를테면 강호식은 좋게 표현해서 드러나지 않은 실력자였고 솔직하게 표현하자면 마천시장 상인들의 모든 것을 쥐락펴락하며 각종 이권을 챙겨가는 악덕 기업인이었다. 그 이유는 이날 강호식이 상인들에게 요구한 것을 보더라도 알 수 있었다. 강호식은 마천시장에서 고리대금업은 물론, 모든 이권을 챙기며 상인들을 갈취하는 깡패에 지나지 않았다.

"마천시장 상인 여러분, 사장님들! 저의 누님뻘 되시고 형님뻘 되시는 사장님들 앞에서 제가…… 어린 동생이 열심히 일해보겠다는 약속을 드리는 것인 만큼! 오늘 이 자리를 빌어 이 말씀 마치고 여러분들 귀가하실 때 저희 직원들이 나눠드리는 종이에 서명 한 번씩만 부탁드리는 바입니다."

지금껏 상인들이 저항하지 않고 대체로 희생을 강요당하면서도 참기만 해온 이유는 강호식에게 반대하면 어느 날 갑자기 사라져버리거나 크게 사고를 당하고 마천시장에서 떠날 수밖에 없다고 생각하기 때문이었다. 김정신 여사가 쓰러진 그날도 고춘자 사장이 블랙콜 사람들을 의심했던 이유가 그것이었다. 이날 강호식은 마천시장 재개발사업 건에 대해 조합장 추천을 비롯해 시행사 선정, 시공권, 분양권 등 모든 권한을 일임받는 각서를 준비해서 나눠주려고 했다.

그때였다.

"최 회장님, 제가 늦었지요? 호호호. 죄송해서."

강말숙 회장이었다. 강호식은 강말숙 회장이 회의장 안으로 들어서는 동시에 꽁지머리 남자를 쏘아봤다. 강호식이 꽁지머리 남자에게 입 모양을 벙긋거리며 물어봤다.

'이게 어찌 된 일이야? 저 여자가 여길 어떻게 와?'

'모르겠습니다. 김학철 전무가 알아서 한다고 해서…….'

강말숙은 회의장에 들어서자마자 제일 앞자리 강호식이 마주 보이는 좌석에 앉았다. 애당초 그 자리는 강말숙에게 배정된 자리였다. 좌석 앞에 강말숙 회장 이름이 쓰인 표식이 세워져 있었다. 강말숙 회장이 회의장 안에 들어서자 상인들 사이에서 웅성거리는 소리가 생겼다.

한편, 이날 회의장에는 상인들만 모인 것은 아니었다. 회의장 안으로 들어서는 출입문이 닫히자 그 문 뒤에는 청년과 후드 티 여자가 서 있었다.

"오! 빙고! 딱 걸렸어, 너!"

강말숙 회장이 들어오는 것을 본 강호식이 꽁지머리 남자를 쏘아붙이면서 순간적으로 청년과 눈이 마주쳤던 모양이다. 강호식이 청년을 바라보며 얼음처럼 몸이 굳은 사이 청년이 강호식을 보며 윙크를 했다. 이 모습은 대박고깃집 사장도 보고 있었다.

당신도 우주여행자입니다

동구는 여성체가 대답해주기를 기다리고 있었다. 상인회 회의가 열리던 그날 늦은 오후. 동구는 강말숙 여사 대신 하바드반찬가게에 있다가 하루 장사를 마무리하고 냉장고 옆문으로 들어가서 여성체와 대화하고 있었다. 강말숙은 저녁 회의에 참석하려면 서둘러 다녀올 데가 있다면서 일찍 가게를 나선 후였다. 얼마나 지났을까? 한참 동안 아무 말 없이 바닥만 내려다보던 여성체가 고개를 들고 동구를 쳐다봤다.

"우리가 지구에 오고 당신을 찾아낸 이유는…… 한 가지, 우리도 이 지구에서 살아가야 하기 때문입니다."

"네? 아니…… 당신들이 어디서 왔는지도 모르는데…… 지구에서 살려고 왔다고요? 그리고 그런 이야기를 내가 듣는다고 해서…… 내가 무슨 힘이 있는 것도 아니고……, 나는 그냥 반찬 가게 운영하는 시장 상인인데요……, 네? 내가 무슨…… 우주 지킴이도 아닌데."

동구는 여성체의 이야기를 듣고 어안이 벙벙했다. 그도 그럴 것이, 동구로서는 하바드대학에서의 연구 분야를 살려 우주 생명체 즉, 외계 생명체와 접점을 찾아내고 외계의 존재에 대해 논문을 발표하려는 목적이 더 중요했을 뿐이었다. 국정원 요원에게 여성체의 존재를 말하지 않은 이유도 같았다. 어차피 국정원에서도 알고 있을 테지만 말이다. 동구도 요원과 일해보면서 배운 점이 있었는데 '물어보지 않으면 대답하지 않는다, 물어보면 대답하지 않는다'였다. 이래도 비밀, 저래도 비밀이 업무 수칙인 셈이다.

"그리고…… 당신도 그날 지난번에 봤을 텐데…… 후드 티 여자랑 청년이 있었잖아요? 얼마 전에 알게 된 건데 걔들은 그냥 도깨비들이었거든요. 당신은 우주의 어느 곳에서 왔다고 하는데 그날 왜 도깨비들을 보고서도 나한테 말해주지 않았죠? 당신이 그러는데 내가 당신 말을 어떻게 믿고, 또 믿는다 해도 뭘 도울 수가 있겠어요?"

동구는 사실 오늘 이 궁금증을 물어보려고 했다. 지난번에 만난 도깨비들의 정체를 왜 말해주지 않았는지, 우주에서 왔다는 여성체도 도깨비인 게 아닌지 확인하고 싶었다. 만약 이 여성체도 도깨비라면 동구의 외계 생명체 관련 논문은 엎어야 했다. 여성체가 동구를 바라보며 말했다.

"우리 눈에는 도깨비나 인간들이나 똑같이 빛 입자로 보입니다. 지금 당신과 이렇게 대화하고 있어도 당신이 나를 보는 것과 내가 당신을 보는 형체가 다릅니다. 당신은 내 모습을 지구인처럼 보겠지만 나는 당신이 빛 입자 상태로 보입니다. 그때 도깨비들도 마찬가지였고요."

"네? 뭐라고요?"

동구는 벌어진 입을 다물지 못했다. 여성체가 말을 이었다.

"지구인은 육안으로 가시광선 영역만 봅니다. 지구인들이 말하는 자외선이나 적외선 영역, 현미경으로 보는 미세 영역, 엑스레이 같은 특수 방사선 기기로 관찰하는 투시 영역, 전파망원경으로 데이터를 모아서 형상을 구현해내는 전파 영역, 이 모든 영역보다 더 넓은 세계를…… 우리는 볼 수 있습니다. 우리의 눈은 빛 입자와 같습니다. 빛을 통해 봅니다."

"……"

동구는 여성체의 이야기를 더 듣고 있기로 했다.

"당신들이 부르는 우주여행이란 건 없습니다."

이 말에, 그냥 듣기만 할 수 없었던 동구가 여성체에게 물어봤다.

"우주여행은 왜요? 2022년 연말에 드디어 우리나라도 달 탐사 위성도

쏘고 했는데……. 일론 머스크란 남자는 화성에 인류를 이주시키겠다고 하고, 우주로 나아가서 다른 행성도 보고 항성들도 보고…… 드넓은 우주를 관찰하는 건데…… 왜 우주여행이 없다고 하죠?"

"지구인들은 빅뱅에서 시작된 우주라고 해놓고…… 지구 밖을 우주라고 말합니다. 당신들 표현대로라면 지구도 우주인데 말이죠."

동구는 여성체의 이야기가 조금씩 이해될 것 같았다.

"지구도 우주의 일부인데 우주여행이란 표현은 말이 안 된다? 그거죠?"

여성체가 동구를 쳐다봤다.

"안드로메다 성운 있죠? 지구인들은 지구와 안드로메다가 점점 멀어지고 있다면서 우주가 확장된다고 주장합니다만."

"합니다만……?"

"지구인들이 이야기하는 빛의 굴절이나 블랙홀과 화이트홀을 보더라도 지구인들의 우주 설명은 모두 틀렸습니다."

여성체의 설명이었다. 첫 번째, 지구인들은 빛보다 빠른 것은 없다고 했다. 그러므로 빅뱅에서 시작된 우주라면 빛의 속도로 확장되고 있다고 봐야 한다. 그런데 우주가 확장되려면 빛 입자가 확산되는 공간이 필요하다. 즉, 우주가 존재할 수 있는 공간이 있어야만 우주가 확장될 수 있다는 의미다. 그렇다면 우주는 어느 공간 안에 존재한다고 봐야 한다.

두 번째, 지구인들의 주장과 다르게, 우주에서 시간은 존재하지 않는다는 점이다. 안드로메다와 지구가 멀어지는 것은 안드로메다 성운의 속도가 빠르다는 게 아니라 지구의 이동 방향과 안드로메다 성운의 이동 방향이 다를 뿐이어야 한다. 하나의 우주에서 시간도 하나일 뿐이다. 시간 차이란 애초에 존재하지 않는다.

세 번째, 빛의 굴절은 블랙홀과 화이트홀에 의해 속도가 바뀐다는 점이다. 빛의 속도는 일정하지 않을 수 있다. 빛을 직선으로 발사해보고 빛을 굴절시켜서 발사해보자. 그리고 빛을 블랙홀에 발사해보자. 빛이 굴절되는 현상을 확인하게 된다. 블랙홀 앞에서 빨려 들어가지 않으려고 노력하는 빛을 보게 된다. 기기를 사용하면 빛이 굴절되어 꺾이는 현상도 관찰할 수 있다. 굴절된 빛과 직진으로 나아가는 빛의 속도가 같을 수 있을까? 굴절된 빛이란 직선 방향 빛 입자보다 빛 입자의 이동 거리가 그만큼 길다는 의미다. 거리가 길면 시간이 더 걸린다.

동구는 여성체의 이야기를 들으면서도 쉽게 수긍하지 못했는데 그 이유가 있었다. 여성체의 이야기들은 이미 학계에서 실험을 통해 발표되었거나 여러 가설 가운데 하나였다. 많은 학자들이 수학적으로 입증하려고 연구하는 부분이기도 했기 때문이다. 동구는 여성체에게 다시 물어봤다.

"서로 다른 빛 입자 형태일지라도 당신들 눈에는 똑같은 빛 입자로 보인다는 이야기인 건 알겠어요. 그런데 지구인이나 지난번에 본 도깨비들이나 모두 빛 입자들이라면…… 하나의 우주에서 서로 다른 에너지로 형성된 빛 입자들이 존재한다는 뜻 같은데요? 그건 어떻게 가능하죠?"

여성체가 말했다.

"이 우주가 마이너스1이라면, 우주를 감싸고 있는 공간을 플러스1이라고 말할 수 있습니다. 플러스1과 마이너스1이 합쳐지면 0이 됩니다. 영원의 무한 세계가 되죠. 그런데 지금의 우주는 플러스1과 마이너스1이 중첩된 상태입니다. 어느 때가 되면 이 우주에 중첩되어 있던 플러스1이 분리되고 지금 우주는 마이너스1인 상태가 됩니다."

"네?"

동구는 여성체의 이야기를 들으며 눈살을 찌푸렸다. 중첩이라면 멀티버스라는 다중우주론과도 유사하게 들렸다. 여성체가 말하는 게 다중우주론인가 싶었던 이유다. 여성체가 동구를 보며 입가에 미소를 지었다.

"다중우주론을 이야기하는 게 아닙니다. 창조주께서 우주를 창조하시면서 플러스1과 마이너스1로 중첩해주셨다고 설명해보겠습니다. 그리고 정해진 때가 되면 플러스1과 마이너스1로 중첩된 우주가 둘로 분리되고 플러스1

영역이 빛의 영역으로, 영원의 세계로 가는 반면에, 마이너스1 영역은 끝없는 어둠의 공간으로 떨어지게 됩니다."

"그래서요?"

"그 분리가 시작되는 시작점이 바로 여기, 하바드반찬가게 이 지점입니다. 우리가 당신을 찾아온 이유가 바로…… 플러스1 영역으로 가기 위함입니다. 우리로서는 무한의 여행을 준비하는 것이죠."

"아……."

여성체는 여전히 다소곳하게 앉은 자세였다. 양손을 가지런히 모아서 무릎 위에 올려두고 시선은 앞을 바라보며 이따금 동구의 눈을 바라보곤 했다. 자기 이야기를 듣는 동구가 제대로 이해하고 있는지 확인하려는 것 같았다.

동구는 여성체에게 물어보고 싶은 질문이 생겼다.

"아니, 그렇다면…… 당신들 이야기를 들으면…… 이 세상엔 분명히 플러스1과 마이너스1 영역 사이에 존재하는…… 경계선에서 두 세계를 자유로이 왔다 갔다 할 수 있는 존재가 있을 텐데요? 맞나요?"

여성체가 동구 앞에 일어섰다. 조금 전보다 달라진 표정이었다. 단호하면서도 결의에 찬 눈빛이라고 할까? 여성체는 동구에게 한층 더 가까이 다가섰다. 여성체의 얼굴이 동구의 얼굴 바로 앞까지 다가왔다. 동구는 여성체의 호흡을 느낄 수 없었지만 동구는 자신의 호흡이 여성체의 얼굴에 닿는 건 아닌지 걱정되었다. 여성체가 말했다.

"사명자. 저희들도 사명자를 찾고 있습니다. 우리가 당신을 찾아온 이유도…… 당신 근처에 그 사명자가 있기 때문입니다."

동구는 여성체와 너무 가까이 서 있다고 느끼는 순간 머릿속이 하얘지는 것 같았다. 귓가에 사이렌 소리가 들리는 것 같더니 윙윙거리는 벌레 소리 같은 게 들리기도 했다. 동구는 정신을 차려야만 한다고 느꼈다. 동구가 여성체에게 무슨 말이라도 질문을 하려고 한 건 그런 이유에서였다.

"저기요……!"

그때였다.

'지이잉!'

동구의 스마트폰이 울렸다. 강말숙 여사의 전화였다.

이거 왜 이래, 마천시장 상인회 회장한테

"동구 씨, 바빠? 괴한들이 위험하게 차 운전하면서 네 엄마를 따라오는데⋯⋯. 엄마는 이럴 때 어떻게 해? 어머, 어머. 무섭게 운전하는 거 봐."

어둑어둑해질 무렵. 강말숙이 동구에게 전화를 걸어 잘 퇴근했는지 물어본 것은 마천시장에서 차를 타고 올림픽대교를 넘어갈 즈음이었다. 마천동에서 시내로 나오려면 송파구청사거리를 지나 잠실대교를 이용하는 편이 좋은데, 반면에 신호등이 많아서 길이 막힐 가능성이 없지 않았다. 그래서 마천동에서는 주로 위례, 하남 방향 도로를 타고 올림픽대교를 이용하는 게 불문율처럼 돼 있다. 그런데 이날 강말숙의 차가 올림픽대교를 통해 강북강변도로에 접어들 즈음 뒤따르는 자동차가 보였다. 차 운전석에는 김학철 전무가 타고 있었다. 김학철은 쌍라이트 상향등을 켜고 강말숙의 차 뒤에 바짝 따라붙어 달리고 있었다. 여차하면 접촉 사고가 날 상황이었다. 강말숙은 스마트폰을 켜고 차를 운전하며 에어팟으로 동구랑 통화했다. 동구는 강말숙 여사의 목소리를 들으며 엄마에게 무슨 일이 생긴 것을 알았다. 동구가 말했다.
"강말숙 여사님⋯⋯ 이번엔 살살해요. 사람들 안 다치게. 그 운 나쁜 놈이 누군지 모르지만, 그 사람도 다 집에 식구들도 있고⋯⋯ 누군가의 자식이고 부모이니까⋯⋯. 엄마? 엄마?"
강말숙은 동구와 통화를 하면서도 후사경을 통해 뒤따라오는 자동차를 살피고 있었다.

"아들, 현금 좀 준비해놔. 혹시 모르니까……. 이분 치료비라도 쥐여줘야지. 전화 끊는다. 이따 통화하자. 엄마 오늘 기분 제대로다!"

'부아앙!'

전화를 끊은 강말숙은 액셀을 세게 밟았다. 그러자 뒤따라오던 김학철도 빠르게 달리기 시작했다. 강북강변도로에서 두 대의 승용차가 레이스를 펼치기 시작했다. 얼마나 지났을까? 동부간선도로 교차점에 먼저 도착한 건 강말숙의 차량이었다. 강말숙은 성수고가 방향으로 차를 틀어 용두동 샛길로 운전대를 몰았다. 능숙한 솜씨였다. 김학철은 약간 당황한 듯 보였으나 이내 강말숙의 뒤를 따라 달려오고 있었다.

"마천시장 강말숙이 어떤 여잔지 궁금했어? 그럼, 모처럼 즐겨 보자구. 호호호."

강말숙은 차를 몰고 액셀을 더 세게 밟았다. 길 앞에는 한남고가와 반포대교 샛길 방향으로 갈라지는 길이 보였다. 김학철도 강말숙의 차를 따라 더 세게 액셀을 밟았다. 강말숙의 차량과 김학철의 차가 거의 맞닿을 정도로 부딪힐 뻔한 순간이었다.

"빠이!"

그 순간 강말숙은 운전대를 왼쪽으로 살짝 틀었다. 강말숙의 차가 부드럽게 한남고가 도로 위로 올라섰다. 반면에 김학철의 차량은 반포 샛길로 빠지고 말았다. 한남고가 아랫길에서 강말숙의 차량을 째려보는 김학철이 탄 차가 보였다. 강말숙의 웃음소리가 더 커졌다.

"호호호."

강말숙은 차를 운전하며 후면 블랙박스를 열어봤다. 김학철의 얼굴과 차량 번호가 보였다.

'누구지? 어딘가 낯익은 아저씨인데.'

강말숙은 블랙박스 화면을 더 확대해서 김학철의 얼굴을 클로즈업했다.

모니터 화면에 김학철의 차량 운전석 우측에 투명 스티커가 붙은 게 보였다. 강말숙은 투명 스티커에 쓰인 글자를 찬찬히 읽었다.

"블. 랙. 콜. 대. 리. 운. 전. 응? 뭐야? 강호식? 이런… 씨!"

한남고가를 내려온 강말숙의 차는 동작대교 앞 교차로에서 유턴했다. 강말숙은 마천시장 회의장으로 액셀을 세게 밟았다. 강말숙이 회의장에 모습을 나타난 건 회의가 거의 끝나갈 무렵이었다. 강호식이 상인들을 겁박해서 위임장을 일괄적으로 받기 시작할 즈음, 회의장 문을 박차고 강말숙이 들어섰다. 그런데 어찌 된 일인지 강호식은 강말숙이 들어와서 자리에 앉고 나서도 아무 말도 하지 못하고 얼음처럼 굳어 있었다.

'저 새끼…… 왜 저래?'

강말숙은 주위 상인들 얼굴을 일일이 바라보고 웃으며 인사하는 도중에도 강단에 선 채 머뭇거리기만 하는 강호식을 보고 이상하다고 생각했다. 김학철을 보낸 게 강호식이라면 강말숙을 보고 무슨 말이라도 해야 할 텐데 강호식은 아무 말도 하지 못하고 서 있기만 했다. 강말숙은 상인들 표정이 어두운 것을 보고 강호식의 직원들이 나눠준 서류를 얼른 받아서 읽어보기 시작했다.

"재개발 조합장 추천 등을 포함하여 시공사 선정권, 분양권, 입주 배치권, 시행사 선정권, 상가 입찰권 등 일체 권한을 강호식에게 위임한다?"

강말숙은 서류를 읽다가 다시 고개를 들고 강호식을 쳐다봤다.

'어머, 이거 날도둑, 양아치도 이런 쌩양아치가 다 있네?'

이대로 뒤선 안 되겠다 싶었던 강말숙이 자리에서 일어난 것은 그때였다. 강말숙은 상인들에게 말했다.

"사장님들, 그래도 제가 상인회 회장이고…… 오늘 이 서류는 조금 미루고 모아두었다가…… 강호식 회장님하고 제가 의논하고 다시 작성하든 하면 어떨까요? 가게에 가 계시면 이따가 서류 들고 제가 일일이 찾아뵐게요. 네? 어떠세요?"

상인들로서는 한시름 놓은 듯했다. 까딱했으면 강호식에게 모든 이권을 넘겼을 뻔했다. 상인들이 속앓이할 즈음 강말숙이 때마침 나타나서 사태를 해결해줬다. 상인들이 가게로 돌아가고 회의장에는 강호식과 블랙콜대리운전 직원들 그리고 강말숙만 남았다. 강말숙은 강호식을 쳐다봤다. 강호식은 이마에 식은땀을 흘리고서야 자리에 돌아가서 앉을 수 있었다. 그런데 어째 강호식의 눈빛이 날카로워져 있었다. 원래 눈빛이 안 좋긴 했지만 이 순간만큼은 냉랭한 기운이 더 강하게 느껴졌다.

"회장님! 오늘 어디 몸 안 좋으신 보다. 괜찮으세요? 오늘 최부자 회장님께선 어디 가시고 그래도 이렇게 믿음직한 아드님께서 직접 일 처리하시니까 얼마나 좋아. 정말 최 회장님께서 아드님 하나는 제대로 두셨다니깐."

강호식은 강말숙의 이야기를 듣고 아무 말이 없었다. 강말숙은 강호식이 여느 때와 다르다는 걸 느끼고 있었다. 강호식이 허리를 숙인 채 자리에서 일어서더니 강말숙을 쳐다봤다. 순간 강말숙은 등골이 섬뜩한 기분을 느꼈다.

'강호식이 아니네. 그럼, 뭐야? 쟤?'

목사님, 우리 목사님

"늦어서 죄송합니다."

박순희 목사가 회의장으로 들어섰다. 강호식이 강말숙에게 다가서며 기분 나쁜 웃음을 흘리기 시작한 것과 거의 동시였다. 목사의 모습을 본 강호식은 갑자기 뒷걸음질 치며 넘어질 뻔했다.

"아휴, 깜짝이야."

강호식은 엉거주춤한 자세를 고쳐 다시 일어섰다. 뒤로 걷다가 의자에 발뒤꿈치가 걸렸던 모양이다. 강호식은 부하들을 보며 고개를 들고 턱으로 회의장 출구를 가리켰다. 오늘은 그만 돌아가자는 표시였다. 강호식이 목사를 보며 인사를 건넸다.

"아이구, 우리 목사님. 반갑습니다. 건강하시죠?"

"네네. 기도해주신 덕분에……."

"그러게요. 목사님 위해서 제가…… 항상 기도드리고 있습니다. 건강하시라고. 제발."

"네?"

박순희 목사가 무슨 말인지 못 알아들었다는 표정을 짓자 강호식이 박 목사의 어깨를 손으로 툭툭 치며 웃기만 했다. 그리고 직원들이 나간 문으로 따라가며 말했다.

"목사님, 우리 목사님. 하이구, 우리 목사님. 조만간 교회에서 뵙겠습니다."

박순희 목사는 강호식이 회의장을 나가며 중얼거리는 모습을 보며 가만히 서 있었다. 강말숙은 박 목사 곁에 서서 강호식을 바라봤다.

"엄마!"

"어머니!"

회의장 출구로 강호식이 거의 몸을 빠져나가려던 순간, 동구와 은지가 회의장 안으로 들어서며 강말숙을 찾았다.

"응? 이 목소리는?"

회의장 밖으로 나갔던 강호식의 모습이 회의장 출구 쪽에 다시 나타나더니 회의장 안을 살펴봤다. 회의장 안에는 동구와 은지가 와 있었다. 박 목사와 강말숙은 동구와 은지를 만나 이야기를 나누고 있었다. 강호식은 동구와 은지의 모습을 발견하더니 입술을 씰룩거렸다.

"하……, 저것들이!"

잠시 후. 밤 아홉시 이십분. 마천제일교회 담임 목사실. 박 목사가 강말숙, 동구, 은지를 데리고 테이블을 두고 바라보며 앉아 있었다.

박 목사가 말했다.

"요즘 마천시장에 도깨비 소동을 잘 알고 있습니다. 하나님 섬기는 목사로서 무엇을 해야 할지, 성도들을 어떻게 인도해야 할지 기도드리고 있고요. 저희 교회 장로님들도 제가 나서야 할 시점이지 않냐고 하시는 말씀도 깊이 새겨듣고 있습니다."

강말숙이 박 목사의 이야기를 들으며 고개를 끄덕였다. 박 목사가 나머지 세 사람을 보며 말을 이었다.

"그런데 목사는 설교단에서 하나님 말씀을 전하는 사명을 지니고 있습니다. 성경에 기록되어 있지만 세상에는 방언하는 자, 예언하는 자, 교회에서 사역을 담당한 자, 교회 밖에서 전도사역을 담당한 자 등 여러 사역을 나눠 갖고 있죠."

"아멘."

강말숙이 박 목사의 이야기를 들으며 아멘이라고 말했다. 은지는 동구를 쳐다봤다. 동구는 박 목사에게서 시선을 떼지 않았다. 박 목사가 말을 이었다.

"도깨비는…… 아니, 귀신이라고 부르겠습니다. 귀신의 존재는 성경에도 기록된 것처럼 세상에 없는 존재도 아니고 마냥 무시할 존재도 아닙니다. 다만, 귀신은 영적 존재이고 육을 가진 게 아니라서 죽거나 하진 않고요, 쫓아낼 수 있긴 한데 그러한 능력도 귀신 쫓는 사역을 받은 자만 가능합니다."

은지가 박 목사의 이야기를 들으며 고개를 끄덕였다. 기독교계 중고등학교에 다닌 은지로서는 박 목사의 이야기가 처음 듣는 내용은 아니었다. 문득 궁금해진 은지가 박 목사를 쳐다보며 물어봤다.

"귀신들을 사라지게 할 수 없다면…… 그럼 착한 사람들은 계속 당해야만 하나요?"

박 목사가 은지를 보며 말했다.

"성경 기록에는…… 귀신을 멸하는 존재가 이 땅에 오게 됩니다만……. 그 존재가 누구인지는 아무도 알 수 없습니다. 그 존재 본인만 알 뿐이죠. 그 존재가 이곳에 온다면 귀신들을 모두 멸해주실 수 있습니다."

은지가 박 목사의 이야기를 들으며 고개를 끄덕였다. 동구는 박 목사와 은지의 얼굴을 번갈아 쳐다보며 반찬 가게 안에 여성체에게서 들은 사명자 이야기를 떠올렸다.

"아멘."

강말숙은 박 목사 이야기가 끝날 때마다 아멘으로 호응하고 있었다. 박 목사의 이야기를 믿겠다는 표현이다. 박 목사가 말했다.

"그래서 저는 교회의 할 일에 대해 생각해봤습니다. 마천시장 상인들께서 저희 교회 성도분들도 다수 계시고 하니 더 이상 이런 상황을 두고 볼 수만은 없는 시점에 왔다고 생각한 것도 있고요."

은지가 박 목사에게 물어봤다.

"목사님, 그럼 어떻게 해야 하나요?"

박 목사가 은지를 보며 말했다.

"네, 하나님 말씀에 집중해야 하는데요, 우선은 성경 말씀에 충실해야 합니다. 저로서도 예배 때나 밖에서 성도님들을 만날 때마다 말씀드리려고 합니다. 항상 기도하고 항상 기뻐하고 항상 감사하십시오. 그러면 귀신들, 도깨비들이 그런 사람에겐 가까이 다가오지 못합니다. 도깨비들은 악한 에너지를 먹고 살아가는데 항상 감사하고 기뻐하고 기도하는 사람들 옆에는 머물 수가 없습니다."

동구가 고개를 끄덕였다.

"뭔지 알 거 같아요. 우리 강 여사님이 항상 그러시거든요. 감사하고 기뻐하고 기도하고."

강말숙이 입가에 미소를 지으며 말했다.

"아멘."

박 목사가 다시 세 사람을 번갈아 보며 말했다.

"살아계신 하나님께서는 지금도 우리 곁에 항상 계십니다. 우리가 생각하고 행동하는 것 모두를 주관하고 계시지요. 그러니까 지금 이 자리에 계신 분들과 저 또한 아까 말씀드린 것처럼 항상 기뻐하고 감사하고 기도드리는 생활을 이어가도록 해야 합니다. 아셨지요?"

강말숙이 대답했다.

"아멘."

한편, 네 사람이 교회 안에서 대화를 마치고 기도를 드리고 있을 즈음, 교회 앞 횡단보도를 지나던 차량이 급정거하더니 끼익하는 소리가 들렸다. 그리고 차량이 도로변에 부딪히는 소리가 요란하게 들렸고 둔탁한 파열음이 들렸다. 잠시 후, 거리에서 사람들이 모여 웅성거리는 소리가 들리기 시작했다. 박 목사와 세 사람은 서둘러 교회 밖으로 달려 나갔다.

잘 되는 것처럼 보이는 악인의 인생

교회 밖으로 나온 은지의 눈에는 횡단보도 옆 신호등을 들이받고 전복된 자동차 한 대가 보였다. 은색 세단이었다. 은지가 길에 서서 119를 부르는 사이, 동구와 강말숙, 박 목사도 나와 은지 곁에 섰다. 박 목사는 신호등 불이 바뀌길 기다렸다가 녹색 불이 켜지자마자 서둘러 자동차 쪽으로 다가갔다. 은지는 119에 신고한 후 박 목사를 따라 뛰어갔다. 뒤이어 동구와 강말숙도 횡단보도를 건넜다.

"이를 어째. 과속했나? 여기요! 119 불렀어요? 운전자 꺼내는데 도와주세요. 씨피알 할 줄 아는 사람 안 계세요?"

사람들이 우왕좌왕했다. 강말숙은 자동차에 다가가서 운전석을 확인했다. 운전자는 자동차 안에서 기절한 상태로 보였다. 호흡이 붙어 있었다. 운전자는 남자였다. 뒤집힌 차 안에서 안전벨트에 끼어 거꾸로 매달려 있는 상태였다.

"잠깐만 계세요. 지금 안전벨트 풀면 더 큰 상처가 생길 수 있으니까……, 기다렸다가 119 오면 꺼내드릴게요."

강말숙은 운전자 상태를 확인하면서 말을 걸었다. 운전자가 정신이 있는 상태인지 확인하려고 했다.

"으……."

운전자는 거꾸로 매달린 상태에서 고개를 돌렸다.

"어?"

강말숙은 운전자의 얼굴을 무심코 확인하면서 자기도 모르게 소리를 질렀다. 동구가 강말숙에게 다가왔다.

"왜요? 무슨 일이에요?"

동구가 강말숙을 불렀다. 강말숙은 운전자 얼굴만 보다가 다시 일어섰다. 마침 119 구급대가 도착했다. 구급 조치가 이뤄지도록 자리를 내줘야 했다. 강말숙은 도롯가에 물러서면서 아무 말도 하지 않았다. 동구가 강말숙 얼굴을 보며 표정을 살폈다. 은지가 동구 옆에 서서 운전자를 보다가 강말숙을 쳐다봤다. 박 목사는 구급대원 옆에서 운전자를 구조하는 걸 돕고 있었다. 응급차를 도로변에 세워두고 뒷문을 연 후 스트레처카를 들고 운전자를 실었다. 운전자는 아직 호흡이 있고 정신이 있는 상태여서 별다른 구급 조치는 병원에 가서 해도 되는 상황으로 보였다. 응급차는 현장에서 응급실로 향했다. 사고가 난 차량은 출동한 레커차와 경찰들이 현장 통제를 하기로 했다. 강말숙은 동구와 은지를 데리고 자리를 옮겼다. 어느새 밤 열시가 넘은 시각이 되었다. 박 목사는 교회로 다시 돌아갔다. 담임 목사실에서 취침하고 내일 새벽 예배를 준비한다고 말했다.

"아들, 이리 와바."

강말숙은 마천사거리 방향으로 걸어가며 동구를 불렀다. 은지는 동구 옆에서 같이 걸었다. 아직 버스가 다니는 시각, 은지는 마천사거리에서 커피숍에 들러 커피를 마시고 귀가할 생각이었다. 동구가 강말숙을 집으로 모셔드린 후에 은지에게 오기로 했다. 버스가 끊기면 동구가 은지를 차로 데려다줄 요량이었다.

"네."

"내가 전화했을 때……, 네 엄마 따라오던 차가 저 차야. 저 남자 블랙콜대리운전 소속인 거 같던데."

"네?"

동구는 놀랐다. 은지가 동구 곁에 섰다가 강말숙 곁으로 걸음을 옮겼다. 강말숙 여사를 가운데에 두고 은지와 동구가 양옆에서 걸어가는 상황이 되었다. 동구가 말했다.

"은지야, 너도 알아? 블랙콜대리운전이라면?"

"알지. 저 남자. 김학철 전무인데. 거기…… 강호식 회장네 계열사잖아?"

"그러게. 근데 무슨 일이지? 대리운전 회사 직원이 탄 차량이 사고가 난다? 그것도 회사 근처에서? 이 시간에?"

동구는 고개를 갸웃거리며 은지를 쳐다봤다. 뭔가 미심쩍다는 의미다. 은지도 동구를 보며 고개를 끄덕였다. 강말숙은 입술에 힘을 주어 다문 채 고개를 끄덕였다. 강말숙은 주위를 둘러봤다. 주변은 차도의 가로등과 불빛만 빼면 어두운 편이었다. 마천1동 주민센터 옆 공용주차장부터 롯데캐슬 아파트단지까지 이상한 기척은 느낄 수 없었다. 은지는 커피숍에 먼저 가 있기로 했다. 그리고 동구는 강말숙을 집에 데려다주러 갔다.

한편, 사고 현장이 정리되고 사람들이 모두 돌아간 후였다.

'부르릉.'

주민센터 옆 핫도그 가게 쪽에 세워졌던 차량에 사람이 타고 있던 모양이었다. 시동이 걸리더니 전조등에 불이 들어왔다. 엔진음은 들리지 않았다. 신형 전기차였다. 꽁지머리 남자가 운전석에 앉아 있었다. 뒤에 타고 있는 누군가가 출발하라는 지시를 내리자 꽁지머리 남자가 차를 운전하기 시작했다. 꽁지머리 남자가 운전하는 차는 중앙선을 넘어 좌회전하더니 아파트 단지를 끼고 우회전해서 거여역 쪽으로 달렸다.

"아주 지랄도 부지런해요. 아주 지랄이."

전기차가 사라진 후, 공용주차장 안에서 걸어 나오는 인기척이 있었다. 청년과 후드 티 여자 도깨비였다. 후드 티 여자가 멀리 사라진 차량을 보며 청년에게 물어봤다.

"강호식이지?"

"응. 쟤…… 아주 세상을 지들 맘대로 산다니까. 지 부하라고 해도 챙겨주는 법이 없어요. 백번 잘해도 한 번 실수하면 죽일려고 덤벼들어요, 아주 내 맘에 쏙 들어."

"김학철이? 그 아저씬 강호식한테 충성했잖아? 월급도 많이 받고 잘 나갔는데."

청년이 후드 티를 보며 말했다.

"아저씨?"

후드 티 여자가 청년을 쳐다보며 오른팔로 청년의 팔뚝을 툭 쳤다. 다 알면서 왜 그러냐는 의미다. 청년이 말했다.

"아까 봤는데…… 꽁지머리 놈이 김학철이 차에 핸들 뽑대를 헐렁하게 조작하더라. 나중에 빠지라고. 그거 빠지면 앞바퀴가 멈춰버리고 달리던 자동차는 뒤집히거든."

후드 티 여자가 오른손으로 입을 가리며 놀란 표정을 지었다가 이내 입가에 미소를 지었다.

"어머, 어머. 세상에 그렇게 나쁜 놈이 다 있어……? 딱! 내 스타일이네."

청년이 후드 티 여자를 보며 손을 들어 여자의 뒷머리를 쓰다듬으며 말했다.

"넌…… 내가 봐도 진짜 나쁜 년이야. 죽어서까지 나쁜 짓 못 해서 안달 난 년."

후드 티 여자가 청년의 어깨에 머리를 기대며 말했다.

"근데…… 아까 은지, 고 년. 메이크업 잘했더라. 걔네 은지랑 동구. 둘이 사귀는 거 맞지? 아냐? 난 그거 되게 부럽던데. 걔네 둘 깨주고 싶어서 미치겠어. 고등학생 때 오빠가 그 두 사람 보면서 많이 힘들었겠다 싶었어. 오빠도 은지 좋아했지? 근데 이젠 멈추면 안 돼? 내가 잘할게. 그리고 오빠는 강호식이 몸에 들어갈 수 있잖아? 나 그거 그때 보고 엄청 놀랐는데. 도깨비가 사람 몸속에 들어가는 거 웬만한 내공 없으면 안 된다고 들었거든."

"네가 몰라서 그러는데……. 아니다, 말을 말자. 아무튼 은지랑 동구는……. 걔네들 그때 반찬 가게에서 우리 보는 거 봤잖아? 특히 은지는……. 근데 마냥 기다릴 수는 없고. 이제 나도 때가 된 거 같아."

"때?"

청년은 고개를 돌려 후드 티 여자를 바라봤다. 후드 티 여자는 청년의 어깨에 머리를 기댄 자세로 고개만 돌려서 청년의 눈을 쳐다봤다. 청년은 앞으로 벌어질 일들이 기대되는지 웃음을 참느라 입술을 씰룩거리며 간간이 벌어지는 입술 사이로 말했다.

"누구……겠……어? 몰……라서…… 물어……? 크크크."

무지막지한 도깨비 떼가 쳐들어온다

"그 짝이 아니제. 이 짝으로 다들 모여봐. 대가리 수 체크하게!"

며칠 후. 자정을 막 넘긴 시각. 장수만세약국 앞 국화빵 공터에 청년이 나타났다. 에릭이었다. 그리고 주위에 모여 웅성거리는 사람들을 불러 모았다.

"김 법사는 충청도에서 왔고, 박 당골은 전라도에서 왔고, 채 법사는 제주도에서. 여기까지 3명에다가 경기도에서 만신 다섯 명이 오기로 했는데…… 안 왔어? 부산이랑 대구에서 박수 여섯 명은 왔지?"

이때 모인 사람들은 전국 각지에서 모인 무당들이었다. 청년은 그 사이 이리저리 다니며 무당들을 불러 모았다. 청년이 후드 티 여자에게 말했던 그 대응이란 게 나쁜 놈 강호식에게 대응한다는 이날 일이었다.

"그런데유, 오늘 우리를 뭐땜시 이케 요로코롬 오라했당가?"

충청도에서 올라온 김 법사가 아직 졸음이 덜 가신 목소리로 청년을 불렀다. 뒤늦게 도착한 만신들도 속속 도착했다. 경기도에서 광역버스를 타고 오는데 파업하는 사람들 때문에 길이 막혀 늦었다 했다.

"어휴, 이 지긋지긋헌게. 여기 권 보살, 채 보살, 추 보살 왔어용."

청년은 모인 무당들을 헤아려보면서 그 수를 세보는 것 같았다. 청년 옆에는 이날따라 후드 티 여자의 모습이 보이지 않았다. 공터에 모여 삼삼오오 무리를 지어 앉은 무당들은 대부분 작업복 차림으로 흰색 옷을 입고 왔다. 사실 후드 티 여자는 이날 모임에 앞서 청년에게 미리 말하고 식당 주방에 남아 있기로 했다.

"오빠, 걔네는 맨날 똑같은 옷만 입고 다니고 화장도 이상하게 하고…. 귀신들도 좀 꾸미라고 해. 그러니까 사람들이 귀신들 보면 나쁜 짓하는 거로 아는 거야. 난 관심 없어. 나 안 가. 오빠 나 그래도 되지?"

"그럼, 넌 여기 있어. 괜히 너까지 와서 고생하지 말고. 나는 할 일이 있어서."

후드 티 여자를 주방에 두고 나온 청년은 공터에 서서 인원수를 헤아려보더니 그 수에 만족한 모양이었다. 어림잡아 보더라도 대략 스무 명은 족히 되고도 남았다. 청년이 무당들을 세워두고 말했다.

"자, 이제부터 당신들 모시는 할아버지 할머니 장군이고 뭐고 싹 다 불러. 오늘 여기 남자놈들 여럿 있는데…… 걔들한테 가서 한바탕 놀아줄맹키로."

무당들의 눈빛이 희번덕거리며 울긋불긋 변하는 모습이 보였다. 무당들 몸 안에 잡귀신들이 들락날락하는 중이었다. 청년은 무당들을 보다가 이윽고 자기가 앞장서서 걷기 시작했다.

같은 시각. 은지는 한남동 집에서 소설을 쓰고 있었다. 오늘 장면은 최뺀알과 녹두가 합정동 기획사에서 다시 만난 후에 꽁냥꽁냥거리는 장면을 담아볼 생각이었다. 최뺀알은 가수 지망생으로, 녹두는 배우 지망생으로 나온다. 은지는 오디션장을 묘사하면서 업계에 소문난 연예기획사 악질 대표부터 등장시켰다. 지망생들에게 나쁜 짓을 저지르는 자였다. 지망생들 사이에 악명을 떨치다 못해 오죽했으면 칼날이라고까지 불리는 사십대 초반의 박혁이었다.

합정동 기획사 드림럭엔터테인먼트. 합정역 8번 출구를 나와서 망원동 우체국 방면으로 걸어 내려가면 사거리가 나온다. 우체국을 끼고 우회전해서 이면 도로로 진입하면 하얀색 삼 층 건물이 나오는데, 열 평은 되어 보이는 넓은 지하연습실이 딸린 이 건물은 연예가에 떠오르는 신진 기획사로 요즘 연예계 돈을 쓸어 담는다는 드림럭엔터테인먼트 본사 건물이다. 마침, 이날은 신인 연습생 발굴을 위한 자체 오디션이 있는 날. 오후 두시 무렵이 되자 건물 앞 출입구 근처에는 수십 명의 사람들이 모여 북새통을 이뤘다. 이날 오디션을 보러온 지망생들이었다.

"야! 어? 너!"

배달 알바를 그만둔 최 군은 가수의 꿈을 가져보기로 했다. 그래서 이날 오디션에 신청하고 건물 앞에서 번호표를 받아 서 있는데 자꾸 뒤에서 누군가 최 군을 부르는 소리가 들렸다. 최 군은 이날 오디션에 온다는 얘기를 아무에게도 하지 않았다. 누군가 다른 사람으로 착각하고 부르는가 싶어 가만히 있었다. 그런데 누군가 최 군을 불렀다.

"야! 최뺀알!"

이 목소리는?

'아…… 씨!'

최뺀알은 순간 인생이 잘못됐다는 생각이 들었다. 스멀스멀 피어오르는 불길한 기운,

'이건 정말 망쁼이다. 설마 그 여자라고? 진짜로? 그 여자랑 내가 전생에 무슨 인연이 있어서 이러는 거야?'

최 군은 고개를 심각하게 가로저으며 부정하기 시작했다.

'아닐 거야, 아닐 거야'

그러자 최 군의 어깨를 툭 치며 그 목소리의 주인공이 나타났다.

"야! 모가지 쑤셔? 주물러주까? 왜 모가지를 흔들어? 야! 나 좀 봐!"

녹두였다. 최 군은 녹두도 이날 오디션을 보러왔다는 이야기를 들었다. 다행인 것은 최 군은 가수 지망생, 녹두는 배우 지망생으로 왔다는 사실이었다. 최소한 둘 다 합격한다 치더라도 서로 얼굴 볼 일은 없을 것 같았다.

"자, 번호표 순서대로 들어오시면서 신분증 꺼내 보여주세요. 미성년자 지원자들은 부모님 동의서 가져오시고 부모님 같이 오신 분들은 함께 입장해 주세요."

드림럭엔터테인먼트 오디션이 펼쳐지는 사이, 대표이사실에서는 톱스타 가수 박시현과 대표이사인 칼날 박혁이 이야기를 나누고 있었다. 대표이사실 한쪽 벽면에는 유럽풍 그림이 걸려 있었다. 듣기로는 꽤 이름 있는 화가의 작품이라고 했다. 그와 맞닿은 벽에는 와인 냉장고가 보였는데 프랑스와 이탈리아에서 가져온 값비싼 와인들이 저장되어 숙성되고 있는 모습이었다. 그리고 대표이사실 바닥에는 네팔에서 가져온 호랑이 가죽을 깔아두고 카펫 대용으로 사용하고 있었다. 그래서 대표이사실에 들어오는 사람은 문 열자마 자 우측 신발장에서 자기 신은 벗고 호랑이 가죽 전용 슬리퍼로 갈아신어야만 했다. 박혁은 맨발 상태였는데 호랑이 가죽 위를 걸을 때마다 발가락을 꼼지락거리며 호랑이 털을 발가락 사이사이에 넣기를 즐기곤 했다. 박시현을 바라보던 박혁이 일어서더니 와인 냉장고에 가서 문을 열었다.

"시현아, 너…… 나랑 일한 지 이십 년은 된 거 같은데…… 맞나?"

박시현이 자리에서 일어서며 대답했다.

"네. 대표님. 이십 년하고 삼 개월째입니다."

대답을 마친 박시현이 다시 자리에 앉았다. 박혁은 박시현을 보며 와인병을 들고 다가왔다. 대표이사 책상 위엔 와인 잔이 한 개만 있었다. 박혁은 와인 마개를 열더니 와인 잔에 와인을 조금 따랐다. 와인 잔 다리를 손가락 사이에 끼우고 손바닥 전체로 받쳐 든 넓은 와인 잔 바닥에 와인이 찰랑거렸다.

"시현아…… 그래. 우리가 함께 한 시간이 길다, 그치? 시현아, 너 와인이 왜 신의 눈물이라고 불리는지 아니?"

"아뇨. 잘 모르겠습니다. 대표님."

박시현은 대답을 할 때마다 일어섰다가 다시 앉곤 했다. 박혁은 와인 잔을 들고 박시현을 보며 말했다.

"눈물이란 게 기쁠 때도 흘리지만 슬플 때도 흘리거든. 그만큼 신의 희로애락을 담아서 키운 포도를 짜서 으깨고 그 진액을 숙성시켜서 만들었다는 의미 아닐까?"

"네. 그런 거 같습니다."

박혁은 박시현을 눈에 힘을 주고 쳐다봤다. 박시현은 순간 온몸에 소름이 돋는 것을 느꼈다.

"시현아…… 내가 너를 별로 만들어주고 이제 신이 되려고 하는데…… 너는 어떻게 생각하니? 내가…… 너 그동안 키우느라 돈은 돈대로 쓰고…… 몸은 몸대로 늙고…… 그랬는데. 이제 너를 짜고, 으깨고, 진액을 빼내려고 하는데…… 네가 갑자기 변호사 나부랭이 불러다가 계약 해지니 뭐니…… 이런 거 보내면 내가 얼마나 무섭겠니……? 너! 내 소녀 감성 무시하는 거니……? 너 하나 잘 되게 하려고…… 너 띄워주려고 내 인생 갈아 넣었는데…… 넌 나를 버리고 네 갈 길 가겠다는 거니……? 나를 좀 불쌍하게 봐주면 안 되겠니? 씨발놈아!"

"죄송합니다. 대표님. 제가 생각이 짧았습니다."

박시현은 다시 일어서서 대답하고 앉았다. 박시현은 소파에 앉은 상태에서도 무릎을 위아래로 사시나무 떨듯 떨며 안절부절못하는 모습이었다. 박혁이 박시현에게 다가섰다.

"너…… 광고 찍고, 음반 내고, 콘서트하니까…… 탑스타라도 된 거 같지? 근데 그게 너 혼자 할 수 있었을까? 내가 영업하고 돈 끌어오고 사람들 구워삶아서 너 띄워준 거야. 너…… 나가려면 그 돈 다 갚고 나가. 그러면 깨끗이 보내줄게. 알았어?"

박혁의 말을 들은 박시현이 고개를 들었다. 돈만 내면 나갈 수 있을 것이란 생각을 했기 때문이었다. 박시현이 박혁을 쳐다봤다. 박혁이 박시현을 보고 웃으며 코웃음을 쳤다. 박혁은 박시현의 귓가에 자기 얼굴을 가까이 대고 말했다.

"우리 계약 십오 년이잖아? 너 신입 때부터 거둬서 먹이고 데리고 다니는 거, 옷 사 입히고 밥 먹이고, 영업비 쓴 거…… 다 토해내. 그럼 돼. 내가 너 인간적인 정으로 딱 비용만 받을게. 얼만지 궁금하지? 얼마 안 돼! 들인 내 노력에 비하면. 딱 천억 원만 내."

박시현은 박혁의 이야기를 들으며 금방이라도 눈물을 흘릴 것만 같았다. 너무나 큰 금액을 듣자 모든 걸 체념한 듯했다. 청소년 시절부터 박혁의 회사에서 활동해온 박시현은 정신적으로나 물질적으로도 박혁의 소유와 다름 없었다.

잠시 후.

은지가 블로그에 소설을 올리고 나서 얼마 지나지 않아 서울 경찰청 광역수사대 형사들이 건물에서 뛰어나왔다. 그리고 승합차에 올라타더니 합정동 D엔터테인먼트로 향했다. 형사들 손에는 박혁 대표 체포영장이 들려 있었다. 사유는 횡령과 배임, 특가법상 사기였다. 형사들이 탄 승합차는 시내를 가로질러 합정동으로 향했다. 그리고 국내 각 언론사 야간 당직을 하던 사회부 담당 기자들에겐 경찰청발 보도자료가 수신되었다.

— 국내 대형 엔터테인먼트 D社 박혁 대표, 수십 년간 횡령 및 배임 혐의로 수사당국에 포착, 공익제보자 녹취 증거 제출, 박혁 긴급체포 이송 중

다시 한남동. 은지는 노트북 컴퓨터를 닫았다. 은지는 노트북 옆에 미리 타두었던 커피 잔을 들고 창가에 섰다. 은지네 집은 한남동 유엔빌리지에서도 한강변 야경이 돋보이는 위치에 자리 잡고 있었다. 강북강변도로를 달리는 승합차가 은지의 눈에 들어왔다. 서울의 야경은 언제 봐도 아름다웠다.

같은 시각.

마천시장 도로양도넛 가게 주변에선 청년이 무당 패거리들을 데리고 마천시장 중앙 통로로 발걸음을 향했다. 마침 장사를 마치고 근처 포장마차에서 한잔 걸친 상인들이 하나둘 거리로 나와서 귀가를 서두르고 있었다. 새마을금고 옆 건물 지하 피시방에서는 자정이 넘어서자 대학생들로 보이는 커플이 거리로 나왔다. 지금까지 게임을 즐긴 모양이었다. 배가 고파진 커플은 근처 식당으로 향했다. 청년이 시장 앞을 두리번거리며 누군가를 찾더니 보륜사 박 법사를 불렀다.

"야! 넌 용가리 통뼈야? 왜 안 나와?"

그러자 박 법사는 중앙 통로에 칼국수집 옆 보쌈 골목에 숨어있다가 엉기적엉기적 느린 걸음으로 모습을 나타냈다. 박 법사는 아무래도 같은 마천시장에서 돈벌이하는 터라 오늘 일이 마뜩하지 않은 모양이었다. 박 법사는 일이 이렇게 커지는 걸 원하지 않았던 듯했다.

"아니…… 내가 내 말 안 듣는 곳 겁만 줘달라 했지…… 이렇게 떼로 모이자고는 안 했지어라. 반찬 가게 하나 겁주는데…… 뭘 전국 방방곡곡에서 내로라하는 잡귀들 다 데려올 필요가……. 에휴."

청년 도깨비가 박 법사를 날카로운 시선으로 쳐다보며 말했다.

"법사면 법사답게 굴어. 네가 누구 덕분에 밥 먹고 사는지 기억하고."

청년 도깨비는 뒤따라온 무당 패거리를 향해 소리쳤다.

"자, 여기 앞에 주차타워 건물에 불 켜진 관리사무실 보이지? 그 안에 너희들 먹을 밥 모아났으니까. 들어가서 한 놈씩 차지하고 다시 나오자!"

'우흐흐흐흐'.

무당패는 청년이 알려준 건물로 흐느적거리며 다가갔다. 보륜사 법사는 무당패 뒤로 쳐졌다. 청년이 가리킨 곳은 블랙콜대리운전 사무실, 강호식의 회사였다. 강호식, 그는 보륜사 법사도 만나기 꺼려지는 인물이었다. 워낙 그 최부자 시절부터 악행이 소문났을뿐더러 앞뒤 안 가리는 성격은 법사도 당해내지 못할 게 분명했기 때문이었다. 보륜사 법사는 청년 도깨비가 오늘 무슨 짓을 벌이려는지 이해할 수 없었다.

그 나쁜 놈을 대하는 도깨비의 복수

"자! 드가자!"

청년은 마천시장 앞을 가로질러 제일은행 옆을 지나 주차타워 안으로 들어갔다. 주차타워 입구 맞은편에 자리 잡은 건물에는 불이 켜져 있었다. 청년 도깨비는 제일 앞에 서서 3층으로 올라갔다. 블랙콜 관리사무실. 강호식은 주간조가 근무하는 사이 야간조 직원들을 모아서 지시 사항을 전달하는 중이었다. 사무실 안에는 이십여 명 되는 남자들이 모여 있었다. 강호식은 직원들에게 지시를 내리는 도중에도 출입문을 자주 바라보는 모습이 다소 긴장한 듯 보였다. 꽁지머리 직원이 강호식의 모습을 보고 괜찮냐고 물어볼 정도였다. 강호식은 누군가를 기다리는 듯 시계를 자꾸 보며 출입문만 바라보고 있었다.

잠시 후.

강호식은 자리에서 벌떡 일어섰다. 출입문 안에는 청년 도깨비가 들어와 있었다. 강호식은 청년 도깨비를 보며 허리를 숙였다. 그러자 다른 직원들이 일어서서 강호식이 허리를 숙인 방향을 쳐다봤다. 하지만 아무도 없었다. 다른 사람들 눈에는 보이지 않았다. 강호식은 그 자리에 서서 몸을 부들부들 떨기만 했다.

"강호식아! 들어간다! 같이 놀자!"

청년 도깨비는 킬킬거리며 기분 나쁜 웃음을 짓더니 강호식 머리 위로 뛰어올랐다. 그리고 강호식의 정수리로 뛰어들었다. 마치 다이빙하는 사람처럼 빠르고 날렵한 동작이었다.

"악! 으……."

강호식은 두 눈을 질끈 감더니 몸을 부르르 떨었다. 그리고 서서히 고개를 들었다. 강호식의 두 눈은 마치 핏물이 고인 것처럼 빨갛게 변해 있었다. 목소리도 쉰 목소리가 되었다. 강호식이 마치 딴사람이 된 것 같았다.

"자, 애들아! 하나씩 밥 먹자!"

강호식의 말이 끝나기도 전에 사무실 안에 모여 있던 남자들도 온몸을 부르르 떨면서 바닥에 고꾸라지기 시작했다. 입에 거품을 무는 남자도 있었다. 사지를 부들부들 떨다가 점점 잦아들자 그제야 발작을 멈추고 천천히 일어선 남자들은 사무실 안에서 강호식 주위로 모여들었다.

그 시각. 국화빵 공터에 모인 사람들이 웅성거리기 시작했다.

"도대체 뭔 짓을 하려는 거여? 우리가 여기 왜 온 거여?"

충청도 법사가 주위를 둘러보며 다른 무당들에게 말했다. 전국 각지에서 올라온 법사, 보살들이었지만 하나같이 여기 온 이유를 아는 사람은 없었다. 그저 그들이 받드는 잡귀들이 가자 해서 따라온 것뿐이라고 했다.

"아니, 내 말이. 우리 밥벌이나 되는 거여? 요즘에도 그눔의 코로나다 뭐다 해서 가뜩이나 자영업자들 장사 안된다고 난린데. 사람들이 돈 없으면 우리도 밥벌이에 타격받는 거 아녀? 우리가 뭔 누구에게 복수할 일도 없고 말이여! 난 요즘 시줏돈 주는 사람도 없고 임대료 낼 거 걱정하느라 밤잠도 안 오는구먼!"

보살들이 고개를 끄덕이며 충청도 법사의 말을 듣고 있었다. 하지만 무당들이나 법사들이나 대책이 없긴 매한가지였다. 그들은 잡귀들이 하라는 대로 따라다니는 인형에 지나지 않았다. 인형은 고사하고 조종받는 대로 움직이는 꼭두각시에 불과했다.

경기도에서 온 만신이 입을 열었다.

"어이구야, 뭔 일이 난 겨? 가슴이 답답허고 심장이 발발 떠네. 큰일인 겨? 아까 청년 도깨비 그 냥반이 우리 잡신들 다 데려다가 뭔 짓을 벌일랑가 보네. 나한테 얘기가 들리는데…… 아주 재밌을 것 같아서 기분 좋아 죽겠다 네."

그러자 충청도에서 온 법사가 경기도 만신을 보며 도무지 이해할 수 없다는 표정을 지으며 물어봤다.

"뭐라고 그러는 겨? 말이여 방구여? 또 죽는다고? 죽어서 된 잡귀가 또 죽겠다는 건 뭐여? 그래도 되는 겨?"

같은 시각. 하바드반찬가게 안 냉장고 옆 쪽문이 흔들렸다. 동구나 강말숙 회장이 그 문을 잠그는 것은 아니었다. 안에서 얼마든지 열 수 있는 문이었다. 문이 세차게 흔들리더니 여성체가 모습을 드러냈다. 어두운 반찬 가게 안에서 여성체의 형체가 하얀빛을 내며 눈부시게 빛이 났다. 문을 열고 나온 여성체 는 반찬 가게를 나와 중앙 통로를 거쳐 이동하기 시작했다. 어두운 중앙 통로에서 밝은 빛 형체가 지나가며 마천시장 가게마다 환해졌다가 어두워지 기를 반복했다.

"우ㅎㅎㅎㅎ."

블랙콜 사무실에서 나온 남자들이 비틀거리는 걸음으로 마천시장을 향해 움직이기 시작했다. 주차타워를 가로질러 은행 앞을 지나 약국을 지나갔다. 마천시장 중앙 통로에 다다른 남자들은 강호식을 앞장세우고 하나둘 중앙 통로 안으로 진입하기 시작했다.

'우당탕! 쫘당! 펑!'

그때였다. 남자들의 모습을 지켜보는 사람이 있었다. 새마을금고 앞 채소 가게 옆에 세워둔 손수레 뒤에서 인기척이 났다. 누군가 숨어서 이들의 모습을 촬영하고 있었다.

"대박 사건! 여러분! 지금 실시간입니다! 채팅은 읽어드리지 못합니다.

우선 동영상 먼저 보시죠!"

유튜버 김 양이었다. 김 양은 갤럭시 스마트폰을 들고 손수레 뒤에 숨어서 카메라 부분만 위로 삐쭉 나오게 들고 남자들 모습을 촬영하고 있었다.

"다 부숴!"

강호식은 이런 상황을 전혀 눈치채지 못했다. 강호식은 잡귀들이 들어간 남자들에게 시장 가게들을 가리키며 부수라고 소리쳤다. 김 양의 스마트폰 화면에는 강호식이 부하들을 시켜 마천시장 상인들 가게를 부수는 상황이 실시간 생중계되며 고스란히 녹화되고 있었다.

"여기요! 거기 모인 분들, 신분증 좀 보여주세요. 112 신고가 들어와서요."

강호식 일당이 새마을금고 앞에서부터 중앙 통로 좌우에 자리 잡은 가게들을 부수며 이동할 때, 마천파출소에서 야근을 서던 김 경장이 공터에 나왔다. 수상한 사람들이 공터에 모여 몇 시간째 웅성거리고 있다고 누군가 신고를 했다고 했다. 그도 그럴 것이, 무당이나 법사라서 그 복장들이 평범하질 않았다. 치렁치렁한 옷깃에, 길에 닿을 만큼 땋아 늘어뜨린 헤어스타일, 잘 다듬지 않은 수염, 옛날 사람이나 입었을 만한 도포 자락 차림까지. 얼핏 보기엔 영화 촬영하는 중이라고 오해할 만했다.

"엥? 수고 많으십니다. 경찰 어르신…… 저희는 겉보기엔 이래도 다 밥 먹고 살자고 이러는 것이고…… 이 옷들? 그냥 유니폼이에요, 유니폼……; 작업복 아시죠? 코스프레 아시죠? 동물 옷 입는 사람들 퍼리 같은 거… 왜 잘 아시잖아요? 그런 거 생각해주시믄 되요. 다들 여기 나름대로 열심히 사는 사람들이구만유. 아따 그러고 보니께 동향 사람 같은디 고향 어디여유? 지들은 오늘 모임이 있어서 여기 모인 거고유."

충청도 법사가 김 경장을 보며 허리를 굽실거렸다. 다른 무당들이랑 보살, 법사들도 충청도 법사를 따라 했다. 그러자 김 경장은 법사랑 무당들이 말하는 것을 지켜 보며 아무 말도 하지 않고 잠시 바라보기만 했다. 그리고 사람들이 말하기를 멈추자 충청도 법사를 보며 말했다.

"네네. 일단은…… 여러분 말씀은…… 자알…… 알겠고요. 근데 파출소 신고가 아니고 112 신고라니께요. 112는 출동해야 하고 출동했으면 보고서 써야 한다니께요. 참말로 말귀 못 알아들으시네. 어허! 거기! 제일 끝에 서서 긴 머리 땋아서 늘어뜨린…… 수염 기르신 분! 은근슬쩍 슬그머니 빠져나갈 생각 마시고…… 자! 여기 모두들 저를 따라 이쪽으로 오세요. 자세한 얘기는 파출소 가서서 한 분씩 차분히 듣겠습니다! 자자! 모이셨죠? 제 뒤로 일렬로 서서 이동합니다. 제가 영! 하면 여러분은 차! 합니다! 영!"

"차!"

"영!"

"차!"

무당들과 법사들은 난감한 얼굴이었다. 하지만 김 경장의 지시에 따르지 않을 수는 없었다. 무당들과 법사들은 영! 차! 구령에 따라 발맞춰가며 나란히 줄을 서서 파출소 안으로 들어갔다.

그 무렵. 마천시장 중앙 통로.

강호식과 남자들이 서서히 들어서는데 그들 주위로 검은 연기가 피어오르며 스스슥거리는 기분 나쁜 소리가 들렸다. 겉모습은 사람들인데 그들 각자의 머리 위에는 검은 연기가 구름처럼 떠 있었다. 한밤중인데도 주위의 어둠과 구별될 정도였다. 이윽고 제일 앞에 선 남자가 빠른 걸음으로 달리기 시작했다. 그러자 이상한 일이 벌어졌다. 남자가 뛰었지만, 앞에 무엇인가에 막혀 움직이지 못했다.

"야! 너 뭐야?"

남자가 강호식을 바라보는데 눈동자만 움직일 뿐이었다. 손가락 하나 까딱하지 못하고 그대로 멈춘 자세로 서 있었다. 달려가는 동작이긴 한데 얼음처럼 그대로 정지된 상태였다. 강호식은 주위를 둘러보며 소리쳤다.

"사명자? 사명자! 나와!"

한밤중.

우락부락하게 생긴 남자들 삼십여 명이 마천시장 중앙 통로 좁은 공간에 모여 좌우를 살펴보며 소리쳤다. 하지만 주변은 고요할 뿐이었다. 인근엔 사람이 사는 것도 아니어서 누군가가 시끄럽다고 나와볼 수 있는 것도 아니었다. 강호식은 다시 소리쳤다.

"야! 다 같이 나간다! 자! 드가자!"

남자들이 강호식의 지시에 따라 조금씩 발걸음을 옮기며 주변 가게들 집기를 부수기 시작했다.

그때, 남자들 앞 칼국수 식당에서 인기척이 났다. 하지만 강호식과 남자들은 눈치채지 못했다. 자세히 살펴보니 칼국수 식당 옆 보쌈 식당 출입문 앞이었다. 어두운 밤이라서 더 밝게 느껴졌다. 처음엔 불타오르는 듯 보였는데 다시 봤더니 하얀색 말의 갈기가 휘날리는 모습이었다. 하얀 말이 시장 골목에서 나오더니 남자들을 향해 달려들었다.

"억."

"훅"

남자들 서너 명이 동시에 쓰러졌다. 강호식이 주춤거리며 뒷걸음질 쳤다. 예상치 못한 상황이었다. 강호식은 좌우에 서 있는 남자 두 명을 향해 소리쳤다.

"야! 뭐해? 잡아!"

순식간에 남자 두 명이 하얀 말에게 달려들었다. 하지만 하얀 말은 그 두 명을 쓰러뜨리고 공중으로 솟구쳐 올라가더니 이내 사라지고 말았다. 강호식은 무작정 앞으로 나아갈 수만은 없었다. 강호식의 생각과 달리 예상치 못한 상황에 맞닥뜨렸다. 남자들도 강호식 옆에서 주춤거리며 주위를 잔뜩 경계하는 상황이었다. 패거리들이 보륜사 앞길에 이르렀다. 강호식은 보륜사를 쳐다보며 소리쳤다.

"야! 너희들! 뭐해? 당장 안 나와?"

그러자 보륜사에서 내걸어둔 나뭇가지가 서서히 들려 올라가더니 창문이 열리고 검은색 물체 두 개가 길로 내려왔다. 자세히 보니 커다란 개 두 마리였다. 한 마리는 도사견이고 다른 한 마리는 불도그였다. 두 마리 다 큰 이빨을 내놓고 으르렁거리며 입 밖으로 침을 흘리고 다니는 맹견이었다. 강호식은 개 두 마리를 보며 말했다.

"야! 야! 또 하얀 말 같은 거 나오면 물어뜯어 죽여!"

개 두 마리가 하얀 말이 지나간 길을 따라 냄새를 맡으며 코를 킁킁대고 앞장서서 기어갔다. 그 뒤를 따라 어둠 속에서 희미한 가로등 불빛이 강호식 눈빛을 스치며 지나갔다. 그 사이 강호식의 얼굴은 두 눈에서 핏물이 뚝뚝 떨어지며 뺨으로 타고 흘러내리는 게 보였다. 강호식의 입은 여전히 웃는 모습이었다.

잠시 후, 이번엔 곱창집 앞에서 인기척이 들렸다. 가로등 뒤에서 갑자기 나타난 물체가 있었다. 강호식의 패거리는 아니었다. 가로등 뒤에서 나타난 형체는 어두운 깃털을 가진 새처럼 보였다. 부리가 날카롭고 커다란 주머니를 달고 있는 것처럼 보였다.

'쉭.'

"컹."

굵고 짧게 개 짖는 소리가 나더니 개 두 마리의 대가리가 연달아 잘려 떨어졌다. 피가 솟구쳤다. 동시에 커다란 새가 하늘로 솟구쳐 올라 가로등 뒤 어둠 속으로 사라졌다. 강호식의 얼굴에 개 두 마리의 피가 묻었다. 검은 피였다. 강호식 주위로 남자들이 몰려들었다.

"하…… 이런! 씨……!"

강호식은 쪽갈비 식당 이층을 보며 소리쳤다.

"뭘 구경만 하고 있어? 나와! 나오라구!"

그러자 이번엔 쪽갈비 건물 이층 벽틈이 점점 벌어지더니 검은 그림자들이 쏟아지듯 길로 내려왔다.

"크크크."

검은 그림자들은 대여섯 명의 사람처럼 보였다. 그런데 서로 뭉쳐서 한 명처럼 되더니 그림자가 커지기도 하고 다시 여러 명으로 나뉘면서 작아지기도 했다. 강호식이 그림자들을 향해 외쳤다.

"야! 여기 잘 찾아봐! 오늘 끝장내지 못하면 다음엔 기회가 없어!"

그러자 그림자들이 뭉쳤다가 흩어지기를 반복하며 해골 형태로 변했다. 그리고 여러 개로 나뉜 해골 형체들이 시장 골목 가게들을 뒤지기 시작했다.

'팟팟팟!'

그 사이 핫도그 가게에선 아무도 없는데도 실내등이 켜지고 냉장고 전원이 켜졌다. 이 가게는 이날 쉬는 날이었다. 그래서 재료도 없었다. 핫도그 재료는 내일 아침 새벽에 본사에서 보내줄 예정이었다. 마침 가게 주인은 냉장고 전원도 꺼두고 퇴근한 상태였다.

강호식은 주위를 둘러보며 경계심을 늦추지 않고 있었다.

"……."

냉장고 전원이 켜지고 냉장고 냉장칸 문이 조금 열리더니 안에서 얼음덩어리처럼 하얀 형체가 유리창에 김 서리듯 길바닥으로 흘러 내려왔다. 그리고 그 하얀 김은 가게 문틈을 통해 중앙 통로 길로 나가기 시작했다. 하얀 김이 계속 흐르듯 내려오더니 핫도그 가게 앞길을 채울 만큼 양이 많아졌다. 꾸물거리는 형체를 보아하니 하얀색 돌고래 떼로 보였다.

잠시 후.

쪽갈비 이층에서 내려왔던 검은 그림자 해골들이 하얀 돌고래 떼에 물려 하나씩 사라지기 시작했다. 해골들은 하얀 돌고래들이 다가와서 물자마자 움직이지 못하고 버둥거리기만 했다. 해골들이 돌고래들에게서 벗어나려고 저항하면서 귀를 가르는 쇳소리 같은 기분 나쁜 소리가 주위를 감쌌다.

"뭐하냐고! 이것들이!"

강호식이 하얀 돌고래 떼에 다가섰다. 그리고 하얀 돌고래들을 발로 차서 흩어버리려고 했다. 강호식이 구둣발로 하얀 돌고래를 향해 발을 내둘렀을 때다.

"악!"

강호식은 그 상태로 무릎을 꿇고 주저앉았다. 극심한 고통이 찾아왔다. 남자 두 명이 달려와서 강호식의 상태를 살폈다. 강호식이 내두른 오른쪽 발목이 부수어진 상태였다. 골절된 것으로 보였다. 강호식의 오른쪽 발목 부분이 오른 다리에 덜렁거리고 매달려 있었다. 강호식은 왼쪽 발로 지탱하고 서서 남자들에게 말했다.

"야! 새끼들아! 다 부숴! 어딘가에 다들 숨어있을지 몰라! 그냥 다 부숴! 남기지 마! 이 씨발! 오늘 다 부숴!"

그 사이, 강남대박고깃집에서 주방 안에 있던 후드 티 여자가 몸을 드러냈다. 가만히 있자니 바깥 상황이 너무 시끄러웠다. 후드 티 여자는 식당 문 안쪽에 서서 문틈으로 바깥길을 살펴봤다.

"하, 난리가 이런 난리도 없네. 다 부수네? 저러다가 뭐 먹고 살려고. 큰일이네. 마천시장 다 부수면 우리 도깨비들은 어디 가서 또 눌러붙어야 해? 에잉, 진짜. 이렇게까지 일을 크게 벌이냐."

후드 티 여자가 시장 통로 상황을 구경하는데 뒤에서 누군가 후드 티 여자의 어깨를 톡톡 건드렸다. 후드 티 여자는 처음엔 아무렇지 않게 생각했다. 청년이라고 착각했다.

'어……? 오빠는 저기 강호식 안에 들어갔는데……. 아, 씨!'

후드 티 여자는 도무지 뒤에 선 게 누군지 알 수 없었다. 식당 사장인가 생각했지만 식당 사장도 바깥에서 다른 가게들을 부수고 있는 모습이 보였다.

'누구지?'

후드 티 여자가 큰맘 먹고 뒤로 돌아서며 소리친 순간 후드 티 여자는 마치 진공청소기에 흡입되는 쓰레기처럼 머리부터 발끝까지 고스란히 사라지고 말았다. 후드 티 여자가 사라진 공간이 닫히는 게 보였다. 공기가 틈이 벌어졌다가 다시 닫힌다고 해야 할까? 생고기 식당 안에는 이제 아무도 남지 않았다. 주방 옆 옷걸이에 후드 티 한 장만 매달려 덜렁거릴 뿐이었다.

'오빠야! 나 좀…… 어휴, 씨발!'

강호식은 시장 가게들을 부수는 사이, 순간적으로 귓가에 후드 티 여자의 목소리가 들린 것 같았다.

"뭐지?"

강호식은 왼쪽 발 한 발로 서서 깽깽이걸음을 하며 이동하던 사이에 생고기 식당 쪽을 쳐다봤다. 하지만 별다른 변화는 없었다. 생고기 식당 출입문은 굳건히 닫힌 상태였다. 강호식은 고개를 갸웃거렸지만 별다른 느낌이 없는지 다시 앞으로 이동하며 가게들만 부수기 시작했다.

이날 강호식이 마천시장 가게들을 부수는 데는 나름의 이유가 있었다. 아까 중앙 통로에 진입하면서부터 강호식의 몸에 들어간 청년 에릭이 다른 잡귀들에게 부수라고 지시한 가게들은 모두 미리 골라둔 가게들이었다. 그 가게들은 보륜사에 시주하는 가게, 그러니까 가게 사장들이 잡귀신을 따르는 곳들이었다. 보륜사 법사가 청년에게 항상 애걸복걸하면서 도와주라고 구시렁대던 가게들이었다.

"그 가게들만 나한테 잘 봐달라고 돈 갖고 올 거라니깐. 그러면 내가 당신들 제삿밥도 더 챙겨주고 할 건데. 아니, 도깨비 생활이 몇 년인데…… 뭐 신통술 같은 거 없어? 좀 어떻게 해보라구. 당신이랑 나랑 같이 밥 먹고 잘 살믄 좋잖여? 다른 가게들은 좀 부숴버리라고! 안 그래? 도깨비가 자기 가게 부쉈다고 하면 당장 돈 들고 나한테 와서 푸닥거리해달라고 할 거 아냐?"

보륜사 법사가 청년에게 툭하면 내뱉듯 던지는 말이었다. 그래서 나름 청년으로서도 때를 기다리던 사이, 이날을 골라서 강호식이 일당을 이용해서 보륜사가 지켜달라는 가게들만 골라서 부수고 있는 것이었다. 보륜사 법사가 강호식 곁에 따라오다가 뭔가 이상하다는 낌새를 눈치챘다. 마천시장 중앙 통로에서 부수어지는 가게들이 모두 고객들의 가게들이었다. 보륜사에 돈을 갖다주는 상인들의 가게들이었다.

'어허, 어허? 이게 아닌데.'

청년은 강호식 안에서 주위를 둘러보며 말했다.

"이 정도면…… 그래. 충분해."

청년은 강호식의 몸 안에서 빠져나왔다. 강호식의 몸은 어느새 만신창이가 된 상태였다. 청년은 한걸음 떨어진 곳에서 비틀거리는 강호식을 바라보며 서 있었다. 강호식은 손에 쇠 파이프를 들고 시장 가게들을 부수고 다녔다. 그리고 잠시 멈춰 선 강호식은 중앙 통로에 서서 마천시장 가게들을 부수는 데에 바쁜 남자들을 보며 혼잣말을 중얼거렸다.

'하…… 근데 다들 어디에 있던 거야? 뭔가 느낌이 쎄…… 한데. 예상 못 했네. 마천시장엔 내가 지배한다 생각했는데…… 그게 아니었어. 쉽지 않네. 쉽지 않아. 씨발! 아니, 내가 가게 부수겠다고 하는데 누가 그걸 막는 거냐고?'

이제야 제정신을 차린 강호식은 앞으로 나아가다가 한 건물이 눈에 들어왔다. 얼마 전에 새로 생겼다는 '예수님의 은혜 교회'가 일층과 이층을 사용하고 있었다. 보륜사 법사가 강호식 곁에서 손을 들어 은혜교회를 가리켰다. 보륜사 법사가 가장 싫어한다는 곳. 교회가 문 연 초창기엔 으레 다른 교회들 처럼 생겼다가 곧 사라지겠거니 기대했는데 하루가 다르게 마천시장 상인들 이 하나둘 모여들면서 성장했고 성도들이 많아진 곳이라고 들었다. 강호식이 교회를 쳐다보며 다가갔다. 오른쪽 옆에서 커다란 망치를 들고 가게를 부수던 남자에게 망치를 건네받고 깽깽이걸음으로 뛰어 교회로 다가섰다. 강호식이 직접 부숴버릴 생각이었다.

바로 그때.

"강호식!"

강호식과 남자들이 마천시장 가게들을 부수며 이동할 즈음, 강호식 머리 위에서 울림이 강한 소리가 들렸다. 강호식은 고개를 좌우로 서서히 움직여보며 소리가 난 곳을 바라보려고 했지만, 소리를 낸 상대를 찾을 수 없었다. 강호식의 눈에서는 여전히 시뻘건 핏물이 뚝뚝 흘러내리고 있었다. 강호식의 남자들이 가게들을 다시 부수기 시작하고 강호식이 교회 앞에 서서 커다란 망치를 들고 부수려고 하는 순간, 이번엔 방금보다도 더 큰 소리가 들렸다.

"네 이놈! 강호식!"

강호식이 휙 몸을 돌려서 뒤를 봤다. 그리고 고개를 들고 밤하늘을 쳐다봤다. 강호식 머리 위에는 중앙 통로를 비추는 가로등 불빛만 보였다. 마천시장 중앙 통로를 따라 10미터 간격으로 세워둔 가로등은 가로등 불빛 주위만 환하게 비출 뿐이었다. 가로등과 가로등 사이엔 어두컴컴한 공간이었다.

"뭐…… 뭐야? 어떤 놈이야?"

"더럽고 음란한 세대의 표적들아! 네 놈들 잡으러 내려온 사명자라고 하면 알아들을까?"

"뭐! 뭐……? 뭐라구!"

강호식은 놀라며 주위를 두리번거렸다. 강호식을 따라가며 지켜보던 청년은 사명자라는 소리가 들린 하늘을 쳐다봤다.

'으아악.'

강호식은 갑자기 양손을 들고 자기 귀를 감쌌다. 강호식 주위의 남자들은 어찌 된 일인지 모르는 표정들이었다. 가게를 부수던 남자들이 강호식 주위로 모여들었다. 강호식은 남자들 틈바구니에 끼어 갇힌 모양새가 되었다. 강호식은 양손으로 귀를 막은 자세로 주위를 돌아보며 그 자리에서 도망가려고 했다.

"강호식! 네 놈 잡아달라는 원성이 가득해서 왔다. 꼼수 부리지 말고 순순히 멈춰!"

"무슨 소리야! 난 아냐! 나 강호식 아니라구! 나 최부자 아들이야. 나한테 왜 그래? 나 건드리지 마. 왜 나한테 그래? 씨발! 나 건들지 말라구!"

"네 놈 한 짓이 너를 그냥 둘 수 없게 만들었어. 네 놈이 저지른 짓 때문에 착하고 성실하게 지내던 많은 영혼들이 짧은 생에 고통받기만 했어. 이젠 네 차례야! 네 이복여동생 안드레아는 먼저 가 있으니까 안심하라고."

청년은 순간 후드 티 여자가 생각났다.

'아……'

강호식의 이복동생이 후드 티 여자였다는 걸 알게 된 청년 에릭은 아연실색한 표정이었다.

'스스슥.'

중앙 통로 가로등에서 빛이 폭포수처럼 쏟아 내리더니 강호식의 머리 정수리에 닿았다. 그 순간, 강호식은 그 자리에서 팽이처럼 빠르게 팽그르르 돌더니 이내 푹 하고 쓰러졌다. 조금 전까지만 해도 고래고래 괴성을 지르며 혈기 왕성한 모습과는 전혀 딴판이었다. 강호식이 맥없이 쓰러진 동시에 폭포수처럼 쏟아 내리던 빛줄기가 다시 위로 솟구치듯 올라가며 가로등 불빛이 일순간 환하게 밝아지더니 몇 초가 지나자 원상태로 돌아왔다.

"뭐야, 뭐야?"

강호식이 쓰러지자 주위에 몰렸던 남자들은 어찌할 바를 모르고 우왕좌왕했다. 가로등을 향해 뛰어오르며 닿지도 않을 주먹을 내지르는 남자도 있었다. 신기한 현상도 나타났다. 남자들이 허공으로 주먹질을 할 때마다 남자들 머리 위로 솟구치는 검은 형체들도 나타났다가 다시 남자들 몸속으로 들어가곤 했다. 남자들도 무사한 건 아니었다. 탁하고 쉰 목소리로 고함을 지르며 한밤의 마천시장 주위를 시끄럽게 만들고 있던 남자들도 곧이어 정수리에 빛 입자 폭포를 맞더니 하나둘 쓰러져 갔다. 동시에 남자들 정수리에서 솟구치는 검은 연기가 울부짖는 기괴한 맹수들처럼 형상을 만들었는데 하바드반찬가게 지붕에서 새어 나온 밝은 빛들이 이를 놓치지 않고 검은 형체들을 정확하게 맞춰 분산시켰다. 그 검은 형체들은 성난 염소 뿔을 가진 동물로 보이기도 했고 눈이 시뻘건 곰처럼 생기기도 했다. 남자들이 하나둘 쓰러질수록 검은 형체들도 눈이 푸른 도깨비로 나타났다가 사라지거나 흰 소복을 입은 처녀로 되었다가 다시 사라져갔다.

"으으으."

강호식이 온몸에 힘이 다 빠진 듯 힘들게 자리에서 일어섰다. 양쪽 무릎에 양 손바닥을 댄 자세로 가까스로 서 있던 강호식은 자기 주위에 널브러져 있는 남자들을 바라봤다.

"도대체 무슨 일이 벌어진 거야? 내가 여기 왜 있지?"

강호식은 도대체 무슨 일이 벌어진 것인지 알 수 없었다. 무엇보다도 다른 사람을 신경 쓸 상황은 아니었다. 강호식은 주위를 돌아보며 낭패다 싶었다. 시장 가게들이 부수어진 상태, 그리고 남자들, 강호식이랑 직원들을 데려와서 마천시장에 대부분 가게를 다 부쉈다는 것밖에 따로 설명할 방법이 없었다.

잠시 후.

요란한 사이렌 소리가 들렸다. 마천시장 중앙 통로 앞엔 보안업체 신고를 받고 출동한 경찰들이 모여들었다.

"안녕들 하세요? 여러분들 바빠 보이시는데…… 잠시 안내 말씀드립니다잉. 여러분은 지금 야간 건조물침입, 기물파손, 특수폭행, 살인 모의, 살인 교사, 공무집행방해, 영업 방해, 퇴거불응 혐의에 의해…… 하이구 숨차라…… 아무튼 여러분 모두 사이좋게 현행범으로 지금 체포됩니다. 변호사들을 선임하실 수 있고요, 여러분들에게 불리하다 싶은 진술은 하지 않으셔도 됩니다잉. 다 들으셨죠? 저희들도…… 야간에 졸려 죽겠는데 여러분들이랑 번거롭게 도망가고 잡으러 뛰어가고…… 거 시끄럽게 그런 거 말고 빨리빨리 정리하는 게 좋겠습니다. 여러분들 관상을 보아하니…… 낯익은 분들도 몇 분 계시고…… 알만한 분들이시니까…… 이런 상황…… 처음 겪는 일들 아니시잖아요? 더 이상 여러 번 말씀드리지 않을게요. 아셨죠? 다들 이런 상황 익숙하시잖아요? 네네. 팔 내미시고요. 차례로 나란히 줄 서세요. 네네."

기동대, 광역수사대, 관할 경찰서 형사들까지 삼십여 명쯤 되어 보이는 형사들이 진을 치고 강호식과 남자들을 체포해서 경찰차에 태워 데려갔다. 청년은 강호식이 체포되기를 기다리며 서 있다가 강호식이 경찰차에 태워질 때까지 옆에 서서 따라갔다.

에릭이 강호식 곁에서 따라가며 한마디씩 말했다.

"그리고 너! 은지에게 집적거리지 마! 좋은 말 할 때. 너 내가 그동안 쭉 지켜본 거 알지? 어디서 이 자슥이. 은지는 동구랑 내 친구야, 임마. 넌 이제부터 나하고 쭉 같이 지낼 거야. 매일 밤 가위에 눌리겠지. 식은땀도 흘리고. 넌 고통스럽게 말라죽을 거 같을 거야. 난 네 옆에서 계속 너랑 있을 거고."

강호식은 에릭의 얼굴이 무섭게 변하자 비명을 지르며 가장 앞장서서 경찰차에 뛰어 올라탔다.

"굉장하네!"

한남동 집에서 이 모든 상황을 스마트폰으로 보던 은지는 입술을 동그랗게 모으고 고개를 좌우로 저으며 놀란 표정을 지었다. 경찰에 신고한 건 도넛 가게에 설치해둔 자동경비시스템이었다. 기물이 파손되면서 자동으로 경찰에 전화를 거는 방식이었다. 동시에 은지는 가게에 설치해둔 CCTV를 통해 스마트폰 화면에서 모든 상황을 지켜볼 수 있었다.

마천시장 상인들, 그들의 정체

"말숙네! 말숙네 있어? 어여 나와봐. 큰일 났어."

고춘자 사장이 반찬 가게 앞을 서성거리며 강말숙을 찾았다. 아직 영업 전, 여섯시가 조금 넘은 시각이다. 하바드반찬가게 앞엔 여전히- 오늘도 줄을 선 손님들이 모여들었다.

"저기요! 지가 먼저 왔구먼유! 새치기 하믄 안 되지유!"

가장 먼저 온 손님은 충청도 공주에서 고시원을 운영하는 권 사장이라고 했다. 칠십 줄에 접어든 할아버지라고 했는데 염색했는지 모르지만 흰 머리카락 하나 없고 허리를 꼿꼿하게 펴고 선 모습이 오십 대라고 해도 믿을 정도였다. 권 사장은 고춘자 사장이 반찬을 사러 온 손님이라고 생각한 모양이었다. 반찬 가게 앞에서 안을 기웃거리는 고춘자 사장을 보며 짜증 난다는 표정으로 쏘아붙였다. 그러자 고춘자가 권 사장에게 말했다.

"아이구, 아이구, 죄송혀요. 근데 제가 손님이 아니고…… 저기 떡볶이 가게 운영하는 사람이에요. 여기 반찬 가게 사장이랑 할 얘기가 있어서 온 거예요. 호호."

고춘자는 기분 나쁠 법도 했지만 입가에 미소를 지은 얼굴로 권 사장을 바라보며 연신 허리를 굽실거렸다. 마천시장에 온 손님은 어느 누구의 손님이 아니고 전체 시장의 손님이라고 생각하는 상인들이었다. 고춘자 사장의 손님이 될 수도 있었다. 이를 모르는 고춘자가 아니었다.

"어머, 우리 고 사장님! 저 여기 왔어요! 호호호."

강말숙이 반찬 가게로 다가서며 고춘자 사장을 보고 인사를 건넸다. 반찬 가게엔 직원 두 명이 가게 앞 포장을 걷으며 영업을 준비할 뿐이었다. 동구는 오늘 아침에 어딜 들렀다가 점심 무렵 전까지 조금 늦게 나온다고 했다.

반찬 가게 앞 손님들이 강말숙을 보며 웃음을 지었다. 앞쪽에 줄 선 사람들은 강말숙을 보며 고개를 살짝 숙이며 인사를 했다. 나머지 손님들도 강말숙 사장에 대해선 다들 익히 아는 표정인 걸 보니 모두 단골손님인 듯했다. 오늘따라 반찬 가게 앞에 모인 손님들의 줄이 길었다. 하바드반찬가게 앞 골목 사거리에서 시작된 줄은 새마을금고 앞까지 늘어선 상태였다. 그다음에 도착하는 손님들은 약국을 끼고 좌회전해서 홍삼집까지 늘어서고 있었다.

영업이 시작되고 직원들이 손님들을 맞이하며 반찬 포장에 여념이 없는 사이, 강말숙은 고춘자를 따라 마트 앞 골목 통로로 들어섰다. 바쁜 아침 시간에 고춘자가 강말숙을 직접 찾아온 걸 보면 어지간히 급한 용건이 있는 듯했다. 고춘자가 강말숙의 손을 잡고 통로 안으로 들어섰다. 그리고 뒤따라오는 사람이 있는지 없는지 강말숙의 등 뒤를 살피더니 나지막한 소리로 말했다.

"어제…… 여기 난리도 아니었어. 알지?"

"아, 네네. 아침에 김 경장님 얘기 들어서……. 근데 왜요? 왜요? 뭐 또 다른 일 터졌어요?"

고춘자가 강말숙의 눈을 지그시 바라보더니 혀를 내두를 정도로 기가 차다는 표정으로 입을 열었다.

"아니, 내 말 맞지? 강호식이 그런 거잖아? 직원들, 아니 깡패 새끼들 데리고 다니면서 우리 다 죽일려고 그런 거라니깐. 멀쩡한 가게를 왜 부수겠어? 얼마 안 있으면 조합장 선거고 마천시장 이권 챙길려면 상인들한테 떡 하나라도 더 줘야 할 상황인데……. 단단히 미치지 않고서야 그게 제정신

가진 놈이 할 짓이야?"

"하이고, 우리 고춘자 사장님. 또 말씀 격해지신다. 호호호. 내가 이래서 우리 언니 내 맘에 쏙 든다니까. 아니 그게 아니고…… 강호식이 언니 말대로 뭐에 씌웠던 게 아닐까 생각이 들어요. 그렇잖아도 김 경장이 와서 넌지시 나한테만 물어보던데요, 저기 붕어빵네 공터에 옷차림도 희한한 사람들이 간밤에 어슬렁거리는 걸 김 경장님이 데려다가 조사했대요."

"뭐여? 또 이상한 놈들까지 모여들었다고? 어허, 이거 이거 큰일난갑네. 결국……. 이거 다 소문난 거여? 우리 이제 앞으로 어떡혀? 응? 우린 강말숙 회장만 믿고 사는데……. 우리 좀 살려줘 봐. 하라는 대로 할 테니까."

잔뜩 긴장한 고춘자는 금방이라도 울음을 터뜨릴 것만 같은 얼굴이었다. 어깨를 덜덜거리는 상태가 누가 봐도 잔뜩 겁먹은 모습이었다. 강말숙은 고춘자의 어깨를 다독이며 가게 앞으로 나갔다. 그리고 자세한 이야기는 나중에 상인 회의에서 말해주겠다고 하고 오늘은 손님들 기다리시니까 빨리 장사 먼저 하자며 돌려보냈다. 고춘자는 내심 발걸음이 떨어지지 않았지만 우선은 다른 방도가 없었다.

그날 오후. 은지네 도로양도넛 가게.

오늘은 손님들이 조금 늘었다. 블로그에 글을 쓰면서 홍보가 된 것일까? 시간이 흐를수록 손님들이 더 많아졌다. 은지는 아침에 준비해둔 치즈 도넛, 꽈배기, 감자 도넛을 다 팔았다. 그렇다고 양을 많이 준비했던 것은 아니었다. 진열대에 열 개씩 올려뒀을 뿐인데 점심시간 전에 모두 다 팔렸다. 아무래도 신메뉴라고 홍보한 게 제대로 적중한 듯했다. 은지는 기분이 좋았다. 오전 장사를 마치고 점심시간엔 모처럼 하얀 쌀밥을 먹기로 했다. 은지는 오늘도 여전히 다이어트 중이었지만 이날만큼은 치팅데이라고 생각하기로 했다.

'도넛 가게인데 손님들이 와서 내가 살찐 거 보면 도넛 먹고 싶진 않을 거 아냐. 나도 먹고 싶은 게 도넛이지만 그래도 일단 가게를 시작했으니까

이왕이면 돈도 좀 벌어보고 싶은데. 어영부영하는 건 내 적성에도 맞지 않고……, 할 거면 제대로 해봐야지.'

은지가 이런저런 생각을 하며 가게 안에서 식사 준비를 할 때였다. 테이블 위에 밥그릇을 갖다 두고 냉장고에 넣어두었던 반찬들을 꺼내놓고 이제 막 의자에 앉았을 때였다. 반찬이라고 해 봤자 멸치조림, 검정콩조림, 나박김치, 달걀 프라이가 전부였지만 말이다. 가게 문이 갑자기 열리더니 코다리집 사장, 국정원 요원이 들어섰다. 평소와 다르게 검정 정장 차림이었다.

"은지 사장님! 빨리요!"

"네? 아니…… 갑자기, 네? 저기…… 식사라도 같이 하실래요? 이거 기껏 차렸는데."

요원은 은지가 가리키는 반찬들을 보더니 다시 서두르자며 재촉했다.

"식사는 죄송하지만, 다음에 또 드시기로 하고요, 지금은 저랑 빨리 가실 곳이 있습니다. 어서요!"

요원은 가게 안쪽에 들어와서 문 앞에 서서 문을 등으로 받치고 통로를 열어두고 서 있었다. 그리고 오른팔로는 은지를 향해 휘저으며 빨리 나오라고 했다.

"아니, 도대체 무슨 일이시길래. 갑자기 정색하시고 오셔서."

은지가 도넛 가게 앞을 막 나섰을 때였다. 하늘이 갑자기 어두워지더니 귓가를 때리며 고막을 찢을 듯한 굉음이 들렸다. 은지가 고개를 들고 하늘을 쳐다보니 난생처음 보는 비행체가 하늘을 덮고 있었다. 바로 옆에선 요원이 빨리 따라오라고 은지의 팔을 잡아끌었지만 단 한마디 말조차 들리지 않았다. 은지는 마치 물속에 들어온 것만 같았다. 물속에서 듣는 폭발음이라면 이 정도 충격일까? 하늘을 메워버린 단 한 대의 비행체가 마천시장 상공에 떠서 굉음을 내며 내려오고 있었다.

"아, 안 돼! 안 돼! 여기 사람 있어! 야! 악!"

거대한 비행체는 마천시장 위에서 그대로 내려앉아 착륙하려는 듯 보였다.

도대체 어디서 온 것인지 아무도 몰랐다. 은지는 머리 위로 주저앉는 비행체를 보며 소리를 질렀지만 역부족이었다. 요원이 은지를 감싸며 비행체를 막아보려고 했다. 요원은 은지가 다치지 않게 자기가 희생하려는 것 같았다. 은지가 바닥에 쓰러지고 요원의 등 뒤로 비행체가 내려앉는 모습이 보였다. 날카로운 쇳소리가 요란하게 들리는 순간, 요원의 몸이 프로펠러 날개에 찢기는 듯 사방에 붉은 액체가 튀었다. 은지는 너무 무섭고 갑작스러운 일이었지만 요원의 얼굴을 봐야겠다는 생각이 들었다. 꼼짝달싹할 수 없는 순간, 은지는 요원을 부르며 얼굴을 마주 봤다.

"어? 야! 동구!"

은지가 요원이라고 생각한 사람은 동구였다. 동구는 이날 오전에 볼일이 있어서 들렀다가 반찬 가게로 온다고 했는데 마천시장에 들이닥친 비행체를 보고 은지네 가게로 먼저 달려온 듯했다. 동구는 은지가 다치지 않게 양팔로 팔굽혀펴기하는 자세로 공간을 만들어두었다. 은지가 쓰러진 위로 동구가 공간을 만들고 거대한 비행체를 자기 몸으로 막아내고 있었다. 동구가 이를 악물고 버티며 은지를 향해서는 입가에 미소를 지어 보였다.

"은지야……, 너는 괜찮지? 앞으론 다치지 말고! 나는…… 너 만나서 행복했다."

"야! 너 오늘 일 보고 늦게 온다면서……. 이게 뭐야? 왜 그래?"

"그러게. 아무튼…… 이렇게 됐다."

그리고 뒤이어 거대한 비행체가 동구를 집어삼켰다. 은지는 두 눈을 꽉 감았다. 이대로 죽는 건가 싶었지만 다행이었다. 마지막 순간에라도 동구의 진심을 들을 수 있어서. 은지는 아무래도 좋았다. 은지는 갑자기 주위가 평온해지면서 두 눈가에 눈물이 흐르는 걸 느꼈다.

'천국인가……?'

은지의 두 눈에서 흐른 눈물이 은지의 뺨을 타고 흘러내려서 입가로 흘렀다.

'짜다. 나 지금 우는 건가?'

찝찔한 소금 맛이었다. 눈물은 염분이 많다고 했는데, 은지는 이 세상 마지막 순간에도 눈물의 맛이 느껴지는 게 신기했다. 공부를 너무 많이 한 탓이라 생각했다. 짧다면 짧은 시간, 길다면 길었던 인생이 이렇게 천국 입장으로 마무리되는 게 나쁘진 않다고 여겼다. 따사로운 햇살이 얼굴을 간지럽히는 느낌이 들었다. 천국에 왔으리라고 생각한 은지가 가만히 눈을 떴다. 은지의 눈앞에는 동구 얼굴이 보였다.

"너 이젠…… 침까지 흘리고 자냐?"

도넛 가게 안이었다. 점심 식사 후에 나른하다 싶어 테이블에 엎드려 있다는 게 벌써 두시가 지났다. 아직 천국에 갈 나이는 아니었다. 은지는 동구의 얼굴을 보며 잠시 이 상황을 어떻게 극복해야 할지 생각했다. 그렇게 일 초, 이 초가 지났다. 최대한 자연스러워야 한다. 최대한 아무렇지 않아야 한다. 은지는 속으로 되뇌며 상체를 펴고 기지개도 켰다. 최대한 익숙한 듯, 잠잔 게 아니라 연구하고 있던 상황으로, 동구 녀석이 여기저기 다니며 입방정을 떨지 않도록 저놈의 주둥아리를 단속해야만 했다. 은지의 생각이 틀리지 않았다. 동구는 은지를 바라보면서 웃음을 참는 표정으로 벌써 입술이 씰룩씰룩하는 게 가만두면 뭔가 일낼 게 뻔한 주둥아리였다. 은지는 최대한 자연스러운 어투로 조용하고 나지막한 톤으로 허리를 펴고 앉으며 말했다.

"어, 왔어? 무슨 일이야?"

동구는 은지를 보며 몸을 바로 세웠다. 최대한 슬픈 생각을 해보려고 노력하는 게 느껴졌다. 하지만 동구로서도 역부족이었다. 동구는 슬슬 시한 폭탄을 터뜨릴 순간이 다가옴을 안 모양이었다. 은지가 먼저 말했다.

"너 나가! 너 보면 짜증 나."

동구가 이토록 입이 무거운 남자였던가. 동구는 아무 말도 하지 않았다. 그리고 동구는 은지를 보며 고개를 끄덕이고 찬찬히 가게를 빠져나갔다.

나중에 동구의 이야기를 들어보면 이때 폭발적인 웃음을 참느라 도저히 숨을 쉴 수가 없었다고 한다. 동구가 도넛 가게를 나간 후, 은지는 테이블에 상체를 숙여 양팔을 대고 머리를 내려 엎드렸다. 동구랑 하바드대학 때부터 썸을 탄 사이였지만 지금처럼 모든 걸 튼 사이는 아니었다. 앞으로 어떻게 동구 얼굴을 볼 것인가가 큰 문제였다.

"……."

그리고 도넛 가게에 동구와 은지만 있는 것은 아니었다. 에릭은 도넛 가게 문 옆에 서서 은지와 동구의 모습을 바라보고 흐뭇한 미소를 지으며 서 있었다.

'지이잉!'

동구를 내보내고 은지가 대책을 세우는 사이, 강말숙 여사에게서 전화가 걸려 왔다.

"은지 사장? 응, 나야. 이따가 가게로 올래? 이제 은지 사장도 알아야 할 때가 된 거 같아."

하바드도넛가게에 오신 걸 환영합니다!

지구백신연구소.

동구는 연구소를 나와 차에 올라탔다.

"교수님이 오늘 출근을 안 하셨네. 약속을 잊으셨나? 할 수 없지."

동구는 이날 하바드대학에서 은사로 모셨던 에드워드 박을 만나러 왔다. 하지만 연구소 직원을 통해 들은 바로는 박 교수가 오늘 출근하지 않았다고 했다. 매년 한날한시에 만나기로 약속한 게 벌써 오년 차에 접어들었다. 쉽게 잊을 약속이 아니었다.

에드워드 박. 하바드대학을 수석 졸업하고 미국항공우주국에서 우주물리 분야를 담당했다. 재미교포 삼세. 박 교수의 조부모는 한국에서 육이오전쟁이 발발한 직후, 미국으로 건너가서 터전을 잡은 일세대였다. 그로부터 박 교수의 부모가 미국에서 태어났고 박 교수도 미국 워싱턴 출신이다. 이처럼 태생만으로 보면 미국인이나 다를 바 없던 박 교수가 한국행을 결심하고 귀국해서 지구백신연구소에서 근무하기로 한 것은 우주물리 분야에서 지구인과 지구 밖 생명체 간 질병 전이를 예방하는 데 일조하기 위함이었다. 하바드대학 연구실에서 동구가 만난 박 교수의 이야기였다.

"이보게, 강 군. 우주입자공학 차원에서 중성미자 형상은 전하량을 갖지 않으므로 비시각적 형상이라고 말할 수 있을 거야. 존재하나 알 수 없는 존재라고 하지. 그런데 이들 가운데에 지구인과 지구 밖 생명체 사이에 중성미자 형상이 접합점을 갖게 되는 상황에선 우리가 알 수 없는 어떠한 질병이 생길지 지금까지 연구된 바가 없네. 이를테면 인류는 외계인을 찾는 데 몰두할 게 아니라 외계에서 다가올 질병 요소를 파악하고 대비해야 하는 게 더 중요하다는 이야기지."

동구가 박 교수의 이야기를 들으며 고개를 끄덕였다. 박 교수는 동구를 바라보며 계속 말을 이었다.

"그때가 언제일지 모르지만…… 분명 그때가 올걸세. 그때를 대비해야만 하지. 자네나 내가 하지 않으면 할 사람이 없고."

그로부터 수년째. 박 교수가 먼저 한국에 오고 동구는 하바드대학에서 박사 학위를 이수한 후 귀국해서 가장 먼저 박 교수를 찾았었다. 오랜만에 만난 두 사람. 누구보다도 동구의 귀국을 축하해준 박 교수였다. 동구는 지구백신연구소를 빠져나와 마천시장으로 향했다.

그 시각, 마천시장에선 모처럼 상인회가 열렸다. 회의 장소는 얼마 전 재개발사업 건으로 임시회의를 가졌던 한의원 건물 오층이었다. 상인들이 다 모이고 나서 강말숙 회장이 앞으로 나섰다. 강말숙의 표정은 여느 때와 달랐다. 상인들이 웅성거리다가 강말숙의 모습을 보고 조용해졌다. 강말숙이 입을 열었다.

"사장님들……, 바쁘신데도 모여달라고 부탁드려서 먼저 죄송하다는 말씀드립니다."

상인들이 강말숙을 쳐다봤다. 누구 한 명 속닥거리는 사람도 없었다. 회의장은 쥐 죽은 듯 고요했다. 강말숙이 상인들을 둘러보며 이야기를 이어갔다.

"그동안 많은 일들이…… 있었습니다. 그리고 제가 감당하기에 벅찬 일들도 생겼고요. 그런데 저를 믿고 끝까지 응원해주시고 협력해주신 사장님들께 다시 한번 더 감사드립니다. 이건 정말…… 수백 번 이야기해도 그 감사함을 충분히 표현하지 못할 것입니다."

강말숙은 다음 이야기를 꺼내기가 조심스러운 모양이었다. 고개를 숙이고 입을 열락 말락 몇 번을 망설이더니 할 수 없다는 듯 말을 시작했다.

"여기 모이신 모든 사장님들은…… 아시겠지만…… 아니, 우리는 알지만 다른 사람들은 모르는……데요. 더 이상 사장님들의 신분을 숨기고 버틸 수가 없는…… 상황에 이르렀다는 것입니다……."

고춘자 사장이 가장 먼저 고개를 숙였다. 그리고 주위에 다른 가게 사장들도 입술을 꼭 다물고 아무 말도 하지 않았다. 육권화 정육점 사장, 권하네 족발집 사장, 채소 가게 사장, 옷수선집 사장, 금은방 사장을 포함해서 회의장에 모인 모두 아무 말도 하지 않았다. 강말숙은 참아보려 했지만, 갑자기 왈칵 눈물이 쏟아지는 걸 견딜 수가 없었다. 강말숙이 눈가를 손수건으로 닦는 사이, 회의장 뒷문을 통해 은지가 안으로 들어섰다. 은지는 회의장에 모인 상인들을 보며 빈자리를 찾아 앉았다. 강말숙이 고개를 들고 은지를 보며 말했다.

"여기 계신 모든 사장님들은…… 우리 하바드반찬가게를…… 비밀공간을 지키기 위해…… 지구 밖 행성에서 기꺼이 와주신…… 지구 밖 생명체이셔, 은지 사장."

"……."

은지는 강말숙의 이야기를 듣고 그 자리에 얼어붙은 듯 아무 말도 할 수 없었다. 은지는 머릿속이 복잡해졌다.

'국정원에서 특수3팀 지시를 받고 온 마천시장, 그런데 마천시장 상인들이 하바드반찬가게 비밀공간을 지키기 위해 지구 밖에서 온 성체들이라니? 비밀공간이라면?'

은지는 강말숙 회장을 보며 고개를 저으며 말했다.

"거짓말이시죠?"

은지가 강말숙을 보며 말했다. 회의장에 앉은 상인들은 누구 하나 아무것도 말하지 않았다. 은지가 상인들을 보다가 다시 강말숙을 돌아보며 말했다.

"그게 말이 돼요? 고춘자 사장님이 떡볶이 가게를 하시러 외계에서 오셨다고요? 다른 상인분들도요? 혹시 어머님, 그 정장 입고 다니는 어떤 사람이 와서 그렇게 말하라고 시키든가요? 그렇죠? 아니면 김달포 사장님이 이러쿵저러쿵 말씀하시는 거…… 못하시게 하려고 미리 감싸시는 거죠? 어머님, 저 어리석지 않아요. 호호."

은지는 애써 태연한 척하려고 했다. 평소대로라면 은지가 이 정도 말할 때 강말숙이 은지의 말을 끊고 끼어들었어야 했다. 중간에 다른 상인들 부르거나 이야기를 둘러댔어야 했다. 그런데 이상하리만치 강말숙이 조용했다. 다른 상인들도 아무 말도 하지 않았다. 마침 회의장 안으로 김달포 사장이 들어왔다.

"하이고…… 오늘 여……."

김달포는 평소처럼 껄렁대며 넋두리를 늘어놓으려다가 회의장 안 상황을 보더니 입을 다물고 빈자리를 찾아 앉았다. 김달포는 아무도 모르게 은지를 슬쩍 쳐다보며 눈짓을 했다. 무슨 상황이냐는 의미였다. 은지는 김달포의 물음에 답하지 않았다. 은지도 답답하긴 마찬가지였다. 그리고 회의장 안으로 또 한 명이 들어왔다. 동구였다.

"늦었습니……다."

동구는 회의장 안에 들어오며 강말숙 여사를 향해 허리를 숙여 인사를 하고 상인들에게 인사를 건네려다가 조용히 입을 다물고 빈자리에 앉았다. 김달포 사장의 옆자리였다. 강말숙이 더 이상 아무런 이야기를 하지 않자 고춘자 사장이 일어서서 강말숙 옆에 섰다.

"자! 어차피 언젠간 이런 날이 올 거라고 다들 알고 있었잖아요? 엊그제 강호식 사건으로 마천시장에 가게들 부숴지고 난리가 났고……, 전국에서 무당들이랑 보살들, 법사들이 잡귀신들 데리고 몰려와서 소동도 일으켰고……, 그 바람에 이 일대에, 마천시장이 도대체 뭐 하는 곳인데…… 이런 일들이 연거푸 벌어지냐고 여러 신문에 대문짝만하게 실려서…… 이젠 미국이고 중국, 일본에서도 다 알고 찾아오는 상황이에요. 다들 아시겠지만, 국정원에서는 이번 사건으로 여러분들 정체를 알았을 테니…… 본격적으로 작전에 나설 거예요."

고춘자 사장이 은지를 보며 말했다.

"여기 은지 사장, 그리고 저쪽에 동구, 그 옆에 김달포 사장. 그리고 양아지 사장. 또, 가만있어 보자. 엊그제 강호식 일당이 가게들 부술 때 카메라 들고 생방송 하던 김 양, 왔는가? 김 양도 경찰이라 했지?"

동구가 고춘자 사장 이야기를 듣고 놀란 얼굴이 됐다.

'김 양? 비밀경찰이었다고? 말도 안 돼. 하…… 진짜 믿을 사람 없네.'

고춘자 사장이 은지를 보며 말했다.

"오늘 이런 상황이…… 말도 안 되는 거 같고…… 모두 거짓말 같을 텐데……. 그건 지구인들이 교육을 그렇게 받았을 뿐인 거라서…… 이해는 할게요. 그런데 여기 계신 상인들은 빛 입자의 회오리 정점을 지키기 위해 지구 밖 행성들에서 오신 성체이시니까…… 그건 진실이니까 부정하진 말자고."

은지가 말했다.

"그럼 한 가지만 여쭤볼게요. 그래도 되죠?"

동구가 은지를 쳐다봤다. 김달포 사장도 은지 쪽으로 앉은 채 몸을 돌려 앉았다. 은지가 말했다.

"빅뱅이 생겼다면 그 폭발음이라고 해야 되나…… 그 소리가 엄청 컸을 거예요. 근데 지구인은 빅뱅 폭발음을 왜 듣지 못하나요? 소리 속도보다 빛의 속도가 빠르니까 그런 건가요? 하지만 빅뱅 시점에 생겼던 빛이 우주 끝까지 날아갔다가 반사되어 오는 빛도 잡아내는 기술이 있어요. 빅뱅 소리는 어떻게 들을 수 있죠? 우주가 빛으로 이뤄진 거라면 소리도 빛 입자로 만들어진 건가요? 그럼, 소리는 파동이 아니라 빛인가요?"

김달포가 은지의 이야기를 들으며 고개를 끄덕였다. 은지의 질문이 일리 있다고 생각한 이유에서였다. 은지가 다시 말했다.

"그리고 또요. 우주가 확장된다면 우주가 확장될 수 있는 공간이 있어야 한다는 건데…… 그건 어디죠?"

은지가 말을 멈추지 않았다.

"그리고 지구 밖 성체들이 지구로 들어올 정도라면 제 궁금증 정도는 이미 알고 계실 거라고 믿고…… 하나만 더 궁금한 건요…… 지구인은 어떻게 존재하게 된 건가요?"

김달포가 은지를 향해 오른팔을 들고 오른손 엄지손가락을 위로 척 들어 보였다. 김달포가 옆에 동구를 보며 물어봤다.

"우리 은지 사장 봤지? 저쯤 되면 전교 일등인데……. 동구씨는 하바드에서 몇 등 했능가? 이등? 삼등? 요즘엔 책 읽는 여자가 대세라니께."

동구는 김달포의 이야기가 들리지 않았다. 동구는 태블릿을 꺼내 왼쪽 손바닥 위에 놓고 은지가 고춘자에게 물어보는 질문들을 받아 오른손에 쥔 펜마우스로 메모장 앱에 옮겨 쓰고 있었다.

고춘자는 은지의 이야기를 다 듣고 강말숙을 한 번 쳐다보고 다시 은지를 보며 가만히 서 있다가 어쩔 수 없다는 듯, 마침내 은지의 질문에 답하기 시작했다.

그날 오후. 국정원 안전가옥.

외출을 마치고 온 요원 춘식은 코다리 가게에서 다시 나왔다. 안전가옥으로 긴급 호출이 있었다. 주위를 살펴보며 안전가옥으로 향하는 요원은 어깨를 잔뜩 웅크린 자세였다.

"코다리 매워요? 아무도 안 계시나?"

요원이 나오자마자 코다리 가게에 여자 손님이 다가왔지만 주인이 없는 걸 보더니 그냥 돌아갔다. 가게 앞에 내놓아둔 진열대 위엔 플라스틱 용기에 담겨 비닐 랩을 씌운 채 포장해서 진열해둔 코다리조림 세 개만 덩그러니 놓여 있었다. 요원은 중앙 통로를 걸어 가게들 사이를 지나서 안전가옥 건물로 들어갔다. 어두운 계단을 올라가서 문패가 없는 사무실 앞에 섰다. 주위를 둘러본 요원은 재빠르게 사무실 안으로 들어섰다.

"늦었습니다."

사무실 안에는 평소와 다름없이 의자 세 개가 놓여 있었다. 흐트러짐 없는 120도 간격 그대로였다. 요원은 문을 열고 들어서서 문을 닫고 그대로 서서 말했다. 사무실 안에는 낯선 두 사람이 먼저 와 있었다. 등을 돌린 자세로 앉아 있던 남자와 여자가 차례로 요원을 향해 돌아앉았다. 두 사람은 목걸이 형태의 배지를 상의 포켓 주머니에 넣고 있었다. 불문율. 작전 중에도 같은 팀원일지라도 서로를 모르는 요원들과 작전 개입 시에는 서로 신분 확인은 필수다. 이때 신분증이 사용된다. 그리고 상급자가 하급자를 만날 때는 신분증을 꺼내 보여주지 않아도 됐다. 요원들 간, 계급 간 묵시적인 예의였다. 요원은 자기 눈을 의심했다. 그 두 사람은 요원이 아는 사람들이었다. 요원이 당황한 표정을 짓자 남자가 먼저 말했다. 왕십니곱창 사장이었다.

"나 알죠?"

요원이 놀란 얼굴로 여자를 쳐다봤다. 여자도 요원을 보며 인사했다.

"오늘은 아침부터 어딜 그렇게 바쁘게 다니시더라."

김복희 사장. 황금잉어빵 파는 그 여자다. 요원은 입을 벌린 채 아무 말도 하지 못했다. 김복희 사장이 요원을 보며 말했다.

"아무튼. 그건 그렇고. 오늘 아침에 박 교수 실종 건에 대해서 회사에서 긴급명령이 왔어. 당신 신변 확보하라고. 그 왜, 시키지도 않은 일을. 당신네 행성에선 그렇게 했을지 몰라도 우리랑 협조하기로 했으면 우리 지시를 따라야지."

요원은 눈동자가 희번덕거렸다. 그리고 요원의 눈동자는 동공이 세로로 길쭉하게 모아졌다가 다시 동그랗게 펴지곤 했다. 요원이 킬킬거리며 입가에 주름을 지었다.

"열등한 지구인들이…… 뭔 일을 한다고. 킬킬킬."

곱창집 사장은 요원을 바라보며 고개를 끄덕였다.

"그래요, 그래. 외계인이랑 지구인이랑…… 말이 안 되지. 당신 지난번에 도깨비 체포해서 가져가려는 거 우리 요원이 막느라 혼났어. 그때 못 막았으면 어쩔 뻔했어? 응?"

요원은 김달포 사장 얼굴이 떠올랐다. 요원은 입술을 꽉 물었다. 모르고 당했다는 표시였다.

"그랬구만."

곱창집 사장이 말했다.

"아무튼. 자기는 이제 본부로 돌아가셔야겠어. 에드워드 박 교수 끌어다 놓은 곳은 우리가 찾았으니까…… 걱정 안 하셔도 되고. 조금만 늦었으면 아주 숨통을 끊어놓을 뻔했더만. 당신…… 아니지. 너희들 행성에서나 그런 짓해. 여기는 지구라고 지구. 법치주의 세상이라구. 이 냥반아."

김복희 사장이 요원에게 말했다.

"당신 요주의 대상이었어. 오늘 아침에 어디 가길래 우리 요원이 따라붙었고. 에드워드 박 교수 데려가는 거 확인했고. 녹취 증거, 영상 증거 다 땄고. 박 교수에게 백신 자료 달라고 했는데 주지 않으니까 콘테이너에 넣고 밀봉하고. 참나. 아무튼 그대로 나가서 이제 더 이상 얼굴 볼 일 없게 합시다."

요원은 김복희 사장의 이야기가 끝나자마자 얼굴 피부를 쓱쓱 지우더니 파충류 얼굴로 변했다. 두 눈동자는 어느새 세로로 길쭉한 상태로 변했다. 곱창집 사장이 모습을 바꾼 요원을 보며 말했다.

"어허, 미리 깜빡이 좀 키고 들어와. 나 요즘 신경과민인 거 몰라? 아, 모르지. 아무튼 그 모습 그대로 나가. 문 앞에 우리 요원들 와 있으니까…… 더 이상 마천시장에서 얼씬거리지 말고."

그 사이, 문 앞에 대기하던 요원들이 들어왔다. 모두 다섯 명이었다. 네 명의 요원들은 모두 남자들이었고 다른 한 명은 여자, 김 양 이었다. 다섯 명의 복장은 인터넷 설치 기사 복장이었다. 사무실 안에 들어온 요원들은 곱창집 사장과 김복희 사장에게 고개를 숙여 인사하고 파충류로 변한 요원을 끌고 돌아갔다.

"으으워워!"

파충류 성체가 거세게 저항하며 몸을 뒤틀었지만 요원들은 전자기장 밧줄고리로 파충류 성체를 결박하고 데리고 나갔다.

잠시 후.

파충류 외계인이 나가고 곱창집 사장이 스마트폰을 들고 누군가에게 전화를 걸었다. 곁에서 김복희 사장이 바라보고 있었다.

"마천동3팀. 임무 2 다시 1 상황종료. 곱창이랑 황금잉어빵은 지금부터 원대 복귀. 이상."

전화 통화를 마친 곱창집 사장과 김복희 사장은 낮에도 어두워서 드나드는 사람이 드문 건물에서 빠져나왔다.

"어? 김복희 사장님! 어디 다녀오세요?"

동구였다. 동구는 외출했다가 반찬 가게로 늦게 출근한다고 했다. 김복희 사장이 자기에게 인사를 건넨 동구를 불렀다.

"하이구, 동구 사장? 어디 다녀오나 보네?"

"아, 하바드에서 지도교수님이셨던 박 교수님이라고, 오늘 뵙기로 했던 날인데 못 뵙고 그냥 오네요. 사장님네 아까 손님이 기다리는 거 같던데요? 얼른 가보세요."

"응? 진짜? 아이구, 이런 정신머리하곤. 고마우이, 동구 사장. 어때? 아직 식전이면 내가 닭꼬치 하나 줄 테니까 먹어, 응? 얼른 따라와."

동구가 손사래를 쳤다.

"아니요, 아니요. 얼른 장사하셔야죠. 저는 이따가 가게 한가할 때 사 먹으러 갈게요. 하하하."

"하이구, 우리 동구 사장. 맘씨 쓰는 거 봐. 아주 그냥 누가 강 회장님 아들 아니랄까 봐. 모전자전이네. 그려그려, 이따가 그럼 꼭 와잉? 알았지? 내가 맛있게 구워줄게. 그럼 곱창집 사장님도 다음에 봐유. 아까 곱창 꼬치 아이디어 물어본 거 생각해주시구유."

"하이구, 그럼유 그럼유. 장사 안 돼야서 힘들어 죽갔는디. 이것저것 아이디어 내봐쥬. 고마워유, 김 사장님."

마천시장엔 여전히 손님들이 북적댔고 가게마다 상인들이 장사하느라 여념이 없었다. 곱창집 사장과 김복희는 서둘러 가게로 돌아갔다.

그 무렵.

한의원 건물 오층에 마련된 마천시장 상인회 회의실에서 고춘자 사장은 은지 사장의 질문을 듣고 답하기 시작했다.

"우주의 창조는 창조주 한 분께서 모든 걸 창조하셨어. 지구에서 살아가거 나 다른 행성, 항성에서 살아가는 성체들은 모두 창조물들이지. 다시 말해서 피조물. 그래서 창조의 섭리를 말할 수도 없고 알 수도 없어. 우리는 그렇게 창조되었으니까 말이지. 다만."

은지가 고춘자 사장 얼굴을 보며 대답을 기다리는 표정이었다. 옆에서 강말숙 회장이 동구와 은지를 번갈아 보며 고개를 끄덕이고 있었다. 고춘자 사장의 이야기가 사실이라는 의미였다. 고춘자 사장이 말했다.

"지금 중요한 문제는…… 이제 우리 정체가 발각되는 바람에…… 더 이상 마천시장에서 몰래 장사하기란 불가능해졌다는 거야. 한국 정부에선 국정원 팀이 우리를 잡으려고 올 테고, 미국이랑 일본, 러시아와 중국에서 도 외계인 관할팀이 출동할 거야. 이미 그쪽에 있는 동료들에게 연락도 받았고."

김달포 사장은 아직도 도대체 무슨 소리인지 받아들이기 어렵다는 표정이었다. 불법을 저지르는 범죄자들 정보 캐러 온 상황에서 갑자기 외계인 상황이라니? 김달포 사장은 스마트폰을 만지작거렸다. 은지를 바라보며 은지가 무슨 말을 해주기를 기대하는 눈치였다.

강말숙 회장이 말했다.

"그래서 말인데……, 오늘 하바드반찬가게 영업은 스물네 시간. 오늘 딱 하루만이야. 알겠지? 오늘 저녁 장사 마치고 밤 일곱시 되면 마천시장 가게들이 문 닫고 퇴근하기 시작할 것이고…… 밤 아홉시 되면 중앙 통로에 마트까지 문 닫고 밤 열시면 마천시장에 가로등만 남고 모든 가게 불빛은 꺼질 거야."

동구가 강말숙을 쳐다보며 이야기를 듣고만 있었다. 동구로서도 처음 듣는다는 표정이었다. 은지는 강말숙 여사를 보며 스마트폰 녹음 기능을 켜고 녹음하고 있었다. 김달포는 스마트폰을 만지작거리다가 통화 버튼을 눌렀다. 그런데 마침 배터리가 다 된 상태였다. 김달포 사장의 스마트폰은 켜지지 않았다.

강말숙 회장이 말을 이었다.

"오늘, 동구야, 이따가 넌 아홉시 되면 퇴근하고 셔터 아래쪽에 삼십 센티 정도 열어두고 귀가해. 그리고 고춘자 언니? 언니는 미리 와 있다가 그 문 앞에서 다른 성체들 받아주고. 나는 중앙 통로에서 성체를 깨워서 데리고 올게."

은지가 강말숙을 보며 물어봤다.

"제가 뭐 도울 일은…… 없을까요? 근데 성체들이 하바드반찬가게 안에 들어가면…… 다 들어갈 수 있다 해도 뭘 어쩌시려고요?"

강말숙이 은지를 쳐다보며 말했다.

"우리 처음에 만났을 때…… 그 문. 그 문을 통해서 우주로 돌아갈 수 있어. 오늘은…… 대이주의 날이야."

강말숙이 마침 생각난 듯 다시 은지를 쳐다봤다.

"본부에 연락은…… 내일 아침에 해줘. 오늘은 모르는 걸로, 부탁해도……
되겠지? 우주의 평화를 위해."

은지가 다소 놀란 표정으로 강말숙을 보며 물어봤다.

"아…… 알고 계셨어요?"

강말숙이 은지를 보며 말했다. 뭘 그딴 걸 새삼스럽게 물어보냐는 눈치였
다

"나 강말숙이야."

그러자 김달포가 은지를 보며 말했다.

"실은…… 강말숙 회장님…… 우리 팀장님이셔."

김달포가 은지를 보며 말했다.

"강말숙 팀장님… 우리 본청 외사과 비밀작전팀. 존재 자체가 기밀인
팀이야. 팀원들끼리도 몰라서, 나도 지난번에 은지 사장이 반찬 가게 온
날 있지? 그때 처음 알았어. 작전개시일이기도 했고. 그런데 오늘은 그러니
께, 외계 생명체들의 이주라고 할까? 마천시장 일대가 재개발사업으로 바쁜
데, 어쩌다 보니 외계인들이 먼저 이주하는 셈이네."

은지가 놀란 얼굴로 김달포를 쳐다봤다.

"네에?"

은지 곁에 앉아 있던 동구도 김달포를 쳐다보며 놀란 표정을 지었다.

동구는 강말숙을 쳐다보며 이게 도대체 무슨 상황인지 모르겠다는 표정을
지었다. 강말숙은 동구를 보며 고개를 끄덕이기만 했다.

고춘자 사장이 은지를 보며 말했다.

"오늘 떠나도…… 너무 섭섭해 하진 마. 언제든 다시 올 수 있으니까.
나중에 보면 오늘 못다한 대답은 그때 해줄게."

같은 날 저녁.

상인회를 마치고 하바드반찬가게로 돌아온 동구는 냉장고 안으로 들어갔다. 그 안에는 에릭이 동구를 기다리고 있었다. 가게 안에는 동구 외에 아무도 없었다. 에릭은 청년의 모습으로 동구를 바라보며 말했다.

"고마웠다."

동구가 에릭을 보며 말했다.

"모든 일이 잘 해결되는 거 같아서…… 다행이야. 넌? 앞으로 어떻게 할 계획이야?"

에릭은 동구를 보며 입가에 미소만 지을 뿐, 아무 말도 하지 않았다. 동구는 에릭의 얼굴을 보며 갑자기 뭔가 슬픈 감정이 생기는 것 같았다. 동구가 먼저 말했다.

"너. 딴생각하지 말고, 은지랑 나랑 우리 셋. 함께 지내자. 얼른 약속해!"

에릭이 동구를 보며 이야기했다.

"이젠 때가 되었어. 나도 가야 해. 언제까지나 여기 있을 순 없으니까."

동구가 에릭을 붙잡으려는 듯 팔을 뻗으며 말했다.

"무슨 소리야! 나는 너 못 보내! 우리 셋이 얼마나 행복했는데! 몰라? 은지를 지켜주라고 니한테 하바드대학교에 가라고 알려준 것도 너였어. 내가 너랑 약속한 거 기억하고 지키려고, 우리 둘이 은지 지켜주자고 했잖아!"

에릭의 눈동자가 갑자기 촉촉해졌다.

"미안. 하지만 내가 여기 있으면 안 돼. 내가 갈 곳은 다른 곳이야."

동구가 에릭을 붙잡으려 손을 휘저었지만 에릭의 몸을 그대로 통과할 뿐, 아무것도 잡히지 않았다.

에릭이 동구를 보며 말했다.

"고맙다. 내 친구! 은지 곁에 있어 줘서. 은지가 우리를 기억하지 못하더라도…… 우리가 은지를 기억하면 되니까. 난 너랑 친구였던 게 제일 행복했어."

동구는 에릭의 말이 끝나기 전에 에릭을 부둥켜안아 붙잡으려 했다. 하지만 에릭을 모습은 마치 빛이 소멸하듯 점점 옅어지고 말았다. 동구는 그대로 서서 눈앞에서 사라지는 단짝 친구 에릭을 보며 눈물만 흘리고 있었다.

그날 밤.

마천시장 상인들이 모두 퇴근한 마천시장엔 어둠이 짙게 내렸다. 칠흑같이 어두운 중앙 통로엔 가로등 불빛을 따라 하바드반찬가게 안으로 스며드는 빛들이 나타났다가 사라지곤 했다. 하바드반찬가게 안에선 냉장고 소리만 이따금 들릴 뿐이었다. 지금껏 들어보지 못했던 소리였다. 하바드반찬가게 안에 있는 냉장고는 밤새도록 동작했다가 멈추기를 여러 번 반복했다.

며칠 후.

마천시장에 몇몇 가게들의 주인들이 다시 바뀌었다. 강호식 패거리가 부순 가게들은 최부자가 나서 모두 변상해주었다. 그 일을 끝으로 최부자와 강호식은 앞으로 더 이상 마천시장에 나타날 수 없게 되었다는 소문이 돌았다. 하지만 마천시장 상인들 어느 누구도 그 이상 알려고 하는 사람은 없었다.

"여기 칼국수 두 사람이요.!"

칼국수집 주인도 다시 바뀌었다. 새로 가게를 인수한 사장은 젊은 여사장이었다. 칼국수집 전 주인은 이제 일 그만하고 가족들과 해외여행 떠난다며 가게를 넘겼다고 했다. 마천시장 상인들은 너나 할 것 없이 삼삼오오 모여 웅성거렸다. 칼국수집 사장이 돈을 수백억 원을 벌었다더라. 이번에 주인 바뀐 다른 가게 사장은 돈 벌었다고 애인 생겼다더라며 쑥덕거렸다. 칼국수집 사장이 가장 먼저 바뀌고 나서 며칠 간격으로 마천시장 중앙 통로 가게들마다 사장들이 바뀌고 새롭게 들어왔다. 급매로 나온 식당을 인수해서 싸게 얻었다는 사람들이었다.

그리고 마천시장은 시장 정비사업을 하기로 결정되었다는 소식이 들렸다. 다행이었다. 림재복 사장은 가게를 이사하지 않고 계속 장사할 수 있었다.

나중에 알게 된 일이지만, 마천시장 상인회에서 자체 규약을 만들어서 림재복 사장처럼 안타까운 상황이 생기지 않도록 조합원 내에서 구제책을 마련한 덕분이었다. 마천제일교회 성도들로 구성된 마천시장 성도 모임에서 적극적으로 앞장섰다고 했다. 마천시장 상인회에서 자체 규약을 만들기로 결정된 날, 마천제일교회 박순희 목사와 성도들이 림재복 사장의 채소 가게에 가장 먼저 와서 소식을 전해줬고, 림재복 사장과 가족들은 마천시장 상인회와 마천제일교회 성도 모임 사람들에게 연신 감사의 인사를 전했다.

다시 며칠 후.

새로운 상인들이 모여든 마천시장에 아침이 시작된 어느 날이었다.

은지네 도넛 가게 문이 열렸다. 간판을 새로 다는 날이었다. 은지가 가게 문을 연 지 얼마 지나지 않아서 간판집 사장이 왔다. 새로 다는 간판은 핑크 톤 도넛 모양이었다. 간판엔 진지한 궁서체로 이렇게 쓰여 있었다.

'하바드도넛가게에 오신 걸 환영합니다'

은지는 간판을 새로 달고 다시 가게 안으로 들어왔다. 그리고 의자에 놓아둔 핸드백에서 작은 액자를 꺼내 테이블 위에 올려뒀다.

'우리 가족'이라고 쓰인 손 글씨. 은지의 글씨체였다.

액자 안에는 고등학생 은지, 동구, 에릭이 함께 모여 웃는 얼굴로 촬영한 사진이 보였다. 언제부터였을까? 은지는 동구와 에릭을 잊지 않고 있었다.

그날 오후.

"언니! 여기! 도넛 주세요."

손님이 왔다. 하바드도넛가게 근처 한의원에서 근무하는 그 여자 손님이다.

"아니, 이게 누구야? 언니! 오랜만에 오셨네? 지난주에 휴가였다면서요? 더 예뻐졌네? 아 참, 이거 언니 좋아하는 트러플 넣어서 만든 건데, 다 팔고 내가 언니 주려고 도넛 두 개 남겨뒀던 거야. 돈? 이건 돈 안 받아. 언니랑 나랑 뭐 남남인가? 우린 남남 아니고 여여잖아? 맞지?"

은지가 도넛 가게에 온 손님이랑 얘기 나눌 때였다. 귀에 익은 목소리가 들렸다.

"아휴, 이 집 도나쓰 맛있던데. 오늘도 다 팔렸네?"

마침 상인회 일로 외출했다가 시장으로 돌아오던 강말숙이었다. 강말숙은 도넛 가게 앞을 지나며 은지를 향해 엄지손가락을 들어 보였다. 은지도 도넛을 담으며 강말숙을 향해 윙크를 지어 보였다. 이젠 은지도 어엿한 마천시장 상인이었다.

그때였다.

손님에게 도넛을 담아주고 가게 안으로 들어서는 은지의 전화벨이 울렸다.

"회사에서 긴급 지시입니다. 마천시장 안전가옥에서 뵙겠습니다."

(끝)

소설 마천시장
하바드반찬가게에 오신 걸 환영합니다

초판 1쇄 발행 2023년 6월 16일

지은이 한남동

펴낸이 장종표
편집 배정환 디자인 권승희
펴낸곳 도서출판 청송재
등록번호 2020년 2월 11일 제2020-000023호
주소 서울시 송파구 송파대로 201 테라타워2-B동 1620호
전화 02-881-5761 팩스 02-881-5764
홈페이지 www.csjpub.co.kr
페이스북 www.facebook.com/csjpub
블로그 blog.naver.com/campzang
이메일 csjpub@naver.com

ISBN 979-11-91883-17-6 03810